U0019830

故鄉天下黃花
劉震雲作品5

此書獻給我的外祖母

苦難與幽默

——致台灣讀者

《故鄉天下黃花》是我寫作的第一部長篇小說，迄今已二十年了。它寫了一個村莊政權的百年更替。更替中流了不少血。一次次更替又大體相仿。重要的不是這些流血的苦難，而是在苦難中，中國人賴以存活的生活武器：幽默。幽默充滿了他們的生活模式、生活細節直至他們的血液和骨髓。愈是苦難，他們愈幽默。中國人，你怎麼那麼幽默？或者，在艱辛的歲月裡，如果再沒有幽默的光亮，他們已經絕種了。因為，用嚴峻的態度對付嚴峻，嚴峻就會變成一塊鐵；用幽默的態度對付嚴峻，嚴峻就變成了一塊冰，掉到幽默的大海裡，馬上就融化了。

每個民族都有自己生存的祕密武器。我們如是。

——二〇一〇，五月　劉震雲

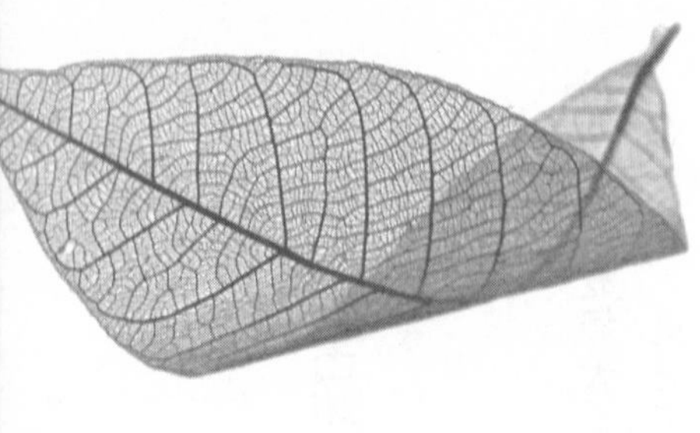

第一部分——村長的謀殺——民國初年

兩個村長相比較，路黑小覺得李老喜寬宏大量，孫殿元脾氣大，但李老喜吝嗇，孫殿元大方。誰知跟孫殿元跟了兩年，孫殿元被殺害了。現在李老喜突然又一死，他就覺得有些蹊蹺，他明白兩個大戶人家起了仇殺。仇殺為了什麼？為了一個村長，誰能打鑼召集開會。

1

臘月初四夜裡，村長孫殿元被人勒死在村西一座土窯裡。令人感到可氣的是，凶手在勒死孫村長以後，還不慌不忙蹲在土窯裡吃了一陣烤紅薯。因為在孫村長屍首旁邊，留著一堆紅薯皮。

副村長路黑小說：

「勒死人還吃紅薯，不是土匪是什麼！」

村丁馮尾巴說：

「不會是少東家想不開，自己上吊的吧？」

路黑小瞪了他一眼：

「土窯裡能上吊？你上一個我看一看！現在土匪恁多，可是不敢大意！」

孫村長的父親孫老元拄著枴棍來到土窯裡，路黑小指著紅薯皮說：

「老叔，看這紅薯皮！」

孫老元一見兒子的屍首，淚登時就下來了，頓著枴棍說：

「我家人老幾輩，沒幹過虧心事！」

孫村長有兩個老婆。大老婆三十五歲，小老婆十八歲。大老婆一見屍首，撲上去就哭；小老婆一見屍首，扭身就往家跑，去收拾自己的包袱細軟。平日大老婆表現不好，在家裡摔盆打碗，小老婆見人先笑。現在一到關鍵時候，就把人考驗出來了。孫老元又頓著枴棍說：

「還是老大好，還是老大好！」

孫村長享年三十二歲。

孫村長的屍首被抬回村以後，停放在他家西廂院裡。這裡是孫村長生前辦公的地方，門口掛著「馬村村公所」的牌子。村裡辦公一直沒個正經地方，孫村長就在家掛牌辦公。村裡發生糾紛，原告、被告就到這所房子來說理。雙方各出五斤白麵，由村丁馮尾巴烙成熱餅，村長、副村長、各姓族長吃了熱餅再說理。烙餅的大鍋，還在院子裡支著。夏秋兩季收田賦、過兵派個夫派牲口、縣上募丁，招待上頭來的公差，也都在這所房子裡。現在這裡成了孫村長的靈堂。門上蒙著燒紙，院子裡有兩個木匠在「霹靂啪啦」做棺材。

棺材做好以後，孫村長入了殮。他唯一的兒子孫屎根（八歲），頭上勒條白布，身上穿著孝衣，跪在棺材前，族內後輩分跪在棺材兩邊，開始接受人們的弔唁。副村長路黑小頭上也拴條白布，站在門口喊喪。弔喪的人一來，路黑小就扯著嗓子喊：

「有客奠了！」

「奏樂！」

「燒張紙！」

「送孝布一塊！」

路黑小一喊，院外一桌響器就奏樂，棺材兩旁的後輩就伏下身子哭，弔喪的人開始在棺材前跪拜，村丁馮尾巴馬上跑到棺材前燒張紙。弔喪完畢，孫村長八歲的兒子孫屎根爬起來，走到門口，雙腿跪下，頭上舉一個托盤，向奠客送上一塊孝布。

村長死了，村裡人都來弔唁。紙不斷地燒，院子裡煙氣滾滾，像著了大火。

老掌櫃孫老元也來弔唁兒子。他頓著枴棍來到院子裡說：

「先死為大，殿元，我也給你磕個頭吧！」

說著，趴到地上磕了一個頭。

路黑小見老掌櫃磕頭，也撅著屁股磕了一個頭。

村中另一個大戶李老喜也來弔唁。李老喜一來，村中其他來弔唁的閒雜人等、娘兒們小孩紛紛後撤。李老喜頭戴瓜皮帽，身穿黑布馬褂，手裡攥著一條毛巾；他家伙計抬著一個黑食盒子。食盒子打開，裡邊是八個祭菜，一籃子蒸饃。食盒子孫家伙計接過，將菜和蒸饃擺在靈前，紙燒上，孝子伏下身哭，響器奏樂，李老喜開始對著棺材行禮。他先舉冠，撤右腿，跪下，左腿再跪下，一起一伏，規規矩矩磕了四個頭；站起來，用手巾擦眼睛。退出屋，接過孫屎根獻上的一塊寬面孝布，轉過身，對孫老元拱拱手：

「老元，沒想到姪子……事情過去以後，到我家裡去散散心！」

孫老元拱拱手，說了一句「老喜……」便哽咽著說不出話來。

孫老元今年五十五歲，李老喜大他兩歲。兩人拱過手，李老喜由孫老元的本家姪子孫毛旦送到門外，又拱了一回手，帶著自家伙計，騎上驢走了。

奠了兩天，村裡村外的奠客，都奠得差不多了。令人感到憤怒的是，孫村長兩個老婆的娘家，都沒有來奠。大老婆的娘家沒來可以原諒，孫村長生前曾與她家鬧過矛盾，有一年春節到她家串親，因為一盅酒的喝法，打過老丈人一巴掌，兩家斷絕了來往；小老婆娘家是佃戶，孫村長生前對她家多有照應，曾讓人趕著大車到她家幫助拉過鹽，後來又幫助他們開了個飯館，現在人死了，連面都不照。孫村長的本家兄弟孫毛旦負責喪事的外圍事情，就對孫老元說：

「小老婆她爹不通人性，老叔，你發一句話，我帶兩個村丁去開導開導他！」

孫老元說：

「毛旦，現在殿元停屍在地，發送沒有發送，凶手沒有下落，還開導他幹什麼！」

臘八這天，縣上司法科來了三個人，調查孫村長被殺事件。為首一個姓馬的股長，下邊兩個股員。老馬過去在縣竹業社破竹篾，去年他姐夫調到這個縣當司法科課長，他便到司法科當股長。下邊一個股員年齡大些，五十多歲；一個年紀輕些，二十多歲。三個人在孫村長家裡吃過臘八粥，吸了幾袋煙，便由孫毛旦陪同，察看了一下已經入殮的孫村長，又到村西察看了一下土窯，便又回到孫村長家吃酒。老馬對坐在上首的孫老元說：

「老叔，已經查過了，孫村長真是被麻繩勒死的！」

孫毛旦性子急些，接上去說：

「勒死誰不知道是勒死的？問題是誰把我哥勒死的，老馬，你得捉住他！」

老馬看孫毛旦這麼說話，心裡有些不高興，吸著水煙說：

「捉住是要捉住，但捉一個人是說話的？你兄弟本事大，我老馬沒來，不是你也沒捉住他？」

這時陪客的副村長路黑小說：

「老馬，要考慮就往土匪窩裡考慮，看那窯裡的紅薯皮！」

老馬又瞪了路黑小一眼：

「有紅薯皮也不一定是土匪，有土匪也不一定非有紅薯皮！」

然後將臉轉向孫老元：

「老叔，我知道我本事不大，吃這碗飯有些勉強。但我勸老叔還是想一想，孫村長有哪些仇人。想出來，讓人到縣裡告訴我，我就不信抓不住他！」

說完，不理別人，獨自吸了兩袋煙，就帶著兩個股員回去了。來時是孫老元派馬車接他們，走時又用馬車把他們送了回去。一人還送給他們幾個夾肉蒸饃。老馬這時倒有些不好意思，說：

「還拿蒸饃幹什麼，盡麻煩你們了！」

馬車一開，孫毛旦罵道：

「這個雞巴老馬，接他來幹什麼！他就會拿蒸饃！」

臘月初十，孫村長出殯。出完殯，散了客人，已是晚上。副村長路黑小在院子裡幫助伙夫收拾剩下的雜菜，大老婆在她房裡摟著兒子孫屎根低聲啼哭，這時老掌櫃孫老元突然一陣心火上來，抖著身子咳嗽起來。本家姪子孫毛旦扶他到屋裡躺下，這時家裡餵牲口的老馮走進來，垂手站在地下。孫老元咳嗽完問地下：

「老馮，你怎麼啦？」

老馮上前說：「老掌櫃，你要保重身子！」

孫老元說：

「我知道了，你回去吧。」

老馮卻沒有回去，憋了半天又說：

「老掌櫃，我有話說。」

孫老元說：

「你說吧。」

老馮說：

「本來這話不該我說，可去年我家小猴子得了大病，多虧老掌櫃給他找先生，才撿了一條小命！」

孫老元說：

「老馮，有話你說吧！」

老馮說：

「依我看，這次少東家被害，都怪佃戶老西！」

孫毛旦急忙問：

「怎麼怪老西，你發現他通匪了嗎？」

老馮說：

「他通匪不通匪我不知道，但上次村裡來過土匪，少東家派他家烙二十張餅，他家只烙了十二張，把一幫土匪給得罪了。土匪還打了少東家一巴掌，說是回頭算帳，現在肯定是應到這上頭了！」

孫老元和孫毛旦都想起來了，十一月村裡是過過這麼一幫土匪。這些人個頭都很矮，操外路口音，為首的一個還掖著一把盒子。一到村裡就讓烙餅，孫村長派了餅，派到佃戶老西家。老西家娘兒們不是東西，以為應付土匪像應付她家妯娌呢，能占些便宜就占些便宜，於是只烙了十二張，個頭還特別小，把一幫矬子土匪給惹惱了，跳起來打了孫村長一巴掌，說回頭算帳。老馮走後，孫毛旦對孫老元說：

「叔，不是老馮提醒，我還真把這事給忘了，現在看來是了！這個雞巴老西，貪圖一把麵，害了我哥！這幫土匪一時找不著，可老西跑不了。我帶幾個人，先去把老西和老西娘兒們吊起來！」

孫老元又咳嗽一陣，咳嗽完說：

「不要吊老西。不會是因為老西一把麵。」

孫毛旦說：

「怎麼不是老西？正是因為一把麵才把那幫土匪惹惱了！」

孫老元說：

「也不會是那幫土匪，你想想，那幫土匪都操外地口音，會因為幾張餅專門回來勒人嗎？」

孫毛旦想了想，也洩了氣：

「按說是不會。可不是這幫土匪，又是誰呢？碰上個雞巴老馬，又不會破案，我哥算是白死了！」

孫老元揮了揮手說：

「行了，你回去吧，去把屎根叫來。」

八歲的孫屎根頭上仍勒著白布，身上仍穿著孝衣，被一個丫頭領進來，見孫老元叫了一聲「爺爺」，就站在那裡不動。孫老元問：

「屎根，你爹呢？」

孫屎根哭了幾天，嗓子已經哭啞了，他啞著嗓子說：

「我爹死了！」

孫老元問：

「你爹怎麼死的？」

孫屎根說：

「我爹被人勒死了！」

孫老元拍拍孫屎根的頭說：

「好，好，去給你娘說，今晚跟爺爺睡吧！」

這天晚上，孫屎根就在孫老元腳頭睡了。

2

半個月過去，大年初二串親戚，小老婆她爹突然出現了。

小老婆她爹叫鍋三，後腦勺綁著一根小辮。過去他是孫家的佃戶，現在是鎮上一個飯鋪的鋪主。他來到孫家，先將小毛驢拴到門外一棵槐樹上，從驢鞍上卸下一個小吊袋，小吊袋裡裝著十幾個燒餅；他抄著燒餅往裡走，迎面碰上孫毛旦。孫毛旦戴著墨鏡，手抄一根馬鞭，正要騎馬去串親。他見到鍋三，倒先吃一驚，用身子堵住他：

「咦，這不是鍋三嗎？」

鍋三就怕孫毛旦。過去他給孫家當佃戶時，孫毛旦到他家去收租，一馬鞭下去，就抽死一隻正跑的雞。他雙手垂下說：

「少東家！」

孫毛旦問：

「聽說你現在開飯鋪了，賣麵條還是賣燒餅？」

鍋三答：

「賣麵條，也賣燒餅。」

孫毛旦問：

「麵條多少錢一碗？」

鍋三答：

「麵條二百塊一碗。」

孫毛旦問：

「燒餅呢？」

鍋三答：

「燒餅一百五一個。」

孫毛旦說：

「不錯不錯，賣麵條還賣燒餅，是個人物了，要不你架子大，今天你幹什麼來了？」

鍋三答：

「我來看看老掌櫃！」

孫毛旦用馬鞭指著他：

「早幹什麼去了，我哥死時，你連個面都不照，藏到哪個鱉窩裡去了？要不是我叔攔我，我早開導你去了！你等著吧，哪天我帶幾個人去吃麵條，叫你發一筆大財！」

說完，蹬鞍上馬，走了。鍋三嚇出一身汗，用襖袖去擦。接著抄燒餅往裡走，被伙計領到正房，老掌櫃孫老元對他還客氣，讓煙讓水，這才緩過勁兒來。

鍋三今年五十歲。過去他給孫家當佃戶時，每到秋季，常到東家來送個瓜棗，有時還幫東家揚場。前年秋天，他把女兒鍋小巧也帶來了，讓她給東家摘棉花。鍋三雖然鼻涕流水的，女兒卻出落得漂亮。棉花摘著摘著，就被少東家孫殿元看上了，要收她做小。鍋三回家商量，一家人高興得什麼似的。鍋小巧聽說要到東家去，這不一下跳到福窩裡了？一夜沒有睡著。鍋三娘兒們也很高興，鍋三不住地對娘兒們說：

「我說讓小巧去摘棉花，你還不讓去，看去值了不是！」

鍋小巧說：

「爹，出嫁那天，你得給我打個鐲子！」

鍋三說：

「給你打個鐲子！到那以後，人家是大戶人家，不能像在咱家，要知老知少，不能亂吐唾沫！」

鍋小巧有亂吐唾沫的毛病。

鍋小巧嫁過來以後，多方面與少東家配合得不錯，少東家孫殿元很喜歡她，夜夜在她房裡。後來知道她有亂吐唾沫的習慣，也不怪她，倒說：

「吐，你吐，吐完掃掃不就完了！」

鍋小巧就放心在家吐唾沫。兩年之中，除了挨過大老婆幾回打，被擰過一回屁股，其餘時間鍋小巧都興高采烈的。鍋三也跟著沾光。先是少東家派車幫他拉鹽，後來又幫他在鎮上開了個小飯鋪。一家幾口，也能吃上淨米白麵。春節鍋小巧去串親，鍋三還給鍋小巧買了一隻燒雞。倒是鍋小巧說：

「燒雞有啥稀罕的？還不如給我買碗涼皮呢。」

鍋三就給鍋小巧又去買了一碗涼皮。

少東家突然被人勒死，鍋小巧鍋三都哭了。鍋三殺了一腔羊，準備到孫家好好祭奠祭奠。鍋小巧也準備撲到孫殿元身上哭，披麻帶孝守靈，送棺材到墳上。但孫家的伙夫老得不讓她這麼做。

在孫家院子裡，鍋小巧與伙夫老得處得不錯。有一回老得從廚上偷了一塊肉，放到褲腰裡準備往家拿，被餵牲口的老馮發現了。老馮告發後，孫毛旦就把老得吊起來，準備打一頓鞭子，開除他回家。鍋小巧在孫殿元跟前說了幾句好話，老得就沒有挨打，只扣了他半年工錢，也沒有開除他。從此老得對鍋小巧十分感激。鍋小巧到廚房去，老得常給她切牛肉吃。孫殿元死的那天，鍋小巧正準備在屋裡換孝衣，老得把她叫到廚房說：

「少奶奶，現在少東家死了，你準備怎麼辦？」

鍋小巧哭著說：

「人都死了，我還能怎麼辦？我要到窯裡去哭他，給他守靈，送他到墳上！」

老得說：

「少奶奶，依我說，你哭哭可以，但靈就別守了，墳也別送了，趕緊收拾收拾包袱回家吧！」

鍋小巧說：

「老得，少東家死了，我怎麼能回家！」

老得說：

「這話本來不該我說，可當初多虧少奶奶救我，我才給你說。按咱們這兒的風俗，主家一死，你要守靈，送他上墳，就證明你要守寡。少奶奶，這寡咱可守不得！」

鍋小巧說：

「少東家待我恁好，我怎麼不為他守寡？按你說的，是讓人罵我。你再這麼說，我就對老掌櫃說去！」

老得急得拍手：

「你看，你看，我知道你就不信我的話。少奶奶，我不是說你守不住寡，可你想一想，少東家一死，你守寡是在哪裡守寡？是在孫家；孫家以後誰當家？大老婆當家！兒子是人家的兒子，你一個老二，大老婆的脾氣你還不知道？以後睛等著跟人家過日子了！有少東家在，她還敢擰你的屁股，沒了少東家，她不把你給吃了！別的咱不知道，沒看過戲？皇帝佬一死，正宮就把妃子的胳膊腿給剁了！你還想守靈送墳，你趕緊回娘家吧，你等著人家剁你的胳膊腿嗎？」

老得這麼一說，鍋小巧害怕了。大老婆的厲害她知道。剁不剁胳膊腿她不知道，擰她打她的滋味她嘗過。一次大老婆擰過她還說：

「別以為靠上硬主兒了，你等著，總有一天我用烙鐵把你的X烙熟它！」

可鍋小巧又說：

「我不怕，還有老掌櫃呢！」

老得拍著巴掌說：

「說你糊塗，你真是糊塗，老掌櫃五十多的人了，還能活幾天？早晚是人家的天下，你快收拾包袱回家吧！」

鍋小巧愈聽愈怕，就照老得說的，只到土窯裡看了孫村長一眼，就趕緊跑回來收拾包袱回了娘家。

回到娘家，給娘家一說，大家都唉聲嘆氣一陣，就讓女兒住下。孫村長出殯那天，鍋三還準備帶羊肉去祭奠，鍋三老婆說：

「不祭他個龜孫也罷，人都死了，還祭他幹什麼！讓他家剁俺閨女的胳膊腿嗎？」

於是就沒有來祭。可孫家哪裡知道這些？當時孫毛旦還要帶人去開導他呢。剛才見面，又要到他家飯鋪去吃麵條。鍋三嚇出一身汗。真是和大戶人家不要結親。倒是老掌櫃孫老元態度依然溫和，讓鍋三鬆了一口氣。老掌櫃吸著水煙說：

「親家這一陣可忙？好長時間沒見到你了！」

一說「好長時間沒見到」，鍋三又嚇了一跳。老掌櫃也記著那檔子事呢。人家叫一句「親家」，可鍋三哪裡敢以「親家」自居，忙站起來答話說：

「忙什麼忙，小門小戶，忙也就是瞎忙。現在剛過罷年，我烤了一爐燒餅，給老掌櫃送來嘗嘗鮮！」

孫老元說：

「燒餅我倒是愛吃，可現在老了，嚼不動了！」

等倒茶的伙計出來，屋裡就剩他們兩個人了。鍋三又朝前靠靠小聲說：

「老掌櫃，今天我不是給你送燒餅來了！」
孫老元睜開眼睛：
「那你幹什麼來了？」
鍋三說：
「老掌櫃，我來向你報信，我知道是誰害死了少東家！」
「啊！」
孫老元「霍」地站了起來，逼到鍋三跟前：
「你知道誰害死了殿元？」
鍋三說：
「我知道！」
孫老元問：
「是誰？」
鍋三說：
「是一個外路槍手！」
孫老元說：
「外路槍手？我家沒得罪外路人吶！該不是那幫外路土匪吧？」
鍋三說：
「不是土匪，是單個的，一個很高很高的大個，一臉疙瘩！」

孫老元問：

「你怎麼知道的？」

鍋三說：

「我也是碰巧遇上。那天晚上，我剛要上店門，來了一個外路人，讓給他炒菜打酒喝。我讓娘兒們給他炒菜，就到後邊餵牲口去了。過了兩個時辰，外邊吵嚷起來。我趕忙披衣服到前面，原來那外路人喝醉了，在拍著桌子罵人。你知道他罵什麼？他說馬村的主家真不像話，一條人命，只給了三十塊大洋，我不跟他拉倒……罵了一陣，忽然不罵了，推開店門走了。當時我沒在意，可過後一想，馬村的人命，這不是指少東家嗎？你村最近又沒有死什麼人！我左思右想不對，得來向你報信。當初少東家在世時，對我家沒少照應……」

孫老元打斷他的話：

「哪個大個兒呢？」

鍋三拍著手說：

「走了，當時我也沒留意，讓他走了！」

孫老元嘆了一口氣。停了一會，孫老元又問：

「你沒聽到他說，是誰僱的他？」

鍋三說：

「沒聽到他說，只說是馬村的主家，馬村不就是你們村嗎？老掌櫃，我在你村可是不熟！」

孫老元擺擺手，不讓鍋三說話，自己坐在椅子上想。想了半天，突然拍了一下桌子。他一拍桌子不要緊，桌上的茶碗全翻了，茶湯流了一地。桌子上還臥著一個正在睡覺的老貓，老貓醒來，乍起毛要發怒，但看見孫老元也在發怒，牠就不怒了，悄沒聲溜下桌子，跑了。

鍋三問：

「老掌櫃，你想起來了？」

孫老元說：

「必定是他！必定是他！」

鍋三問：

「是誰個王八蛋，敢害死少東家？」

這時孫老元又坐在了椅子上，吸上了水煙。吸了半天，說：

「親家，這事就到這裡吧！事情過去快一個月了，咱們都別想它了！出了這個門，你就當沒說過這話！」

鍋三不明白孫老元的意思，但看著孫老元的臉色很可怕，也只好點點頭。可鍋三又說：

「毛旦少東家還想找我的事呢，說哪天去吃麵條。他那個脾氣，老掌櫃你得勸勸他！」

孫老元說：

「好，我勸勸他。」

吃過午飯，鍋三就騎著毛驢回去了。

晚上，孫毛旦也騎馬串親回來。進正房給叔叔請安，看到孫老元在屋裡正來回走，就提著馬鞭站在屋門外沒進去。等到孫老元看到他，孫老元停住腳步說：

「好，毛旦你回來了，毛旦你回來了，你小子是有種的人嗎？」

孫毛旦不明白孫老元的意思，眨著眼問：

「叔，你怎麼了？」

孫老元拍著巴掌說：

「毛旦毛旦，殺死殿元的人找到了！」

孫毛旦「霍」地進屋：

「找到了？是誰個王八蛋？告訴我，我帶幾個人去宰了他，我X他個活媽！」

孫老元瞪了他一眼：

「我知道你就是這一套！」

接著又說：

「你知道是誰嗎？就是咱村的！」

孫毛旦問：

「咱村的，咱村誰？」

孫老元說：

「記得那天殿元停屍在地，誰抬著黑食盒子來給他弔孝啦？原來是他，他原來是黃鼠狼給雞拜年，沒安好心！我早就知道裡頭藏著仇，可沒想到他下如此毒手！」

孫毛旦問：

「是李老喜？怎麼會是他？」

孫老元瞪了孫毛旦一眼：

「還不都因為你們。去年他村長下台，我勸過你們，不要接他的村長，你們不聽，你們非要當人物頭，看看，當出人命了不是！從古到今，這人物頭是好當的！」

孫毛旦說：

「我帶幾個人去把他吊起來！」

孫老元說：

「你就會吊人，人家戶頭不比你大？人家家丁不比你多？人家狼狗餵得比你少？你去吊吧，你有本事你去吊吧！」

孫毛旦想起李家大院，也不由洩了氣，不住地用馬鞭抽著自己的褲腿：

「我X他活媽，我X他活媽！」

3

孫村長孫殿元真是李家大院僱人給勒死的。

李家在馬村是個老戶，據說這村子就是他家祖上開創的。一開始是刮鹽土賣鹽，後來是販牲口置地，一點一點把家業發展起來的。孫家來得比李家晚，是孫老元太爺輩上才從外地搬遷過來的。據說初來乍到時候，孫老元的太爺還給李老喜的太爺當過佃戶。但孫家後來也發展起來了，也是刮鹽土賣鹽、販牲口置地發展起來的。但先發展起來的，看不起後發展起來的；後發展起來的，也覺得自己有些理虧，對不起先發展起來的。據說到了孫老元他爹輩上，他爹見了李老喜他爹，仍要按習慣哈下腰問：

「東家，吃了？」

李老喜他爹則隨便叫著孫老元他爹的名字，答應一聲就過去了。

但到了孫老元李老喜這一輩上，情形就有些不同了。大家的子弟都識些字了，孫家的家產已不比李家少了，何況孫家也結了幾門大戶親戚，孫老元與李老喜又從小在一起玩過尿泥，等雙方的爹爹死了以後，孫老元就覺得該和李老喜平等了。見面李老喜叫他「老元」，他就喊李老喜「老喜」。雖然孫老元覺得自己可以與李老喜平等了，但李老喜並不這麼認為，他覺得孫老元家這麼一個過去的佃戶，靠刮鹽土販牲口起了家，也敢與人稱名字，真是不知高低。雖然表面上李老喜也讓孫老元稱名字，但內心卻極看不起他。一次兩人在街上見面，相互稱名字打招呼過去，李老喜指著孫老元的背影對兒子李文鬧說：

「這雞巴玩意他太爺，是個要飯的！」

只有在一個場合，孫老元不與李老喜稱名字——這時李老喜可以喊孫老元的名字，孫老元卻不敢喊李老喜的名字，那就是在村公所。自這個村子成了一個正經村子，有了村公所以來，李家就一直當著村長。李老喜他太爺當村長，他爺爺當村長，他爹當村長，到了李老喜，還是當村長。由於村子裡一直沒有個正經房子，李家一直在家掛牌辦公，騰出一個後院，掛著「馬村村公所」的牌子。村裡斷案、收田賦、過兵派夫派牲口等，都是在這個院子裡。逢到村丁打鑼，全村人都要到這院子裡開會。如要收田賦，如果派夫派牲口，李村長就按花名冊點名：

「張三田賦五斗！」

「李四該出牲口一頭！」

張三李四馬上站起來答：「知道了，村長！」

到了李老喜這一輩，仍是這麼開會，這麼喊。喊到孫老元頭上，李老喜喊：

「孫老元田賦一石！」

「孫老元該出牲口一頭！」

孫老元雖然與別的開會者不同，是大戶人家，但收田賦派夫派牲口總免不了；別人回答「知道了，村長」，到他這，他也不好單獨改一下稱呼，說「知道了，老喜」，也只好和別人一樣回答：

「知道了，村長！」

在別的村開會，一般村裡都給大戶人家安排到前排，放個凳子，沏個茶碗，但平時孫老元盡與李老喜稱名字，李老喜故意不這麼安排，不在前排放凳子，不沏茶，故意讓孫老元和一幫衣不蔽體、渾身汗腥味的佃戶雜坐在一起。然後李老喜自己沏碗茶，端著在前邊台子上坐，隔桌子看下邊雜坐的孫老元，看他那渾身不安、臉一赤一紅的窘迫樣子。李老喜對兒子說：

「我就喜歡村裡開會，一開會，我才覺得我是李老喜了！」

所以村裡比以前開會見多。屁大一點的事，有時過兵派幾張烙餅，本來隨便派到哪個人家就完了，李老喜也讓村丁打鑼開會。孫老元就怕開會，一到開會，坐在一幫佃戶中間，他就想起了自己祖上也是佃戶。他對兒子孫殿元說：

「你還別小看這個村長，可真是了不得，咱們能惹李老喜，但不敢惹村長！這是個啥雞巴理，我也弄不懂！」

兒子孫殿元說：

「到開會你別去！」

孫老元說：

「你去都不敢去，不更被人看不起了！」

兒子孫殿元、姪子孫毛旦，是兩個愛抄馬鞭、顧頭不顧屁股的傢伙，兩人甩著馬鞭說：

「這個雞巴村長，他家做了百十年，還要做下去，也不改改日頭了！」

孫老元聽他們這麼說，臉色都變了，忙截住說：

「以後別說這話，這話要惹禍。沒看戲上怎麼唱的！你成了財主，人家不管，就是個看不起，你要改日頭，人家不吃了你！」

孫殿元孫毛旦兩個當時沒說話，事後有一天兩人騎馬去收租，路上孫殿元說：

「我爹也太膽小，一個雞巴村長，有什麼了不得！戲上怎麼唱？都是宰了過去的皇帝，自己當皇帝，有朝一日，咱們也試試！」

說完，兩人相視一笑，打馬而去。

機會果然到了。民國了。革命了。但民國三年，縣上鄉上才革命，換了縣長鄉長。但村長仍沒有換，仍是李老喜，仍是開會。新任鄉長田小東，是個讀過幾年書的青年娃娃。他新官上任三把火，第二天就開各村村長會，會上大談了一番孫中山的三民主義。他談了半天，各村村長不知他談的什麼。他談到一半問：

「聽懂了嗎？」

村長們答：

「聽懂了！」

田小東問：

「三民主義是什麼？」

村長們答：

「叫老百姓守規矩！」

青年娃娃田小東笑了，又接著談。別的村長都硬著頭皮在那裡聽，馬村村長李老喜坐不住了。他村長當了幾十年，鄉長開會都是談派款和抓兵，哪裡見談過這個？他有些看不起這青年娃娃，會開到一半，他趁出門解手，跨上馬回家抽煙去了。這惹惱了新任鄉長田小東，也是殺雞給猴看的意思，他想撤掉馬村村長李老喜，另換一個年輕的。他說：

「李老喜年紀太大了，該引退了，另換一個年輕的吧！」

消息傳到李老喜耳朵裡，李老喜只是一笑，這青年娃娃還太嫩，李家在馬村坐了百十年，改掉江山是這麼容易的？兒子李文鬧說：

「爹，別讓真撤了你，那就沒臉面了，還是給田鄉長送幾布袋芝麻吧！」

李老喜一笑說：

「什麼雞巴田鄉長，一個娃娃罷了！我就不信他能撤了我。他撤了我，這村裡誰還能當村長呢？讓他找找看吧！」

李文鬧想一想，是想不出別人可以當村長，於是就放心了。但說：

「爹，那你也得給小田一個台階！」

李老喜說：

「等事情過去，他啥時來咱村，給他捉幾隻狗燒燒不就完了！」

但李老喜想錯了，田小東沒有來吃他的燒狗，他真找到了接替他村長位置的人，那就是孫家少東家孫殿元。田小東曾派員到村裡調查。村裡撤了李老喜，是不好找新村長，因為村裡就兩個大戶人家，除了李家，就是孫家，其他都是些到不了人跟前的佃戶。原來派員擔心孫家怕得罪李家，不敢幹村長，沒想到一找孫殿元，孫殿元一點不怕，還甩著馬鞭興高采烈的。派員一回去，孫殿元就和孫毛旦說：

「我說改朝換代到了吧，可不是到了！派員還擔心咱不敢幹，我就不信這馬村只能李家當村長，咱當它一當，看誰能把咱的雞巴咬下來！」

說完，兩個人笑著打馬，奔到鄉上來找田小東，說要借《三民主義》看。田小東問：

「你倆識字嗎？」

孫殿元說：

「怎麼不識字，我們倆都上過私塾，『周吳鄭王』都認識！」

田小東很高興地說：

「那好，那好，那我就借給你們《三民主義》，看了它，就會當村長了！」

雖然以後《三民主義》都被孫殿元和孫毛旦揩了屁股，但村長是當上了。上任當天，孫殿元就讓孫毛旦帶著馬夫老馮、伙夫老得去李老喜家摘「馬村村公所」的牌子，自家騰出一個西廂院，將牌子掛在了那裡。

聽說兒子要當村長，老掌櫃孫老元有些生氣，極力勸阻：

「殿元、毛旦，這村長咱們當不得，人家李家當了百十年，你們這不是找死嗎？」

孫殿元說：

「爹你也太膽小，李家開會打鑼你讓人看不起，現在有人看起你了，讓你當村長，你又害怕了！」

孫毛旦說：

「以後咱們打鑼，也讓他來開會！」

孫老元說：

「你們真是年輕氣盛，愛充人物頭，這村長不是好當的！」

孫毛旦甩著馬鞭說：

「怎麼不好當？我帶人到李家去摘牌子，他家也沒敢放個屁！」

孫老元唉著氣說：

「真是年輕氣盛，年輕氣盛，出了事不要找我，我是老了，該入土了！」

孫老元沒有拗過孫殿元孫毛旦，從此孫殿元當了村長。副村長沒有變，仍是路黑小。路黑小是一個驢販子，閒時給人打打短工。因為他會打鑼召集開會，就沒有換他。從此村裡有人說理，孫殿元就在自己西廂院辦公。也支了一口烙餅鍋，讓原告被告出麵，讓村丁馮尾巴烙餅，吃了熱餅再說理。遇到收糧收款，派夫派牲口，募丁，也打鑼召集開會。只是一到點名派差時，一點到李老喜，李老喜家從來沒人。孫毛旦說：

「娘的，過去他開會，俺叔不敢不到；現在咱開會，他連個人影都不到，我帶幾個人去捆他來！」

孫殿元到底比孫毛旦穩重些，勸孫毛旦說：

「別理他，他不來，咱會也照樣開！」

李家大院見孫殿元真的當了村長，開始斷案說理打鑼開會，一家人都氣得了不得。李老喜也有幾個虎背熊腰的兒子，其揮鞭打馬的威風，並不比孫殿元孫毛旦差。大兒子李文鬧說：

「爹，這兩個窮要飯的，也果真當上村長了！爹，你說句話，我帶幾個人去開導開導他們！」

李老喜仍是一笑：

「開導什麼，村長給咱撤了，還不讓人家當了？」

李文鬧說：

「這村長咱當了百十年！」

李老喜仍笑著說：

「大清皇帝的江山幾百年呢，不也被老孫這個大砲給吹下台了，哪還差咱們！」

李文鬧說：

「爹，這村長就讓他當下去？」

這時李老喜不笑了，說：

「兩個沒脫胎毛的小雞巴孩，讓他當，他還能當到哪裡去！你太年輕，遇事不該這麼著急！」

孫殿元上任那天，孫毛旦帶人來摘牌子，李文鬧說：

「爹，孫毛旦來摘牌子！」

李老喜說：

「一個木牌牌，讓他摘去！」

遇到開會，李文鬧說：

「爹，他們打鑼開會了！」

李老喜說：

「這個不能去！全家一個人不能去，讓他開會！」

於是全家一個不去。李文鬧背後對幾個兄弟說：

「爹也太膽小。要不是爹，依我的脾氣，早把兩個姓孫的打成兩半了，還他媽人模狗樣呢！」

於是在街上騎馬，李家幾個兄弟與孫家兩個兄弟相遇，大家都是怒目而視，然後各自用馬鞭打自己的馬，相互擦身而過。漸漸弄得兩家的佃戶也不說話。等人馬走後，孫毛旦指著李家兄弟對孫殿元說：

「哥，你看，這幾個刁民還不服管呢，還以為是他們的天下呢！」

孫殿元說：

「好，好，咱們找個機會，治他們一下！」

然後兄弟倆打馬飛奔而去。

整治李家兄弟的機會來了。這年秋天，李家大少爺李文鬧逼出一條人命。李文鬧好色，家裡已經有一大一小兩個老婆，但他還和一個佃戶趙小狗的老婆相好。本來兩人是兩廂情願，李文鬧與她好一次，送她一個臉盆大小的花生餅。趙小狗老婆很滿意。趙小狗也知道這事，一來他惹不起少東家，二來看到臉盆大小的花生餅，可以時不時掰下一塊哄孩子，也就睜隻眼閉隻眼當作不知道。有時他也拿一塊花生餅，放到火上烤熱吃，邊吃邊說：

「裡頭油還不少呢，看把我的手都浸了！」

本來李文鬧和趙小狗老婆好，只是在晚上，但這天下午李文鬧喝醉了酒，把下午當成了晚上，大白天到趙小狗家去找相好。趙小狗老婆正在廚房刷鍋，李文鬧撲上去就把她捺到了灶旁柴禾上，往下拉褲子。趙小狗老婆一陣掙扎：

「大白天你幹什麼！」

但趙小狗老婆沒有李文鬧力量大，掙了幾下就掙不動了，李文鬧已經上了她的身，她只是在下邊催：

「那你快一點，這是白天，讓人撞見！」

說讓人撞見，真讓人撞見了。趙小狗不知道白天李文鬧會來，帶了幾個人來家幫他劁豬。豬圈和廚房在一間屋子裡，一進屋子就撞見這個場面。如果是趙小狗一個人，趙小狗還好找托詞，現在後邊跟了一幫人，他臉上就有些掛不住，喝了一聲：

「日你娘，大白天來霸人了！」

撲上去便打。但他不敢打少東家，只敢打自己老婆，邊打邊說：

「你這浪貨，大白天勾人在家！」

李文鬧提上褲子就跑了。趙小狗老婆一邊挨打，一邊辯解不是勾引，是強迫。看到屋外站了一群人看熱鬧，覺得沒法活，瞅空跑到堂屋，解下褲腰帶就吊死了。

趙小狗老婆一死，趙小狗憤怒了，家裡幾個孩子嗷嗷叫著沒人管呢！就去找李家說理。李文鬧早騎馬下鄉收租子了！李文鬧一個兄弟叫李文武的，也是個提鞭打馬的傢伙，一鞭子將趙小狗打了出去：

「你老婆死了，到這來號喪幹什麼！」

趙小狗挨了鞭子，就到村公所來告狀。村長孫殿元、本家兄弟孫毛旦聽了這狀，心中十分高興。孫殿元說：

「好，好，青天白日強姦民女，又逼出人命，他無法無天了！這是什麼時候？這是民國！不抓他還等什麼！」

就要派孫毛旦去抓人。這時老掌櫃孫老元從後邊轉出來，說：

「一個村公所，衙門有多大？能管得了人命的案？鄉有鄉公所，縣有縣衙，案子問不了，可以往上轉嘛！」

孫殿元一聽忙點頭：

「對，對，小狗，我這衙門太小，問不了你這人命大案，你到鄉裡縣裡去吧！」

趙小狗原沒想到還有鄉裡縣裡會管此事，現一聽說鄉裡縣裡還管自己的事，忽然覺得自己龐大許多，他說：

「好，少東家，等著吧，你問不了，我找鄉裡縣裡！」

趙小狗找到鄉裡縣裡。鄉長田小東一聽李家大少爺強姦民婦，逼死人命，大吃一驚，說：

「膽子忒大，膽子忒大！」

馬上就派員來調查。派員來後，中午在村公所吃飯。吃著烙餅，派員便問孫殿元這次強姦逼死人命案的始末，孫毛旦在一邊插嘴：

「派員，逼死的是一條，沒逼死的，還不知有多少呢！」

派員連連嘆息：

「真不像話，真不像話，他竟敢橫行鄉里啦！」

孫毛旦說：

「橫行鄉里算什麼，還目無王法，見了我們哥倆，眼皮都不抬一下！」

派員回去向田小東報告，田小東便通知縣上司法科，司法科派股長老馬和兩個股員來，一根繩索，就果真把李家大少爺李文鬧給捆走了。雖然沒過兩個月，李家花費一些錢（包括付給佃戶趙小狗家八斗紅高粱），又把李文鬧給弄回來了，但李家的威風，從此在村裡減落不少。孫村長孫殿元、本家兄弟孫毛旦很高興，說：

「這下把李家的威風給治了！治了也就治了，把他捆起來了，也沒見把咱的雞巴給揪下來！」

副村長路黑小過去給李老喜當副村長，現在給孫殿元當副村長，他對孫殿元說：

「村長，捆文鬧那天，把我嚇壞了！」

孫殿元說：

「不要怕黑小，你老怕他，這村子咱別弄了！」

從此孫家兩兄弟意氣昂揚，打馬從村裡跑過。遇事就讓路黑小打鑼開會。

李文鬧被放回來以後，對李老喜和幾個兄弟說：

「這事本來沒事，就一個佃戶老婆，大不了咱破點財，都是孫家那小子給折騰的！」

李老喜瞪了李文鬧一眼：

「你是好的，大白天占人老婆，關一關你也好，看你以後還不規矩些！」

另一兒子李文武說：

「當然大哥有大哥的不是，可是爹，孫家小子也太猖狂了！當初你說讓出村長沒事，看現在人家當了村長，不就可以叫縣上來捆人啦？這小子太不把咱們爺們放在眼裡！爹，這小子不會當村長，找幾個人開導開導他吧！」

李老喜這時長出一口氣：

「開導我不想開導他？看到兩個蝦蟆在那裡蹦，我心裡是味兒？只是不到時候，沒個機會，再等一等吧，我就不信這朵花會老紅！」

李老喜的機會終於到了。這年冬天，袁世凱在上邊復辟，民國又不民國了。雖然袁世凱做皇帝比較短，但這次下邊動作比當初民國時換人快得多，縣長、鄉長很快換了，鄉長又換成過去的老鄉紳老周，青年娃娃田小東被一個鋪蓋卷打發走了。得知這個消息，李老喜馬上吩咐家裡擺酒。李老喜在酒席上，又談笑風生的。喝過酒，李老喜將李文鬧李文武單獨留下，問李文鬧：

「文鬧，當初把你關進大牢，那胳膊上的麻繩勒得疼不疼？」

李文鬧說：

「怎麼不疼！」

李老喜問：

「大獄裡關著悶不悶得慌？」

李文鬧說：

「悶得慌！」

李老喜問：

「是誰把你關進去的？」

李文鬧說：

「還不是孫家小子！爹，你問這些敗興事幹什麼？」

李老喜說：

「幹什麼！當初你不總說要開導那小子嗎？現在時候到了，去想法開導開導他吧！」

李文鬧一聽是這意思，立即高興起來，說：

「我這就去拿馬鞭！」

李老喜皺皺眉：

「不是讓你們去打架！你們不要出面，找個外路人，不要怕花錢，神不知鬼不覺的，叫他去把他下腿弄廢了。腿一廢，他不能動了，村長不就當不成了？他村長當不成，鄉里周鄉紳又找誰當呢？」

李文鬧李文武聽了李老喜這番話，都覺得李老喜高明，說：

「爹，我明白了，咱們又要當村長了！」

李老喜說：

「去吧！」

李文鬧李文武就去了。這時李老喜又說：

「記住不要弄死他，要留著他受點罪！」

李文鬧李文武兩人，遵照爹的指示，找了一個外路槍手，照爹的吩咐交代了。交代完李文鬧突然又起了歹心，想報自己的私仇，就對槍手說：

「還是把他弄死吧！」

幾天之後，槍手就在土窯裡把村長孫殿元弄死了。李老喜聽說把孫村長弄死了，對兒子大為不滿：

「不是說讓留著他，怎麼弄死了？」

李文鬧蠻不在乎地說：

「他還不該弄死？弄死他兩回也該！」

李老喜用手指著兒子說：

「你是個蠢貨，你是個蠢貨，應該留著他！這事走漏風聲了嗎？」

李文武說：

「爹，放心，僱的外路人，一點風聲沒漏！」

李老喜說：

「好，好，趕緊給槍手五十塊大洋，打發他走得遠遠的！以後任何時候不許提此事！」

李文鬧就去付槍手大洋。臨到付，他又起了私心，丟到自己口袋裡二十塊，只給了槍手三十塊，惹得槍手很不滿意地走了。

孫村長停屍西廂院時，李老喜吩咐廚子準備一個黑食盒子，帶伙計前去祭奠。孫村長死後兩個月，李老喜派李文鬧給鄉里周鄉紳送去兩麻包棉花。過了兩天周鄉紳說：「馬村村長死了，村裡不能長時間沒個主事的，還是請老喜出山吧！」

於是李老喜又成了馬村的村長。他上任那天，原準備讓兒子李文鬧帶人去孫家摘牌子，沒想到人還沒動，孫家已經派人把牌子送了過來。

這倒叫李老喜吃了一驚。

4

副村長路黑小是個牲口販子。不販牲口時，幫李家或孫家打打短工。由於他是副村長，他打短工和別人不一樣。別的短工得下地割豆割麥子，他可以留在伙房幫廚，或是挑個桶到地裡送水。路黑小副村長當了十一年，前九年跟李老喜當，後兩年跟孫殿元當。不論跟誰當，路黑小都是打鑼召集開會，說理找人烙餅。不過打著鑼從村裡穿過，說理前和村長族長們坐在一起吃餅，路黑小也覺得不錯。雖然他家的房子不比別的佃戶好，他家娘兒們小孩吃的不比別的佃戶強，但在大家眼裡，他和別的佃戶還是不一樣。街上走過，別人打招呼：

「黑小，吃了？」

路黑小說：

「吃什麼吃，吃到一半，事找到頭上了，得給人家去說理，得找人烙餅！」

路黑小的副村長，最初是李老喜給安上去的。在李老喜之前，村裡不設副村長，就是李老喜他爹或李老喜他爺爺一個人。到了李老喜，李老喜說：

「咱們設個副村長。」

一開始大家不同意。人老幾輩，從來沒有副村長，現在為什麼要設副村長？李家內部意見也不統一。但李老喜堅持要設。他說，看他爹他爺爺當村長那麼個忙勁，整天盡給人家說理斷案，打鑼開會，太不自在，所以要設個副村長。設了副村長，不想去開的會，就可以讓副村長去，會散了給他匯報；不想斷的案，比如偷雞摸狗的案子，就可以交給副村長去斷。他這麼說，他又是村長，大家拗不過他。但在副村長的人選上，大家又有看法。他一不選自家兄弟，二不選親朋好友，選了個牲口販子路黑小。他這人選不但自己人想不通，村裡大眾也看不慣，一個本來和自己平起平坐的牲口販子，突然成了自己的副村長，太讓人失望。但李老喜就是相中了路黑小，對自家幾個弟兄說：

「你們懂個屁，有選你們當副村長，還不如不設副村長！」

路黑小當時剛從外地販驢回來，放下驢鞭聽說自己成了副村長，直懷疑自己耳朵出了毛病。那時路黑小他爹還沒死，他爹聽說後，卻不同意自己兒子當副村長，說：

「小子，不是說是個人就可以充人物頭的，你驢都販不好，還能當副村長？」

但當時路黑小年輕氣盛，愛充人物頭，就當了副村長。副村長當上以後，時間一長，大家都習慣了，反倒覺得村裡該設副村長，對路黑小也看慣了，村長反正是個副的，覺得他本來就該當副村長。路黑小這人還有這點好處，當了副村長，還沒有架子，開會打鑼，說理找人烙餅，派夫派牲口具體落實到戶，他跑前跑後，一點沒有怨言。會還沒開，他會場布置好了；理還沒說，他餅烙好了，弄得村長李老喜滿意，大家也滿意。李老喜說：

「看看，怎麼樣，我選這個副村長！」

所以閒時，路黑小到李家打短工，李老喜說：

「黑小，你是副村長，和其他短工不一樣，你不要下地割麥了，就在伙上幫幫廚，或到地送點水就行了！」

路黑小就不到地割麥子，在伙上幫廚，半晌挑桶到地裡送水。過去沒當副村長時，他可得和其他短工一樣，下地割豆割麥子。路黑小覺得李老喜這個人真不錯，覺得自己該當副村長。問題是他在李家打短工可以不下田割麥子，在伙上幫廚，再到孫家去打短工，孫家也只好以此類推，不讓他割麥子，讓他幫廚。有時一天廚幫下來，偷一塊牛肉拿回家，送給他爹吃，還說：

「看看，怎麼樣，當初你還不讓我當副村長！」

副村長當了九年，銅鑼搧壞兩面，烙餅的鍋燒穿三只，路黑小沒有遇到大的難題，反正就是跟著村長李老喜治理村子。村子治理得好壞，是李老喜的事；村子不管治理得好壞，他都跟著吃烙餅。路黑小整天倒是無憂無慮，有時打鑼喊人開會，嘴裡還唱著大戲。不過他會的戲文不多，只會這麼幾句：

我說是好的，
你說不是好的；
妹妹呀，
到頭來你看看，
是不是好的！

翻來覆去地唱。漸漸變成了跟在他屁股後跑著看熱鬧的兒童的歌謠。兒童們一邊捉人藏人，還一邊唱：

我說是好的，
你說不是好的；
妹妹呀，
到頭來你看看，
是不是好的！

但前年春天，副村長路黑小遇到了難題。他跟了九年的村長李老喜，被青年娃娃鄉長田小東給撤了，村長換成了另一個財主孫殿元。路黑小聽到這消息，當時就哭了，一頭跑進李家正房，哭著對李老喜說：

「村長，你看這事，你讓人撤了；你讓人撤了，我這副村長不也當不成了！」

李老喜倒沒有哭，笑著對路黑小說：

「黑小，坐下喝杯茶，這些年跟我跑不容易！現在時運不好，來了青年娃娃，咱們爺們讓撤了，可你放心，河東不會老河東，河西不會老河西，我就不信，這天下就沒有咱爺們翻身的時候了！」

可令路黑小沒有想到的是，孫殿元上台以後，把他這副村長給留下了。這令路黑小又驚又喜，心裡也十分矛盾。當吧，過去跟李老喜在一起，現在人家下台了，自己又跟孫殿元，有點對不起李老喜；可不當吧，銅鑼就得交給別人，以後說理就吃不到烙餅，打短工就得下田割麥子。想來想去，覺得還是想當，就是怕對不住李老喜。後來還是當了，跟上了孫殿元，只是從此不敢見李老喜。有一次他正打鑼召集開會，迎面李老喜騎馬走來，路黑小趕忙躲，想折進一個巷子裡，倒是李老喜把他喊住說：

「黑小，怎麼見我就躲，老叔哪點得罪你了？」

路黑小趕忙站住，臉憋得通紅說：

「老叔，你看，這鑼，我可對不住你！」

李老喜倒「嘻嘻」笑了：

「黑小啊黑小，你真是個好孩子！老叔不當村長，沒拉住你不讓幹公事！好啦，老叔不怪你，你打鑼去吧！」

路黑小放下心來，說：

「謝謝老叔！」

就歡天喜地打鑼去了。

倒是有一次在街上碰到少東家李文鬧，李文鬧不像老掌櫃那麼寬宏大量，看到路黑小打鑼吆喝，在馬上黑著臉說：

「黑小，你還打鑼，你不要忘了，你以前可是吃李家飯的！」

路黑小臉又憋得通紅，突然氣鼓鼓地說：

「少東家，我老婆孩子一大堆，也得養活，你別再說那話，你以為我想打鑼！」

李文鬧倒是一怔，又瞪了他一眼，打馬而去。

路黑小跟孫殿元當了一年多副村長，也漸漸習慣了。兩個村長相比較，路黑小覺得李老喜寬宏大量，孫殿元脾氣大，但李老喜吝嗇，孫殿元大方。比如說理烙的熱餅，過去吃不完，都是李老喜拿回家，現在孫殿元從來不拿，都歸路黑小。時間一長，路黑小覺得跟著孫殿元也不差，就漸漸把李老喜給忘了。有時孫殿元還問：

「黑小，過去跟李老喜當副村長怎麼樣？」

路黑小還說：

「不怎麼樣，半張烙餅他也拿回家！」

孫殿元與孫毛旦相互一望，就「哈哈」笑了。

誰知跟孫殿元跟了兩年，孫殿元被人殺害了。青年娃娃鄉長一走，村長又換成了李老喜。這又讓路黑小做了一次難。就好像寡婦改嫁一樣，嫁過去，又得嫁回來。孫殿元剛死時，他還沒想那麼多，只顧跟人張羅辦喪事。後來村長換了李老喜，他才覺得事情有些嚴重。路黑小感嘆：這公事還真不是好弄的。白天想不明白，夜裡就唉聲嘆氣。老婆勸他：

「算了黑小，副村長也當了十來年了，當來當去沒個完，除了跟人吃張餅，別的沒見你發啥大財！咱安心販牲口，不當也罷！」

路黑小上去踢了老婆一腳。踢過，又覺得老婆說得有道理，說：

「我也知道不當也行，可當了十來年，一下再不當，還過不慣哩！」

但能不能再當，路黑小做不了主，關鍵在李老喜。李老喜又成了村長。他不讓路黑小當，路黑小想當也當不成；他讓路黑小當，路黑小也不敢不當。這時他才覺得這個副村長當得真是窩囊。可他既不敢找過去的村長家屬孫老元問他以後該不該當，又不敢去李老喜家問還讓不讓當，只好在家抓耳撓腮地等待，拿出辦孫殿元喪事時偷掖回家的半瓶酒，一口一口地喝著澆愁。聽到「馬村村公所」的招牌已經又移到了李家，他更加著急。小女兒吃飯，不小心打破個飯碗，他跳上去摑了她一巴掌：

「X你祖娘，眼長到腚上了！」

可這天晚上，他正對著油燈著急，突然李家來了一個伙計，通知他馬上到李家去商量事情。他一陣驚喜，好你個老喜，又讓我當副村長。幾天的憂愁煙消雲散。跟伙計出了家門，看著滿天星星，不再考慮許多，不像第一次改嫁那麼彆扭，既不想對得起對不起死去的村長孫殿元，也不想見了新任村長李老喜該不該不好意思，只是想：好，好，我老路又當了副村長。

第二天，路黑小又打鑼從村裡穿過，通知各姓族長到村公所去說事情，找人取麵烙餅。

5

老掌櫃孫老元的乾兒許布袋被請到孫家大院來了。許布袋他爹，是十里外洋場一個大戶人家，可惜家產後來被許布袋他爹的一桿煙槍給吹沒了。在許家沒有破落之前，孫老元與許布袋他爹是好朋友，趕集碰到一起，常蹲在一塊吃牛肉。孫老元的三姑，曾嫁過去做許家的五嬸。許布袋爺爺一死，許布袋他爹開始吸大煙，開始賣牲口賣地。地大部分賣給了孫老元。孫老元拿出洋錢說：

「兄弟，錢你拿著，這地我不能要，只要你今後別吸煙！」

許布袋他爹說：

「老哥，誰想吸煙？我也不想吸！可要叫我不吸煙，除非你把我打死！」

孫老元只好收下他的地。因為他不收地，許布袋他爹就把地賤價賣給了別人。孫老元嘆息說：

「地算我的吧，我價錢還可出得高些！」

地、牲口賣完，許布袋他爹又開始賣房子。這時一伙土匪又趁火打劫，大白天到他家搶過一回。東西搶完，土匪找許布袋他爹，許布袋他爹已經一根繩子吊死在樑上。那年許布袋十三歲，孫老元就把他領到了馬村，收他做乾兒。

許布袋從小調皮成性。個子長得高，不像他爹的萎縮樣子；但是沒有他爹白，渾身污泥一般黑，只有頭髮是黃的。孫老元送他到私塾和孫殿元一塊念書，他不是在課堂搗亂，就是上房頂蹲著拉屎。一邊拉屎一邊喊：

「快接快接，天上下元寶了！」

孫老元用板子教訓過兩回，他拉著板子說：

「乾爹，打死我我也不念書了，讓我販牲口去吧！」

孫老元拗不過他，只好讓他雜在村裡一群佃戶中，跟人到外邊販牲口。牲口販了幾年，有一天，他把大家販的牲口全偷走了，自己賣掉，拿上錢，不知跑到那裡去了。副村長路黑小一幫牲口販子，回來找孫老元哭訴：

「老掌櫃，我們一群是沒法活了，牲口都讓布袋給偷走了！」

孫老元嘆息：

「真是孽種，真是孽種！」

孫老元自己拿錢貼給一群牲口販子，才了結此事。

又過了五年，二十歲的許布袋，突然從外邊回來了。他又長高了，一臉疙瘩，穿著一身破軍裝，腰裡串著一圈洋錢。據他說，他偷了牲口錢去到處轉著玩。錢花光，就當了兵。原想當兵有人發餉，誰知參加的是革命軍。革命失敗，他腰纏一圈銀洋就回來了。更令孫老元吃驚的是，他說著說著，還從腰裡摸出一支盒子，放到了桌子上。他說，是臨來那天晚上偷排長的。孫殿元孫毛旦見他偷槍很高興，便約他第二天騎馬打兔子。莊稼棵裡放馬跑了一陣，趟出一隻兔子，他「啪啪」放了幾槍，還真把那隻翻飛的兔子給打死了。

孫殿元、孫毛旦拾起兔子說：

「布袋，說你會打槍，還真把兔子給打死了！」

許布袋挺內行地吹著冒煙的槍筒：

「這算什麼，人咱也殺過幾個了！」

孫殿元、孫毛旦對他很佩服，說：

「不簡單，不簡單，哪天把槍也借給咱玩玩！」

許布袋當下就把槍扔給他們：

「玩吧，什麼稀罕東西，別讓撞針走火就行！」

孫殿元、孫毛旦也「噹噹」放了兩槍，槍子落在腳下土裡，震得耳朵疼，兩人笑著說：

「一下子不熟，這盒子還認生！」

許布袋回來以後，孫老元準備讓他在孫家當監工和護院，誰知許布袋說：

「乾爹，我長大了，不在你家待了，我要回楊場。我爹還給我留下兩間房子！」

孫老元說：

「你要回楊場，就回楊場！」

孫老元以為乾兒在外邊轉了幾年，長了志氣，就送他回楊場，還將過去買他爹的地，又送回他五十畝。誰知許布袋回楊場是為了不受乾爹管束，第二天就把五十畝地賣了，拿錢下了錢場賭錢。賭贏了，就下飯鋪喝酒吃肉；賭輸了，就躺在屋子裡受餓挨凍。後來聽說他還幫荒甸子上一幫土匪串過線，綁過兩回人票。孫老元嘆息：

「這個布袋，像他爹一樣，是長不成了！」

但許布袋有這點好處，不管是贏是輸，不再來打擾乾爹。據說有次餓了三天，也沒到乾爹這裡來吃飯。倒是孫老元聽說後，有些佩服，說：

「這個布袋孬是孬，但不沾連人！」

於是派人送去兩籃子饅頭。

孫殿元孫毛旦兩個，有時想到楊場勾引他回來打兔，被孫老元喝斥道：

「你看他已經快混成了土匪，還勾他幹什麼？還想讓他把咱家的家產，也拿到賭場上去嗎？」

於是孫殿元孫毛旦不敢勾他，他也不過孫家來。孫殿元當了村長被人勒死後，他也沒有過來祭奠。後來孫老元得知凶手是李老喜，與姪子孫毛旦商量報仇時，孫老元突然想起這個許布袋。一開始孫老元沒有想起許布袋，想起了縣司法科老馬。孫毛旦也說：

「既然知道是老喜害了我哥，我去叫司法科老馬！」

孫老元想了想又止住孫毛旦：

「知道是老喜，也不能叫老馬！」

孫毛旦問：

「怎麼不能叫老馬？」

孫老元說：

「你想想，他讓人殺你哥時，你又沒在跟前，現在槍手又跑得無影無蹤，就憑鍋三兩句話，老馬能抓他？」

孫毛旦想了想，也傻了眼。

孫老元又說：

「就是老馬把老喜抓起來，也給你哥報不了仇！」

孫毛旦問：

「怎麼報不了仇？」

孫老元說：

「上次他大兒逼死人命，老馬給抓走了，可人家花了些東西，他大兒不住了兩天就出來了？老馬那裡，也就那麼回事！」

孫毛旦說：

「那我哥的仇不能報了？」

孫老元說：

「看來他走的是暗道，找的是槍手，咱也得找槍手！」

這時想起了乾兒許布袋，知道他與土匪有聯繫，想透過他找個槍手。於是讓孫毛旦在夜裡騎馬去叫他。

半夜，許布袋來了，身上仍是那身破軍裝，已經一縷一縷的了！黃頭髮很亂。孫老元看了有些心酸，說：

「布袋，這兩年乾爹沒有照顧你！」

許布袋愣愣地說：

「乾爹，你不是派人送過去兩籃子蒸饃嗎！」

兩籃子蒸饃他還記得，孫老元有些感動。孫老元叫孫毛旦拿衣服給許布袋換，許布袋換了。

這時孫老元問：

「布袋，知道你換這衣服是誰的？」

許布袋只覺得新換的衣服有點小，不知道是誰的，這時孫毛旦說：

「是咱殿元哥的！」

孫老元問：

「知道殿元怎麼了？」

許布袋這個知道，說：

「聽說叫人弄死了！」

孫老元問：

「知道是誰弄的？」

許布袋說：

「不知道！」

孫老元說：

「你不知道，乾爹我知道。他被仇人用麻繩勒死了！」

說完就掩面哭了。又說：

「可憐我已五十多歲的人了，他被人勒死了！布袋，乾爹不是惹事的人，可兒子都給你弄死了，你一聲不響，也讓人笑話。布袋，乾爹以前沒照顧你，現在找你來是向你求事，想求你找幾個朋友幫忙，幫乾爹報了這個仇！」

說完，向許布袋作了一個揖。

這時許布袋火了：

「乾爹，你不用向我作揖，光作揖有什麼用，我一天沒吃飯了，弄點牛肉我吃吃吧！」

這時孫老元倒禁不住「噗嗤」笑了，說：

「乾爹大意了，乾爹大意了！」

於是吩咐孫毛旦把伙夫老得叫起來，切牛肉捅火煮菜。

等許布袋吃飽，說：

「乾爹，我回去了！」

孫毛旦上前拉住他：

「布袋，你怎麼能走，給殿元哥報仇的事還沒商量呢！」

許布袋倒愣住：

「不是剛才乾爹都說了嗎？」

孫毛旦說：

「你能找到朋友？」

許布袋說：「殺一個屌人，找什麼朋友，找我就夠了！哪天合適，找人叫我，指出凶手是誰，保他活不到明天！」

這時孫老元倒佩服許布袋，說：

「好，好，乾兒還是乾兒！」

又讓孫毛旦給許布袋拿了幾十塊光洋。許布袋也沒推辭，接過光洋就走了。

許布袋走後，孫毛旦說：

「叔，有了布袋，這下李老喜活不成了！」

這時孫老元倒又嘆息一聲：

「誰知道呢！別找人找錯了，我咋看布袋有些冒失！」

孫毛旦說：

「什麼冒失，那天打兔子，他一槍就撂倒了！」

孫老元說：

「那是兔子，這是人！」

又說：

「既然給他說了，不能再換人了，就是得再給他找兩個幫手！」

孫毛旦說：

「叔，我去吧！」

孫老元瞪了他一眼：

「你能去？這事能明火執仗？等我再想個人吧！」

轉眼到了陰曆二月二，按慣例，這天孫家請長工客。因為二月二，龍抬頭，大地動了，過節後就該下田弄地了。請客一般請吃肉包，用大鍋蒸上幾籠肉包，掀開，熱騰騰地端上來，請大家吃。孫老元待長工從來不吝嗇，包子裡一兜肉，還搗蒜汁滴香油，讓人來蘸。二月三北山有廟會，孫老元還專門套個馬車，拉長工去趕會。他裡裡外外地喊：

「趕會了，趕會了，車都套好了，不去趕會在家幹什麼！」

今年二月二，孫家仍請長工吃肉包。吃完肉包，已是上燈時候。長工們又吸了幾袋煙，各自回家睡覺，準備明天坐車趕廟會。馬夫老馮、伙夫老得回去得晚些，因為老馮還得給馬添草，老得得收拾蒸籠碗筷。老馮正在添草，老得正在洗籠布，孫毛旦過來說：

「老馮，老得，先不要幹了，我叔叫你們！」

一聽說孫老元叫他們，兩人都嚇了一跳，忙停下手中的活計，擦著手來到正房。不過他們不怕孫老元，孫老元待人好。老馮家孩子有病，孫老元找先生給他看好；老得偷肉，孫老元也沒有攆他走。他們怕的是孫毛旦，因為他手裡常提馬鞭。

來到正房，孫老元正坐著吸煙。孫老元指著牆邊的條凳說：

「坐吧。見你們兩個回去得晚，跟你們說會話！」

老馮、老得都點頭，但沒有坐下。

孫老元說：

「今天的包子我吃了一個，好吃，餡拌得不錯！」

老得很高興，說：

「就這還差小茴香，老馮趕車到集上去，讓他捎小茴香，他給忘了！」

老馮不好意思「嘿嘿」笑了，說：

「到集上老覺得有事，可就是想不出來，趕車回來，一到村邊，就想起來了！」

孫老元說：

「沒有小茴香，蒸得也好吃！」

又問老馮：

「明天去廟會套哪一掛牲口？」

老馮說：

「套那匹小兒馬，前頭兩匹騾子。小兒馬長成了，該試套了！」

孫老元說：

「把上口也給它帶上，別驚了車！」

老馮說：

「咱家的牲口，還沒驚過哩。上次老李家的牲口驚了，還不是請咱給制服的？」

「知道了。」

孫老元說：

接著不再閑聊，指著牆角兩布袋糧食說：

「老得，把那兩布袋糧食扛過來！」

老得把那糧食扛過來。

孫老元指著說：

「這是兩布袋核豆，春天日子長，扛回家讓孩子們吃吧！」

老馮、老得一下弄得挺感動，說：

「老掌櫃……」

就說不下去了。

孫老元說：

「一把核豆，不是啥好東西。停些日子，我還有事找你們幫忙呢！」

老馮、老得堅決地說：

「老掌櫃，你用得著我們的地方就說話！」

孫老元說：

「知道了。今天天不早了，把糧食扛回去早點歇吧。到用你們的時候，我讓毛旦喊你們！」

老馮老得點頭說：

「是啦老掌櫃！」

一人扛起一袋糧食，就回家去了。第二天兩人碰面，在一起嘀咕：

「老馮，你說老掌櫃讓咱們幹什麼？」

老馮也搔著頭：

「我也一夜沒睡著。不會讓咱倆去販馬吧？」

老得說：

「大概不會。咱倆沒有販過馬。」

這天孫毛旦轉到廚房要牛肉吃，老得給他切了一塊牛肉筋，順便笑著問：

「少東家，聽老掌櫃說，要分派給我和老馮一個事，不知這事是個啥？」

孫毛旦嚼著牛肉筋說：

「到時候你們就知道了！」

老得說：

「你先給我透個信兒，我有個準備！」

孫毛旦說：

「也就是讓你們跑跑腿，跟人借個東西。」

老得大為感動：

「老掌櫃可真是，咱本來就是他的伙計，讓到誰家借東西，讓去就是了，還給了一布袋核豆！」

老得回頭給老馮說了，老馮也很感動。老馮說：

「人心都是肉長的，到死，咱不能忘老掌櫃的大德！」

老得說：

「不能忘，不能忘！」

說完，老馮感動地去餵馬，老得感動地去煮菜。

6

端午節到了，大家吃油餅，唱戲。今年戲班子轉到了十五里以外的牛市屯。是屯就比村子大，牛市屯的屯長說，鄉下村子唱三天，咱唱五天。而且請的是「玻璃脆」的戲班子。「玻璃脆」是當地一個有名的旦角，扮相好，聲音脆，據說項城縣袁世凱他爹祝壽，請的就是「玻璃脆」。牛市屯的人個個都很高興，覺得自己身分也提升了不少，早三天就開始搭戲台子，接著紛紛到外村請自家的親戚聽戲，說：

「去聽戲吧，『玻璃脆』的戲！」

李老喜的女兒家是牛市屯的。婆家也是一個大戶人家，既有牲口有地，又開了一個油坊賣香油。開戲的前一天，女兒家派轎車來接李老喜。女兒帶小孩親自來了，女兒說：

「爹，小孩他爺爺說，讓你去聽戲！」

小孩也撲上去說：

「姥爺，聽戲那天，你給我買個梨糕！」

李老喜本來不大愛聽戲。一幫戲子又拉又唱，他聽不出有什麼意思。但女兒坐車來了，小孩又叫他買梨糕，他也不由笑了：

「好，好，姥爺給你買梨糕吃！」

接著又對女兒說：

「其實我不去也罷，村子裡這一陣子挺忙，過幾天鄉裡還讓派夫去修路！」

大兒子李文鬧說：

「爹，巧珍來接你，你該去聽戲就去聽戲，村裡還有路黑小，派夫修路，又不是什麼大事！」

李老喜想了想，說：

「好吧，我去聽戲！」

李老喜村長已經又當了三個月了。幾個月來，平安無事。剛當村長時，孫殿元剛死，他有些提心吊膽。當初他提出「開導」孫殿元，沒想到李文鬧讓人把他「開導」死了。李老喜擔心這是禍根，說不定哪天就要爆發。所以幾個月來他特別謹慎，吩咐兩個兒子加緊護院，夜裡不要出門，天擦黑把狼狗放開。大兒子李文鬧感到爹的做法有些好笑，說：

「爹，一個窮要飯的後代，弄死也就弄死了，看把你嚇的！」

李老喜說：

「你蠢麼，話是那麼說，他家現在不是不要飯了！他家也人馬一大幫呢！我當初錯用了你，種下個禍根，那槍手的嘴嚴不嚴？要萬一叫人家知道了，這禍根就該發作了！」

李文鬧說：

「爹，放心，那槍手是外路人，在幾百里之外，人家怎麼會知道？我聽路黑小說，孫家一直在懷疑是土匪幹的呢！」

李老喜說：

「那就好，那就好，這事就到這裡。以後見了孫家的人，該說話就說話，別露出來。殺了人家兒子，可不是小事，這和你弄死個佃戶老婆可不一樣！」

李文鬧雖然感到爹有些好笑，但還是按爹說的辦了。李老喜有時在街上碰到孫老元，還故意沒話找話說上兩句。他見孫老元對他的態度如舊，沒有大改變，心裡才略略放心。後來見孫家主動把村公所的招牌送回來，心裡也有些感動。有時村裡開會，點名派夫派牲口，點到孫老元頭上，見孫老元不像以前那樣逢會必到，也不怪罪，翻過這一頁，也就過去了。

三個月沒事，李老喜心裡放下許多。女兒來叫看戲，第二天一早，他抱著外孫，和女兒坐著轎車到牛市屯聽戲去了。他轎車一出村，孫老元就知道了，孫老元當下趴到地上磕了個頭：

「殿元，你閉閉眼吧孩子。老喜呀老喜，你聽戲去了，你可活到頭了！」

當天晚上，就派孫毛旦請許布袋去了。自從知道孫殿元是李老喜害的以後，孫老元沒有一夜不是睜眼睡的。孫毛旦有些著急，說：

「叔，仇人找到了，布袋也找到了，讓兩邊一對號，把事情辦了不就完了！」

孫老元說：

「說的跟玩兒似的，怎麼辦？你以為是小孩過家家呢！要人家的人頭，不是去給人家送錢，到人家家就辦了！他家兒子伙計一大幫，還有幾條狼狗，你要有能耐，你去辦一辦？保證你還沒辦人家，就讓人家把你辦了！總得等個機會！」

就這樣，孫老元在等機會。可一天和一天都一樣，李老喜就在家辦公，一到天黑也不出門，把個孫老元也等急了。孫毛旦說：

「叔，再等我心裡就長毛了！索性聯繫一幫土匪，白天把他家平了算了！」

孫老元嘆息一聲：

「你又說得容易，可咱家的家產，能養活起一幫土匪？你明火執仗把人家平了，也跑不了你的官司！當初李家是怎麼害的你哥？還不是人不知鬼不覺，就拿些光洋暗地請了個槍手！咱呀，咱也得向人家老喜學學！」

倒是馬夫老馮、伙夫老得有些納悶，湊到一起說：

「老掌櫃給咱們一布袋核豆，說是讓咱跟人去借東西，可核豆都吃完了，也沒見讓咱去借！」

老得說：

「別是老掌櫃給忘了！」

一次孫老元到馬棚去看馬，老馮瞅個機會問：

「老掌櫃，你不是說派我跟老得去幹個事？怎麼不讓我們去了？」

孫老元長出一口氣：

「不要著急，不要著急！」

老馮說：

「老掌櫃，該派事的時候，你得說話，我們不能白吃你的核豆！」

孫老元說：

「你們跟我這麼多年，一布袋核豆，不派事，還吃不得了！」

老馮有些感動，說：

「話是這麼說，可這核豆我們吃得不踏實，老掌櫃，事兒該派還得派！」

孫老元說：

「我知道了。」

就踱出了馬棚。

一聽說李老喜要到牛市屯女兒家聽戲，孫老元高興得心尖子發顫，機會來了。李老喜一挪老窩，到了外邊，就可以動手了。可他知道李老喜不愛聽戲，又擔心李老喜不去。他要不去，機會又失去了，不知又要等到何時。直到聽說李老喜坐女兒家的轎車出了村，孫老元心上一塊石頭才落了地，當時趴到地上磕了一個響頭。磕完頭，立即叫老得找孫毛旦。孫毛旦找來，孫老元叫老得出去，然後跟孫毛旦說：

「知道李老喜到哪兒去了嗎？」

孫毛旦昨夜摸了一夜牌，睡了一天剛起來，昏頭昏腦地說：

「他不還在家待著嗎？」

孫老元照地上吐了一口唾沫：

「瞧你那個頭腦，還想著給殿元報仇呢！指望你報仇，殿元的骨頭早漚爛了！告訴你，李老喜出村了，到牛市屯聽戲去了！」

說完，激動得在屋裡亂轉，枴棍也不要了。

孫毛旦一聽這消息也很高興，當下瞌睡就醒了，說：

「好，好，他聽戲去了，他挪老窩了，我明白了，這下可以辦事了！這個蠢貨，他怎麼就出村了呢？」

孫老元說：

「還不是聽我的話，咱們沒有露出來？他以為咱們不知道殿元是誰害的呢，他光記著摘牌子當村長了！」

孫毛旦一邊將披著的衣裳穿上，一邊匆忙就往外走：

「我騎馬去叫布袋！」

孫老元喝住他：

「站住，誰要你白天騎馬去，夜裡就不能去了？」

孫毛旦說：

「對，對，夜裡夜裡。見面就是一頓罵，把我給罵暈了！」

當夜三更，孫毛旦將許布袋從十里外的楊場請來。孫毛旦一更就到了楊場，可到處找不到許布袋，把孫毛旦急了一頭汗。找來找去，原來許布袋並沒有走遠，只是他沒有睡正房，睡在牛圈一鋪草堆裡。孫毛旦將他從草堆裡扒出來，不禁笑了：

「真是一個土匪！」

接著喊他：

「起來起來，乾爹叫你呢！」

兩人騎馬上了路。路上星星滿天，風一吹有些冷。孫毛旦穿得厚，不覺得有風；許布袋破衣爛衫，渾身上下打顫。許布袋不滿意地說：

「黑更半夜，又叫我幹什麼？」

孫毛旦說：

「上次你乾爹給你說的事你忘了？現在時候到了，你可以給殿元哥報仇了！」

許布袋這才明白叫他的意思，忙撥轉馬說：

「那我得回去！」

孫毛旦急了：

「怎麼了布袋，你又變卦了？上次你乾爹還給你幾十塊光洋呢！」

許布袋瞪了孫毛旦一眼：

「都怪你不早點說，以為又讓我去喝酒。既然這次是真的，我傢伙忘到家裡了！」

孫毛旦笑了：

「我以為你變卦了呢！」

也撥轉馬頭，陪許布袋回去。

到了許布袋家，許布袋把兩個屋子找遍，沒有找到他的傢伙。最後在豬圈食槽子下找到了，原來是一把生鏽的殺豬刀。孫毛旦「噗嗤」一又笑了：

「我以為什麼好傢伙，原來是個生鏽的殺豬刀，還不如我送你一個小攮子呢！你的那把盒子呢？」

許布袋悶著頭說：

「上次賣給老邱了！」

孫毛旦也不知老邱是誰，兩個又騎馬上路了。路上許布袋問：「要我去殺誰？現在可以告訴我了嗎？我認識不認識他？」

孫毛旦說：

「怎麼不認識，就是李老喜！就是他僱人把殿元哥給勒死了！前些時候他老不出村，沒地方下手，昨天他去他閨女家聽戲，出村了，你乾爹就讓叫你來了！」

許布袋一聽是李老喜，又勒住馬，說：

「要殺李老喜？李老喜這人我可覺得不錯！」

孫毛旦問：

「他怎麼不錯？」

許布袋說：

「小時候我到他家偷棗，一次被他家狼狗纏住，他喝退狼狗，也沒有打我！」

孫毛旦又有些著急：

「那是小時候，現在他可把咱哥給殺了！！」

許布袋想了想，嘆口氣說：

「那就殺了他吧！」

這樣到了孫家。孫老元已經在家擺了一桌酒，兩人一到，就讓入座。酒過三巡，孫老元問：

「路上毛旦都跟你說了？」

許布袋說：

「說了，什麼時候動手？」

孫老元說：「這都五更了，他昨天去的，昨天聽了一天戲，今天還要聽一天，今天晚上吧！」

許布袋說：

「那怎麼現在給我叫過來了？」

孫老元說：

「一會兒天就明了，白天你睡上一天，養養精神！」

許布袋說：

「養什麼精神，我還跟毛旦去打兔吧！」

孫毛旦很高興，但孫老元說：

「不能打，不能打，這事還得守密，你得藏著，不能讓人發現！」

孫老元又說：

「布袋，這事一定要小心，牛市屯人多嘴雜，動手要在後半夜。他女兒家的地形，我已經打聽好了，到今天晚上再告訴你！去時我還給你準備了兩個幫手，讓他們在村外接應！」

許布袋不高興：

「乾爹，你幹事還是這麼囉嗦，我要單獨行動，我不要幫手！」

孫老元說：

「我的兒，這是殺人頭點地的事，冒失不得。去兩個人在村外給你牽馬，你萬一出了事，跑起來也快！」

許布袋撅著嘴問：

「是兩個什麼人？」

孫老元說：

「實靠得很，就是咱家的老馮和老得。為了守密，現在不能告訴他們，就說跟你去借東西。等到了路上，你再告訴他們吧！」

當下商量完畢，孫老元就讓孫毛旦帶許布袋去西廂院睡覺。這天許布袋倒很老實，一覺睡到太陽偏西，才起來吃晚飯。

7

李老喜已經在女兒家聽了兩天戲。頭一天聽的是《秦雪梅吊孝》，第二天聽的是《王寶釧守寒窯》。但他不懂戲文，也就是坐到椅子上聽。聽來聽去，沒聽出個什麼意思。親家老關在旁邊陪他，一會說「『玻璃脆』出來了」，一會說「『玻璃脆』出來了」，他也沒聽出玻璃脆唱得好到那裡去。這次親家對他不錯，專門宰了一隻羊，殺了幾隻雞。雖然馬村不算大，但李老喜大小也是個村長，看戲往前邊放椅子，眾人都讓，都說：

「馬村村長來了，馬村村長來了。」

牛市屯屯長姓牛，坐在戲台下最前排，這天扭頭發現了他，也笑著向他拱手：

「喲，李村長來了，給敝屯增光！」

李老喜也笑著拱手：

「屯長客氣了。哪天有空，到小村去玩玩。」

牛屯長說：

「一定去，一定去。台上打板了，咱們先看戲！」

戲一散，親家老關就關心地問他：

「怎麼樣親家，戲唱得怎麼樣？」

李老喜說：

「不錯，唱得不錯。就是這戲老哭哭啼啼的，讓人敗興！」

老關說：

「那是唱戲，唱戲哪有不哭的？『玻璃脆』最拿手的，就是唱苦戲！」

女兒外孫對他也不錯，看戲坐在他身後，給他遞瓜子嗑。這天戲還沒開鑼，外孫纏他：

「姥爺，你不是說給我買梨糕嗎？」

李老喜突然想起，笑著說：

「姥爺倒把這事給忘了！」

就從口袋摸出一塊光洋，遞給外孫讓他買。親家在一旁看到，喝斥孫子：

「在家怎麼給你說的？又讓你姥爺破費！」

李老喜笑說：

「小孩子家，何必說他！」

看完戲，回到家，已是三星偏西。親家還要讓家人燙壺酒，與他共飲，然後才安歇。照顧如此周到，倒讓李老喜過意不去。人家到自己家來過幾次，半夜哪讓喝過酒？於是不安地說：

「親家，我這一來聽戲不要緊，把你打擾得不輕！」

親家老關說：

「親家，你說到哪裡去了？知你當著村長，平時公務繁忙，請都請不到，這次請來了，還什麼打擾不打擾！」

李老喜只好安心聽戲。只有一件不好，李老喜初到這裡，有些水土不服，頭一天晚上，半夜就起來拉了兩回肚子。第二天一早女兒來送洗臉水，李老喜說：

「妮兒，戲我也聽了一場了，家裡還有事，讓我今天回去吧！」

女兒不放，問：

「爹，你住在這，有什麼不合適的地方？」

李老喜也不好對女兒說自己跑肚子，只好說：

「怎麼不合適，看到你婆家忙前忙後，我心裡不過意！」

女兒說：

「這有什麼不過意，那年他家開油坊，還借過咱家十石米呢！」

李老喜倒笑了：

「還是從小的脾氣，說話不懂事！在人家老人面前，可不許這麼說話！」

於是就安心住下。如果李老喜第二天果真回去，也就躲過了殺身之禍；他被親家和女兒留下，就該他倒霉。第二天晚上，他正由親家陪著聽《淚灑相思地》，許布袋和老馮老得三個，已經騎著馬上路了。

直到來時，馬夫老馮、伙夫老得並不知道來幹什麼。孫老元只交代他們，跟乾兒許布袋去借件東西。老馮、老得自從吃了孫老元的核豆，一心想給老掌櫃辦事，現在聽說事情來了，都很高興。但聽說事情是夜裡不是白天，又有些納悶，說：

「老掌櫃，借什麼東西，白天不去借，還得趁著晚上！」

孫毛旦在一旁說：

「白天怕人家家裡沒人，夜裡去才找得著。」

老馮老得一聽也有道理，又問孫毛旦：

「少東家，到底是借什麼，得去三個人？」

孫毛旦說：

「去三個人，證明借的東西不輕，得三個人才抬得動，路上布袋告訴你們！」

到了夜裡，老馮老得就跟許布袋騎馬出了村。臨行時，老掌櫃又把許布袋拉到旁邊交代：

「沒機會就不幹，也不要出了事情！」

許布袋說：

「乾爹，放心去睡覺吧！」

三個人出了村。一開始大家不說話，等出了村，上了路，打馬跑開，三個人才開始說話。老得說：

「老馮，夜裡沒騎馬走過路，誰知比白天出路！」

老馮說：

「可不！我那年趕馬車拉豆餅，一夜走了一百二，放到白天，把馬打死也走不脫！」

老得又說：

「這借個東西，老掌櫃憋了半年！」

老馮說：

「也不知借個什麼！」

老得問許布袋：

「少東家，咱們去哪村借東西？」

許布袋說：

「去牛市屯！」

老馮說：

「借個啥，用得著三個人？」

許布袋說：

「借個人頭！」

老得笑了：

「少東家就會說笑話，黑更半夜，借什麼人頭！借誰的人頭？」

許布袋說：

「借李老喜的。他把殿元給勒死了，咱們今天去殺了他！」

老馮老得都嚴肅了：

「真的？」

許布袋「嗖」地從後背衣裳裡抽出那把殺豬刀：

「看這把刀！」

一說看刀不要緊，老馮老得嚇了一跳，老得當時嚇得軟癱了，「咕咚」一聲就從馬背上栽了下來。

許布袋和老馮都停住馬，起來拉他，他癱在地上不起來，說：

「老掌櫃也不說清楚，光說借東西，誰知是借人頭！嚇死我了，我是不敢去了，我沒殺過人，我不殺人！」

許布袋上去抽了他一馬鞭：

「起來！不是讓你去殺人，殺人的是我，讓你們倆在村外牽馬等我！」

老得說：

「牽馬我也不去，我一步動不得了，要去你們倆去，我要回去！」

許布袋說：

「你去不去？你不去我先殺了你！」

說著真用刀去砍他。嚇得老得一骨碌爬起來：

「你別殺，我去，我去！」

三個人又騎馬走。老得幾次又想從馬上癱下來，但看著許布袋手中的刀，抱著鞍在馬上哆嗦。這時老馮說：

「少東家，看老得這樣子，是真難去殺人。」

許布袋說：

「要擱我在隊伍上的脾氣，早把他槍斃了！殺人我一個人去，你倆在村外牽馬！」

老馮趕緊說：

「好，好，我們在村外牽馬！」

到了牛市屯村外，許布袋果真讓三人下馬，把自己馬的韁繩交給老馮：

「你倆牽馬到麥稞裡等著，我進去殺他！」

老馮老得慌忙說：

「好，好，我們在麥稞裡等著！」

許布袋又往老得臉上亮了亮刀，轉身一溜小跑就不見了。嚇得老得又癱在地上，說：

「老馮，老掌櫃說讓借東西，誰知是借人頭，嚇死我了！知道這，說啥我也不來了！」

老馮這時倒英勇了，說：

「原來少東家是讓李老喜勒死的，那李老喜也該殺！老掌櫃也沒有讓咱去殺人，就讓在村外牽牽馬，殺人用的是人家乾兒，我看老掌櫃夠仗義的！」

老得說：

「我也知道仗義，只是頭一回幹這事情，當不住腿的家！」

說著，兩人牽馬隱到了麥稞裡。到麥稞裡等了一會，老得又問：

「不知要等多長時候？」老馮挺內行地說：

「殺人倒快，就是找人慢。等著吧，反正布袋不回來，咱不能回去，不然見老掌櫃怎麼說？」

老得說：

「願他殺得快些吧！」

老馮、老得說話時間，許布袋已經到了牛市屯的戲台前。戲台上吊著兩盞汽燈，亮得晃眼。這時「玻璃脆」正唱到小寡婦哭丈夫，戲台下許多人都哭了。許布袋把刀藏好，也擠在人群中聽，順便還在小攤上買了十幾個梨糕糖。聽了一會戲，吃了兩個梨糕糖，將坐在前邊的李老喜給瞄上了。既然瞄上了，許布袋就不再著急，安心聽戲。

等戲散場，大家呼喊著搬凳子回家，許布袋就遠遠跟上了李老喜和他的親家。李老喜和親家走在前邊，女兒抱著睡熟的孩子走在後邊，再後邊是搬凳子的兩個伙計。等一干人回到家，許布袋也繞道上了他家的瓦屋頂。許布袋伏在瓦屋頂上，以為他家很快就滅燈睡覺，可以動手了，誰知李老喜親家老關又在正房擺上了酒，和李老喜喝了起來。看著窗戶紙上透出的兩個對飲的人影，許布袋生了氣：

「本來不想殺他，誰知他還喝酒，這下得殺了他！」

好在兩人喝的時間不長，伙計提個燈籠，就把李老喜送到了後院安歇。許布袋也從瓦房上沿到後院。原以為這下安生了，誰知道李老喜睡下也不安生，屋裡的燈一會滅了，一會又亮了，他一會睡下，一會又起來了。原來李老喜又跑肚子，睡下一會兒，就得起床到屋外廁所去解手。一直折騰到後半夜，把許布袋氣得直吐唾沫，罵道：

「今天算是倒霉，看他那個磨蹭勁兒！」

好不容易李老喜睡下了。屋裡不再亮燈。許布袋拍了一下巴掌：

「你也會老實！」

就順著房牆下去。誰知屋後有個狗窩，一個狼狗「忽」地一聲撲了上來，把許布袋嚇了一跳。許布袋正有氣沒地方出。一把攥住撲過來的狗脖子，生生地把個大狼狗給攥死了。大狼狗一聲沒吭，先是腿亂踢蹬，漸漸身子就變成了爛泥。許布袋把狼狗扔掉。繞到房前，到李老喜睡的房子，便去撥門。誰知剛一撥，門就開了，原來是虛掩著的。許布袋心想：

「他倒膽子大，睡覺不插門。」

進屋以後，悄悄摸到床前，從後衣裳裡抽出殺豬刀，估摸出睡覺人頭的地方，一刀就下去了。誰知一刀砍了個空，把個枕頭給砍爛了，床上也沒動靜。許布袋嚇了一跳，張眼往床上看，床是空的，只有翻起的一團被窩。原來在許布袋和狼狗搏鬥時，李老喜剛睡著又拉肚子，這次來得比較急，燈也沒點就提著褲子出去了。許布袋只好蹲在床腳下等，心裡說：

「原想等他睡著送他走，他也不知疼，誰知他沒這福氣，還得醒著殺！」

心裡正說著，門響了，李老喜提著褲子走了進來。許布袋不再等待，一個箭步就衝了上去。李老喜正一腳門裡一腳門外，突然見有人影黑乎乎撲上來，知道不妙，扭身就往外跳，跳出屋就跑。可他一時著急，嚇得也忘了喊。許布袋見他跑了，心裡也著了急，端著刀子就追。李老喜跑到院子沒處躲，就一頭鑽進了磨房磨道裡。許布袋也跟到磨道裡。兩人在磨道裡轉了兩圈，人還沒殺上。這時老闞的馬夫後半夜起來餵馬，聽到磨房有動靜，就過來喊：

「誰？」

聽到有人聲，李老喜才想起自己也有嘴，便大聲嚷嚷：

「快來人吧，快來人吧，有人殺我！」

說完，一頭栽倒在磨道裡。

馬夫嚇了一跳，接著在院子裡亂跳：

「東家，快起來吧，我是不管了，有人殺李村長！」

他這麼一喊，各屋紛紛亮了燈，人們提著褲子跑出來。許布袋見事不妙，只好收起刀，趁亂又攀上瓦屋頂跑了。

老馮、老得仍在麥稞裡等著，看看東方發白，天都快亮了，兩人不禁有些著急。老得說：

「布袋怎麼還不來？說話天都亮了，天一亮，咱們還牽著馬藏在麥稞裡，被人看到算什麼！」

老馮說：

「再等一等吧，殺個人哪那麼容易！」

正說著，許布袋來了，跑得氣咻咻地。跑到跟前，跨上馬就跑。老馮、老得也急忙上馬跟他跑。等跑出五六里路，三匹馬才漸漸慢下來。這時老得問：

「怎麼樣布袋，把李老喜殺了嗎？」

許布袋也不言聲，又打起馬。老馮悄悄對老得說：

「看他不言聲，肯定是殺了！」

這樣到了孫家。孫老元孫毛旦一夜沒睡，都在等著，見他們回來，忙將他們引到正房。孫老元急忙問：

「怎麼這麼長時間，把我急壞了，怎麼樣布袋，得手了嗎？」

這時許布袋已經鎮靜下來，先喝了一瓢水，然後說：

裡，誰知又驚起了人，我只好跑了！」

孫老元孫毛旦吃了一驚。老馮老得也吃了一驚。孫老元問：

「這麼說他沒死？」

許布袋說：

「沒殺到他，他還活著！等明天晚上吧！」

孫老元搖頭嘆息：

「你呀布袋，錯失良機，錯失良機。你今天沒殺到他，他明天晚上還能在那等著你嗎？」

等許布袋、老馮、老得下去歇息，孫老元在屋裡急得來回轉圈，拍著巴掌對孫毛旦說：

「我說布袋有些冒失，看冒失不冒失。這麼好的機會，讓他錯過了！唉，也是命該如此，老喜不該死！」

孫毛旦說：

「當初還不如讓我去！」

這樣焦急到天明，突然馬夫老馮又回來了，進屋就叫：

「老掌櫃，老掌櫃，我報告你一個喜信！」

孫老元說：

「這時還有什麼喜信！」

老馮說：

「我聽街上人說，李老喜死了！」

孫老元孫毛旦吃了一驚：

「什麼，他死了，不是布袋沒殺著他嗎？」

老馮說：

「布袋是沒殺著他，但把他擠到磨道裡轉了兩圈，把他給嚇死了！剛才有人見李文鬧李文武急急忙忙去牛市屯奔喪呢！」

孫老元一聽這話，「撲通」一聲心放回了肚裡，接著又趴到地上磕了一個響頭：

「老天，這就不怪我了，他命該如此，命該如此！」

8

李文鬧、李文武趕去奔喪，一下馬，撲到磨道裡就哭了，「爹呀」「爹呀」地叫。女兒巧珍跺著腳哭：

「都怪我了，昨天爹說要回去，我沒讓他走；要昨天讓他走了，不就沒這事了！」

李老喜夜裡睡覺的地方，是親家老關他舅爺以前住的房子，李老喜來聽戲，老關讓他舅爺先搬到前院。老舅爺聽說在自己房裡殺了人，登時也嚇癱了，說：

「如果親家不來聽戲，那不就該殺著我了！」

一群人在磨道裡哭罷，伙計把李老喜的屍首抬到了正房。接著張羅給他買棺材。親家老關見到李文鬧李文武，感到很不好意思，紅著臉攤著手說：

「親家哥，我請親家來看戲，誰知在咱家出了這事，親家哥，我是沒法說話了！」

李文鬧李文武這時倒冷靜，作揖說：

「大爺，這不能怪你，還是俺爹的仇人。就是俺爹停屍在你家，給你添了麻煩！」

老關見李文鬧李文武這樣通情達理，心中倒十分感動，拍著手說：

「親家人都死了，還說什麼麻煩不麻煩！我盡我的能力罷了！」

到了正午，老關家伙計拉回來一口柏木大棺材，給李老喜買回來內外幾身新衣。當時換了衣服，兒子女兒看著入了殮。然後老關派馬車拉上棺木，女兒外孫坐在車上抱著棺木，李文鬧李文武騎馬在兩邊護著，由牛市屯起靈回馬村。剛出牛市屯，碰到牛市屯屯長老牛，剛到村外送「玻璃脆」戲班子回來，見到李老喜靈車，急忙下馬，對李老喜的靈車行了個禮，說：

「李村長為人隨和，想不到也有仇人！」

李文鬧李文武也急忙下馬，雙雙跪到地上，給牛屯長磕了個頭。

李老喜靈車拉回村，李家開始在門上蒙白布，搭靈棚，舉辦喪事。村裡人見又死了一個村長，都有些害怕，說：

「咱這村盛不住村長！」

但也紛紛來送燒紙。副村長路黑小又趕來當執事，站在門口喊喪。孫殿元被勒死，李老喜又當村長，路黑小擔心自己的副村長當不成，誰知李老喜又讓他當副村長，他對李老喜也有些感激。據說當時為讓不讓他當副村長，李家還有一番爭執。

李文鬧說：

「路黑小純粹一個見風倒，過去咱當村長，他跟了咱十來年；後來孫家一上台，他又跟了孫家；現在咱又上台了，再不能用他，看他還見風倒不倒！」

李老喜說：

「什麼見風倒，誰不是見風倒？過去光緒當皇帝，咱跟著喊萬歲，現在成了民國，咱不也跟大總統！關鍵是自己有沒有本事上台，別怪老百姓見風倒！」

於是又讓路黑小當了副村長。路黑小當了副村長以後，也盡心敲鑼開會，說理找人烙餅。現在李老喜突然又一死，路黑小心裡也有些害怕，但念著李老喜對自己的情分，也趕過來當執事喊喪。有人來送燒紙，他便喊：

「有客奠了！」

「奏樂！」

「燒張紙！」

「送孝布一塊！」

喊了一天喪回來，老婆孩子都睡了。路黑小脫光衣服鑽到被窩，老婆突然爬到他跟前。路黑小以為老婆來找快樂，便說：

「快睡吧，我喊了一天喪，身子軟癱個球了！」

老婆便爬了回去。可路黑小快睡著時，老婆又爬了過來。路黑小有些惱怒，想爬起來打她，這時老婆說：

「黑小，我跟你說個事！」

路黑小伸回手：

「什麼事，你說！」

老婆說：

「我知道是誰殺了老喜！」

路黑小「忽」地一下坐起來，睡意全無。問：

「你知道？你一個娘兒們家，怎麼會知道？是誰？你說！」

老婆說：

「我前天夜裡下地偷麥，正偷著，路上響起馬蹄，我以為是來抓我，就趕緊伏到麥稞裡不動了。誰知過來三個人，你猜是誰？是孫老元的乾兒許布袋，還有他家的伙計老馮和老得！」

路黑小說：

「你碰到人家，也不能說是人家殺了老喜！」

老婆說：

「一開始我也不知他們幹什麼，但他們在路上說話，被我聽見了。老馮說去借東西，布袋說去殺老喜，老得還軟癱得掉下馬呢！」

路黑小說：

「後來呢？」

老婆說：

「後來他們又騎馬走了。當天夜裡，老喜不是被人殺了？」

路黑小不說話了，慢慢將身子躺了回去。接著渾身打起了哆嗦。李老喜一死，他就覺得有些蹊蹺，現在聽老婆一說，他明白兩個大戶人家起了仇殺。仇殺為了什麼？路黑小也明白了，為了一個村長，誰能打鑼召集開會。他們殺來殺去不要緊，自己都跟他們當過副村長，給他們打過鑼，別到頭來把自己也擠到中間，被人給害了。這樣思來想去，一夜沒睡著。第二天一早又得爬起來去當執事。這執事就當得心神不定，無精打采。有兩次把喪的次序都喊錯了，還沒有喊「燒紙」，就讓孝子送「孝布」。惹得門外一班吹響器的輕聲笑了。偏偏中午時候，又來了一幫奠客。這奠客不是別人，正是孫家老掌櫃孫老元。前邊有幾個孫家的伙計，抬著一個大黑食盒子。和去年孫殿元死時，李老喜去奠一個架勢。當李傢伙計接過食盒子，把它擺到靈前，孫老元要上前祭奠，先與路黑小作揖，路黑小一看孫老元的眼睛，登時就癱在地上昏了過去。只好被李家伙計架了下去，另換了一個執事。

喪事辦了兩天了，奠客漸漸少了。晚上，客人散了，李家兄弟和閨女巧珍一邊跪在李老喜棺材前守靈，一邊商量爹到底是被誰害的。李文鬧對姐姐巧珍說：

「爹是在你家被害的。你公公家也廢物，凶手都殺到了家裡，硬是沒捉住他，讓他跑了！」

李文武替姐姐開脫說：

「槍手都會飛簷走壁，怎麼能抓住？」

巧珍半天沒說話。突然又問：

「只是不知是誰僱的槍手？」

這時李文武說：

「必定是孫家！」

李文鬧問：

「怎麼料定是他家？」

李文武說：

「你想嗎！咱家別的還有什麼仇人？必定是你上次弄死了人家兒子，被人家知道，現在發作了！」

李文鬧說：

「他兒子關我大獄，我該弄死他，可他怎麼敢弄死咱爹！」

說著站起來：

「我這就帶幾個人，去平了他家得了！看他也敢殺我！」

李文武說：

「哥，說你不通情理，你可真不通情理，你還沒個證實，咱也只是猜疑，怎麼好殺人家！」

李文鬧只好又坐下。

這時巧珍說：

「要證實也容易，我看只找一個人就夠了！」

李文鬧說：

「找誰？」

巧珍說：

「就找路黑小！我前天哭靈時發現，路黑小在前邊喊喪神色不對，有好幾次喊都喊錯了。後來孫家來祭，他又暈倒了，這裡邊必定有蹊蹺。要不就是他殺了咱爹，要不就是他知道是誰殺的。不然神色不會這個樣子！」

李文武、李文鬧說：

「這話有理，這話有理。」

接著李文鬧就喊伙計：

「去把路黑小叫來！」

李文武補上一句：

「就說叫他過來商量後天出殯的事！」

伙計走後，李文鬧問：

「他來了怎麼問他？」

李文武說：

「這是你的事啦。停會我跟姐姐下去，你來問他！」

路黑小那天中午暈倒，被人抬到家裡，直到下午才緩過勁來，嘴裡還嘟囔個不停：

「嚇死我了，嚇死我了！」

老婆給他做了一碗酸辣疙瘩湯，喝下去，心裡才緩過來。老婆瞪他一眼：

「知你這麼膽小，當初我就不該告訴你！」

路黑小說：

「那天晚上你就不該偷麥子！」

又自言自語說：

「村長死了，又得換村長，這回我是說啥也不當那個副村長了！」

老婆說：

「不當也好，當這個副村長，也沒見你掙回萬貫家產，好好販你的牲口，好好種地，咱過個安生日子！」

路黑小連連點頭，決心跟老婆過普通百姓的安生日子。晚上老婆煮菜，他就到灶下燒火。老婆也很喜歡。一家人早早吃完飯，就脫衣裳安歇。這時李老喜家的伙計來了，在窗外喊：

「路村長，少東家喊你去！」

路黑小拍著手說：

「看看，看看，你不想當，還跑不了你哩！」

路黑小問：

「找我什麼事？」

伙計說：

「商量老掌櫃後天出殯的事！」

路黑小才略略放心。穿衣服起來，跟伙計去了。來到李家，到處沒人，進了靈堂，就李文鬧一個，路黑小還有些怪異，問：

「文鬧，後天才出殯，怎麼今天就沒人守靈了？」

李文鬧在棺木前黑著臉說：

「這個靈不守了，找到殺俺爹的凶手了，先報了仇，再埋俺爹不遲！」

路黑小登時臉嚇得就白了，哆哆嗦嗦問：

「你們把凶手找到了？是誰？」

這時李文鬧「刷」地扯出一把殺豬刀，用刀指著路黑小說：

「就是你！」

劈胸揪過路黑小，又對棺材說：

「爹，殺你的凶手找到了，我這裡給你報仇，你閉閉眼吧！」

然後就要往路黑小胸膛裡扎，把路黑小嚇得魂都沒了，他連聲叫：

「少東家饒命，少東家饒命，老掌櫃不是我殺的！」

李文鬧說：

「怎麼不是你殺的，有人看見你了，孫家伙計來報告，說看見你殺的！」

路黑小急了：

「他這才是惡人先告狀，我不告發他，他還告發我！」

李文鬧又將刀逼了逼：

「那你說清楚是誰殺的，說不清楚就是你，我還是先殺了你再說吧！」

又把刀子往裡扎了扎，已經刺破了一層小棉襖，挨到了皮肉。

路黑小眼前一陣黑，說：

「饒了我，饒了我，我說，我說！」

就把老婆告訴他的話說了。

說完，李文鬧放了他。這時李文武和巧珍也出來了。李文武扶起路黑小：

「老路，我哥性子急，錯怪了你，看在我爹面上，你擔待著點！」

路黑小這才知道李文鬧使的是計策，但也只是擦汗說：

「嚇死我了，嚇死我了！」

巧珍這時哭了：

「文鬧文武，凶手是找到了，就看你們兩個的了！」

又撲到棺材前哭：

「爹，你死得好慘，你讓人給嚇死了！」

這時李文鬧對路黑小說：

「你回去吧，出門一個字不要說！」

又比了比自己的殺豬刀。

路黑小忙說：

「我不說，我不說！」

然後退了出去，撒腿就往家跑。剛跑到家，又暈過去了。等醒來，老婆晃他的頭：

「你怎麼了，叫你去說些什麼？」

路黑小跳起搧了老婆一巴掌：

「X你媽，都怨你了！以後再不要夜裡偷東西了！」

路黑小走了以後，巧珍去睡了，李文鬧和李文武在一起商量報仇。李文鬧說：

「怎麼辦吧，爹死了，就剩咱們倆！」

李文武說：

「還能怎麼辦？人家把咱爹都殺了，等送爹入土，就想法報仇唄！」

李文鬧說：

「咱這次找一個高手，把他家滅了算了，省得以後再來找麻煩！」

李文武嘆口氣說：

「哥，滅不了，這次不光是姓孫的，還有許布袋，還有馬夫老馮，廚子老得，牽涉的面挺大！」

李文鬧說：

「管他大不大，牽涉到誰，就殺了誰！」

李文武說：

「那得僱多少土匪！一下殺幾口人，動靜也太大！他們人都是分散的，又不聚到一起等你殺，如何動手？這次比上次殺孫殿元複雜。那就是一個人，這次人家人多不說，說不定還防著呢！」

李文鬧急了：

「依你這麼說，咱不殺他們算了！」

李文武想了想說：

「也不能不殺，也不能全殺，得殺主要的，想一個馬夫，一個廚子，也不敢動手殺咱爹，無非給許布袋打打下手罷了，殺他們也沒意思。要殺，許布袋一個，孫老元一個！」

李文鬧說：

「孫毛旦也不能留著，那傢伙在街上騎馬，見了我，正眼都沒看過一個！」

李文武說：

「那只能放到以後，口不能開得太大，還是先殺許布袋和孫老元！」

李文鬧說：

「好，等喪事辦完，我就去僱人！還找上次那個槍手，勒死孫殿元，他活做得挺利索。就是少給他二十塊光洋，看上去有些不高興！這次給他補上算了！」

李文武又說：

「哥，依我說，先不要僱人。以前咱走這條道殺了孫殿元，他家也走這條道殺了咱爹，這條道不能走了，不然殺來殺去沒個完！」

李文鬧說：

「不找槍手，誰還能替咱報仇？」

李文武說：

「咱找縣司法科老馬！」

李文鬧從鼻孔裡噴出一股氣：

「縣司法科老馬？虧你想得出，看他那個樣子！再說，與他不沾親不帶故，他能幫咱？他倒是關過我幾個月！」

李文武說：

「他為什麼關你？是因為你逼死了佃戶老婆，人贓俱在！這次許布袋他們殺了咱爹，咱也有人證，何不用老馬？他就是吃這碗飯的，咱是冤主，又有人證，他說什麼也得把許布袋和老馮老得抓起來。咱先借他的手殺了許布袋再說！除了這個孽障，咱再對付孫老元！說不定到大獄裡他們三個一交代，把老元扯進去，把老元也解決了！咱不費吹灰之力，就把人解決了，有何不好？再說，咱借老馬殺了仇人，人就是老馬殺的，不是咱殺的，咱只是一個冤主，以後孫家就不會把仇氣對住咱；咱僱人殺了他們，咱又成了凶手，他們又把咱當仇人了！這樣殺來殺去沒個完。能用老馬，還是用老馬！」

李文鬧已經聽得分不清李文武在說些什麼，他倒是偏著頭看著李文武：

「老弟，什麼時候，你肚子裡添了這麼些道道了！」

李文武說：

「哥，咱爹死了，以後就靠咱倆，咱遇事不能莽撞。那樣，三弄兩弄，把咱也弄進去了！」

李文鬧說：

「你說了這麼半天，先按你的試試吧！試不成，我再去僱人不遲。反正一個許布袋，一個孫老元，跑不了他！」

9

老馬來了。仍帶著他的兩個股員。這次的老馬，不比以前的老馬，腰裡新添了一架盒子，與人說話，動不動就拍拍它。李文武前去告狀，派馬車去接他，老馬說：

「真是窮山惡水出刁民，你村盡出些人命案！我看司法科不要設到縣裡，設到你村算了！」

李文武趕緊趴到地上磕了個頭：

「馬股長，小民冤情太大，爹被人殺了，馬股長不去，凶手難以懲辦，求馬股長給小民做主！」

這時旁邊一個股員說：

「老馬，咱們去吧，這個案兒好破，凶手在那明明白白擺著，到那綁人就完了！」

老馬瞪了股員一眼：

「你本事大你去吧，看你能把人綁回來！」

李文武怪股員插嘴，忙又磕了一個頭：

「馬股長不去，凶手肯定難以伏法。請馬股長念小民的冤情，親自動身去一趟。要是股長不去，小民也不活了！」

老馬見一個財主一個勁兒給他磕頭，這才緩過勁兒來說：

「你起來吧。殺人償命，民告狀官不能不究，這是自古的王法，何況咱們民國了！我這兩天本來心口疼，不能亂跑，念你爹被人殺了，我去一趟吧！想他兩個佃戶，一個地痞，殺了人就能沒事兒了！」

這樣，老馬和兩個股員，被李文武接到馬村來了。一進馬村，李文武說：

「請股長先到舍下用飯！」

老馬當下把盒子抽出來：

「少東家，我公務在身，還是先辦了公事，再去你家打擾不遲！」

接著指揮兩個股員：

「先去把老馮、老得、許布袋給我綁了！」

接著又對李文武說：

「你是不懂啊！我們先去你家吃飯，凶手知道我們來，不早跑了！先綁了凶手，再到你家吃飯，我心裡，你心裡，不都踏實了？」

李文武這時倒佩服老馬，連連點頭：

「股長英明，股長英明！那我回家準備去了！」

老馬帶著兩個股員，就去了孫老元家。孫老元正在屋裡吸煙，孫毛旦在旁邊站著，忽然見老馬端著盒子進來，後邊還跟著兩個股員，兩人嚇了一跳，孫老元趕快迎出來：

「喲，老馬來了，毛旦，趕緊叫人倒茶！」

老馬板著臉說：

「倒茶不倒茶，老掌櫃，我公務在身，今天來打擾你，你多擔待吧！」

說著，將盒子炮拍到了桌子上。

孫老元孫毛旦一聽老馬的口氣，知道事情壞了，孫毛旦當時就有些篩糠，孫老元到底老練些，仍笑著說：

「老馬是縣上的官員，平時請都請不到，哪裡能說打擾！」

老馬坐到椅子上說：

「老掌櫃，咱長話短說吧，事情發了，你家乾兒許布袋、馬夫老馮、伙夫老得，合夥謀殺李村長，被人告了！我今天來，是來拿人犯了！」

孫老元攤著手說：

「老馬，冤枉啊！李村長近日死了不假，可並不是我家人害的？老馬你是明白人，孫李兩家，歷來有仇，這是栽贓陷害呀！」

老馬笑了笑：

「老掌櫃，瞞不住了。據李家說，這事是有人證的，貴村副村長路黑小他老婆，那天晚上到地裡偷麥子，你家三人去牛市屯害李村長，路上的話，都被她聽到了！要我把路黑小和他老婆傳來嗎？」

孫老元孫毛旦一聽這話，眼前都一黑，張張嘴，都說不出話，老馬又一笑，命令兩個股員：

「下手，抓老馮、老得和許布袋！」

兩個股員當下就拿著繩子下去了。這時孫老元緩過勁來，向孫毛旦使眼色。孫毛旦會意，溜出屋子，扒牆到後院，又繞道出村，也顧不上騎馬，斜踏著莊稼地就往楊場奔去，給許布袋報信兒。

屋裡剩下孫老元和老馬。這時孫老元說：

「馬股長，這事是瞞不過你。可你明白，李老喜確實不是三個孩子給殺的！當初我兒孫殿元，可是李老喜給殺的！」

老馬說：

「當初是當初，現在是現在，當初為了殿元，我不也來過？讓你有信兒去報告我，你沒有報告，我就不知道是誰殺的了；這回人家報了案，我就說這回吧！」

孫老元急著說：

「當初殿元確實是被李家僱槍手勒死的。我也一直想報告股長，可幾個孩子不懂事，想嚇唬一下李老喜，趁他去聽戲，就嚇唬了他一下，誰知一嚇就嚇死了，確實並沒有殺他！」

老馬說：

「殺他沒殺他，到縣裡過過堂再說吧！」

這時孫老元趕緊到裡屋拿出幾十塊袁大頭，往老馬手裡塞：

「馬股長，都怪幾個孩子不懂事，也是我管教無方，早依我報告馬股長，殿元的仇也報了，也不會出現這事。可李老喜確實是被嚇死的，不是殺死的，馬股長明鏡高懸吧！」

老馬推著袁大頭說：

「老掌櫃，這是何必，我又不缺錢花，叫別人看見，倒是我老馬愛財了！」

孫老元將袁大頭直接裝到老馬口袋：

「知你不缺錢花，可你的錢是你的，這是我老頭的一點心意！」

老馬這時嘆口氣說：

「老掌櫃，我盡力而為吧，可這是人命案兒，怕也有些不好辦呀！」

正說著，老馮、老得已五花大綁被兩個股員推進來。老馮正在餵馬，老得正在和麵，突然被人五花大綁綁了，嚇得魂早飛了。見了孫老元，才會說話，一個勁兒叫：

「老掌櫃，老掌櫃，快讓他們放了我們！」

可老掌櫃也只是搓手嘆氣。老馬端起盒子說：

「綁了還不老實，再說話我崩了你們！」

老馮老得這才癱到地上，不敢再說話。老馬問：

「許布袋呢？」

兩個股員說：

「聽說他不住在這裡，住在老家楊場！」

老馬跺著腳說：

「那還等在這裡幹什麼！還不趕緊騎馬去綁他！」

一個股員就趕緊去馬棚拉馬，騎上就朝楊場跑。這時老馬向孫老元拱拱手說：

「老掌櫃，你歇著，我告辭了，兩個人犯我先帶走。回頭通知他們家屬，把鋪蓋送到大牢裡去吧！」

說完，就和另一個股員帶著老馮老得，去了李文武家。李文武李文鬧早在門口等著。因過去老馬曾綁過李文鬧，關過他幾個月，李文鬧見老馬有些不自然；老馬卻不在意，見他該怎麼打招呼，還怎麼打招呼。李文武李文鬧見老馬果真綁了老馮老得，心裡也很高興；可一見沒有許布袋，急忙問：

「許布袋呢？」

老馬說：

「放心，已經派人到楊場綁去了！」

然後讓股員把老馮老得臉對臉綁到一棵大樹上，進李家去吃酒。酒吃到一半兒，另一個股員回來了，報告：

「老馬，許布袋跑了！」

李文鬧李文武大吃一驚，急得跺腳：

「咦，怎麼讓他跑了？跑到哪裡去了？」

股員說：

「我騎馬去到，聽鄰居說，早跑了一個時辰了！」

這時老馬倒不著急，說：

「跑了怕什麼，跑了和尚跑不了寺，等會你再去一趟，把門給他封了！」

李文鬧說：

「封門管屁用，得把人抓住呀！」

老馬一聽這話不高興，把酒杯放下說：

「誰不想抓人？他不是跑了嘛！封門不管用，停會兒不要封了！」

李文武見老馬發了火，急忙解釋：

「馬股長，我哥不是這個意思。我想許布袋能早一個時辰跑，必是有人給他通風報信。這通風報信還能有誰呢？必是孫家的人！」

李文鬧說：

「必是孫毛旦那個傢伙！孫老元、孫毛旦都不是好東西，害我爹必是他們出的主意！許布袋跑了，索性把孫老元、孫毛旦兩個抓起來抵上算了！」

老馬一聽李文鬧的話，又不高興：

「大少爺說這話，就是不懂官司上的事了！辦案抓凶手，沒聽說抓人家一家！我這是辦公事，不是替你報私仇來了！我還聽說，令尊還不一定是被人殺的呢，還可能是他自己嚇死的呢！」

李文鬧瞪著眼：

「嚇死和殺死，有什麼區別？」

老馬見他頂嘴，心裡更不高興，拍了拍身上的盒子炮說：

「照你說，我現在開一槍，把你嚇死，我還是凶手了！」

李文武怪哥哥不會說話，又賠笑臉對老馬說：

「股長今天來，能抓住兩個凶手，也算不錯。許布袋那裡，煩股長再操些心，哪天堵住給抓了也就算了！」

老馬仍咕噥著嘴說：

「我怎麼不想堵，該堵我自然會派人去堵了！就是令兄太不會說話，當初他不也因人命關過大牢！最後是怎麼放出來的？」

李文武說：

「都是多虧老馬，都是多虧老馬！」

就給老馬上酒。

李文鬧見老馬真耍開了脾氣，也過來說：

「老馬，我心粗嘴笨，不會說個話，老馬多擔待吧！」

老馬心裡這才舒坦些。

酒喝到下午，老馬、兩個股員要帶著老馮老得回去了。臨上車，突然老馬又說：

「對啦，還有兩個人，也得綁起來解到縣裡！」

李文武問：

「還有兩個人？還有誰？」

李文鬧問：

「該不是孫老元和孫毛旦吧！」

老馬說：

「一個是路黑小，一個是路黑小他老婆！」

李文武忙說：

「老馬，他們不用綁，他們並不是人犯，他們只是個證人！」

老馬說：

「對啦，就是要這個證人，到大堂上好對質呀！」

聽老馬這麼說，李文鬧、李文武也沒話說。老馬就叫兩個股員下去，到路黑小家，把路黑小和他老婆給綁來了。副村長路黑小仍失魂落魄的，見人來綁他，就讓綁，沒說什麼；倒是路黑小他老婆大叫大鬧，見了老馬還叫：

「老馬，你這斷的是哪門子案，我在麥地偷聽了兩句話，犯王法了！」

李文武給她解釋：

「黑妮，不是說你犯法，是讓你到縣裡對質！」

路黑小老婆說：

「對質？我和黑小到縣裡對質，家裡七個孩子誰管？老馬，你索性連我七個孩子也綁走得了！」

老馬聽她這麼說，倒不說話。這時李文武說：

「老馬，七個孩子是個事，我看，也別往縣裡綁了，就在這裡對對算了！」

老馬想了想，說：

「這個老娘兒們，她倒難纏了！」

於是就在這對質。對完質，簽了字，畫了押，就把路黑小和他老婆放了。路黑小他老婆見自己一番話起了作用，倒挺神氣，一邊回家一邊說：

「說綁人就綁人了？嚇唬不住誰！當是這陣勢我沒見過哩！」

路黑小跟在老婆後頭，仍是無精打采的。偏偏在胡同口又碰上孫老元。孫老元急得像熱鍋上的螞蟻，出來探聽消息，見了路黑小，頓著枴棍說：

「黑小黑小，咱爺兒們在一起不錯，你怎麼這麼坑害俺呢？」

路黑小這時哭了，揪著自己的衣裳襟說：

「老掌櫃，我也是沒辦法，李文鬧的小攮子逼到我胸口！」

接著又用巴掌搧自己的耳光：

「誰讓你愛當這個副村長，誰讓你愛充人物頭！老掌櫃，這回我可改了，以後打死我，我也不充人物頭了！」

這邊老馬、股員帶著人犯坐馬車走了。老馮和老得，分別被綁在馬車兩邊的大轅上。馬車上了路，氣氛有些緩和，老馬、兩個股員都解開了衣服，開始說笑。股員說：

「老馬，今天還算不錯，三個人犯抓住兩個，還怎麼了？以前還沒這樣過哩！回去你給課長說說！」

老馬說：

「說說是要說說，就是李文鬧那個傢伙不會說話，跟我還犯賤哩！當初不是我，能從大獄裡給他放出來？」

這時老馮插話說：

「老馬，這回不會殺了我們吧？」

老得說：

「老馬，我們哥倆兒啥都沒幹，人是布袋嚇死的，我們也就是在麥稞裡看個馬！」

老馬拿出煙袋，照他們倆人頭上一人來了一下，接著吸著煙說：

「殺你們不殺你們，不是我老馬能做得了主的，得回稟課長縣長，看他們怎麼定吧！按說事情是不大，也就看個馬，可你們這倆人比較可惱！你們一個餵馬的，一個煮菜的，不好好餵馬煮菜，摻和到人家事裡幹什麼？仇氣是人家李家孫家的仇氣。人家為啥有仇氣？爭村長哩！你們在裡邊忙乎什麼？你們把李老喜殺了，村長就輪到你們了？你們不還是煮菜餵馬？你們跟著人家跑什麼？說你們傻，你們就是傻；說你們是刁民，也不為過，依我的脾氣，還是殺了你們好！省得以後再跟人瞎摻和！」

老馮老得忙說：

「老馬饒命，老馬饒命，這次饒了我們，以後再不摻和了！」

老馬說：

「就是，安安生生做個良民，比什麼不好，管他誰當村長哩？誰當村長，都安安生生煮菜餵馬，保證我不抓你！」

老馬老得連連點頭：

「是哩，是哩！」

這樣把老馮老得解到縣裡，下了大牢。第二天，孫老元又讓人給老馬家裡送過來一布袋芝麻。老馬收下芝麻，就去給司法課長匯報情況。司法課長是他姐夫。案情簡單說過，老馬說：

「姐夫，兩個刁民，沒有大事情，也就看個馬，放了他們吧！」

姐夫打個呵欠說：

「我知道了，看縣長怎麼說吧！」

第二天，課長回稟縣長。誰知縣長這兩天心情不好。這一段縣裡土匪四起，社會秩序不穩，上峰責備下來，縣長正想抓兩個土匪殺了，鎮一鎮地面，可土匪那裡是好抓的？現在見送來兩個刁民，就想將他們充數，於是說：

「什麼看馬？看馬和殺人是一樣的！沒人看馬，另一個凶手也不敢殺人！這樣的刁民，簡直就是土匪！殺了他們！將他倆的人頭掛到城門樓子上！」

於是，可憐馬夫老馮、伙夫老得就被殺了，人頭被掛到了城門樓子上。由於天愈來愈熱，哄了許多蒼蠅。三天以後，頭就有些發黑發臭了。

消息傳到馬村，苦主李文鬧、李文武十分不滿意，李文武說：

「殺錯了，殺錯了，讓殺許布袋，誰知竟殺了老馮和老得，倒讓許布袋給跑了！」

李文鬧跺著腳埋怨弟弟：

「我說不該找老馬，你非要找老馬，看看事情辦的！老馮老得他殺了，真正的凶手還留著，等於仇一點沒報！」

李文武也有些後悔，說：

「當初不該找老馬，當初不該找老馬！」

李文鬧說：

「你說仇咱還報不報了？要報，不還得去找土匪，真是脱褲子放屁，多費二回事！」

李文武嘆息：

「是我把事情辦壞了，老馬依靠不得！」

又勸哥哥：

「就是找土匪，也只好再等一等了，剛殺了老馮老得，動靜別一下弄得太大！」

李文鬧說：

「看這事情辦的！」

孫老元聽說老馮老得被殺，也嚇了一跳，埋怨老馬不仗義，白拿了人家的袁大頭和芝麻。想到老馮老得對他的忠心，也有些傷心，落了幾滴眼淚，連說：

「是我害了他們，是我害了他們！」

忙讓孫毛旦給兩個人家送去些糧食和布匹，讓他們好好辦兩人的喪事。兩人的家屬倒不錯，都沒有找孫老元來鬧，都說：

「縣裡要殺他，有什麼辦法？」

又對孫老元有些感激：

「老馮老得都死了，不在他那幹了，還送糧食和布匹！」

孫毛旦見事情漸漸平息，騎馬到大荒甸子上給許布袋送了個信兒。許布袋聽說沒事了，也漸漸從大荒甸子裡走出，又到楊場和馬村活動。有人看見他們，有天天快黑了，兩人在一起騎馬打兔子。

附記

李老喜死後，馬村一時又沒了村長。孫毛旦對孫老元說：

「叔，上次殿元哥死，村長被人家搶去了；現在李老喜死，村長又該輪到咱家了吧！」

孫老元急忙擺手說：

「快不要說那個村長，快不要說那個村長，為個村長，我已經丟了一個殿元，丟了兩個伙計，你不要再給我惹事！」

孫毛旦聽孫老元這麼說，心裡悻悻地。可他仍不死心，仍想到鄉裡活動活動，當這個村長，也打鑼讓人開會，斷案給人說理。可沒到他活動，李家大少爺李文鬧已經提了兩瓦罐香油去了鄉上，鄉長仍是那個老鄉紳老周，過去與李老喜不錯；現在見李老喜死了，李老喜兒子又提著香油來看他，子承父業，也是應該的，於是就同意李文鬧繼任村長。

李文鬧當村長以後，仍打鑼召集開會，仍給人斷案說理。村公所的牌子，仍掛在他家門口。副村長仍用的是路黑小。本來路黑小說啥也不幹這小副村長，說：

「大少爺，你除非打死我，我不幹這個副村長！」

李文鬧說：

「那我就打死你！」

就真揚鞭子要打。路黑小無奈，只好又當上了，在村裡打鑼。不過他這鑼打得無精打采，聲音也變老了，有氣無力。逢到斷案說理，找人烙的餅也是一邊涼一邊熱。李文鬧發了火，問：

「黑小。你這副村長是怎麼當的？怎麼沒過去當得有勁？」

路黑小也急了。急出一眼淚：

「大少爺，我不想有勁？可勁已經讓嚇回去了，我有什麼辦法？」

李文鬧見他發了火，也對他沒辦法。

李文鬧的村長當了半年，突然想起一件事，即還要給父親李老喜報仇。因為這天他在街上，影影綽綽看到了許布袋。於是與李文武商量，去僱土匪。沒想到沒等他去僱土匪，土匪來找他了。來找他的土匪，就是上次他殺孫殿元時僱的那個槍手。上次勒死孫殿元，該付給人家五十塊光洋，李文鬧克扣下二十塊，惹得那槍手很不滿意，還在鍋三的飯鋪喝醉了。沒想幾年之後，這個槍手發了，由單幫一個人，發展到十來個人，七八條槍，成了一支小隊伍的司令。這天這支小隊伍半夜從馬村路過，司令突然想起舊事，就帶隊伍闖到李文鬧家，把赤條條的李文鬧給勒死了。李文鬧一開始還認為是孫家僱的人呢，後悔自己下手晚了，後來認出司令，知道是為那二十塊光洋的事，忙說：

「大哥，我還你二十塊光洋就是了！」

這司令只是笑笑，擺擺手，就讓部下把李文鬧給勒死了。接著將李家的光洋斂到一塊，也不多拿，只拿了二百塊，說：

「以一當十。」

將光洋裝到一個布袋裡，讓一個小土匪背著，就帶著隊伍走了。

李文鬧一死，村中大亂。李文武忙著張羅給哥哥辦喪事。這時孫毛旦趁亂把村公所的招牌，扛到了自己家。許布袋也來了，兩個人便合計著來當這個村長。孫老元又勸他們：

「孩子，為了一個村長，死了多少人，過個安生日子吧，別讓人家再殺了你們！」

這時許布袋說：

「乾爹，我有一個辦法，咱就當得了這個村長！」

孫老元問：

「你有什麼辦法？」

許布袋說：

「看著誰想殺咱，咱判他個謀反，先動手殺了他！」

孫毛旦說：

「對，對，先殺了他！」

兩個人罔顧老掌櫃的勸告，到鄉上活動活動，花費一些，真當起了村長。許布袋當正的，孫毛旦當副的，把路黑小的副村長給辭了。路黑小聽說這一任不讓他當副村長，當下趴到地上給許布袋孫毛旦磕了兩個響頭。

用許布袋的辦法，兩人真把這個村長給當住了。兩人一口氣當了許多年。許多年中，以謀反為由，殺了一個李小鬧（李文鬧的長子，長到十六歲那年），殺了一個周羅恩（一個無法無天的地痞），打殘了一個路片鑼（一個又臭又硬的佃戶）。該殺殺該打打，就把村民給鎮住了。一次許布袋問孫老元：

「怎麼樣乾爹，我在隊伍上幹過，知道這一套，對付這幫刁民，就得用這個辦法！」

孫老元直搖頭：

「我是老了，我是老了。」

許布袋從此就長住在孫家的西廂院。那裡既是村公所，又是他的宿舍。後來孫毛旦做媒，又把孫殿元的前任小老婆、鎮上飯鋪頭家鍋三的女兒鍋小巧嫁給了他。從此也成家立業。一年後，生下一個女孩，取名許鍋妮。

孫殿元的兒子孫屎根，也漸漸長大了。到鬼子兵來到中國時，他已是二十多歲的小伙子了。

他們這一茬人，都已經長大了。

第二部分

鬼子來了

一九四〇年

我不知道爺爺是被誰殺的？我不知道大伯是被誰殺的？說要現在報仇倒也容易，我派幾個兵，就可以統統把仇人也繃了。只是，爹你再往長一點想一想。現在是誰家的天下，是日本人的天下。但日本人一失敗，天下是誰的呢？

1

孫毛旦頭戴戰鬥帽，騎一輛東洋車回來了。村裡人沒見過東洋車，聽見鈴響，都跑出來看。一些娘兒們小孩，跟在他車後跑。邊跑邊喊：

「毛旦會騎洋車了！毛旦會騎洋車了！」

孫毛旦為了讓大家看清楚些，又騎著車在打麥場轉了一圈。轉完圈回到家，孫毛旦先到正房趴到叔父孫老元的遺像前磕了四個頭，然後到西廂院，與乾哥村長許布袋說話。

許布袋正在家給老婆上火罐。老婆鍋小巧當年坐月子時織了兩匹布，落下一個腰疼的毛病。現在女兒許鍋妮已經十七歲了，腰疼的毛病還沒退下，一遇陰天就犯，要許布袋給上火罐。孫毛旦挑帘子進來，見許布袋正騎在鍋小巧身上上火罐，猛地一拍身上的盒子炮：

「捉姦捉姦，青天白日，兩個人鬼鬼祟祟幹什麼！」

把床上兩個人嚇了一跳。等看清是孫毛旦，鍋小巧說：

「毛旦，下次可不敢一驚一咋的，別把我苦膽給嚇破了！」

孫毛旦「哈哈」笑了。許布袋上好火罐，從床上跳下來，就去抽屜裡摸煙袋。孫毛旦說：

「不要摸煙袋了，我這有省事兒的！」

從口袋掏出一包東洋煙，遞給許布袋一支。兩人燃著。吸了兩口，許布袋又將紙煙扔到了窗戶外邊，說：

「這雞巴日本人，弄得煙葉都變了味兒！」

又去摸煙袋。

孫毛旦說：

「那是你吸不慣！吸慣紙煙，還嫌本地煙有土腥氣呢！」

鍋小巧在床上說：

「毛旦，下次回來，給我捎兩帖膏藥吧！」

孫毛旦說：

「我給你弄兩帖洋膏藥，保你一貼上去，連病根揭下來！」

鍋小巧說：

「那洋膏藥也不知有沒有毒？」

孫毛旦拍著巴掌說：

「給你弄膏藥，你說有毒，要不說你是土包子！洋藥不比火罐管用，人家還生產洋藥幹什麼？多生產些土罐就行了！上次警備隊一個新兵，被八路軍打傷了胳膊，人家日本軍醫要給他上洋藥，他哭鬧著不讓上，怕洋藥有毒；誰知一上去，三天就能抬胳膊了！」

接著將自己的戰鬥帽摘下來，遞給許布袋說：

「布袋，你看看這戰鬥帽，也是人家弄的，別看後邊綴了幾個布條條，那是海綿，子彈都打不透！」

許布袋接過去摸了摸，將帽子扔到炕上：

「雞巴一塊軟布，子彈會打不透？一會我打一槍試試！」

孫毛旦又急得紅了臉：

「試試就試試，我們試過幾回了，說打不透，就打不透！」

鍋小巧拾起帽子摸了摸，說：

「打透打不透，戴上這帽子不冷！」

孫毛旦撅著嘴說：

「是不冷呀！日本人一人一頂，警備隊小隊長以上才發哩！」

許布袋朝孫毛旦身上打量一下，最後目光落到他的匣子槍上：

「毛旦，你上次來時背的是快槍，這次怎麼換盒子了？」

說到快槍換盒子，孫毛旦又高興了，忙把盒子從木頭槍匣子裡抽出來，遞給許布袋說：

「你看看這盒子怎麼樣？」

許布袋上下撥弄了一會兒，說：

「不錯，這槍不老，正好使的時候，發給你的？」

孫毛旦這時不好意思地說：

「發倒是還沒有發，這是臨時借塌鼻子的！」

許布袋也知道塌鼻子，是警備隊的隊長，說：

「咱們到地裡打幾槍去？」

孫毛旦這時有些為難：

「槍裡的子彈不多了！」

許布袋生氣了，將槍扔給孫毛旦：

「你這混的是什麼！有名跟了日本人，誰知連個槍都不讓打，不是白落了一個『漢奸』！」

這時孫毛旦漲紅了臉，說：

「什麼不讓打，主要是今天子彈帶得不多，哪天你到縣城去，看子彈管夠你！今天槍裡子彈一共八發，你打三發算了！」

許布袋將火罐從老婆身上拔下來，就跟孫毛旦一塊到地裡去打槍。孫毛旦說讓他打三發，許布袋偏偏打了一個連發，扣住指頭不動，五發出去了，急得孫毛旦直跺腳：

「布袋，你瞎鬧什麼，我晚上還要回去，子彈打完，剩下一空身槍，路上碰到中央和八路怎麼辦？」

許布袋這時「嘻嘻」笑了：

「有把握，還給你剩了三發！」

打完槍，兩個人回家。這時伙夫小得已經把飯做好了。主食是烙餅，菜是一個腌蘿蔔條，一個辣子雞。小得就是過去伙夫老得的兒子，老得在民國初年被縣裡正法後，老得老婆就把小得送來，漸漸長大，也學著到伙上煮菜。飯做到現在，已經能夠做出個味道。孫毛旦吃了一塊辣子雞，連連稱揚：

「雞做得有味，雞做得有味！」

正好小得端著托盤來上湯，孫毛旦說：

「小得，幾天不見，你出息多了，飯愈來愈會做了！」

小得垂手站在那裡：

「少東家別笑話我！」

孫毛旦摸出一支洋煙，遞給小得說：

「停幾天我領日本人來，你也做個辣子雞給他們吃！」

小得接過煙說：

「那我可不敢，別做出來不合日本人的口味，他們打我！」

孫毛旦說：

「不怕，有我呢！」

小得退出去，許布袋問：

「怎麼，停幾天你要帶日本人來？」

孫毛旦拍了一下腦袋：

「看，光顧吃雞，把正事兒忘了。布袋，我這次可不是回來玩的，是有正事。日本人要一車白麵，兩頭豬，這次派到了咱村，讓我來下通知！」

許布袋一聽要白麵和豬，便把筷子扔到了桌子上：

「毛旦，咱村的佃戶們可成天煮槐樹葉，哪裡還有糧食？」

孫毛旦說：

「槐樹葉誰不知道？可糧款是挨村派，輪到咱村，我有啥辦法？就這還是我來下通知，要換一個人，假公濟私，把白麵說成兩車，把豬說成四頭，你不也沒辦法！」

許布袋嘆口氣：

「一個月不出，來了幾撥，中央軍來收過一次糧款，土匪還來要過一次東西，現在又輪到了你們！」

孫毛旦說：

「這裡是日本人的天下，其他軍隊來收糧，都是非法的！」

許布袋說：

「這個雞巴村長是沒法當了，一急，我也到大荒窪入土匪去！」

孫毛旦搖著手說：

「別入土匪，別入土匪，要想出來混事，也跟我到城裡當警備隊得了！」

許布袋說：

「我才不當警備隊，當了警備隊還得借槍使！」

孫毛旦臉又紅了，撅著嘴說：

「就借了一回槍，你可說個沒完了！」

這時許布袋的女兒許鍋妮走了進來。許鍋妮已經十七歲。許布袋雖然長得黑乎乎的，一頭黃頭髮，女兒卻像鍋小巧，長得十分漂亮，一根大黑辮子拖到屁股蛋子上。前些年許鍋妮一直在上學，先在村裡上私塾，後來跟乾哥孫屎根到開封一高讀過兩年。後來日本人來了，學校轉移，她沒跟著轉移，就回家裡來了。許鍋妮小的時候，與孫毛旦有些不大對付。出生幾個月，別人抱她可以，孫毛旦一抱她就哭，氣得孫毛旦拍著巴掌說：

「你小小年紀，倒跟我是仇人啦！」

後來長到四五歲，她總是從她家攆孫毛旦，不讓他在她家吃飯，弄得孫毛旦挺尷尬，孫毛旦說：

「早知這樣，我給你爹做媒幹什麼！」

等許鍋妮長到五六歲，懂事了，才不攆孫毛旦。這時孫毛旦倒抓住她的辮子拔蘿蔔，拔得她直哭。見一次面拔一次，弄得她怕見孫毛旦。孫毛旦說：

「這就對了，小時候我怕你，現在讓你怕我！」

許布袋鍋小巧見他們兩個在那裡逗，也不管他們。

許鍋妮長大以後，與孫毛旦關係很好。孫毛旦在村裡當個副村長，整天沒事幹，也就是遛貓鬥狗打兔子；玩兒的時候，都帶著許鍋妮。後來該上學了，鍋小巧不讓她上學，讓她在家學紡棉花，許布袋那時迷上了牌不管事，也是孫毛旦決定讓她上的私塾。孫毛旦對鍋小巧說：

「紡什麼花，我就討厭紡花！不要紡花了，讓她上學！」

鍋小巧過去是孫殿元的小老婆，知道孫毛旦手抄馬鞭的厲害，孫毛旦決定讓上學，許鍋妮就上了學。後來許鍋妮到開封上一高，孫毛旦讓她從開封捎過一次煙土，她也給捎了。許鍋妮一高轉移回了家，孫毛旦已經跟塌鼻子勾上，到縣城當了警備隊小隊長。許鍋妮雖然知道那叫「漢奸」，但他是跟自己玩慣了的叔叔，也就恨不起來，見面還打鬧。只是許鍋妮在一高時跟乾哥孫屎根也很好，現在孫屎根當了八路軍，與孫毛旦成了兩支隊伍，這讓許鍋妮心裡有些彆扭。但彆扭歸彆扭，她見了誰仍跟誰玩。現在進屋看到孫毛旦，瞪著眼睛說：

「毛旦叔，你還在這喝酒呢，你的東洋車，早讓幾個孩子給玩零散了！」

孫毛旦一聽東洋車讓人玩了，顧不上再喝酒，忙起身罵道：

「這幫小崽子，看我不宰了他們，車子玩壞了，待會兒我怎麼回去！」

背上盒子就跑了出去。可等他來到正院，根本沒人玩東洋車，東洋車在牆根穩穩當當放著呢。孫毛旦鬆了一口氣，知道是許鍋妮騙他，罵了一句：

「這丫頭片子！」

也不再回西廂院去喝酒，回到了東院自己家。家裡老婆不在，到河邊捶布去了。倒是他的堂嫂、已故村長孫殿元的大老婆孫荊氏在院子裡站著，在那裡看螞蟻上樹。孫荊氏年輕時是個刁鑽潑辣的人，鍋小巧給孫殿元當小老婆時，曾多次被她擰過屁股。但自從孫殿元被人勒死以後，孫李兩家又殺來殺去，特別是她唯一的兒子孫屎根長大，又當了八路軍，到戰場上去廝殺以後，她突然吃齋念佛了。也許是上了年紀，現在看上去，一個慈眉善目的老太太，竟一點看不出她年輕時是個潑婦。要飯的來要飯，別的人家都是掰給一嘴饃，她總是給一個囫圇個的。至於孫毛旦，孫荊氏看不起他。當年男人不是與他勾連在一起，充人物頭當那個村長，也不至於被殺。男人被殺後，他又把男人的小老婆嫁給了許布袋，這更亂了套，成了醃臢菜家。現在又當了警備隊，跟人家日本人跑來跑去，這不是「漢奸」是什麼！倒是她跟孫毛旦的老婆，還能說得來。孫毛旦的老婆是個過日子的女人，除了嘴上不饒人，心眼還不錯。所以孫荊氏常到這院來串門，有人就跟人說話，沒人就看螞蟻上樹。因為看不起孫毛旦，見孫毛旦進來，她也沒理他，仍舊看螞蟻。倒是孫毛旦看見孫荊氏，忙上前說：

「嫂子在這呢！」

又問：

「最近屎根有信來嗎？聽說他當連長了！」

一說兒子當連長，孫荊氏有些高興，但說：

「連長不連長，你們不是冤家對頭嗎？」

這讓孫毛旦抓住了話頭，拍著巴掌說：

「當初我說什麼來著？屎根不懂事，要當兵什麼兵不能當，偏要當個八路軍，跟一群泥腿子混到一起！八路軍是幹什麼的？整天盡想著吃大戶。咱們家就是大戶，他當了八路軍，這不是自己跟自己過不去麼！」

當初孫屎根當八路軍，孫荊氏也不贊成，但現在聽孫毛旦批評孫屎根，孫荊氏又有些不高興，說：

「光吃大戶了，聽說還打日本哩！」

孫毛旦臉又紅了，但也憤怒了，拍著盒子槍說：

「日本日本，你們這個也說日本，那個也說日本，好像跟了日本就跟偷了漢子一樣！日本是那麼好打的？看人家那槍，那炮，日本一來，中央軍和八路軍不也跟兔子一樣跑得沒影了？早晚，中國是人家日本人的天下！跟了日本不光榮，將來都成了日本的臣民，看你們還說什麼！我聽塌鼻子說，清朝也是外邦人，慈禧太后也不是漢人，咱爹咱爺爺不也山呼萬歲？關鍵看最後誰坐了天下！等著吧，等日本坐了天下，我封了大官，才叫你們沾光呢！」

這時孫荊氏倒笑了：

「你在日本，屎根在八路軍，不管誰贏了，咱家都有大官，不是更好！」

孫毛旦說：

「別提八路軍，就是日本贏不了，也輪不到八路軍，集合一幫泥腿子，能幹些什麼？那也是人家中央軍的天下！要不我說當初屎根走岔了道，你不跟日本，也別跟八路軍呀，你跟中央軍，也比跟八路軍好一些。這他就沒人家李家李小武有見識了！人家也是連長，中央軍的，聽說有一次回來，騎著白馬，戴著白手套？後頭還有護兵。屎根來能騎馬嗎？屁股後邊跟幾個高粱花子！」

說到這裡，他又咂了一下嘴說：

「不過我倒佩服屎根，八路軍生活恁苦，他倒挺得住！」

說到這裡，孫毛旦的老婆捶布回來了。孫毛旦老婆見孫毛旦回來後不先回家，先跑到許布袋家吃喝，心上有些不高興，撅著嘴不理他。孫荊氏見人家老婆回來，就告辭回家。孫毛旦老婆留她吃飯，她吃素，不留，拿著一樹枝螞蟻回去了。孫毛旦和老婆進了屋，孫毛旦從褲子口袋裡掏出兩個金戒指遞給老婆，老婆才轉過臉色來。說了一陣子話，孫毛旦又哄老婆，說哪天來接她進城去玩，把老婆哄高興了，太陽也快落山了，孫毛旦才推上東洋車回縣城。推上東洋車又問老婆：

「小馮呢？那個餵馬的小馮呢？這次回來怎麼沒見他？」

小馮就是已故馬夫老馮的兒子。民國初年老馮在縣裡被正法後，他也頂替爹到孫家來打工，長大後仍舊是餵馬。

老婆說：

「他不在家了，跑出去當兵了！」

孫毛旦說：

「跑出去當兵了？我怎麼不知道？跑到哪裡當兵了？」

老婆說：

「上次屎根回來，跟他咕咕噥噥談了一夜，第二天，他就跟屎根當兵去了！」

孫毛旦罵道：

「他媽的，他倒會抓壯丁。家裡一個人當八路軍還不夠，又拉走一個馬夫！」

罵完，也沒太放在心上，又推車來到西院，告訴許布袋陰曆十五那天領日本人來拉白麵和豬，然後騎上東洋車，一路打著鈴，出村回了縣城。

2

雞叫頭遍，伙夫小得起來餵馬。

小得是和小馮一塊到孫家來的。兩人一開始是餵豬放羊，長大成人後，小馮開始學餵馬，小得開始學煮菜。兩人又像兩人的爹一樣，開始在一起搭伙計。白天各人幹各人的活，夜裡到下院睡一個房子。小馮性格野，小得性格肉；小馮夜裡躺在床上說，整天餵個馬不是個事，多咱咱也出去闖蕩闖蕩；小得卻覺得自己煮菜就不錯，伙上做飯，有什麼好東西，自己不可以嘗一嘗？果然，後來小馮在家裡待不住，跑出去跟少東家孫屎根當兵去了。

記得那天孫屎根來家，還帶著一個八路軍戰士。小馮一開始是與那個戰士往一塊湊，上去摸人家的槍。那個戰士看上去也是莊稼老粗出身，滿手的硬繭，會幹莊稼活。先是掃院子，後是起馬圈裡的糞，還幫小馮餵馬。小馮與他談了半天，晚上少東家孫屎根又把他叫去，在上房咕咕唧唧談了半夜。等他回來睡覺，他一拳將睡熟的小得打醒了，說：

「小得，從明天起，我就不餵馬了！」

小得說：

「你不餵馬，餵什麼？」

小馮說：

「我跟少東家說好了，明天跟他去當兵！」

小得嚇了一跳，上去拉住他：

「你膽子可真大，要去當兵，你娘知道嗎？」

小馮說：

「我娘知道不知道，反正也不是讓她去當兵！」

小馮又問小得去不去，小得說：

「你想去你去吧，我是不去。當兵就得打仗，不是鬧著玩的！」

小馮當時笑了，用拳頭鑿了一下他的頭：

「你膽子還沒兔子大！你呀，我看也就是做一輩子飯了。」

第二天，小馮就跟少東家走了。

小馮走了以後，孫家又找來一個老頭子來餵馬。老頭子來了，也與小得睡一個房子。老頭子年紀大了，夜裡睡不著，在床上摸摸索索地不停，弄得小得也跟著睡不著。這時小得倒挺懷念小馮的，不知他跟著隊伍開到哪裡去了。老頭子餵馬餵了一個月，一天不小心，突然被馬咬了腿，被人抬回家養傷，這樣就剩下小得一個人。小得白天煮菜，夜裡還得起來餵馬。這時小得又對小馮不滿意，他當兵拔腿走了，把兩個人的活留給了小得一個人。以前小得沒有半夜起床的習慣，現在夜裡睡得正香，突然得起來餵馬，這讓小得感到特別氣惱。往往他一邊餵馬，一邊罵小馮。一開始就是埋怨，後來罵習慣了，什麼都罵。這天半夜起來，一邊給馬拌料，一邊又罵上了。

罵：

「小馮，你個王八羔子！」

「小馮，你一當兵好清閒，一個人吃飽全家不飢，可苦了我小得，半夜得起來替你個龜孫餵馬……」

突然身後閃進一個人，將一個硬傢伙頂到他腰眼上：

「不準動，把手舉起來！」

小得嚇得心裡「怦怦」亂跳，知道碰上了土匪，忙將手舉了起來，腿接著就哆嗦了。邊哆嗦邊說：

「大爺，饒了我吧，我是餵馬的，東家住在前院！」

身後的人說：

「今天不找東家，就找你！」

小得急著說：

「大爺，我啥也沒有，要不你把我的褂子脫走吧！」

身後的人說：

「我不要褂子，要票子！」

小得說：

「大爺，我一個窮餵馬的，哪裡會有票子？」

身後的人說：

「你敢說你沒票子？你睡覺床下有個小泥罐，裡頭藏的是什麼？」

小得知道碰到了本地土匪，不然情況咋會知道得這麼清楚？於是垂頭喪氣地說：

「大爺既然知道了，我領你去拿，裡頭也就幾十塊聯合票！」

身後人揪住他脖領子說：

「不忙，還有個事得說清楚，剛才你嘴裡罵什麼？」

小得說：

「大爺，我剛才可不是罵你老人家，我是罵一個叫小馮的傢伙！」

這時身後那個人劈頭給了他一巴掌，接著「嗤嗤」笑了，說：

「小得，你個王八蛋，你看看我是誰？」

小得扭頭一看，身後拿槍的，正是小馮。小得鬆了一口氣，渾身都軟了，也不好意思地笑了：

「小馮原來是你，可把我嚇壞了！」

接著打量小馮。小馮變樣了，穿著一身粗布軍裝，扎著皮帶，手裡提著一根獨撅槍。小馮說：

「好小子，敢背後罵我！」

小得說：

「好你個小馮，還說呢，你這一當兵，家裡什麼活都落到我身上，我不罵你罵誰？」

兩人說說笑笑，摟著膀子，又回到兩人以前睡覺的下房。點上燈，小馮遞給小得一支煙卷。

小得說：

「就是混得不賴，都抽上煙卷了！」

兩人就著油燈吸著煙，小得問：

「怎麼，你不當兵了，你偷著跑回來了？」

小馮不滿地瞪他一眼：

「什麼叫偷著跑回來了？我這是有任務。明天少東家要回來，我這是打前站來了，也順便回來看看俺娘！」

兩人又說了一陣子話，小馮就回家看他娘去了。

果然，第二天上午，少東家孫屎根，騎著一匹馬，帶著幾個八路軍戰士回來了。

孫屎根一米七八的個頭，穿著軍裝，紮著皮帶，腰裡別著盒子，很英俊的樣子。其實孫屎根所在的部隊，不是八路軍的正規軍，只是這個縣的縣大隊。大隊裡的戰士，都是剛從各村募來的民兵，雖然換了軍裝，有的走路還是種莊稼的步子，根本不像個兵。本來開封一高轉移，八路軍去募軍官時，是把孫屎根派到正規軍去的；一年多以後，這裡要開闢根據地，說他對這一塊地方熟，就又派他回來到縣大隊當了個中隊長，和連長是平級的。但縣大隊對外仍稱自己是正規軍。孫屎根每次回來，也都借頭牲口騎著，帶著幾個在縣大隊待的時間長一些的戰士。本來孫屎根在開封一高轉移時，並不想加入八路軍，他想入中央軍。中央軍軍容整齊，官有個官的樣子，兵有個兵的樣子，像個正規部隊；只是因為仇人的兒子李小武入了中央軍，他不願意跟他在一起，才入了八路軍。到八路軍待了兩個月，孫屎根開始後悔，覺得自己不該入八路。生活艱苦不說，整天還盡講發動群眾、減租減息、聯合抗日的一套，枯燥極了。和滿身虱子的佃戶挨在一起，孫屎根也弄得滿身虱子。他手下的兵，沒有一個不長虱子的。這時「西安事變」剛過，正講國共合作，孫屎根到友軍中央軍的軍營去參觀，發現人家才像個部隊的樣子，營房是營房，兵們天天操練，當官的在旁邊穿著馬靴，戴著白手套。參觀中，正好碰到開封一高的同學李小武，自己一身虱子在爬，人家一雙馬靴，一副白手套，領口上還別著上尉軍銜。一方面因為是仇人，一方面為自己的一身衣服感到慚愧，孫屎根就沒有上去與人家打招呼。倒是人家大度，上來與孫屎根笑著握手：

「孫同學來了，歡迎到敝連指導！」

這時孫屎根就特別後悔，後悔自己不該為個人意氣，誤入了部隊，誤了大事，現在想改正都來不及了。

這樣一年多過去，孫屎根一直情緒低落。一直到這個團新調來一個政委，是燕京大學的畢業生，蹲點到了他這個連，與他談了幾次話，他才如夢方醒，知道八路軍有前途，怪以前自己眼圈子太短。這個政委姓文，家裡也是財主出身，但人家就不講究表面的東西，不講究虱子，人家一眼就能看穿世界的前途。他說：別看現在八路軍小，穿戴破爛，卻比中央軍有前途。為什麼這樣說呢？他說道理很簡單，正因為八路軍穿得破爛，他一破爛，和老百姓一樣破爛，幫助老百姓減租減息，老百姓就擁護他。在部隊內部呢？當兵的穿得破爛，當官的穿得也破爛，同甘共苦，當兵的就擁護當官的；上下一心，這部隊就能打勝仗，就有發展前途。中央軍呢，表面看軍容整齊，能穿馬靴戴白手套，但那是短暫的。一是它看不起窮人，而天下窮人是大多數，大多數窮人被他看不起，窮人就不會擁護他，失民心者失天下。在部隊內部呢，當官的享福，當兵的受罪，從上到下，大家都吃兵餉，喝兵血，一團爛污，這樣的軍隊，雖有飛機大砲，到頭來沒有個不失敗的。至於日本呢，日本現在看起來強大，但也是沒有前途的。一是它國太小，中國太大，占不過來，像個螞蟻吃大象，雖然上了身，卻吃不過來；二是它得罪人太多，連美國、英國、蘇聯都得罪了，大家群起而攻之，它沒有不敗的道理；失敗是肯定的，只是個時間早晚的問題。至於山野荒灘上的一幫幫土匪呢，都是小貓小狗，不足為論。所以，將來的天下，必定是共產黨和八路軍的！這樣一番高論，使孫屎根如醍醐灌頂，如大夢初醒，怪自己以前只看到眼皮前的幾隻螞蚱，沒看到遠處有駱駝，眼眶子太淺了！人家文政委到底是燕京大學的畢業生，談起話來，像諸葛亮論天下，比自己一個偏僻小隅的開封一高畢業生強多了。在人家面前，自己簡直等於不識字。於是真心佩服地說：

「政委，你講得好，講得太好了！開了我的大竅！」

從此以後孫屎根像換了一個人。不再看不起虱子，不再看不起窮人，每到一地，也像戰士們一樣給佃戶們挑水掃地，幫助他們減租減息。後來這裡開闢根據地，文政委派他到縣大隊，他二話沒說，背著背包就回來了，到縣大隊當中隊長。到了縣大隊，兵們都是剛抽調上來的民兵，比八路軍更不正規，動不動還是村裡那一套，你給他一條槍，他拿起來像糞叉，或者拄到地上當枴棍使，但孫屎根不急不躁，慢慢調理他們。一次與日本偶然遭遇，混戰之中，他這個中隊雖然死了三個人，但還竟打死一個鬼子，受到大隊政委的表揚。只是他每當回自己村時，還想擺一擺威風，借個牲口，挑幾個戰士。縣大隊政委也是文政委的同學，知道誰還沒個小毛病，也不怪他，只是一笑了之，有時還把自己的一身新軍裝借給他。這次孫屎根回來，穿的就是大隊政委的衣服。

孫屎根騎馬進村以後，許多人看到，都跑出來與他打招呼。孫屎根下了馬，也笑著與他們打招呼。這時幾個戰士也自動走成一行，整齊地邁步，很像個樣子。大家便看那幾個八路軍戰士走步。到了孫屎根家門口，兩個戰士便上去站崗。孫屎根擺擺手說：

「也沒有敵人，站什麼崗，進屋喝水去吧！」

這時孫屎根的娘孫荊氏迎了出來。老太太說：

「當兵當兵，回來就中！」

雖然她自己吃素，卻吩咐伙計們殺雞，給孫屎根和戰士們改善生活。這時小馮也從家裡迎出來，將孫屎根的馬牽到了馬圈裡。洗過臉，喝過水，孫屎根留在家和老太太敍話，其他幾個戰士，便分頭到村裡的人家掃地打水。村裡人都很高興，說：

「屎根訓練的隊伍就是秋毫不犯！」

「八路軍沒有架子！」

也有人看這軍隊的人沒有架子，反倒看不起這軍隊的。一問當兵們的出身，也都和自己差不多，幾個月前還是莊稼老粗，反倒覺得他們給自己掃院子是應該，有的上去就摸人家的米袋子。

孫屎根正在家裡棗樹下和老太太敍話，突然一個戰士跑進來，說：

「報告隊長，村子西頭，有人在吊打人！」

孫屎根一聽有人吊打人，以為是來了土匪，當下拔出槍說：

「集合隊伍，過去看看！」

倒把孫荊氏嚇了一跳，說：

「屎根，你這是怎麼了？」

孫屎根說：

「娘，咱這隊伍是老百姓的隊伍，有人吊打老百姓，咱不能不管！」

就帶了戰士們過去。原來在村西一個佃戶叫宋胡鬧家，村長許布袋帶著幾個村丁，正在樹下吊打他。自從那天縣警備隊小隊長孫毛旦布置下日本人的任務後，許布袋正在執行這任務：收集一馬車白麵，兩頭豬。這裡是日本人的天下，一到陰曆十五就要來兵取麵，哪裡敢不收集？只是村裡人被幾路軍隊刮來刮去，整天都煮槐樹葉，哪裡還有白麵？收集了一上午，才收集到兩口袋，許布袋就有些發急。收集到宋胡鬧家，宋胡鬧是個脾氣，蹲在門口黑著臉說：

「村長，這次隔過這個門吧！俺小妞病了一春天，還吃槐樹葉，你們倒想吃白麵了？要白麵也可以，你們先把我打死吧！」

許布袋是個吃軟不吃硬的傢伙，你好好說話，一切可以商量；你犯橫，非治下這橫不可，不然以後這村子還弄不弄了？於是就說：

「我還沒厲害，你倒厲害了？你以為這白麵是我吃了，是給日本人的！打死就打死，把這雞巴玩意吊起來！」

宋胡鬧撲過來就要拚命，早被許布袋一腳踢翻，幾個村丁便將他吊在樹上打。打了幾鞭，宋胡鬧嚎叫得像豬，漸漸就認熊了。這時又見外邊突然進來幾個兵，認為是來捉他，忙在樹上對許布袋說：

「大爺，別讓兵捉我，都怪我年輕不懂事，不會說話。我交白麵，我交白麵。牛圈石槽下面小瓦罐裡，還有半瓦罐麥種哩，我給你去磨磨！」

這時孫屎根已經到了跟前，幾個戰士上去就用槍逼住了許布袋和幾個村丁，小馮上去把宋胡鬧解了下來。宋胡鬧這時才知道兵們是來救他，才知道是孫屎根領的八路軍，突然又感到委屈，蹲在地上「嗚嗚」哭了起來。許布袋一看孫屎根的兵敢逼自己，本來想上去搧孫屎根一耳光，但看孫屎根皺著眉頭，手裡提著盒子，盒子的大機頭都張著，也只好瞪了孫屎根一眼，帶著村丁回去了。

中午孫屎根和許布袋在一起吃午飯。孫屎根說：

「大爺，你給日本人幹事，倒還積極了，為了收白麵，把人都吊了！」

許布袋瞪了他一眼：

「你說得輕巧，好人誰不會做，你吊人，我也會去解。你解下人拍拍屁股走了，等到十五日本人來收白麵，可是要來找我。我沒有白麵，日本人不吊我？你們八路軍本事大，等到十五那天，你帶人來跟日本人說說，讓他們把白麵免了吧！這裡是日本人的天下，你們回來不也是偷偷摸摸？你有名當了八路軍連長，怎麼不騎馬去縣城逛逛？不是你們也怕日本人？再說，你們知道老百姓苦，你們的隊伍不也給老百姓派糧食？告訴你，上次給你們斂糧食，我也吊打過人！不吊打哪有糧食，家家戶戶吃槐葉！」

說到這裡，許布袋不說了，只是用眼睛瞪人。弄得孫屎根也無言以對，便起身給許布袋倒了一杯酒。

喝過幾杯酒，許布袋的氣消了。這時許布袋說：

「大爺年輕時候，也當過兵！可惜現在五十的人了！」

又說：

「老了老了，被你們擠在中間！」

孫屎根與許布袋在這邊談話，小馮與小得在伙房談話。小得給小馮專門做了一碗炒饃，小馮吃了。小得提出想要小馮一顆手榴彈，說夜裡餵牲口帶著不害怕。小馮感到有些為難，但還是從腰帶上解下一顆，悄悄給了他，說：

「可別讓走了火！」

小得說：

「我根本不玩它，夜裡餵牲口才帶。」

就把手榴彈放到了床頭的小泥罐裡。

到了晚上，孫屎根領著幾個兵歸隊。這天已經是陰曆初十，走到半路，月亮上來了。孫屎根騎在馬上走，幾個戰士仍在議論十五那天日本兵要來收白麵和豬。孫屎根聽著，突然靈機一動，猛地用鞭子打開了馬。馬一跑，幾個戰士也跟著跑。這樣跑了七八里，戰士們都累壞了，紛紛說：

「隊長，別跑了，你騎著馬！」

等到了縣大隊駐地，已是第二天早上。孫屎根馬上去找政委，提出一個建議，說十五那天日本兵要去馬村收糧，他可以帶著自己的中隊去消滅他們。一來那裡是自己的家鄉，地形比較熟，打仗有把握；二來日本兵不防備，可以打他個措手不及；三來縣大隊成立以來，沒敢跟日本正面打過仗。雖然上次和日本有過一次遭遇戰，但被人家打得跑，死了三個人，才換人家一個。這次弄得好，不用死一個，就可以幹掉他們三個。這一仗打好，既可以鼓舞士氣，又可以擴大八路軍的影響；四來日本人武器精良，突然襲擊消滅他們，武器繳過來可以補充大隊。政委聽了他的「四來」，也十分高興，當下就批准了他的計畫。孫屎根得到批准，當即就回到中隊駐地，讓戰士們操練準備。接著又把小馮派了回去，讓他到村裡去偵察情況，陰曆十五接應部隊進村。同時交代他，嘴不要亂說，要注意保守軍事祕密。

孫屎根考慮打仗這個計畫，還有三點沒有給政委談出來，一來是他剛到縣大隊，想打一個漂亮仗露露臉；二來這個大隊沒有大隊長，只有一個大隊副，又是病秧子，他想借這一個勝仗，升到大隊長；三來這仗是在家門口，如果打勝了，自己也在家門口顯顯威風。

3

李小武也騎馬挎槍，帶著護兵回來了。

七月十三是李家祭祖，李小武趕回來祭祖。中央軍在魏隗府駐了一個團，李小武在那個團當連長。李小武一米七七的個子，像他爹李文武一樣，長得眉清目秀，只是眉毛中間有一條傷疤，是小時候吃飯不小心跌倒，摔破碗扎的。李小武自幼讀書用功，在私塾時，別人捉弄老師，他一人在教室讀書，琅琅出聲。他有一個堂兄叫李小鬧，是已故村長李文鬧的大兒子，自幼調皮，不愛讀書，愛玩弄牲口，常要拉他一起去玩，多次被他拒絕，一個人在家裡練毛筆字。所以他寫得一手漂亮的毛筆字。堂兄李小鬧長到十六歲，知道爺爺是被現任村長許布袋嚇死的，爹爹是被土匪殺死的，便嚷嚷著要去當土匪，等拉起一支隊伍，再打回村報仇。消息傳到許布袋孫毛旦耳朵裡，兩人便布置人，趁李小鬧一次騎驢到鎮上鬥雞，把李小鬧悶死在大荒窪桑柳趟子裡。消息傳到李家，李家將李小鬧的屍首抬回來，一家人圍著亂哭。唯獨李小武仍在後院不出來，閉門琅琅讀書。這時大家便說李小武半點不懂事，堂兄被人害了，連哭都不來哭。唯有他父親李文武說：

「看這孩子樣子，也許是胸有大志！」

弄得他的嫂嫂、李小鬧的母親很不滿意，說李文武護著自己的兒子，罔顧殺死的姪兒。為此大聲哭道：

「小鬧，你爹死了，沒人替你做主！」

後來李小武私塾讀完，考學考到了開封一高。在開封一高，他學習也好，次次考試名列前茅。同村在開封一高讀書的，還有孫家兒子孫屎根，許布袋女兒許鍋妮。因為有世仇，李小武孫屎根兩人不說話。李許兩家也有仇，但許鍋妮一個女孩子家，看李小武上進，次次名列前茅，卻暗暗佩服他，見他倒臉帶笑容。李小武見人家是個姑娘家，不必計算在世仇之內，也與許鍋妮說話。一次禮拜天從開封回村，孫屎根有事不回，兩人還悄悄在鐵塔集合，一塊做伴回家。路上有條小河，李小武還將許鍋妮背了過去。只是因為家有世仇，離村子三里，兩人就分了手。後來日本人打了過來，開封一高要轉移到洛水縣，中央軍來到學校募軍官。李小武與招募軍官的人談了一次，便給家中父親打回來一封信，說明自己的去處，就換軍裝加入了中央軍。臨入軍隊那天，他還看到許鍋妮在一群歡送的同學中看他。後來他也聽說，孫屎根加入了八路軍，他也不說什麼。只是在中央軍努力求上進。兩年以後，就掛上了上尉軍銜，領了一個連，有了勤務兵。平時李小武不回來，李家每年祭幾回祖，只是到了祭祖，他才帶幾個勤務兵回來。回來祭過祖，當天也就回去了。每次回來，很少給家裡帶東西。與家裡人也不多說話，只與父親在一起談談。談談也不說家務，只談些天下情勢。弄得一家人對他不滿意。李小鬧的母親當著李文武的面說：

「都晚上學好，咱家省吃儉用，供應小武上學，現在上出來了，當了隊伍的連長，家裡沾他什麼光了？不沾他光就不說了，他把咱家的幾輩冤仇給忘了？他爺爺是被誰害的？小鬧他爹是被誰害的？小鬧是被誰悶死的？他手裡有隊伍，怎麼不把孫、許兩家給平了？我看這小武，是指望不上了。以後祭祖，他也別來了！」

李文武也覺得嫂子說得有道理。在一次祭祖之後，李文武就將嫂嫂的意思委婉地轉述給兒子。誰知李小武一聽，只是淡淡一笑。說：

「爹，我平時不愛說話，但心中並不傻。我不知道爺爺是被誰殺的？我不知道大伯是被誰殺的？我不知道堂兄是被誰殺的？說要現在報仇，倒也容易，我派幾個兵，就可以統統把仇人給崩了。只是，爹，不能這麼做！」

李文武張大眼問：

「為什麼？」

李小武說：

「我崩人容易。只是我崩了人，抬身走了，咱們全家還在村裡。我不能把全家帶到隊伍上，我還只是個連長，沒那個權力。我一走，你們待在村裡，就會有人回過頭來殺你們。不要忘了，孫家也有兩個人在隊伍上，一個孫毛旦，跟著日本人，一個孫屎根，跟著八路軍。爹，這種情勢，我能魯莽去報仇嗎？」

李文武聽了兒子一番話，連連點頭，說：

「是哩，是哩！」

佩服兒子比自己和嫂子有見識，事情考慮得周全，事情考慮得長遠。但他埋怨：

「這道理你為什麼不早說？你不說，大家以為你忘了呢！」

李小武也只是淡淡一笑：

「爹，該做就做，不做時不要亂說。事情還沒做，何必去說？」

李文武又點頭。但他又問：

「照你這麼說，看得長想得遠，這仇就永遠不能報了？」

李小武又一笑：

「不是。爹你再往長想一想。現在是誰家的天下，是日本人的天下。但可以肯定，日本是長不了的。我讀過世界史，沒有一個民族可以長期霸著另一個民族的。將來日本人是要失敗的。日本人一失敗，天下是誰的？就是中央軍和國民黨的。八路軍雖然有一些兵，但都是烏合之眾，用減租減息哄幾個窮人，成不了大氣候。等中央軍坐了天下，就是我們坐了天下。等我們坐了天下，那時想殺誰還不容易嗎？」

李文武聽了這番話，更是連連拍手，說：

「是哩，是哩，我兒在外沒有白闖蕩，比爹有見識，事事能說出個理！」

從此對李小武十分尊重。李小武每次回家來，仍和從前一樣，祭完祖就走，不多說話。李文武對他十分理解。只是有一次他聽說兒子回來，在村口碰上許鍋妮，下馬與她說了一陣話，心中感到很困惑，又把兒子叫來問道：

「小武，這話本來不該當爹的說。我知道你與許家的姑娘在開封是同學。你說現在不報仇，等中央軍坐了天下再報仇我相信，可咱們也不該與仇家的女兒勾連，那樣，就是把祖宗給忘了！」

這時李小武倒是有些尷尬，臉紅著說：

「爹既然這樣說，我以後不理她也就是了。」

以後再見面，倒真不理她。李文武才放心。

七月十三這天，李小武帶護兵回來祭祖，一進村又碰上了許鍋妮。許鍋妮提匯著一籃子衣裳，拿著一根棒槌，從河邊洗完衣裳正要回家。李小武在馬上看了看她，她在地上看了看李小武，四目相對，李小武又像前幾次那樣，撥轉馬頭就進了村。倒弄得許鍋妮攞籃子站在那裡，愣了半天神。後來，眼淚就撲簌簌下來了。

李小武帶護兵回到家，家裡祭祖已經開始，四村裡還來了幾家親戚。眾人見他回來，忙給他讓開了道。幾個護兵忙在祖宗遺像前擺了幾碟子乾果，讓李小武祭祖。說是祭祖，其實也就是磕四個頭。李小武磕過頭，爬起來與親戚們打了打招呼，便像往常一樣，轉到後院去與父親說話。護兵中早有一個在門口站了崗。其中有一個班長姓吳，來過幾次，在村裡比較熟，沒事到村裡街上轉去了。

李小武在後院與父親坐下，家裡有伙計端上茶，兩人在一起隨便聊些閒話。聊著聊著，李小武發現父親老是嘆氣，打不起精神。李小武問：

「爹，你是不是身體不舒服？下次回來，我帶回一個軍醫給你看一看吧！」

李文武這時說：

「身體倒沒什麼，就是老有人欺負，讓人心裡不痛快！」

李小武問：

「誰欺負你了？」

李文武說：

「還不是孫許兩家！小武，你在外闖蕩，學問比我大，見識比我廣，上次你說的道理，我不是不懂，也不是不贊成，我懂，也贊成，我照著去做，暫時不與孫許兩家生事。可現在人家當著村長，咱們不與他生事，人家可與咱生事，處處與咱為難。長此以往，人家不像捏猴一樣把咱給捏死了？」

李小武問：

「他最近又怎麼捏咱了？」

李文武說：

「最近日本人派下麵了，每人十斤。十斤也就十斤吧，日本人派下的，誰也不敢不給。只是一人十斤麵，咱家也就二百來斤吧，可許布袋假公濟私，一下給咱派了四百斤，這不是明欺負人嗎？」

李小武問：

「給他了？」

李文武說：

「人家帶著村丁，敢不給嗎？許布袋年輕時殺咱家的人欺負咱，現在還捏著咱不放！我不想這些事不生氣，一想這些事，簡直就無法當人活了！」

李小武聽了父親的話，也覺得許布袋做得有點過分，欺負人不該這麼欺負，不看僧面看佛面，起碼李小武也在外邊領兵打仗混事呢！這時他帶來護兵中的那個吳班長，已從街上轉了回來，站在李小武的身後聽。聽到這裡，早憋不住了，說：

「連長，這老傢伙不懂事，該開導了！我帶幾個弟兄去把他開導開導吧！」

李小武用手止住他說：

「開導倒不必開導，只是這多出來的二百斤白麵，到底是怎麼出的，應該問清楚。老吳，你帶兩個人去，不要發火，不要打人，只是去問問這白麵是怎麼出的，回來告訴我！」

吳班長立正說：

「是！」

轉身帶上兩個護兵，出門到許布袋家去了。李文武見兒子派兵去問事，心裡也舒坦一些，說話有些喜歡起來。

李小武交代吳班長「不要發火」，但吳班長帶著兩個兵到了許布袋家，還沒問話就發了火，用馬鞭指著許布袋說：

「你就是村長？」

許布袋這時正坐在棗樹下吸煙，他一輩子都是用馬鞭指人家，哪裡見過人家用馬鞭指自己？但他年輕時當過兵，知道當兵們的厲害，何況來了三個人，都背著快槍，於是見人家用馬鞭指自己，也只好陪著笑臉說：

「什麼村長，也就是為老總們支支差罷了。請問老總是哪一部分的？」

說著就將煙袋往上遞，被吳班長一馬鞭給打飛了：

「少跟我囉嗦，我們是村西李少爺李連長的部下，今天來開導開導你！」

許布袋這才知道是李小武帶來的兵，但見煙袋被打飛了，也不敢發火，只是說：

「我可沒有得罪李連長的地方！」

吳班長說：

「你沒有得罪李連長，你得罪李連長他爹了！我只問你，給日本人派麵，別人家都是一人派十斤，怎麼給李連長家派那麼多？」

許布袋這才知道事情的原委，拾起煙袋說：

「老總們誤會了，這次派麵原來是按人頭派的，但麵總收不齊；收不齊麵，日本人來了就要打我，只好改成按地畝派了。李連長家地畝多，白麵就多了些。可這不光是他一家，孫家、宋家、晉家、俺家地畝多，也都交得多，不信老總們可以查對帳簿！」

吳班長揮著馬鞭說：

「我不管你按不按地畝，也沒工夫查你的帳簿，反正李連長家不該出那麼多！你給日本人辦事那麼積極，不是漢奸是什麼！你把多收的二百斤白麵給我背回去，我今天饒了你；若說半個不字，我先用馬鞭教訓教訓你！」

許布袋見一個小當兵的如此不講理，還老在自己臉前舞鞭子，心中就有些發火，說：

「你當一個兵，也要講理，不能動不動就背麵；你一背麵，日本人過來豈不打我？」

吳班長見許布袋與他頂嘴，馬上生了氣：

「你怕日本人打你，就不怕我打你？我先打你這老漢奸兩鞭，看你怕日本人還是怕我！」

說著就要下鞭子。這時從馬圈跑出一個軍人說：

他回村來偵察情況的。回到村裡，整天也沒什麼情況可以偵察，反正也就是日本人十五要來拉麵罷了。所以整天待在馬圈和小得一起玩。這天正在玩，看到來了幾個中央軍，要打孫屎根家裡的人，便跑出來制止。

吳班長見跑出來一個八路軍，也只好暫時不打許布袋，過來用馬鞭指小馮：

「你跑出來了，你是幹什麼的？」

小馮倒也膽大，手摸著自己的獨撅子說：

「我是八路軍，是我們孫隊長的部下！」

吳班長看他穿著粗布軍裝，還沒脫土頭土腦的樣子，便有些看不起，說：

「我不管你是誰的部下，我在這教訓漢奸，礙著你什麼了？」

小馮說：

「他不是漢奸！」

吳班長說：

「替日本人收麵，怎麼不是漢奸？他將麵給我背回去，我不打他；他不背，我就打他！」

小馮說：

「這麵不能背，打他不打他是小事；一背麵，就破壞了我們的軍事計畫！」

吳班長這時倒笑了：

「你們幾個窮八路，還能有什麼軍事計畫，就是保護給日本人收麵嗎？可見你們八路也通日本，是個漢奸！不打他也行，我先把你這個漢奸給捆起來！弟兄們，將這個八路漢奸給我捆起來！」

小馮見人家要來捆他，就從屁股後抽槍；但畢竟吳班長人多，還沒等槍抽出來，三個人早將他捆了個豬肚。接著就將他押回了李家大院。吳班長先進後院報告：

「連長，抓到一個八路漢奸！」

李小武倒吃了一驚：

「什麼？抓到一個八路漢奸？怎麼抓住的？我讓你去問那件事，你倒辦了這個！」

吳班長得意地說：

「這是孫屎根的一個部下，正好在家裡，替老王八蛋說話，讓我捆住了！」

接著就把小馮給推了進來。小馮這人李小武認識，記得以前在孫家餵馬；小馮一見李小武，看人家穿戴整齊，戴著白手套，身後站著幾個兵，這時倒害怕了，害怕李小武下命令把他殺了，頭上冒著汗說：

「李連長，這是誤會，這是誤會，我是八路軍，不是漢奸，你不能殺我！」

這時吳班長說：

「那我們讓背白麵，你不讓背，說是破壞你們的軍事計畫，你們不是向著日本人嗎？」

這話倒引起了李小武的注意，問：

「軍事計畫，什麼軍事計畫？小馮，你告訴我，我馬上放了你！」

小馮這時想起了孫屎根的交代，不能暴露軍事祕密，就不再說話。

吳班長見他不說話，上去踢了他一腳：

「X你媽，怎麼不說話？我們連長問你呢，看我不用鞭子抽你！」

李小武止住吳班長，到小馮跟前，親自將繩子給他解開，說：

「小馮，別怕，告訴我，現在是國共合作，共同抗日，咱們是一勢了。你告訴我，我不告訴別人還不行嗎？我知道八路軍個個都是好漢，不是漢奸，你們不會替日本人收麵，說不定倒是想打日本人哩，是不是？」

小馮見李小武說話很知己，一個連長，又親自給他解繩子，於是就瞪了吳班長一眼說：

「可不是，我們八路軍向著老百姓，怎麼會替日本人做事？我們正是想打日本哩。他們十五那天來收麵，看我們不揍他孫子！你們這時把麵背回來，沒有麵哄日本人，可不是破壞我們的軍事計畫！」

李小武把手放到額頭上，想了半天，突然笑著說：

「我明白了，我明白了，怪我們不知道，這麵不能背回來。好啦，這事就到這裡，你回去吧，那麵也不背了！」

就把小馮給放了。惹得吳班長和幾個護兵不高興。小馮見自己說住了李小武一幫人，不但不再背白麵，還放了自己，倒很高興，高興自己有本領，說住了他們，還沒破壞自己這邊的軍事計畫。

小馮一走，李小武就向爹告辭。倒把李文武和幾個護兵弄懵了，幾個人說：

「天還早著哩！」

李小武說：

「團長來時說了，晚上還要開會，得急著趕回去。」

又對李文武說：

「爹，那二百斤白麵，就不要說了。別因為一把麵，把事情弄大！」

說完，出門就跨上了馬。把個李文武弄得不知事情頭緒。到了路上，幾個護兵也埋怨，本來今天勝利了，咱們人又多，誰知怕上人家一個八路軍了！李小武也不理他們，只顧打馬。

到了部隊駐地，已是晚上，屋裡都點上了燈。李小武一下馬，連部的勤務兵就去給李小武打洗臉水。洗臉水打來，李小武卻不見了。他已經顧不上洗臉，跑到團部去了。團長正在家跟太太一塊玩貓。李小武喊了個「報告」，沒等回答，就進去了。這位團長便是當年到開封一高招募軍官的人，上過黃埔軍校十三期，對李小武一直很喜愛。見他闖進來，也不怪他。倒是他太太突然見闖進一個兵，破壞了玩貓，有些不高興，撅著嘴抱著貓出去了。李小武感到很抱歉，團長倒不介意，笑著說：

「你有什麼事？」

李小武便到團長身邊，小聲說了一通話。團長聽後摸著禿頭想了想說：

「也可以吧，你帶十幾個人去試一試。我也討厭共產黨，盡幹些不明不白、調三窩四的事。不過要小心，相機行事，別打不著狐狸惹一身臊！」

李小武立正答了個「是」，便退了出來。回到連裡，馬上對連副說：

「明天挑一個排，準備十五打仗！」

4

土匪頭目路小禿，這兩天正在發瘧疾。別人發瘧疾都是躺在床上睡覺，這個路小禿不發瘧疾愛睡覺，一發瘧疾就要四處活動。他手下的土匪手頭一吃緊，或嫌伙食不好，就會說：

「當家的怎麼還不發瘧疾？」

路小禿是已故副村長路黑小的小兒子。路黑小膽子小，這個兒子卻膽子大。本來路黑小和老婆已經有了六個孩子，不想要孩子了，為此兩個人半年沒敢往一塊去。半年後終於憋不住，往一塊去了一次，老婆就又懷上了路小禿。為此路黑小打過老婆一次：

「你怎麼像個母豬一樣，沾都不能沾，一沾就有事！」

老婆委屈地哭：

「我也想著不能要，可誰能管住它呢！」

後來路小禿生下來，路黑小和他老婆就想把他捺到尿盆裡溺死。但臨到去溺，看到兩隻小眼睛骨碌骨碌轉，也不知道哭，老婆試探著問路黑小：

「要不留著他？」

路黑小上去打了老婆一巴掌：

「X你媽，還留，拿過來我掐死他！」

這一巴掌把老婆打火了，老婆說：

「你不打我我不留，你一打我，我偏要留住他！」

路小禿就被留了下來。路小禿上邊已有六個哥姐，留下來父母也沒把他當回事，飢一頓，飽一頓，像小貓小狗一樣跟著哥哥姐姐長大。冬天睡到炕角，夏天就睡到院子沙堆上。有一年夏天，大家在院子裡睡，突然颳起了大風，路黑小和老婆就趕緊往屋抱孩子。抱了一陣，覺得抱得差不多了，就也歪在炕上睡了。睡醒一覺，查了查孩子，發覺不對，少了一個，又到院子裡去抱，路小禿仍在沙堆上躺著睡，鼻子裡眼裡都颳滿了土。路小禿長到五六歲，就和他的哥姐性格不一樣。遇到爹娘發脾氣，別的哥姐一打就哭，路小禿打不哭。這就對了路黑小的脾氣，既然打不哭，遇到不順心的事，路黑小就老打他。一直打到十三歲，一天路黑小又打他，他突然一頭將路黑小用頭牴倒在地，又用放羊鞭將路黑小抽了一鞭子，嘴裡罵道：

「X你娘！」

倒把路黑小嚇了一跳，從此不敢再打他，有時還偷偷給他買燒餅吃。從此兩人成了好朋友。有時路黑小出外販運牲口，還把他帶上。那時路小禿就愛發瘧疾。不發瘧疾他愛睡覺，一到發瘧疾他就跑出去騎驢。驢子騎一圈，渾身出了汗，瘧疾也就好了。那時路黑小還當著副村長，村裡開會要打鑼，有時路黑小忙不過來，就讓路小禿替他去打。十二三歲的孩子，村裡有一幫跟他大小差不多的伙伴，秋天一塊到地裡割草放羊。偷玉米、燒毛豆、摸瓜，都是以他為首。有時幾個人還將正在生長的西瓜挖個小口，往裡拉屎，然後再把小口蓋住。有一年村裡過隊伍，村裡人都找地方躲了起來，路小禿不躲，一個人騎到村後樹杈上看人家。隊伍中一個軍官發現了他，在馬上用鞭子指他：

「這裡還藏著個兔子！」

大家都笑。

軍官說：

「送給你個手榴彈，你敢要嗎？」

路小禿肚皮貼著樹就滑了下來，接過一顆小手榴彈，扭身就跑。軍官又喊：

「別讓炸著你！」

隊伍又笑。

路小禿有了這顆手榴彈，開始在村裡橫行。誰家跟他鬧彆扭，他就拿著手榴彈跑到人家家裡尋死覓活，要跟人家同歸於盡。害得人家一家人圍著他說好話。長到十七八歲，他就在村裡白吃白拿。除了許布袋、孫毛旦、李文武家他不敢去，別人家他都敢去。到哪腰裡都別著手榴彈。有時半夜還和幾個無賴去偷雞。他偷雞有本事，手下到雞窩，一把就抓住了雞脖子，雞一聲叫不出來。然後幾個人在一起燒火煮著吃。日本人來了，開始派夫派款，家家煮槐葉，幾個人在村裡藏不住，便學著人家結盟的意思，也殺了一隻雞，滴血到酒裡，幾個人一人喝了一口，就結夥跑到大荒窪入了土匪。剛開始去的時候，路小禿和大家一樣，也是當普通土匪，跟著人家小頭目到鄰村打家劫舍，到路上劫客斷人。三個月過去，等他把土匪的一套都學會了，便把幾個喝過雞血酒的弟兄叫到一塊，商議一番，夜裡偷了頭目幾條槍，幾袋子糧食，幾匹布，幾條子肉，揚長而去，另找一個小土包立了山頭，當起了「當家的」。頭目發覺以後，立即派了十來個人去打他們，誰知又中了他們的埋伏。路小禿抓住這幾個老土匪，並不殺他們，而是好肉好酒待承，然後派人將他們送了回去。老土匪頭目見他這樣，也佩服他有本領，一笑了之，從此不再打他，容他另立山寨。路小禿當了「當家的」以後，和其他「當家的」不一樣，其他土匪動不動就去搶人斷人，路小禿平時卻給弟兄們放假，讓大家睡覺，只是在快缺糧斷頓時，或是他發瘧疾時，才帶弟兄們去弄些吃的喝的。弄來吃的喝的，或瘧疾好了，又帶弟兄們睡覺。所以他的山寨很安靜，白天黑夜有鼾聲。弟兄們除了輪流站崗放哨，一個個養得肥頭大耳。大荒窪土匪們編了一首歌：

要打仗，
找老尚；（另一個土匪頭目，愛好打仗。）
要吃苦，
找老楚；（另一個土匪頭目，對部下苛刻。）
要養膘子找小禿。

所以許多人願意投路小禿。兩年下來，也聚集了四五十人。

現在，路小禿山寨的伙房又快斷頓了。上次搶的幾隻羊，也只剩半個骨頭架子。大家都有些嘴巴發淡。白天黑夜覺睡得也不安穩。正在這時，路小禿發了瘧疾。一聽說「當家的」發了瘧疾，整個山寨像過年一樣高興。大家紛紛聚集到路小禿的屋子，圍在他的床前，笑著問：

「大哥，你發瘧疾了？」

路小禿正在床上打顫，被子捂著頭，也不說話。

一個土匪說：

「大哥，別老躺著，找個地方活動活動吧！」

這時路小禿一腳把被子踢開：

「好，找個地方活動活動，看這瘧疾發的！」

眾人一片歡呼。一個土匪撅著嘴說：

「等了你半個月了！」

馬上就有一個識字小土匪趴到床上製鬮。十來個鬮上，寫著周圍十來個村子的名字，然後讓路小禿去抓。打家劫舍要抓鬮，也是路小禿的發明。一開始路小禿不抓鬮，想起哪村是哪村，哪村就跟著倒霉。後來他覺得這樣不公平，就想出抓鬮的辦法，抓上哪村是哪村。這次他伸手抓了一個，打開一看，上邊寫著「朱家寨」，眾人又一片歡呼：

「去朱家寨！」

當晚，路小禿帶了十來個土匪，上路去朱家寨。路上路小禿問：

「朱家寨的財主是誰？」

一個熟悉朱家寨的土匪說：

「朱挺祿，朱挺祿！」

路小禿下夜劫村，不劫窮人，光劫財主，也是他定下的規矩。因為劫窮人也劫不了什麼，是瞎耽誤工夫，不如一劫劫個財主，早點結束回去睡覺。這樣，十來個人到了朱家寨，到了朱挺祿的家。朱挺祿果然是個財主，門很厚很大，院牆很高。這時已經是半夜了。幾個人搭起人梯，路小禿在最上邊，越院牆跳了進去。這時「呼」地撲過來一條狼狗，路小禿忙從懷裡掏出一塊羊骨頭，扔了過去。狗啃著了骨頭，就不再說什麼。路小禿把大門打開，十來個弟兄就進去了。朱挺祿一家全都睡死了。一個小土匪問：

「把他們叫起來？」

路小禿擺擺手說：

「別叫，別叫，別耽誤人家睡覺，看看有沒有沒睡的！」

另一個小土匪說：

「看，後院有燈光！」

十來個人便來到了後院。果然，後院堂屋還亮著燈。他們躡手躡腳來到窗前，用舌頭舔破窗戶紙往裡看，見屋裡炕上躺著一個老頭。老頭是個胖子，禿頂，穿著馬褂，左手摟著一個年輕女人，右手摟著一杆煙槍。女人只穿了一個花褲衩子。這時路小禿生了氣：

「娘的，他倒舒坦！」

一個小土匪說，

「這就是朱挺祿，那女的是他小老婆！」

路小禿說：

「爺們幾十口子都是光棍，他倒有小老婆了！」

一揮手，十來個土匪便「咣噹」一下撞開門，進了屋子，把朱挺祿和小老婆嚇了一跳。朱挺祿是個見過世面的人，知道來了土匪，雖然害怕，但還知道強打精神打招呼。小老婆就不行了，一嚇嚇得尿都出來了，把個花褲衩子也給弄溼了。朱挺祿說：

「喲，不知道弟兄們來了，我叫伙計去燒茶！」

一個小土匪用刀子逼住他：

「少囉嗦，爺們不喝茶，想喝人血！」

另一個土匪就用刀子去杵小老婆的奶。小老婆驚叫一聲，像蝦蟆一樣，蹦到朱挺祿身後藏著。這時路小禿上了炕，去擺弄那支煙槍。他不會抽大煙，只是看到煙槍好玩，在那裡擺弄。朱挺祿見他擺弄煙槍，哆哆嗦嗦地說：

「大爺吸一口？挺好玩的，我給你打泡！」

路小禿說：

「吸一口就吸一口！」

就對著煙槍吸。誰知一口煙嗆了他，使他咳嗽半天。咳嗽完，路小禿生了氣，問：

「黑更半夜，你怎麼還不睡？」

朱挺祿哆哆嗦嗦答：

「我，我不睏！」

路小禿說：

「本來不想來你家，看到你不睏，才來跟你玩的，下次看你還睏不睏！」

一揮手，十來個土匪便動了手，點著火把，在屋裡院裡亂翻，碰到票子拿票子，碰到布匹拿布匹，碰到糧食拿糧食，又從馬圈裡牽了幾匹馬，從豬圈裡趕了幾頭豬。在其他房子裡睡覺的人，聽到院子裡動靜，知道來了土匪，也不敢點燈，也不敢動。左鄰右舍也聽到了，也不敢動。只有朱挺祿跟在路小禿屁股後說：

「大爺，少拿一點吧，下次我睏，下次我睏！」

小老婆也穿著褲衩懵頭懵腦地跟在後邊亂跑，被朱挺祿上去踢了一腳：

「X你媽，我說早點睡吧，你還要吸煙，看這煙吸的！」

一時三刻，弟兄們把東西都收拾好了。將布匹、糧食、豬、棉花都紮成了搭子，搭到了馬身上。經常幹這種活，成了規律，也就是說笑之間的事。路小禿見事情完了，就向朱挺祿拱拱手：

「大爺，今天打擾了！時候不早了，你早點歇著吧！」

然後和幾個弟兄跨到馬馱子上，打馬揚長而去。朱挺祿攔不敢攔，說不敢說，只好眼睜睜看著他們而去。等他們走後，才蹲到地上抱頭痛哭起來。這時家裡人也都起來了，也跟他蹲在地上哭。正哭著，一個小土匪又騎馬回來，用刀子指著朱挺祿說：

「那杆煙槍呢？也借我們當家的玩玩！」

朱挺祿只好指了指堂屋。小土匪拿了煙槍，又揚長而去。

朱家寨離路小禿家的村子馬村十三里。每次路小禿帶人劫過東西，都要派人給他娘送去一些好吃的。路小禿雖然從小頑皮，但知道孝順他娘。要不是他娘，他爹路黑小早把他弄到尿盆裡溺死了。路小禿帶弟兄們打馬離開朱家寨，按照慣例，就朝路小禿的村子跑去。到了村頭，路小禿說：

「這次給俺娘送些什麼呢？」

那個識字小土匪說：

「上次送了糧食和布，這次就別送了。我看這幾頭豬裡有個豬娃，回去殺了可惜，就送去讓大娘養著吧！」

路小禿覺得說得有理，點點頭。大家解下小豬娃，由識字小土匪送去，路小禿和其他弟兄們就打馬先回了大荒窪。

第二天一早，識字小土匪也回來了。路小禿問：

「俺娘怎麼樣？」

識字小土匪說：

「見到小豬娃，大娘很高興，說咱家一輩子沒養過個豬，這下可有個豬了，說養到過年殺了吃呢！」

路小禿笑了，又問：

「其他還有什麼？」

這時識字小土匪看了大夥一眼。路小禿對其他弟兄說：

「你們分東西去吧！」

其他弟兄便高高興興去分東西。屋裡只剩路小禿和識字小土匪兩個人。這時識字小土匪說：

「我聽五哥說，十五那天日本人要來收白麵。」

路小禿說：

「X他姥姥日本人，也會劫東西了！俺家出了多少？」

識字小土匪說：

「出了六十斤，上次我送去的白麵，快交完了！」

路小禿說：

「那你今晚再送去一些，可不能讓俺娘餓著！」

識字小土匪點頭。又說：

「我還聽五哥說，說不定十五那天，村裡還要打仗呢！」

路小禿瞪大眼睛：

「是嗎，誰跟誰打？」

識字小土匪說：

「聽說八路軍派來了偵察員！」

路小禿一笑：

「別信這個，幾個八路，肯定打不過日本人！」

這時識字小土匪一笑：

「管他打過打不過，我是說，等他們打完，咱們去打掃戰場，說不定能撿兩條槍呢！」

路小禿這時明白了識字小土匪的意思，摸著頭一笑：

「你小子鬼名堂還不少！」

說完，路小禿躺在床上，繼續發他的瘧疾。

5

村長許布袋急得像熱鍋上的螞蟻。自從他知道過去的馬夫、現在的八路軍縣大隊偵察員小馮回來是為了陰曆十五打日本，他心上就著了急。那天李小武的護兵為了白麵把小馮捉去，他一開始是替小馮擔心，害怕李小武殺了小馮；後來把小馮放回來了，心裡才放了心，連連說：

「不錯，不錯，狗日的把你放回來了！」

小馮拍著自己腰裡的小獨撅說：

「他敢不放，我一說我們的軍事計畫，就把他們給嚇住了，李小武親自給我解的繩子！」

許布袋問：

「軍事計畫，什麼軍事計畫？」

小馮見許布袋是孫屎根的本家，不是外人，趁興把十五那天孫屎根要帶縣大隊來打日本人的事也給他說了。沒想到許布袋一聽又發了火：

「原來這樣，這是誰出的餿主意？」

小馮見許布袋發了火，有些膽怯。雖然他現在當了八路軍，但對過去的東家還有些害怕。何況許布袋年輕時，也是個殺人不眨眼的傢伙。便試探著問：

「怎麼，大爺，打日本有錯嗎？你真和日本成一勢了？」

許布袋說：

「一勢誰跟他狗日的一勢，只是這日本是來向我要白麵，你們打了他，回頭日本不找我的事？」

小馮一想也是這麼回事，拍了一下腦袋說：

「可不，怪我們定軍事計畫時，把大爺這頭給忘了！」

又想了想，突然拍著巴掌說：

「大爺，我給你出一個主意！」

許布袋問：

「什麼主意？」

小馮說：

「索性這事兒你別管了，你拔腿跑了算了，這樣我們也打了日本，日本回頭也找不著你！」

許布袋瞪了他一眼：

「日你先人，你出的這叫啥主意？這兵荒馬亂的，你讓我帶著老婆孩子躲到哪裡去？」

小馮嘬著牙花子，躲到了馬圈，許布袋一個人在那裡生氣。這時許鍋妮從屋裡挑簾子出來，說：

「爹，這事讓憋住了？」

許布袋說：

「可不讓憋住了！八路軍要在咱村打日本，這不把我擠當中了？」

許鍋妮說：

「那我給你出個主意！」

許布袋瞪她一眼：

「你又出什麼主意？」

許鍋妮說：

「你索性跑到城裡，給俺毛旦叔報個信，別讓日本人來收麵，那天多派些兵來，反過來打八路軍，不就沒事了？」

許布袋說：

「你這也是害你爹呢，讓日本打了八路軍，八路軍回頭能不找我的事！」

這時許鍋妮「噗嗤」一聲笑了，說：

「爹這回是老鼠鑽風箱，兩頭受氣！」

許布袋知道女兒在捉弄他，上去要打女兒：

「我在這裡犯愁，你還捉弄我！」

這時許鍋妮正色說：

「爹，看你活了五十年，原來也有迷住的時候，人一天三迷，你是讓迷住了！」

許布袋問：

「我怎麼犯迷？」

許鍋妮說：

「你這是瞎替人家日本人操心！按你的道理，你在這村當村長，這村就成你的了？人家八路軍就不能來這村打日本了？放心吧，人家八路軍打日本，日本回頭也犯不著找你。打日本的是八路，日本自然會去找八路，你沒有打日本，日本為何找你？人家兩家交兵，無非借你個地盤，哪有打輸的一方不找打他的人，反而找攤主呢？就好像我在我姥姥家打你兩巴掌，你不找我，能去找我姥姥嗎？」

許布袋聽了許鍋妮這麼一番話，倒覺得有道理，稍稍有些息火。但也吐口唾沫說：

「這是啥雞巴年頭，人弄得四分五裂的，毛旦跟了日本人，屎根當了八路，一家人，成了拿槍的仇人了！算是把我擠在當中了！」

又說：

「也怪我當初愛充大頭，和毛旦混著當村長，要是當初當了土匪，現在也是大當家的了，想怎樣就怎樣，還替人家操這種淡心！」

許鍋妮「嗤嗤」笑了：

「人家還沒打仗呢，爹倒替人家愁個沒完了！」

說話到了陰曆十四。十四夜裡，雞叫三遍，孫屎根果然領著八路軍十幾個戰士，悄悄來到了村西一塊毛豆地。偵察員小馮在毛豆地把他們接應住。孫屎根從馬上跳下來問：

「沒什麼變化吧？」

小馮說：

「看不出有什麼變化。麵已經收齊了，豬也捉住了，就等日本明天來取了！」

孫屎根一揮手：

「隱蔽！」

隊伍在一個姓杜的排長帶領下，進了毛豆地，隱蔽起來。由於縣大隊剛組建不久，許多戰士都是剛從村裡出來的，頭一次打仗，都有些害怕；由於害怕，個個都挺聽指揮，一個個將身子伏在毛豆地，一動不動。大家頭上都戴了一個用柳條編的圈，倒像毛豆地長出了一些小柳樹。等大家隱蔽好，孫屎根與小馮就悄悄進村回了家。跳過牆頭進了院子，原來孫屎根他娘的屋裡亮著燈。推門進去，他娘孫荊氏沒睡，旁邊許布袋也在椅子上蹲著。這倒叫孫屎根吃了一驚。孫屎根問：

「娘，大爺，你們怎麼還沒睡？」

孫荊氏本來正在菩薩前念經，見兒子回來，閉著眼睛問：

「屎根，聽說你們要打日本？」

孫屎根看了小馮一眼，知道軍事計畫暴露了，但也點點頭。孫荊氏睜開眼睛，嘆了一口氣：

「天下那麼多隊伍，怎麼打這幫日本攤上你們了？」

孫屎根說：

「娘，這次我們來的人多，日本來的人少，打得過他！」

許布袋黑著臉在椅子上蹲著。他已經三天沒睡覺了。雖然那天許鍋妮給他講了一番道理，但他心裡總是不塌實。他知道今天八路軍要來，便索性在孫屎根家等著。現在等著了，他也不說話。孫屎根倒問他：

「大爺，你怎麼也不睡覺？你也有什麼不通嗎？那天收白麵，我不讓你吊人，你說讓我十五來給日本人說話，現在我來了，你放心吧，白麵他拉不成了！」

許布袋朝地上吐了一口唾沫：

「等你們殺了日本，讓日本回頭再殺了我，這事就算完了！」

孫屎根這時倒吃了一驚：

「我們殺日本，怎麼日本會殺你？」

這時小馮插了話。本來在許布袋面前他不敢說話，現在看孫屎根回來，他又敢說話了。他說：

「許大爺怕咱們殺了日本人，日本人找他要人殺了他！」

孫屎根這時笑了，說：

「大爺放心，我們不殺日本人！」

許布袋問：

「明天的仗你們不打了？」

孫屎根說：

「仗還是要打，但我們不殺他，我們要活捉！」

許布袋說：

「那還不是一樣！」

孫屎根說：

「不一樣。我們在咱村把日本人殺了，日本人也許會找你的事，但我們活捉他們，日本人就會找八路軍，不會找你！」

許布袋一聽這話，才略略放心，說：

「那你們可別殺人家！」

這才摸出煙袋吸煙。

這時孫荊氏已經做了幾碗蔥花綠豆疙瘩麵條，端上來讓喝。許布袋沒喝。孫屎根和小馮一人喝了一碗，就出門走了，到村邊毛豆地去隱蔽。路上孫屎根問：

「那事你跟小得說了沒有？」

小馮說：

「說了。」

孫屎根問：

「他幹嗎？」

小馮說：

「一開始不幹，後來我給了他十塊錢聯合票，他才答應幹了。」

孫屎根一笑。兩人就鑽到了毛豆地。這時毛豆地有個戰士叫王老五的說：

「隊長，老趴在這裡，胳膊腿不能動，憋悶死了！」

孫屎根說：

「現在日本還沒來，你動一動吧！」

戰士們才敢動胳膊腿。

這時又有一個戰士說：

「隊長，老趴這冷死了，讓抽袋煙吧！」

孫屎根說：

「煙不能抽，別暴露目標，誰帶著酒，喝口酒吧！」

帶酒的戰士將酒傳過來，大家輪流喝了口酒。

五更天了，村裡的雞都叫了。接著村裡響起幾聲狗叫。這時李家大院牆頭上，翻進一個人來。給李家餵牲口的老賈，正對著牆根撒尿，半睡不醒的，突然見牆頭跳下一個人，嚇得尿也不撒了，拔腿就跑，邊跑邊喊：

「有賊了，有賊了！」

那賊上前抓住他，接著一把盒子抵住了他的胸口：

「不準叫，再叫崩了你！」

老賈馬上就不叫了，剛才沒撒完的尿，一下都撒到了褲裡。但他的喊聲已經驚動了睡覺的人，從各屋跑出一些人，李文武也披衣服起來了。那賊也不跑。等點著燈籠一照，原來是李小武的護兵班長老吳。李文武吃了一驚：

「吳班長，黑更半夜的，你這是幹嘛！」

吳班長說：

「老掌櫃，咱們屋裡說話。」

李文武就讓吳班長進了屋。伙計們也不知道發生了什麼，都打著呵欠回屋睡覺，剩下老賈一個人在那裡嘟囔：

「就這一條褲子，尿溼了，拿什麼換哪！」

已故副村長路黑小家，這時也閃進一個人。由於路家沒有頭門，那人直接就到了窗下。接著輕輕拍了三下窗戶。裡邊睡覺的老太太倒沒害怕，因為兒子路小禿當著土匪，黑更半夜回來是常事。就點著燈，給開了門。進來的是識字小土匪。路小禿他娘說：

「我的兒，天都快明了，你還來幹嘛！」

識字小土匪背著一口袋麵，笑嘻嘻地說：

「大娘，當家的聽說你把白麵交了，又讓我送回來一些！」

老太太說：

「我給你燒碗熱湯吧！」

識字小土匪經常代替路小禿到家裡來，與老太太已經混熟了，老太太見他聰明伶俐，也很喜歡他，所以他來了也不拘束，說：

「那就燒一碗吧，多放些辣子。半夜有些冷，你摸摸我的手！」

老太太摸了摸他的手，果然冰涼。等熱湯燒出來，識字小土匪捧著就喝了起來。

6

太陽上了三竿，孫毛旦領著五個日本人，趕著一輛馬車到村裡拉麵來了。

孫毛旦當警備隊已經兩年了。兩年之前，孫毛旦仍在村裡當副村長。前年五月，城裡的日本人和警備隊開汽車到村裡來過一次。村裡殺了一口豬，殺了幾隻雞，在街裡支起大鍋煮菜給他們吃。在吃飯過程中，孫毛旦與警備隊隊長塌鼻子勾上了。孫毛旦見塌鼻子渾身披掛、手執一根膠皮馬鞭，十分羡慕；塌鼻子見孫毛旦做事痛快，説話十分有趣，也很喜歡。最後話説透了，原來塌鼻子是郭村財主郭老慶的兒子，孫毛旦小時候到郭村串親，兩人還在一起打過洋片，更覺得親密。兩人飯吃到一半，就一塊跑到地裡打兔子去了。當天日本人和警備隊走了以後，兩人也沒斷聯繫。塌鼻子帶幾個警備隊員又到村裡來過兩次，孫毛旦每次到縣城去，就去找塌鼻子玩。後來塌鼻子約孫毛旦索性離開村子，到警備隊去當小隊長，孫毛旦也覺得在村裡當一個村副沒有什麼意思，整天就是支差，就跑到城裡當警備隊去了。這時孫家老掌櫃孫老元已故去了十來年，家中無老人，他就是老大，許布袋是一個乾親，也不好管他，於是就由他去當警備隊。倒是孫毛旦的老婆夜裡哭過一回：

「你這一給日本人幹事，不成了日本人麼？」

孫毛旦問她；

「日本人不好麼？」

老婆說：

「日本人不好，占了中國！」

孫毛旦上去踢了她一腳：

「日本人不好，上次日本人發糖，你還搶著吃！」

又說：

「我這是出來混事，塌鼻子說了，中國早晚是日本人的天下，等我將來當了縣長，才有你的福享呢！」

孫毛旦到城裡當了警備隊小隊長以後，住在塌鼻子房間隔壁。整天的事情也就是帶兵站崗放哨，下鄉催糧派款；閒時跟著塌鼻子逛逛街，下下館子，到底比在村裡當副村長自在。警備隊與日本人分開住，關起門來，塌鼻子就是皇帝，孫毛旦跟著他自然不會吃虧。只是當小隊長沒有短槍，出門得像隊員一樣背條長槍，讓孫毛旦覺得丟面子。所以每當他從城裡回村子時，都向塌鼻子借個短槍挎挎。塌鼻子只要自己沒有急事，都是一笑，把槍借給他。上次他回來催糧，向塌鼻子借了一回，塌鼻子給了他；今天他領著五個日本人來拉糧，又向塌鼻子借了一回，塌鼻子又借給了他。五個日本人中，有一個是老兵，來中國年頭長些，會疙裡疙瘩說幾句中國話，還能與孫毛旦對上話。在城裡，一個警備隊的人，如果能與日本人交上朋友，算是面子大的。現在孫毛旦與五個日本人在一起，想與哪個日本人說話，就與哪個日本人說話，那個老日本兵還給他當翻譯，讓他很高興。於是路上不停地與日本人說話。日本人也不惱，與他有說有笑的。孫毛旦分別問人家來中國幾年了，習慣不習慣；沒當兵之前，在日本都幹啥；娶老婆沒有，有幾個孩子，是男的還是女的；日本有這種馬車沒有；日本炸油條嗎？等等。孫毛旦的感覺是這樣，與日本人相處，你只要講信用，不先惹事，日本人還是挺和善的。你用手拍拍他的肩膀，彈彈他的鋼盔，他都不惱；就怕跟人家彆扭著來，像中央軍、八路軍那樣，幾個毛人，動不動還想摸摸人家的鬍鬚，就把人家惹惱了。日本人一惱，不是鬧著玩的。孫毛旦自當了警備隊，當著小隊長，沒和日本人紅過一次臉。見了日本人，不管是當官的，還是當兵的，他都很尊重。日本人見他也很和氣，總是說：

「你的好好的，你的好好的！」

一次，孫毛旦和警備隊長塌鼻子在城裡下館子，和幾個日本兵在飯館相遇。飯館頭家見來了日本人，就將塌鼻子孫毛旦冷落了，先忙著給日本人上菜。塌鼻子見飯館頭家這麼勢利，跳起來就給了飯館頭家一巴掌：

「X你媽，見了日本人，忘了你爹了？你這飯館還想辦不想辦了？」

飯館頭家捂著臉不敢說話。這時一個日本兵火了，站起來脫掉衣服，要與塌鼻子摔跤。如果擱在平時，孫毛旦非伙同塌鼻子把飯館砸了不可，但現在是日本人的事，孫毛旦忙跳到中間，把日本人和塌鼻子勸開了，拉塌鼻子走出了飯館。塌鼻子掙著身子說：

「雞巴日本人太霸道，惹惱了爺，打死他幾個，我就投八路軍了！」

孫毛旦說：

「算了，因為一頓飯，何必生氣！」

就把塌鼻子勸回了軍營。事後孫毛旦還有些得意，覺得自己比塌鼻子會混事；將來日本坐了天下，他前途肯定比塌鼻子大，別看他現在當著隊長。今天他又領日本人來拉麵，肯定給日本人又留下一個好印象。想到這裡，孫毛旦很高興，坐在馬車轅上，唱起了小曲。這時日頭漸漸上來，馬在土路上「得得」地跑，每個人頭上都沁出了細小的汗珠。那個日本老兵掏出一包煙，請大家抽。大家抽著煙，看著路兩旁的莊稼地，倒也怡然自得。一個長著娃娃臉的日本兵，從口袋掏出一個中國彈弓，從另一個口袋摸出小石子，用彈弓打樹上的麻雀玩。可他彈弓打得很不熟，驚起一陣陣麻雀，不見打下來一個。大家都笑他。他也不好意思「嘿嘿」笑了。這時孫毛旦拿過彈弓，從娃娃臉兵口袋裡摸出一個石子，搭上彈弓，瞄瞄準，一彈弓打出去，麻雀就掉下一個。日本兵都歡呼，拍孫毛旦肩膀：

「你的這個！」

向他伸大拇指。

孫毛旦不好意思地說：

「咱自小玩這個，這也是碰巧。太君剛學，打得也不錯！」

一路玩著，就到了村裡。村長許布袋迎出來。孫毛旦見許布袋臉色不好，垂頭喪氣的，眼圈熬得稀爛，以為白麵沒收齊，便問：

「怎麼了布袋，白麵沒收齊嗎？」

許布袋說：

「白麵倒收齊了！」

孫毛旦鬆了一口氣，說：

「那看你眼圈爛的！」

這時許布袋生了氣：

「還不是你這白麵鬧的！」

孫毛旦笑著說：

「下次派到別的村就是了，不都是中國的東西！」

這時許鍋妮從家裡轉出來。幾個日本兵已經跳下馬車，在整理自己的槍支，看到許鍋妮，幾個日本兵都忘了整理槍支，眼睛不錯珠地盯著許鍋妮看。一個大耳朵日本兵說：

「漂亮漂亮的！」

許鍋妮當初在開封見過日本人，倒沒害怕，仍端著臉盆，提著一根棒槌往前走。倒把許布袋的臉給嚇白了。這時孫毛旦上前招呼幾個日本兵：

「太君，太君，裡邊的，裡邊院子的請！」

就把幾個日本兵讓到了許布袋的院子裡。這裡既是村公所，又是許布袋的家。日本人到了院子裡，看到有一棵棗樹，上邊的棗還沒有打，紅紅地掛在那裡，就把許鍋妮給忘了，把心思轉到棗樹上，「哈哈」地笑著：

「好的，好的！」

那個長著娃娃臉的日本兵，脫掉鞋就往棗樹上爬。他爬樹的本領倒是比打彈弓強，一會兒就爬到了樹上。他在樹上打棗，其他四個日本兵在樹下搶著拾棗吃，倒像一群嘻嘻哈哈的孩子。一個日本兵還把一捧棗遞給許布袋：

「米西米西！」

這時許布袋倒「噗嗤」一聲笑了，罵道：

「啥都稀罕，日本沒有棗樹！」

又問孫毛旦：

「你們是拉上麵就走，還是吃了飯？」

孫毛旦說：

「吃了飯，吃了飯，我上次已經給小得說了，讓他給日本人做辣子雞！」

許布袋問：

「喝酒不喝？」

孫毛旦說：

「雞都吃了，哪還差兩壺酒錢，熱兩壺吧！」

中午，幾個日本人便在許布袋家吃飯。伙夫小得熱了酒，做了辣子雞。另外還有一盤豆腐和一盤青豆角。幾個日本人吃了辣子雞，辣得直咧嘴，但邊咧嘴邊說：

「好的，好的！」

伙夫小得來上菜，孫毛旦說：

「小得，我說讓你給日本人做辣子雞，看怎麼樣，對了他們的口味不是！」

接著又向日本人介紹：

「太君，辣子雞就是他做的！」

日本人又說：

「好的，好的！」

那個老日本兵當即從口袋拔出一杆塑膠大頭帽鋼筆，遞給小得。小得說：

「我不要鋼筆，我不會寫字！」

孫毛旦上去踢了他一腳：

「不會寫字就不能接住了？回去賣給搖撥浪鼓的還能賺幾塊錢呢！」

小得就接住了。

這時許布袋站了起來，說自己眼圈疼，不能陪著喝酒了，就退了出去。孫毛旦沒在意。幾個日本兵也沒在意。幾個日本兵喝了幾盅酒，更加興奮起來，都「嗚里哇啦」唱起歌來。那個娃娃臉日本兵還脫掉軍衣跳起舞來。孫毛旦也不知他們唱些什麼，跳些什麼，坐在一旁看著。這時他心裡倒罵道：

「吃個雞巴雞，就高興成這樣，要不你們來中國，日本沒有辣子雞！」

伙夫小得拿著塑膠鋼筆回到廚房，看那筆半天，就下手給日本人做湯。這時已是小晌午了。小得做的是紅薯片雞蛋湯，又酸又甜，也是小得的拿手戲。湯做到一半，他出來抱柴火，見東家許布袋鑽進了馬圈，看那樣子是喝多了。回到廚房，手裡撈著麵筋，又見對面矮牆上翻過一個人來，原來是小馮，穿著他沒當八路軍之前的馬夫衣服。上次孫屎根派小馮來村偵察，還交給他一個任務，即讓他爭取伙夫小得，今天給日本人煮菜時，下到飯裡一些蒙汗藥，把日本人麻翻，他帶隊伍來捉麻翻的日本人，萬無一失。誰知小馮回到村裡光顧玩，把這件事給忘了。昨天夜裡孫屎根問他這任務完成沒有，他才突然想起，可他又不敢說自己沒完成，就說自己給了小得十元聯合票，已經完成了。但等他和孫屎根都隱蔽到毛豆地裡時，他愈想愈覺得不妥。日頭到了小晌午，小馮更加著急。隊伍趴在毛豆地，眼看就要打仗，沒人麻日本人，他卻說有人麻，停會不把大夥給坑了？沒麻翻的日本人，抄起槍跟大夥打，不知要死幾個人哩！這謊說不得，不比過去在家餵馬，夜裡睡過頭了，忘了添草，第二天東家問餵飽了沒有，自己說餵飽了，馬也不會說話。這是打仗。小馮愈想愈怕，便悄悄爬到孫屎根面前，抖著膽也抖著身子將這情況給孫屎根說了。

孫屎根一聽，氣得渾身也發抖，當時就將盒子槍杵到了他腦袋上：

「X你娘，你怎麼幹這事，這不一切都泡湯了？我崩了你！」

小馮嚇得當時尿了一褲：

「別開槍隊長，下次我不敢了！」

孫屎根問：

「昨天夜裡問你，為什麼不說實話？」

小馮說：

「我不敢！」

孫屎根瞪了他一眼：

「你呀！」

又看了看日頭，說：

「還不趕緊換了便服，進村去找小得？看日本人吃飯吃完沒有？要沒吃完，下藥還來得及。要吃完了，也趕緊回來報告，咱們就捉不了活的了，只能打他的伏擊了！」

小馮哆哆嗦嗦換了便服，便順著莊稼棵往村裡跑去。孫屎根在後邊問：

「麻藥帶著沒有？」

小馮邊跑邊摸口袋：

「這倒帶著哩！」

小馮進村，由於地形熟悉，翻了幾個牆頭，就到了孫家後院，看到小得還在廚房忙活。小得見他吃了一驚：

「小馮，你怎麼現在來了？家裡有日本人，你是八路軍，小心抓了你！」

小馮也不答話，急忙閃進廚房問：

「日本人吃完飯沒有？」

小得指著鍋說：

「就差這一道湯了！」

小馮這才鬆了一口氣，放下心來。小得又從鍋台拿起一支塑膠鋼筆說：

「小馮，你看，這是日本人給我的！」

小馮顧不上看鋼筆，只想如何能把麻藥放到湯裡。小馮知道，到了這時候，再做小得的工作，讓小得往裡放已經不可能了。小得太膽小，一聽說湯裡有麻藥，他肯定連湯碗也端不住。只有自己偷偷想辦法放進去，讓小得不知不覺把湯送上去。想到這裡，小馮說：

「小得，我不看你的鋼筆。這裡有日本人，我得趕緊走。只是我這鞋太爛，你借我一雙鞋行嗎？」

小得聽說借鞋，臉上有了為難的樣子。小馮知道自己又犯了一個錯誤，小得最不愛借給人家東西。但已經說了，也不好收回去，只好又從口袋裡掏出十塊錢聯合票：

「別捨不得，我給你十塊錢，算是買你一雙鞋，可以了吧？」

小得想了想，接過票子，說：

「你在這等著，我到下房給你拿去！」

就邊在圍裙上擦手，邊走了出去。這時小馮趕緊從口袋掏出麻藥，抖到了湯裡。由於手抖得厲害，把一部分抖到了鍋台上。小馮趕緊用袖子擦掉，又用勺子在翻滾的湯裡攪了幾下。這時小得提著一雙鞋回來，一進廚房，忙將鞋扔了，說：

「不好，不好，都是這雙鞋耽誤的，這湯得重做！」

小馮一聽說湯要重做，嚇了一跳，說：

「為啥要重做，這湯裡什麼都沒有！」

小得說：

「你沒嗅出來嗎，這湯有些糊了！」

接著用勺攪鍋底，果然有些糊了。小得說：

「把糊湯端上去，看日本人不打我！」

小馮心裡說：

「苦也，今天事事跟我不對，麻藥下進去，偏偏湯又糊了，他湯要重做，我哪裡還有麻藥？」

就捺住小得的手說：

「小得，湯不能重做！」

小得說：

「別鬧小馮，看日本人停會打我！」

小馮說：

「日本人和氣，不會因為湯糊就打你。要不人家還會給你鋼筆？」

小得說：

「日本人不打我，孫毛旦一嗅湯糊了，也會打我！」

恰恰在這時，前院響起孫毛旦的聲音：

「小得，你在後頭磨蹭什麼，快給太君上湯！」

小得哭喪著臉說：

「看你，都是因為你的鞋。把湯做糊了，看毛旦停會打我！」

小馮忙拿過一個花瓷盆幫他盛湯：

「不要緊，端上去吧，你不知道日本人的口味，日本人最愛喝糊湯！」

小得只好接過湯盆，往前院端去。邊走邊說：

「這頓打是脫不過了！」

小馮見小得端湯盆進了前院，心裡一陣高興，立即爬牆頭出去，飛也似地跑了，跑向毛豆地去報信。

7

日本人果然被蒙汗藥給麻翻了。不過五個日本人只給麻翻三個，還剩下兩個。如果當初把麻藥放到菜裡，日本人肯定全被麻翻了；現在放到湯裡，就麻翻了三個。伙夫小得擔心自己湯做糊了，挨日本人和孫毛旦的打。誰知日本人和孫毛旦喝酒都喝得差不多了，舌頭麻木，根本沒喝出湯糊，孫毛旦還直說：

「怎麼樣太君，紅薯片雞蛋湯，本地特有風味！」

日本人邊用勺子喝邊說：

「好的，好的！」

只是老日本兵和娃娃臉日本兵仍在那裡唱歌，湯喝得晚些。等他們去喝湯，三個日本人和孫毛旦已經被麻藥麻翻了，開始往桌子下滑溜。一開始老日本兵和娃娃臉日本兵還以為他們是喝醉了，拉扯著他們的身子，「三郎」、「四郎」地叫。但叫了半天總叫不醒，他們突然意識到什麼。一意識到什麼，喝下去的酒立即變成了冷汗，頭腦立即清醒了，他們不再拉自己的人，搶著去抓自己的槍。一抓到自己的槍，就往外跑，去到後院去抓伙夫小得。他們以為湯裡下的是毒藥，把三個同胞和孫毛旦毒死了。小得正在廚房刷鍋，看見兩個日本人突然瞪大眼睛，提著槍闖了進來，嚇了一跳。老日本兵上去搧了他一耳光：

「你的良心大大地壞了，湯裡下毒藥的有？」

小得嚇懵了，也不知該稱呼日本人什麼，說：

「大爺，我是個老實人，哪裡敢往湯裡下毒藥？」

娃娃臉日本兵說：

「人的已經死了！」

小得吃了一驚：

「死了？剛才我還見他們在那裡喝酒！」

老日本兵又搧了小得一耳光：

「村長哪裡地去了？」

小得看日本人凶惡的樣子，也不敢不說，用手指了指馬圈，接著問：

「大爺，我可以走了吧？」

老日本兵說：

「你的死拉死拉地！」

娃娃臉日本兵剛才還爬棗樹打棗，唱歌跳舞，像個孩子，現在變得像凶神一樣，一刺刀過去，就把小得給挑了。刺刀進了小得肚子裡，小得捂著肚子還說：

「大爺，冤枉，我沒有下毒藥！」

就倒到了血泊裡。

挑過小得，兩個日本兵就到馬圈去捉村長許布袋。許布袋正在馬圈馬夫睡覺的鋪上躺著，看到兩個日本兵闖進來，知道事情發了。但他仍躺在鋪上不動。日本兵本來也想挑了他，但看他沒有一點害怕的樣子，刺刀到了臉前也不眨眼，倒把刺刀又抽了回去。老日本兵問許布袋：

「毒死太君，誰的幹活？」

許布袋坦然地答：

「八路軍！」

老日本兵瞪大眼睛：

「八路？你的通八路？死啦死啦地！」

許布袋用手撥開他的刺刀，說：

「我要通八路，還告訴你們是誰嗎？我才不管你們這些扯淡事。我替你們收麵，還管你們誰毒死誰啦？」

老日本兵還要盤問許布袋，這時前院突然人聲鼎沸。兩個日本兵便丟下許布袋，朝前院跑去。許布袋也趁機從馬圈後牆洞中鑽出，跑到莊稼地接著睡覺去了。兩個日本兵到了前院牆頭，看到前院有十幾個八路軍，正在往院子裡抬麻翻的三個日本兵和孫毛旦。兩人二話沒說，把三八大蓋槍往牆頭上一支，就開了火。娃娃臉日本兵打彈弓不行，但打槍可以，三槍撂倒三個。老日本兵眼有些近視，槍法不如娃娃臉日本兵，半天只打翻一個。院子裡的八路軍立即炸了窩，四散奔逃。

原來，小得端著湯盆往前院送，八路軍偵察員小馮就飛也似地翻牆頭跑了。氣喘吁吁跑到八路軍隱蔽的毛豆地，大聲喊：

「隊長，隊長，行了！」

孫屎根提槍站起來說：

「什麼行了？」

小馮說：

「日本人喝了我下麻藥的湯，全讓麻翻了！」

大家一聽日本人全讓麻翻了，都很高興。孫屎根一揮手：

「出發！」

姓杜的排長便帶著十幾個人，由小馮領著，向村裡跑去。街上有幾個娘兒們小孩見隊伍在街上跑，還不知發生了什麼，跟著隊伍跑。到了許布袋家，戰士們爭先恐後進了院子。進了屋，見日本人果然被麻翻了，漢奸小隊長孫毛旦也被麻翻了，都高興地說：

「被麻翻了，被麻翻了！」

便往外抬日本兵和孫毛旦。到了院子裡，戰士王老五突然說：

「排長，不對！」

杜排長說：

「怎麼不對？」

王老五說：

「說日本兵是五個，這裡怎麼是三個？」

杜排長又去查日本兵，這時後院牆頭上響起了槍聲，四五個八路軍戰士，立即被槍撂倒了。這縣大隊的戰士打仗少，沒有經驗，見突然有槍打翻了自己人，馬上炸了窩，四處奔散。杜排長還有些經驗，馬上趴到地上還擊，嘴裡喊：

「媽的X，跑什麼，趴在地上打呀！」

剩下的十來個戰士便趴到地上打。可等他們打了一陣槍，牆頭就沒了槍聲。戰士們又喊：

「打死了，打死了！」

就蜂擁跑到牆頭去看。一看，哪裡打死了人？兩個日本兵早繞過馬圈翻牆頭逃跑了。這時杜排長生了氣，埋怨戰士：

「都怨你們，弄個槍瞎打，還不快追！」

戰士們就在杜排長的帶領下，沿著村路去追。這時兩個日本兵已經跑到了村外。兩個日本兵一開始沿著村路跑，後來見後邊有追兵，便進了莊稼地。出了莊稼地，來到河套上。正跑著，突然腳下被一根繩子一絆，就絆倒了，這時從河套裡又鑽出十幾個中國兵，上去就把老日本兵和娃娃臉日本兵給綁了。老日本兵叫：

「八格，中了八路埋伏！」

可等他抬頭一看，原來是一幫軍容整齊的中央軍。這十幾個中央軍，由李小武的護兵班長老吳帶著。這時八路軍的十來個追兵，也由杜排長帶著追了過來。八路軍見日本兵被捉住了，都很高興，追到跟前，與中央軍說：

「好，好，我們追的俘虜，被你們捉住了，還給我們吧！」

中央軍吳班長看著八路軍打了一仗，一個個衣冠不整，到處是血，氣喘吁吁，滿頭是汗，戴著白手套的手玩弄著一支盒子說：

「你們的俘虜？我們剛剛捉到的，怎麼倒成了你們的？」

杜排長說：

「我們正在追他們，他們打死我們四五個戰士！」

吳班長說：

「打死你們幾個人我不管，我捉住的俘虜，就是我的！」

杜排長說：

「你講理不講理，找你們長官說話！」

吳班長說：

「這裡我就是長官！」

正在爭吵，突然「啪啪」響了兩槍。隨著槍聲，兩個日本人便倒下了。原來這槍是八路軍戰士王老五放的。剛才被打死的八路軍戰士中，有他一個本家姪子，他氣得了不得；現在見了開槍的日本人，不管三七二十一，就將子彈推上膛，「啪啪」打了兩下。由於離得很近，打得倒準，兩個日本人便被打死了。中央軍見八路軍打死了他們的俘虜，都發了火，一個護兵說：

「日你娘，你們動傢伙了！」

另一個護兵提盒子就把王老五給打死了。

接著兩邊部隊都臥倒了，一方在河套裡，一方在河套外對開了火。當時中央軍有十六七個人，八路軍有十來個人，八路軍打仗又不熟練，不是中央軍的對手。中央軍打死八路軍五個，八路軍打死中央軍三個；剩下的五個八路軍，就被中央軍活捉了。中央軍將五個八路軍綁了，便往村子裡解。半路碰到攆部隊來指揮的孫屎根，就把孫屎根也活捉了，綁了。然後將他們押到了村裡李家大院。

8

李家大院後院，中央軍連長李小武正和父親李文武坐著喝茶。李小武也是雞叫三遍將隊伍開到村邊，埋伏到村西河套裡。他先讓吳班長到村裡偵察動靜，順便到李家去了一趟。五更時分，他從河套回家，由吳班長留下領著部隊打仗。回家後，他看看天還不明，先躺到屋裡睡了一覺。睡醒，起來吃了飯，就與父親坐著喝茶。自從上次回家聽說今天八路軍縣大隊要和日本人在村裡打仗，他就生出「鷸蚌相爭，漁人得利」的想法。回去跟團長一請示，團長也同意，今天就把隊伍開來了。據他估計，今天八路軍和日軍作戰，肯定是一場苦戰。八路軍肯定來的人多，但作戰素質差；日軍人少，但勇於打仗，雙方打起來，肯定會十分激烈。最後誰勝誰負，很難確定；但不管誰勝誰負，李小武都可以得利。他等仗打得差不多，再加入進去。如果八路軍把日軍消滅了，他可以把隊伍開上去搶戰利品；如果日軍把八路軍消滅了，那樣更好，他把部隊開上去接著和日軍打，捉他幾個日軍俘虜。那時日軍的戰鬥力已經消耗得差不多，打敗他們沒有問題。如能捉回去幾個日軍俘虜，他升官的機會就來到了。因為上次他所屬的部隊與日軍正面作戰，指揮部被日軍偵察隊突襲，捉走中央軍一個少將旅長，李小武這次如捉回去幾個日軍，拿日軍把旅長換回來，旅長會不另眼看他？當然最後這點想法，他連團長也沒告訴。只是給團長說要來搶戰利品。團長是個討厭八路軍的人，聽說與八路軍搶東西，就批准了他。但李小武沒有想到，八路軍跟日軍的作戰情況，完全沒按照他事先預料的那樣發展。八路軍與拉糧的日軍打仗，並沒有真刀真槍地拉開架勢打，而是事先在湯裡下了麻藥。用麻藥把人家麻翻，當然可以甕中捉鱉，自己還沒有一點消耗。李小武正在家中後院喝茶，聽到化裝成農民的勤務兵跑來報告這個消息，心中十分沮喪。這仗還沒有打，就結束了，讓他這第三者怎麼辦？勤務兵說：

「連長，把咱們的隊伍開上去吧？」

李小武說：

「這還開上去幹什麼？人家一點沒有消耗，就得了手，咱們開上去還能有什麼便宜？」

正在這時，村裡響起了槍聲。還十分激烈。勤務兵跑出去看了一陣，回來向他報告：

「連長，還有兩個日軍沒有麻翻，與八路幹上了！」

聽到這消息，李小武又有些高興，站起來說：

「好，好，到河套裡去，讓弟兄們做好戰鬥準備！」

那個勤務兵就跑著去了。另外兩個勤務兵，繼續向他傳遞消息。一會兒說日軍打死好幾個八路，李小武說：

「好，好！」

一會兒說兩個日軍逃跑了，八路正在追趕，李小武有些擔心。一會兒又說被追的日軍跑向了河套，被我弟兄們活捉，李小武興奮得一拍桌子：

「好，好，仗就該這麼打！」

一會兒又說活捉的日軍被追趕的八路打死了，弟兄們與八路幹上了，李小武十分生氣：

「人家捉的俘虜，他們怎麼能打死？」

接著又擔心戰況發展下去後果不好，便讓勤務兵去傳令停止戰鬥。但這時河套上的槍聲停了，一個勤務兵又來報告，說弟兄們把八路給打敗了，剩下的幾個八路，連同他們的指揮員孫屎根，都給活捉了。李小武一邊說：

「好！」

一邊又覺得這不是自己希望的結果。捉日本才有價值，捉幾個土八路幹什麼？他不願意讓自己的隊伍與八路作戰，用損失幾個弟兄的代價，去捉幾個八路軍。捉日軍可以換旅長，捉八路能換什麼？回去一點用處都沒有。何況現在國共合作，捉八路說不定還有麻煩。可仗既然這麼打了，八路也捉了，還是先押回去再說。特別是他看到弟兄們押著幾個渾身血跡的土八路，內中還有自己的世代仇人孫屎根，突然又高興起來，覺得這仗這麼打也不錯。雖然損失了幾個弟兄，但回去給團長說說，再募幾個就是了。土八路押回去，團長討厭八路，說不定也算一功。倒是李小武的父親李文武先是聽到槍聲緊一陣鬆一陣，後來看到押進院子幾個血裡糊拉的人，裡頭還有孫屎根，嚇了一跳，說：

「小武，這，這行嗎？」

李小武鎮定地說：

「打仗嘛，總要血裡糊拉的。今天倒捉住了孫屎根！」

李文武說：

「你不是說等中央軍坐了天下，才收拾他嗎？」

李小武說：

「我是想等坐了天下再收拾他們，可現在他自己往我們槍口上撞，我有什麼辦法？」

這時孫屎根吐了一口唾沫：

「李小武，你要對今天的事情負責！」

自戰鬥一開始，孫屎根就在毛豆地藏著指揮。去捉麻翻的日軍，是杜排長領著戰士們去的。本來以為日軍全麻翻了，到那捉住就完了，誰想到還有兩個沒麻翻的，打響了戰鬥。戰鬥打響，只兩個日軍，想來最終也能消滅他們，沒想到中央軍突然出現，從中間插了一杠子。戰士們剛打完日軍，又與中央軍打響了。孫屎根在毛豆地一聽到這消息，就十分氣憤，中央軍這麼做，無疑是日寇的幫凶。他要跑到河套去指揮戰鬥，沒想到跑到半路，戰鬥已經結束，戰士們死的死，沒死的被中央軍俘虜，接著又把他抓住了。他氣憤地叫道：

「李小武，你幫助日寇打八路軍，你是民族的敗類！」

李小武倒沒有氣憤，仍笑著喝茶，說：

「孫同學，何必發火，坐下喝杯水吧！」

孫屎根沒坐，說：

「我不是你同學，在開封一高上學時，我就看出你不是一個好東西！現在你打死我們五個戰士，你欠我們的血債！」

李小武擺擺手：

「我欠你們的血債，你們沒打死我們的人？也打死三四個，這是不是血債？」

中央軍吳班長頭上被彈皮擦掉一塊，用一條白布纏著，這時撅著嘴說：

「你們不先開槍，我們就打你們了？」

李小武說：

「聽到沒有，是你們引起的事端，我們是自衛還擊！」

一個八路軍戰士說：

「我們打的是日本人，你們打的是我們！」

孫屎根說：

「你們袒護日本人，你們是民族的罪人！」

又厲聲說：

「李小武，你不要執迷不悟，馬上把我們放了！」

李小武皺皺眉說：

「孫屎根，你太不識時務，你說話不明白身分！」

對吳班長說：

「讓他們明白明白自己的身分！」

吳班長和幾個中央軍馬上上去，扭著孫屎根他們的胳膊，將他們扭到了牛圈，與牲口關在了一起。

李文武在旁邊悄悄問：

「小武，你真要殺了他們？」

李小武說：

「是死是活還不在他？先把他們帶回部隊再說吧！」

然後命令吳班長：

「你帶幾個人去許布袋家，那裡不還有幾個麻翻的日軍嗎？也給我抬過來！等他們醒了，也帶回部隊！」

吳班長就帶幾個人去了。李小武繼續坐下來喝茶。他覺得今天這麼打也不錯。大約有一刻鐘，吳班長跑了回來，進門說：

「連長，那幾個日軍不能要了！」

李小武問；

「怎麼不能要了？」

吳班長說：

「他們已經被人殺了！」

李小武吃了一驚：

「被人殺了？誰殺的？」

吳班長說：

「誰殺的不知道，反正頭已經被剁下來了，身子也剝得赤條條的！」

李文武忙說：

「這肯定是土匪幹的。路小禿那幫土匪，就愛剝衣裳剝頭，前兩天有人看見他們的人在街上走，這活肯定是他們做的！」

李文武還真猜對了。三個麻翻的日本人，真是被路小禿一幫人給殺了。路小禿也是雞叫三遍帶著一幫土匪進了村。進村以後，就藏在他家。路小禿他娘給了些麵條，一個小土匪又去偷了一隻雞，現燉來不及，切成雞絲炒了，大家就著雞絲吃麵條。吃過麵條，一個小土匪上房頂趴著站崗，其他人擠到草屋裡睡了。前天晚上，識字小土匪來送豬娃，聽路小禿他哥說陰曆十五八路軍要來打日本，回去給路小禿說了，並提議今天來撿些戰利品。路小禿是個愛湊熱鬧的人，一聽這建議很高興，說：

「去，去，不管他娘嫁給誰，咱去撿些便宜東西！」

今天就帶弟兄們來了。大家在路小禿家睡了一夜，第二天白天仍在草屋藏著，讓路小禿他五哥出去探聽消息。一清早聽說日本兵進了村，大家很高興，說：

「等著看熱鬧了！」

可到中午還沒有動靜，大家又有些著急：

「別是八路軍沒來吧？」

好不容易等到晌午過，聽到孫家大院響起了槍聲，大家才放心，說：

「等他們打過，咱們去撿東西！」

大家便收拾開自己的傢伙，有的往鳥銃裡裝藥，有的磨自己的刀子。後來又聽到槍聲響到了村外，而且緊一陣慢一陣，大家又有些奇怪。這時路小禿他五哥從村外跑回來報信說，八路軍跟日本打了一陣，現在又跟中央軍打開了。大家一聽半路又出來個中央軍，都有些懵了。路小禿吐了一口唾沫說：

「線頭還不少，也弄不清到底有多少部隊了！」

這時識字小土匪說：

「當家的，咱們撤吧！」

路小禿說：

「還沒撿東西，怎麼就撤？」

識字小土匪說：

「隊伍一多，咱們就顯不出來了，大家都是正規軍，有槍有炮，咱只有幾枝鳥銃和大刀，嚇唬個財主可以，那裡敢跟人家正規軍開火？」

路小禿撓著頭說：

「可不是，沒想到為了幾個老日，開過來這麼多隊伍，都他媽的貪圖人家便宜。咱們惹不起人家，咱們撤吧！」

這時路小禿他五哥說：

「許布袋家還有幾個被麻翻的日本人，現在隊伍正在村外打仗，那幾個日本人沒人管，你們要不要去看看？」

路小禿一聽來了精神：

「有麻翻的日本人？走，咱們看看去！」

識字小土匪問：

「那裡還有槍嗎？」

路小禿他五哥說：

「槍已經被八路軍撿走了！」

另一個小土匪說：

「沒槍也行，起碼扒他一身衣服，弄個靴子穿穿！」

路小禿說：

「走！」

就帶著幾個弟兄去了。進了許布袋的家，家裡早沒人了，地上躺著幾個被打死的八路，滿地是血。大家躲著血進了堂屋，桌子下果然躺著幾個被麻翻的日本人，另外還有一個孫毛旦。大家發一聲喊，就跑上去搶著脫日本人的衣服，扒他們的皮靴。誰知這時麻藥的勁頭已經過去了，幾個日本人和孫毛旦都睜了眼，只是身子動不得。見幾個老百姓模樣的中國人來扒他們的衣服，幾個日本人嘴裡也會說話了，一個勁兒說：

「八格，八格！」

一個小土匪說：

「日本會眨巴眼了，也會說話了，還踢蹬著身子不讓咱脫衣服呢。當家的，咱們把他們剁了吧！」

路小禿說：

「脫個衣服都不讓脫，那就剁了吧！」

土匪們揮起刀，就把幾個日軍的頭給剁了。等剁到孫毛旦面前，孫毛旦嚇得胳膊腿亂動，說：

「小禿饒命，小禿饒命，你們殺日本可以，咱們一個村的，你何必殺我？按街坊輩，咱還是爺倆呢！你小的時候，有一次往瓜裡屙屎，長工們要打你，不是被我攔住了？」

路小禿一想，小時候是有這麼一回事，就用血刀往孫毛旦臉上揩了揩，將血揩掉，說：

「那就饒了你吧！」

但血刀在臉上也把孫毛旦嚇個半死。這麼一嚇，麻藥倒徹底給嚇出來了，胳腿都會動了，從地上爬起來，往臉上抹了一把，就一溜煙翻牆頭跑了。跑出村子，跑了幾里路，碰到鄰村一個農民，剛趕完集騎驢回家，見孫毛旦滿臉是血，以為見到了鬼，叫道：

「哎呀我的媽呀！」

就從驢上跌了下來。孫毛旦搶過驢騎上，狠狠打了驢屁股兩掌，一溜煙就朝縣城跑了。這邊路小禿他們將扒下的日軍軍服和馬靴穿上，也翻牆頭出村回了大荒窪。路上路小禿說：

「今天敗興，忙乎一夜，只弄到兩身日本衣裳，真是太不值了！」

一個小土匪也撅著嘴說：

「知道這，還不如抓鬮下村子呢！」

大家指著識字小土匪說：

「都怨這傢伙，都怨這傢伙！」

識字小土匪說：

「原來想撿些便宜，沒想到情況這麼複雜！」

又抖著衣裳說：

「我不也是什麼沒撈著，弄了一身血！」

大家笑了。也沒當回事。談笑著回了大荒窪。

李家大院裡，李小武聽說麻翻的日本人被土匪殺了，卻對土匪恨得要死：

「這幫土匪，壞了我的大事！小吳，你帶幾個人，帶一挺機槍，到村外追上他們，把他們都給我掃了！」

李文武在旁邊勸道：

「這幫傢伙都無法無天，你掃了他們當然好，萬一掃不了，他跟你鬧起來沒完，何必理他！」

李小武才作罷，又氣鼓鼓地坐下。正在這時，一個護兵又跑來報告，說村裡人又鬧事，在街上搶麵。原來，日本人要的那一車白麵，上午已經收集完裝好車，車子就放在許布袋家門前。後來三方軍隊打開了仗，百姓們都藏在家裡不敢出來，誰家孩子哭都趕緊捂住他的嘴。後來槍聲停了，大家才敢扒頭往街上看。大家見許布袋家門洞裡流出來血，都有些害怕。幾個年輕人見一車白麵還在門口停著，爹著膽子到跟前看了看，說：

「隊伍只顧打仗，白麵也不要了，咱把它搶了吧！」

幾個年輕人便一人背了一袋往家扛。大家聽說有人搶麵，都著了急，那本是從各家收集的麵，誰家不去搶豈不虧了？這時大家都不害怕了，都湧出家門到村公所門前去搶麵。去得早的，就多搶了一些；去得晚的，就少搶一些。原先收麵是按人頭地畝攤的，現在搶麵是先下手為強。為搶麵不公，幾家百姓還打起了架。李家一個中央軍士兵從街上過看到，便回去向李小武報告。

李小武一聽就火了：

「真是一幫刁民，打日寇打土匪看不見他們，一到搶麵倒有人了！」

姓吳的班長說：

「那白麵也是咱的戰利品，豈能讓百姓亂搶了？我帶幾個人去，把車拉到咱們家！」就帶幾個士兵去了。搶麵的人見士兵也來搶麵，搶得更凶了。吳班長朝天上「啪啪」打了兩槍，百姓們才丟下麵四處逃竄了。吳班長帶士兵上前去，車上的白麵其實也不多了，只剩下四五袋散的。吳班長和士兵將這四五袋散麵扛到李家，這時已經是傍晚了，李家伙夫就用這幾袋麵給隊伍擀麵條。麵條做好，中央軍士兵一人一碗端著吃開了。吃完，吳班長問：

「牛圈裡的俘虜呢？讓他們吃不吃？」

李小武說：

「鍋裡還有麵條沒有？」

伙夫答：

「還剩下半鍋！」

李小武說：

「八路軍優待俘虜，咱們也優待俘虜，讓他們吃吧！」

伙夫便把剩下的麵條盛到一個瓦盆裡，端到牛圈讓八路俘虜吃。正在這時，在村頭放哨的士兵又氣喘吁吁地跑來報告：

「連長，事情壞了！」

李小武說：

「什麼事情壞了？」

放哨的士兵說：

「我看到一輛汽車開著大燈，順著莊稼地向這村子開來了。我看肯定是日本人，別人誰有汽車？」

李小武和院子裡所有的人都吃了一驚。李文武說：

「肯定是土匪放走孫毛旦，他跑到城裡報了信兒，日本報仇來了！」

吳班長把盒子抽出來：

「連長，我帶弟兄們去把他們頂住！」

李小武擺擺手：

「一汽車日本兵，要有六七十個，我們只有十幾個人，如何頂得住？等於白去送死。再說，咱還押著俘虜！」

吳班長問：

「那怎麼辦？」

李小武說：

「撤吧。趕緊集合隊伍，把俘虜押上，向村北撤！」

士兵們便行動起來。吳班長跑到牛圈，見幾個八路軍仍在吃麵條，就一腳把瓦盆踢了：

「日本大隊人馬來了，你們還吃！」

就把他們押了出來。

李文武跟著李小武在院子裡轉：

「小武，日本又來了，我們怎麼辦？」

李小武說：

「爹，如果單是你自己，我可以把你帶走，全家幾十口子，情況緊急，鑽地窖的鑽地窖，躲莊稼的躲莊稼，還是趕緊躲吧！」

老頭就飛也似地跑到前院，招呼眾人到地窖和莊稼地去躲。李小武見隊伍已集合好，俘虜也押上了，就讓隊伍出發。因為情況很急，這時已經能聽到日本人在遠處打的槍聲，隊伍走得很急。走到村北小河邊，隊伍很快就從小橋上透過。這時李小武突然看見他開封一高的同學，曾經感情非常親近的許鍋妮，仍在河邊洗衣服，拿個棒槌在石頭上一上一下地砸。今天村子裡幾支隊伍打了一天，她還在這安心洗衣服，這讓李小武感到十分奇怪。他也顧不得以前李文武的告誡，大聲喊：

「鍋妮，別洗了，日本人說話就過來了，你趕緊躲躲吧！」

許鍋妮聽到李小武的話，倒仍不吃驚，扔下棒槌就向這支隊伍走來。隊伍中李小武騎著馬，後邊跟著中央軍，押著孫屎根幾個渾身血污的八路。許鍋妮看了看馬上的李小武，看了看渾身血污、嘴裡堵著棉花的孫屎根，說：

「屎根哥，小武，咱仨在開封一高上過學，現在看，咱這書是白念了！」

說完，扭頭走了。這叫李小武和孫屎根都吃了一驚，半天沒有說話。直到遠處又傳來槍聲，兩個人才愣過神來，這支隊伍才又急急忙忙向村北撤退了。

9

日本的大隊人馬來了。

日本的汽車在村頭停下。日本汽車馬力大，莊稼地可以透過。汽車在村頭一停，從車上「呼啦」「呼啦」跳下六、七十個全副武裝的日軍，開始包圍村子。坐在駕駛室司機旁邊的日軍部隊長，是一個叫若松的中隊長。看著日軍在包抄村子，他仍坐在駕駛室裡不動。若松是日本陸軍學堂的畢業生，今年三十九歲，來中國已經五年了，先在濟南日軍參謀部待了三年，後來戰線擴大，參謀部人員裁減，他被派到這支部隊當了個中隊長，隨部隊從濟南到開封，又從開封來到這個縣城。這個縣城總共駐有一個日軍中隊，實際上他成了這個縣城的最高部隊長。若松個子低矮，聲音尖銳，但他不輕易說話。在參謀部工作時，他負責向司令長官抄送電文。送了兩年電文，司令長官沒見他說過一句話，從來都是敬禮放下電文，扭身便走。有一天司令長官想起這事，問參謀長官：

「那個送電文的若松先生，是不是個啞巴？」

參謀長官答：

「他不是啞巴，就是不愛說話！」

其實司令長官也就是隨便問問，參謀長官便以為司令長官不喜歡若松，嫌他不機靈，送電文就換了一個人；後來參謀部裁減，便把若松派到了部隊。派到部隊後，若松仍不愛說話。平時吃飯睡覺不愛說話，戰場上打仗也不愛說話。他愈是不愛說話，他手下的士兵愈是害怕他。戰場上指揮，衝鋒時，他揮一下指揮刀，隊伍「嘩」地一下就衝了上去；該撤退時，他向號兵擺一下手，號兵吹撤退號，隊伍「嘩」地一下就撤了下來。包括殺人，別的日本人用刀子砍人，揮起刀子，「嗚里哇啦」地喊一聲，才砍刀子；他卻一聲不響，就把刀子削了下來。在部隊駐地，他的軍營特別肅靜，士兵們正圍在一起說笑話，他走過去，士兵們的嘴馬上就閉上了。由於他軍階較低，不夠往中國帶家眷的資格；部隊在開封駐紮時，他也隨幾個同軍階的軍官，換成便服，裝成中國人，去偷偷逛過妓院。別的軍官一場妓院逛下來，妓女馬上就知道是日本人來了。而接待若松的妓女，直到事畢，還以為是接了個中國商人，因為在整個過程中，他仍是一言不發。據熟悉若松的人講，若松在年輕的時候，是北海道一個很有名氣的足球隊員。踢球時就不愛說話。後來考大學沒考上，上了陸軍學堂。對戰爭的看法，若松是這樣，他弄不懂「東亞共榮」的大道理，但他對自己要千里迢迢到別國去打仗感到很惱火。這個惱火他不敢發洩到自己上司頭上，就轉而發洩到戰場上的敵人身上。敵人不頑抗，戰爭早早結束，他就可以早早回國。所以他最討厭負隅頑抗的敵人。抓住頑抗的敵人，他一刀砍下去，眼都不眨。可他對投降日本的中國人，又很看不起。在縣城，他對維持會長，對警備隊長塌鼻子，就非常冷淡，很少與他們說話。弄得他身邊的人都覺得他脾氣古怪，似乎怎麼做都對不住他。包括一些日本軍官，都不願與他共事。但若松很喜歡孩子。見了孩子，比見到大人和藹得多。在縣城駐軍，他時常換便服上街去逛，碰到中國小孩，他就高興地笑，彎下腰給人家發一粒糖。這時說話，說：

「米西米西！」

一次若松又在街上走，碰到個中國賣菜老頭，帶著一個流鼻涕水的小丫頭。若松便攔住人家，與小丫頭說話。碰巧這天若松沒有帶糖，就順手把自己的禮帽摘下來，戴到小丫頭頭上，看著笑，用日本話尖銳地說：

「送給你，戴著玩吧！」

小丫頭不懂事，倒不害怕，把這個擔菜的老頭給嚇壞了，聽他說日本話，知道是日本人，以為要用一頂禮帽詐他一擔菜，忙趴到地上給若松磕頭：

「太君，不能這麼辦，一擔菜你不在乎，這可是俺全家的飯轍呢！」

若松聽不懂中國話，不知道老頭子誤會了他的意思，以為是因為他給了小丫頭一頂禮帽感謝他，趴在那裡磕頭。磕頭感謝，又把若松惹惱了，覺得老頭子沒骨氣，一腳就把老頭子鼻子踢流了血：

「你的大大地壞了！」

這下老頭子更害怕了，以為若松定要詐他的一擔菜，顧不上擦鼻血，又跪下磕頭，把若松弄得也沒辦法，只好嘆口氣走了。後來全縣城傳聞若松要用一頂帽子詐人家老頭子一擔菜，弄得維持會長、警備隊長塌鼻子都糊塗了，說：

「看平時若松不像愛財的人，怎麼相中了老頭的一擔菜，真是個怪人！」

這天清早，若松接到日本家裡一封信。是他妻子寫的。他妻子原來是個幼稚園阿姨，後被征到日本軍工廠當工人。妻子的信，無非是「家中都好」、「保佑你平安」之類的話。但信中還夾著一只紙摺的小蝦蟆，一拉就動。妻子在信中說，小蝦蟆是七歲的小女兒摺的。看那蝦蟆的模樣，若松斷定不是女兒摺的，但若松仍拿著那隻小蝦蟆，「嘻嘻」笑著看了一天。勤務兵一天給他送三次飯，見他總拿著一隻紙蝦蟆笑，不知他又犯了什麼精神病，悄悄把飯放下就出去了。到了傍晚，一個小隊長匆匆跑到他屋裡，喊了一聲「報告」，看他正看蝦蟆，就不敢再說什麼。等若松把蝦蟆看夠，才扭回頭看那小隊長。小隊長忙又敬了一個禮說：

「報告中隊長，今天有五個士兵到鄉下去拉給養，讓中國人全給殺了！」

若松這時吃了一驚，問：

「什麼人殺的？」

小隊長說：

「據逃回來的警備隊小隊長孫毛旦報告，是八路軍、中央軍、土匪聯合起來把太君殺了！」

若松這時尖銳地叫了一聲：

「中國人統統地壞了！部隊集合，到村子裡去！」

一中隊日本兵便全部集合，坐上汽車開了過來。若松坐在駕駛室裡，心情特別懊喪。本來今天是高興的日子，紙蝦蟆他還沒有看夠，可以看到晚上，沒想到突然出了這事，耽誤了他看蝦蟆。他在駕駛室還用指揮刀頓著地板：

「中國人統統地壞了！」

汽車開得很快，半個鐘頭就到了村頭。又半個鐘頭，完成包圍，一個小隊長跑到駕駛室前報告：

「報告中隊長，村子包圍完畢！」

若松這時跳下汽車。翻譯官、孫毛旦都跑到他面前。若松指著孫毛旦說：

「你的帶皇軍進村，八路軍、中央軍、土匪的認出來，統統地死了死了的！」

孫毛旦傍晚逃到城裡報信兒，驚魂未定，就又隨日本人來了村裡。他下午還沒吃飯，肚子有些餓了。再說，他不知道八路軍、中央軍、土匪還在村子沒有，在村子也不知藏到什麼地方；一天的血戰，他親眼見土匪路小禿往下剁人頭，他膽子嚇破了，忙說：

「太君，我渾身跟零散一樣，就不要讓我去了！」

若松馬上臉色就不高興，盯著孫毛旦看。翻譯官在旁邊推了孫毛旦一把：

「毛旦，快去吧，別等中隊長發火，他的脾氣你又不是不知道！」

孫毛旦忙說：

「我去，我去。」

就帶著隊伍進了村。邊走邊罵：

「我X他姥姥，活了一輩子，還沒過過這種日子哩！」

日軍進村，挨家挨戶搜查八路軍、中央軍和土匪。但八路軍、中央軍、土匪早就沒影兒了，哪裡能搜查得出來？村裡老百姓也有躲莊稼的，躲不及莊稼的，留在村裡。孫毛旦見搜不到八路軍、中央軍、土匪，一方面懊喪，另一方面也高興，免得挨他們的黑槍。倒是在村裡搜出幾具日軍的屍體，還在許布袋家扔著。村子搜查完，大家抬著日軍屍體，回去給若松報告。日軍小隊長說：

「報告中隊長，八路軍、中央軍、土匪統統逃跑了！」

若松看著日軍頭不見頭，身不見身的屍體，皺著眉說：

「嗖嘎，中國人良心統統地壞了！」

這時孫毛旦說：

「太君，咱們回去吧，改天掃蕩八路軍、中央軍、土匪就是了！」

若松上去打了孫毛旦一耳光：

「你的良心也大大地壞了！」

然後用日語對小隊長下命令：

「集合老百姓！」

日軍便打起火把，將留在村裡的老百姓，都從家裡趕出來，集合到村南的打麥場上。若松又叫人把日軍的幾具屍體，抬到打麥場上，擺到村裡老百姓面前。幾百個老百姓被圍在打麥場中間，有哭的，有嚇得哆嗦的，還有屙了一褲的。大家紛紛往一塊擠。日軍在四周端著刺刀圍著。有的日軍手裡還牽著狼狗。若松指著屍體對翻譯官說：

「你看，中國人慘無人道，良心統統地壞了！」

翻譯官說：

「太君想怎麼辦呢？」

若松向他比了一個手勢，翻譯官嚇得臉都白了。但他知道若松的脾氣，也不敢說什麼，只好找到孫毛旦，說：

「若松說了，八路軍、中央軍、土匪都在人群裡，有二十五個，你在這村子熟，讓你統統指出來，統統死了死了的！」

孫毛旦摸著臉說：

「翻譯官，八路軍、中央軍、土匪早就跑了，哪裡在人群裡頭？他知道有二十五個，他指不就完了，何必老纏著我！」

翻譯官說：

「若松這個人你還不知道？別犟了，你考慮著指吧！」

孫毛旦說：

「這裡都是老百姓，指誰不冤枉誰了？」

翻譯官低聲說：

「那有什麼辦法？沒看出若松的意思？死了五個日本人，要拿二十五個中國人換哩，一個換五個。這事都叫八路軍、中央軍、土匪給鬧壞了，他們殺了日本人跑了，害苦了一幫老百姓！」

孫毛旦說：

「如果是三個兩個，我隨便找幾個頂了算了，這二十五個，叫我怎麼指？」

這時若松已經踱過來，向孫毛旦做了一個手勢，讓他到人群中去指。孫毛旦說：

「太君，別老跟我過不去，這裡沒有八路軍、中央軍、土匪，讓我怎麼指？你如果今天存心難為我，索性先把我殺了算了！」

若松聽他說這話，馬上向外拔指揮刀，接著尖銳地嘟嚕了一陣日本話。翻譯官向孫毛旦說：

「毛旦，太君說，早該殺了你，你本身就通八路！今天你帶五個日本人來拉麵，為什麼日本人都死了，就你逃出去了？」

孫毛旦聽若松這麼說，嚇得汗都出來了，忙說：

「太君，話可不能這麼說！你要這麼說話，今後我就沒法幹了。今天我也是只差一點，就要為大日本盡忠了！」

若松將指揮刀戳到他臉上，又尖銳地咕嚕一句，翻譯官說：

「太君問你，人群中有無八路軍、中央軍和土匪？」

接著忙給他使眼色。到了這地步，孫毛旦忙說：

「有，有。」

若松擺了一下手，孫毛旦只好帶著幾個日本兵到人群中去挑人。孫毛旦一肚子委屈，心裡罵道：

「原來這日本人，也不是人X的！」

硬著頭皮在人群中轉了一圈，不知挑誰是好。人群見他來，一個個嚇得哆嗦，因為他挑上誰，誰就活不成了。看看轉了大半圈，還沒挑出一個，若松在火把下又瞪起了眼睛，翻譯官忙跑到孫毛旦身邊：

「你不想活了？」

這時孫毛旦看到人群中有村裡的一個傻子叫楊百萬，也在人群中藏著，就用手指了指楊百萬。立即有兩個日本兵上去，把楊百萬從人群中拔了出來。可楊百萬畢竟是傻子，剛才在人群中，看到別人哆嗦，他也跟著哆嗦；現在被人拔出來，他倒不害怕了，在火把下「嘻嘻」地笑。若松也看出楊百萬是個傻子，以為孫毛旦有意戲弄他，立即拔出指揮刀，指向孫毛旦：

「欺騙皇軍的有，死啦死啦的！」

沒等孫毛旦回應過來，就有一個日本兵上來，一刺刀扎到了他肚子裡。隨著刺刀往外拔，腸子也湧了出來。孫毛旦一頭倒在地上，一邊往肚子裡塞腸子，一邊說：

「別，別，我的腸子……」

若松又放出一條日本狼狗，上來與孫毛旦爭腸子。孫毛旦往肚子裡塞，狼狗咬著往嘴裡吃。孫毛旦終於沒爭過狼狗，狼狗將腸子從孫毛旦肚子裡扯出來，吞巴吞巴吃了。孫毛旦就頭戴著一頂戰鬥帽死了。

孫毛旦死後，若松又舉起了指揮刀。日本兵見他舉指揮刀，包圍圈上的散兵線就撤了。若松又舉一下指揮刀。機槍就「嘩啦」「嘩啦」推上了子彈。若松又舉一下指揮刀，機槍就響了。老百姓沒經過這場面，見日本兵走來走去，當官的舉了幾下指揮刀，還不知怎麼回事，機槍子彈已經像扇面一樣掃到身上了。接著人一排一排地倒了。機槍打了五梭子，停了。倒下人的血，開始往外洇。後邊沒有倒下的人的鞋底子，都被血洇透了。若松上前看了看，見死的人有三十多個，就嘆了一口氣，把指揮刀插回刀鞘，把部隊的指揮權下放給小隊長，自己回到村頭汽車旁，又鑽進駕駛室，把車門關上了。

若松一走，小隊長又把指揮刀拔了出來。日軍這時不再殺人，開始燒房子，姦淫婦女。村裡房子被點了十四處，婦女被姦淫二十三名。一片鬼哭野狼嚎。日本人姦淫婦女，連人都不避，在打麥場的血水中，就把人給按倒了。許布袋的女兒許鍋妮、李小武的妹妹李小芹，日軍來時躲在家裡地窖裡，集合老百姓時被日軍趕出來，現在都在血水中被日軍姦污了。李小芹沒有反抗動作，兩個日軍輪流姦污她後，就把她放了；許鍋妮在一個大個子日軍上身時有反抗動作，大個子日軍立即從屁股上拔下一把刺刀，扎到了許鍋妮喉嚨上。許鍋妮擺著頭正在死，大個子日軍就扒下她衣服姦污了她。折騰到半夜，村頭汽車旁響起了撤退號，日本人才停止放火，提上褲子匆匆忙忙走了。這時已是五更天，村裡剩下的幾隻公雞開始打鳴。十五的月亮，已經快掉到西邊山裡去了。村子裡除了火燒房子的「嗶嗶啪啪」一聲，到處沒有人聲。在血水中被脫光下體的婦女，還沒回應過來，仍光著身子在血水中躺著。躲在村外莊稼地的人，仍不敢回村。唯有村長許布袋，在莊稼地睡醒一覺，這時回了村。他到村裡轉了一圈，又到打麥場轉了一圈，鞋立即被血水洇溼了。他在打麥場的血泊中，看到光著下體死去的女兒許鍋妮，倒在一群婦女和死人中。他沒有管女兒，也沒有管眾人，而是跺著腳高聲叫罵道：

「老日本、李小武、孫屎根、路小禿，我都X你們活媽！」

附記

那天夜裡，若松帶部隊回到縣城，已經是後半夜。若松洗盥過，吃了點夜餐，準備睡覺時，突然又發了脾氣。他將勤務兵叫來，狠狠搧了他一頓嘴巴。若松發脾氣的原因，是因為他發現出發之前放到桌子上的紙蝦蟆，現在變了模樣。若松帶部隊走後，勤務兵就開始打掃他的房子。打掃到桌子，看桌子上有一隻紙蝦蟆，以為沒用了，就順手當作垃圾扔掉了。後來突然想起，若松桌子上的東西是不能動的，原來什麼樣子，打掃完衛生還要擺成什麼樣子，就趕忙到垃圾堆去找那隻紙蝦蟆。但不知誰又在他倒的垃圾堆上倒了一堆西瓜皮，翻出紙蝦蟆，蝦蟆早讓西瓜皮的廢水給洇溼弄爛了。勤務兵發了慌，又想反正是隻紙蝦蟆，我再摺一隻放到那裡完了。沒想到若松回來發現蝦蟆不一樣，將他叫來搧耳光，問原來的蝦蟆哪裡去了。勤務兵只好說實話，告訴若松紙蝦蟆扔到垃圾裡了，這是一隻冒充的蝦蟆。若松不再打他，光著腳跑到垃圾堆旁，和勤務兵一起將那隻洇爛的紙蝦蟆翻出來。若松捧著那隻流湯的紙蝦蟆，「嗚嗚」哭起來。

李小武帶著部隊、押著八路軍俘虜向後撤退。撤到十里外的一個小山崗上，大家站在那裡往村裡看。先是聽到機槍聲，後看村裡起了大火。吳班長拔出槍說：

「連長，你下命令吧！我們上去跟鬼子拚了！」

李小武站著看了一會兒，擺擺手說：

「把孫屎根他們放了！」

幾個中央軍就把孫屎根他們嘴裡的棉花掏了出來，把繩子給解了。孫屎根能說話了，說：

「李小武，咱們的事情沒完，你要對今天的一切負責！」

李小武說：

「屎根，趁我沒轉過念頭，快領上你的幾個人跑吧。不論是國仇，還是家恨，我都該殺了你！」

八路軍杜排長忙拉孫屎根的衣襟。幾個人便匆匆忙忙隱到夜色裡了。

孫屎根帶剩下的幾個人回到縣大隊駐地，將情況向大隊政委作了匯報。大隊政委看他們幾個狼狽的樣子，不但沒同情他們，反而批評了他們，說當初批准你們去打日本，怎麼又和中央軍鬧上了？原來說打個勝仗鼓鼓士氣，這下倒好，勝仗沒打成，自己倒死了十來個人；縣大隊本來人就不多，這下力量不更小了？大隊政委本來對孫屎根印象不錯，這下開始變糟了，怪他幹事情毛糙，不知考慮後果。孫屎根本想透過這次戰鬥露一鼻子，沒想碰了一鼻子灰，心裡也十分沮喪。後來到解放戰爭，縣大隊擴成正規軍，還有一部分幹部要轉到地方工作，大隊政委便把孫屎根畫到地方幹部中，孫屎根也沒說什麼，就留下做地方工作。

李小武帶部隊回到駐地，向團長匯報情況，團長也訓了他一頓：

「沒抓到日本我不怪你，抓到幾個八路，怎麼不立時砍了他們？這不是放虎歸山嗎？」

就怪李小武書生氣，不懂帶兵打仗的道理。李小武也有些後悔。後來到解放戰爭，蔣軍後撤，還留下一些「釘子」部隊與共產黨周旋，團長不愛見李小武，就把李小武這個連當作「釘子」給留下了。

土匪頭子路小禿，忙活一天，帶了幾身日本軍服回到大荒窪。路小禿覺得這日本軍服很威風，從此下夜去村裡劫地主，也常穿著軍衣。倒把被劫的地主嚇了一跳：

「我的天，怎麼太君也下夜了！」

後來路小禿聽說自己的五哥也在那天晚上被日軍用機槍給掃死了，才痛哭一場，將日本軍服燒了。後來一九四五年，日軍投降，在縣城繳了械，路小禿覺得報仇的時候到了。帶了一幫弟兄進了縣城，見到掃大街的日軍就殺。弄得投降的日軍向中國方面提抗議：

「我們已經投了降，怎麼還殺我們？」

那天夜裡，日軍、中央軍、八路軍、土匪都撤走以後，村子仍成了老百姓的。打麥場到處是血，村裡的血也流得一地一地的。村子一下死了幾十口人，從第二天起，死人的人家，開始掩埋自家的屍體。鄰村一些百姓，見這村被「掃蕩」了，當天夜裡軍隊撤走以後，就有人來「倒地瓜」，趁機搶走些家具、豬狗和牛套、糧食等。現在見這村埋人，又有許多人拉了一些白楊木薄板棺材來出售。一時村裡成了棺材市場，到處有人討價還價。

第三部分 — 翻身 — 一九四九

翻身就得有個翻身的樣子！我們貧農團的領導，要下去發動群眾，發動群眾回憶。要回憶就回憶那些帶勁的，有沒有人命呢？有沒有逼得人家家破人亡的事？我想是有的，天下沒有一個地主沒有這樣的事。沒有這樣的事，就不叫地主了。

前言一

工作員進村了。

大家沒有見過工作員，不知道工作員有多粗多長，所以感到很神祕。村丁路螞蚱（過去的土匪頭目路小禿之三哥）打鑼讓大家到村公所開會，大家都去了。來到村公所，天上開始下雪。小北風一吹，大家覺得身上穿少了。村長仍是許布袋（已是六十多歲的人了，頭髮有些發白），穿著一個翻皮棉襖，站在台子上點人。點了半天，不點了，看到村丁路螞蚱正在往台子上爬，便踢了他一腳：

「螞蚱，別爬了，人不齊，還得去喊人！工作員說了，人不齊不開會！」

路螞蚱從地上爬起來，又提鑼去喊人，邊走邊罵：

「開個雞巴會，還管人齊不齊了？」

又罵：

「耳朵裡都塞驢毛了，聽不見爺打鑼！」

又沿街將鑼打了一遍，人基本到齊了。佃戶們一家一個，村裡的頭面人物也到場了：老地主李文武，李文武的姪子李清洋、李冰洋（已故地主李文鬧的次子和三子），過去的土匪頭目路小禿，已故村副、縣警備隊小隊長孫毛旦之子孫戶，現任共產黨區委書記孫屎根之母孫荊氏，現任村長許布袋之妻鍋小巧……都到齊了。村丁路螞蚱見人到齊了，又往台子上爬。這次爬上去了，與村長許布袋站在一起，往台下看。這時許布袋對台下說：

「開會了，歡迎工作員給咱們講話！」

這時工作員爬上了台子。工作員不往台子上爬，大家覺得「工作員」，還很神祕，工作員一爬到台子上，大家都有些失望：

「什麼工作員，這不是老賈嗎？」

工作員果然是老賈。大家都認識他。五年前，老賈還在這村子裡待著，給地主李文武家餵牲口。後來因為李家少奶奶一件褂子，老賈才離開李家。老賈在馬棚裡餵馬，李家少奶奶洗了一件褂子，搭在馬棚前的太陽底下。後來這件褂子不見了，李家少奶奶就在院子裡罵，言語之間，有些懷疑是老賈。老賈是老實人，從來不偷人家東西，聽著罵聲，心裡有些窩火，就上去跟少奶奶吵了一架。後來還是老掌櫃李文武走出來，把他們勸解開了。少奶奶走後，老掌櫃還過到馬棚裡勸老賈：

「老賈，算了，知道你不會偷東西！」

老賈咕噥著嘴說：

「這活沒法幹了，沒明沒夜伺候人家，現在倒成賊了！」

李文武說：

「知你老賈站得正，看我面上，不要生氣了！」

事情才算結束。

老賈家的村子離這比較遠，是鄰縣封丘的一個莊子。後來老賈和另一個在李家扛活的牛大個結伴回家。先到老賈家，卻發現李家少奶奶的那件褂子，正在老賈家院子裡的繩子上搭著。原來那天老賈老婆去李家看老賈，這件褂子被她偷下，掖到褲襠裡拿回了家。牛大個看到那件褂子倒沒說什麼，老賈的臉卻一白一紅的。牛大個走後，老賈將老婆揍了一頓，但也沒有臉面再回李家。他在李家的鋪蓋卷，還是託牛大個背回來的。老掌櫃李文武還託牛大個捎話：

「讓老賈回來吧，一件褂子，知道不是他偷的，娘兒們家，有啥正性！」

老賈說：

「雖說是娘兒們偷的，也讓我老賈說不上話，以後人家再丟什麼東西，讓我老賈怎麼站呢？這活是無法再給人家幹了！」

於是就不再去給李家餵馬，留在封丘自己莊上做豆腐。每天夜裡做一擔豆腐，清早擔出去到四鄉裡賣。人家吃豆腐，他和老婆孩子吃豆腐渣，倒也過得去。只是一想到那件褂子，心裡就窩火。為這件褂子，他沒少揍老婆。後來封丘縣被共產黨開闢成了根據地，共產黨的區政府，就安在老賈莊上。區長看老賈家做豆腐，就住在老賈家。天長日久，區長看老賈老實可愛，對人愛說實話，便有意培養他參加革命。老賈見區長年紀輕輕就挎著匣子槍，學問很大，什麼事都能說出個道理，也對他很佩服。夜裡睡覺，他不與老婆睡在一起，與區長睡一個炕頭。區長給他講窮人為什麼窮，地主為什麼富；老賈為什麼到鄰縣去給李家餵馬。講來講去，老賈覺得自己虧了，都是一個人，為什麼李家就該享福，他就應該到李家去餵馬？於是就同意參加革命。區長見他積極，就不讓他再做豆腐，送他到縣上培養訓練班培養訓練。在培養訓練班，老賈識了幾百十字，入了黨，從此就成了基層職業革命家。先領著民工隊給解放軍抬擔架；抬了幾年擔架，解放軍解放了這個縣，新解放區需要大批幹部，老賈就又被派到這個縣了。這個縣一解放，就要搞土改，老賈就成了工作員，到村裡去搞土改。區裡知道老賈曾在這小村當過長工，對這村情況熟悉，就把他派到了這個村。但這個村的老百姓，並不知道老賈這幾年的變化，還以為他是以前的老賈。於是看他上了村公所的講台，台下就發出一陣笑聲。這不就是以前給李家餵馬的老賈嗎？三腳踢不出個屁，怎麼搖身一變成了「工作員」，來對我們講話了？由於知道他的底細，便對他看不起。老賈還沒講話，一些人就要散夥，說身上冷，要回家穿衣裳。一個游手好閑的青年趙刺猬（當年被李文鬧逼死老婆的佃戶趙小狗之子）說：

「天轉地轉，個雞巴老賈，也成人物頭兒了，來給我們訓話！過去我什麼時候想踢他『響瓜』，就什麼時候踢他『響瓜』！」

眾人又一片笑。但老賈一講話，又把這些笑的人給震住了，發現老賈並不是以前的老賈。老賈說：

「大家不要走！我老賈這次來，不是來給財主餵馬了，我是遵照我們黨的指示，來沒收財主的土地和房產，分給大家！」

說著，敞開自己的棉襖，露出了插在裡邊的匣子。

正在這時，遠處響起一陣馬蹄聲。眨眼間，一個穿著解放軍衣服、挎著短槍的小伙子到了跟前。他下馬，爬到台子上，向老賈敬了一個禮：

「報告工作員，區長給你的信！」

老賈還了一個禮，說：

「把信交給我吧！」

那個戰士便從皮包裡掏出一封信，交給了老賈。老賈拆開信，當時就看了起來。這又把大家給震住了。老賈不是以前的老賈，他做了大官了，有隊伍向他敬禮了。他還識字了，拆開「區長」的信看了起來。連村丁路螞蚱都對老賈肅然起敬，忙端來一碗水，放到老賈跟前，同時覺得自己不該再站到台子上了，便提著鑼從台子上下來，站到人堆裡，揚臉看著老賈。

前言二

老賈的土改搞得很順利。不到半個月，村裡的土改就搞結束了。老賈在村裡待過許多年，對村裡情況很熟悉。村裡就孫、李兩個大地主，地主下邊，有幾家富農和小地主。他們的土地、房產老賈都很清楚。老賈開了一個會，組織了一個分田隊，發動了一些積極分子，分了十天，地主、富農的地，全帶著凍伏的麥苗分了下去。積極份子中，首批發展的有趙刺猬：雖然以前趙刺猬踢過老賈「響瓜」，但老賈不計前隙，首先發展了他。送他一個手榴彈，送給他一雙部隊上繳獲的皮靴。趙刺猬吊著手榴彈、穿著皮靴在街上走。老賈問趙刺猬：

「共產黨好不好？」

趙刺猬答：

「好！」

老賈問：

「共產黨怎麼好？」

趙刺猬答：

「過去光雞巴要飯，現在共產黨來了，給咱分東西！」

老賈問：

「你怕不怕地主？」

趙刺猬說：

「地都給他分了，他不是地主了，還怕他幹什麼！」

老賈覺得趙刺猬說得有道理，「哈哈」笑了。

土匪頭目路小禿，也對分地很積極，主動要求參加。老賈考慮他過去是土匪，對讓不讓他參加有顧慮，沒想到路小禿說：

「老賈，你別看不起我，我比你參加革命還早呢！」

老賈說：

「你怎麼比我參加革命早，你過去是個土匪！」

路小禿說：

「表面看是土匪，可哪村的地主聽到我名字不害怕？抗日戰爭時候，我還殺過幾個日本鬼子哩！我鬥地主、打鬼子那會兒，你不還給地主餵馬？」

老賈被路小禿說住了，又考慮到人多勢眾，就同意他參加了。

老賈土改搞得好，還得感謝村裡的兩家地主配合得好。地主就孫、李兩家。孫家是不用說了，家裡有個共產黨幹部孫屎根，孫屎根正在鄰縣當區委書記，他已經給家裡捎信，讓母親孫荊氏配合土改，將田地分給窮人。所以沒遇到什麼阻力。李家地主李文武，也變得十分開通，主動將地契交給了老賈，說：

「老賈，你過去就是咱家的人，現在你出門參加革命做了官，家裡還能不聽你的？你看怎麼分合適，你就怎麼分吧！」

李文鬧的兩個兒子李清洋、李冰洋在旁邊垂手站著，看著李文武將地契交給老賈，也沒說什麼。連過去因為一件褂子跟老賈吵架的少奶奶（李清洋之妻），也笑著對老賈說：

「老賈，你現在成了工作員，大人不計小人過，過去的事情，可別往心裡去！」

弄得倒叫老賈有些感動，對李文武說：

「掌櫃的，放心，有我老賈在，不會太讓你過不去！」

村裡另一個頭面人物——村長許布袋，也在村公所對老賈說：

「老賈，錢財是身外之物。我老許的地產，本來就是乾爹送給我的，你拿去吧！你要稀罕，連這個村長也給我免了吧，我落得清閒！」

從此不再管事，開始背桿打兔槍到雪地裡打兔。倒讓老賈攆著許布袋說：

「老許，現在只說是分地，還沒免你的村長！」

地主主動讓分地，下邊的富農就跟著讓分，所以土改順利，田地就按人頭給窮人分下去了。窮人感到自己像做了個夢。怎麼過去一個餵牲口的老賈，現在給大家帶來了土地？大家對這意外的飛來之財，接受起來還有些不習慣。還有人覺得不合理。明明是孫家、李家、許家的地，現在說分就分，不是搶明火嗎？加上土地是趙刺猬、路小禿等人分的，分地時，許多人不敢到跟前去。地是分過了，但哪塊地是誰的，大家一時還弄不清。雖然地頭都插著橛子，但橛子跟橛子都相似，漸漸連分地的趙刺猬和路小禿都糊塗了。還有些膽小的肉頭戶不敢要地，害怕李小武的中央軍再回來。趙刺猬、路小禿倒是敢要地，一人在青龍背上弄了一大塊好地。村丁路螞蚱受其弟路小禿的影響，也敢要地，也在青龍背上弄了一塊。他弄這一塊，正好是村長許布袋的。一天晚上他到許布袋家串門，對許布袋說：

「老叔，我得跟你商量個事！」

許布袋穿著皮襖在炕頭抽煙，問：

「你要商量什麼？」

路螞蚱說：

「人家把你的地分給我了，你說我該不該要呢？我要不要，得罪了共產黨；我要要呢，又得罪了你！」

許布袋瞪了他一眼：

「你說共產黨勢力大，還是我的勢力大？」

路螞蚱說：

「要說過去呢，是你老叔的勢力大；要說現在呢，是人家共產黨，眼看人家就得了天下！」

許布袋說：

「既然人家勢力大，你還是不要得罪人家！」

路螞蚱說：

「我也是這麼想，所以要了那塊地。啥時共產黨不行了，你的勢力再起來，我再把地還給你！就當我給你看了幾年地吧！」

說完就告辭了，安安心心要地。第二天早起，就推著小車往麥地裡堆雪。

趙刺猬分的那塊地，是一個魏姓富農的地。他分到地的第一項任務，是趕著將當年葬在亂墳崗上的母親（被地主李文鬧逼死的）的遺骨遷移過來。路小禿分的那塊地，是地主李文武的。他的做法與趙刺猬正相反，那塊地上有李家的祖墳，他讓李家三天之內將祖墳從那塊地裡遷出去，不要影響他開春犁地。三天之後，他端著水煙袋到了李家，對李文武說：

「老李，我限的三天期限到了，怎麼還不把墳遷出去？」

李文武過去就有些懼怕這個土匪頭目，沒想到現在共產黨來了，他卻又抖起來了，但在人房檐下，怎敢不低頭，只好賠著笑說：

「禿弟，你聖明，我是地主，現在你們得了天下，我成了落湯雞，地都讓你們分光了，你讓我把祖宗的骨頭起到哪裡去？」

路小禿想了想，說：

「是呀，你是沒地方起！」

又說：

「這樣吧，你沒有地方起，就不要起了，你賠我十斗芝麻算了！」

說完，就捧著水煙袋走了。他走後，李家閉門大哭。李清洋咬著牙說：

「這個土匪，啥時等小武哥的中央軍回來，非千刀萬剮了他不可！」

李家少奶奶說：

「要剮先剮老賈，要不是他來搞土改，咱家還不至於慘到這個地步！」

李文武嘆口氣說：

「老賈算個啥，還不是共產黨鬧的！」

當天半夜，有人敲李家的門。打開門，是李小武回來了。不過現在的李小武，已不是當年騎著大馬、穿著軍裝、戴著白手套的李小武了。他反穿著一件羊皮襖，滿臉鬍子，臉上的皮肉疲憊地耷拉著，一個三十多歲的人，看上去有五十。他進門就說：

「快燒點熱湯，凍死我了！」

喝著熱湯，李小武和李文武對坐著。李文武說：

「去東院叫醒清洋和冰洋嗎？」

李小武擺擺手：

「別叫了，最好別讓他們知道我回來！」

李文武點點頭。問：

「看樣子國軍是真要完了？」

李小武說：

「完不完誰知道，反正咱們這塊是完了！」

李文武問：

「你手下的弟兄們呢？」

李小武說：

「早讓共產黨給打散了！還剩下二十幾個弟兄，都在大荒窪子裡貓著！」

李文武嘆息一聲：

「沒想到讓共產黨給鬧成了！」

又說：

「這麼冷的天，你們老在大荒窪子裡貓著，也不是個事呀。反正是要完了，你們投了他們算了！」

李小武問：

「孫屎根現在在哪裡？」

李文武說：

「在共產黨裡頭當區委書記！」

李小武嘆息一聲：

「你看，有孫屎根這樣的人在，我就是投降，也沒好日子過！」

李文武說：

「現在是進退兩難了！」

父子談話到雞叫。最後李小武說出他此次回來的目的。三年前，他在隊伍上娶了妻。妻子是安陽市的一個女中學生，當年部隊在安陽駐紮時搞上的。後來一直跟他在隊伍上。現在也跟他在大荒窪子裡。不好的是大半年之前她懷孕了，現在已八九個月，再跟著一股流竄部隊行動，已經很不方便了，他想將她祕密送回家。李文武聽後說：

「回來當然好，我不能不讓自己的兒孫回家，只是現在共產黨正鬧土改，我老頭自己也自身難保，媳婦回來，人家知道了，萬一有個閃失……」

李小武說：

「那就把她藏起來吧，藏到咱家地窖裡！」

李文武嘆息：

「只好這麼辦了，看共產黨把人逼的，生個孩子也得藏起來！」

話談到這裡，已雞叫三遍。李小武又將羊皮襖反穿上，便要告辭。這時李文武將自己鋪上鋪的一個虎皮褥子抽出來，卷巴卷巴讓李小武帶上：

「大荒窪子裡天兒涼，帶上吧！」

李小武沒說什麼，就帶上了。這時李文武落下了老淚，說：

「清洋冰洋他們，還等著你帶隊伍回來報仇呢！現在村裡已經讓共產黨鬧得雞飛狗跳了。過去給咱家餵牲口的老賈，現在成了工作員，已經領著窮人把咱家的地分了！土匪路小禿分了咱的地，還逼著咱遷祖墳呢！」

李小武說：

「爹，地呀墳呀，就先不要顧了，先顧住自己的身子要緊，留得青山在，不怕沒柴燒！」

李文武點點頭。李小武將匣子槍從懷裡掏出來，張開大機頭，翻過牆頭走了。

第二天半夜，李小武的護兵吳班長，就將懷孕九個月的李小武之妻周玉枝祕密送回了李家。

前言三

老賈在村子裡待得很滿意。土改很順利，地主被打倒了，土地分給了窮人。上級分派他的任務，讓他不費吹灰之力就完成了。過去他給地主餵馬，不餵馬回家磨豆腐，草民一個，想著上頭人幹公事一定費精神，沒想到輪到自己上台幹公事，原來卻是這麼容易。進村二十天，一切都辦妥了。剛進村時，因為過去餵過馬，大家都看不起他；現在不管是窮人或是地主，都拿他當個人物。街上走過，大家都點著飯碗說：

「工作員，這兒吃吧！」

連「老賈」都不叫了。過去殺人不眨眼的土匪頭目路小禿，見他也點頭哈腰的。過去他餵馬時，他何曾用正眼眨過他？村長許布袋，還是整日打兔子，一次老賈批評他，批評他工作落後，這個許布袋，年輕時也是個殺人不眨眼的傢伙，硬是低著頭聽老賈訓了他一頓話。只是最後瞪了兩下眼，可也沒敢頂撞老賈。老地主李文武，過去是他的東家，現在見了他也不喊「老賈」，喊「工作員」，低眉順眼的樣子，好像老賈成了東家，他變成了給老賈餵馬。這叫老賈心裡倒有些過不去。一次李文武還派李清洋來，請老賈到家吃包子。老賈磨不開面子，去了。去了以後，一家人很熱情，老地主李文武陪老賈在桌上吃包子，小地主李清洋李冰洋在桌下伺候著。過去他在這裡餵馬，李清洋李冰洋何曾這樣過？倒是他們經常跑到馬棚裡，把老賈捺到地上當馬騎。當然現在老賈成了工作員，過去的事情，都既往不咎了。但老賈從人們的尊重中，覺得跟共產黨真是跟對了，他體會出了革命的好處，翻身的滋味。老賈住在村公所，每天早起，一幫積極分子趙刺猬、路小禿就到了。接著村丁路螞蚱就給他端來一碗沖好的雞蛋水，兩根剛炸好的焦黃的油條。老賈一邊喝雞蛋水，吃油條，一邊與他們談工作。上午談完工作，他們就散了。下午老賈沒事，就到各家串門。這村他熟，隨便就串到了有趣的人家。

這樣老賈在村裡工作了二十天。突然一天早起，區上的通訊員又騎馬來了，通知他到區上開會。到了區上，區長讓他匯報工作。區長在屋裡背著手踱步，問老賈：

「老賈，你那個村土改進行得怎麼樣，有什麼困難嗎？」

老賈答：

「有什麼困難，土改已經結束了！」

區長倒吃了一驚，停止踱步，眼睛瞪得溜圓：

「怎麼的二十天你就搞結束了？別的村都進行不下去呢！」

老賈倒沒在意：

「我不是在這個村熟嘛！」

區長這次倒點點頭，問：

「地主打倒了嗎？」

老賈說：

「打倒了！」

區長問：

「土地分給農民了嗎？」

老賈說：

「分給農民了！」

區長又在屋子裡踱步。踱了半天，突然說：

「這樣老賈，我得到你村子裡去一趟，你呢，在區裡替我盯兩天！」

老賈忙說：

「區長，不能這樣，我剛學會當工作員，還不會當區長！」

區長笑了：

「不是讓你當區長，是讓你在區裡給我聽聽電話。你工作搞得這麼順利，我要到你村裡去考察考察，總結一下經驗，好向區裡推展！」

老賈這才笑著點頭。聽說區長要推展他的經驗，也有些得意。這樣，老賈就在區裡待了幾天，區長帶著通訊員到村子裡去了。四天以後，區長回來了，見到老賈，老賈問：

「區長，我那村裡搞得怎麼樣？」

區長一下將他的皮帽子摔到炕上：

「老賈，你那搞的叫什麼工作？」

這次該老賈吃驚了，瞪大眼珠子說：

「怎麼區長，我搞得不對嗎？」

區長又好氣又好笑地說：

「也不能說不對，但搞得太不深入了！」

老賈不服氣：

「怎麼不深入？地主沒打倒嗎？土地沒分嗎？」

區長說：

「你那叫打倒地主？你那叫分地？你做的飯太夾生了！我問你，你有名去搞土改，你深入發動過群眾嗎？你成立貧農團了嗎？你給貧農團講分地的意義了嗎？」

老賈這下叫問住了，想了想說：

「這倒沒講！」

區長說：

「倒沒講，看你弄的，直到現在，許多農民還沒認識到土地是自己的，認為咱分地是去搶明火！我再問你，你有名去打倒地主，你鬥過地主嗎？」

老賈眨巴眼：

「地主都老實了，還鬥他幹什麼！」

區長說：

「老賈呀老賈，你看著地主老實了，要是中央軍回來，看他不殺了你！我再問你，你開過訴苦會嗎？」

老賈說：

「沒開過！」

區長說：

「是呀，你連訴苦會都沒開過，怎麼激得起農民對地主的仇恨呢？你怎麼能發動群眾呢？我再問你，你到村子裡去，是依靠的什麼人？依靠貧農了嗎？除了一個趙刺猬是無產階級，其他都是偽村長、偽村丁、土匪惡霸，這些也都是該打倒的對象，你卻依靠他們搞了土改分了地，老賈呀老賈，你屁股坐到哪裡去了！你有名給農民分了地，地頭也插了橛子，可有些農民直到現在還不知道哪塊地是他自己的呢！你有名去打倒地主，還讓地主在深宅大院住著，還能關起門來吃包子，你這是打倒地主？你這是保護地主！老賈，你說你二十天搞了土改，我就有些奇怪，原來你做了一鍋半生不熟的夾生飯，你費了柴火不說，你還浪費了小米！聽說你吃住在村公所，每天早上喝雞蛋水吃油條，你自己倒過得舒坦，你是去依靠農民了？你是去壓迫農民！聽說你還到地主家裡去吃包子，你不是跟地主穿一條褲子？你想用和平主義的模式去搞土改嗎？老賈同志，錯了，這是一場激烈的階級鬥爭！階級鬥爭就要用激烈的模式，靠你每天喝雞蛋水吃油條是不能解決問題的！」

區長一席話，說得老賈直冒汗，也直撅嘴，心裡有些不服氣。但區長不管他服氣不服氣，接著在區裡開的工作員大會上，就公開批評了老賈，要大家以老賈為教訓，不要屁股坐錯地方，不要走過場，做夾生飯。批得老賈抬不起頭。接著區長又把抬不起頭的老賈送到縣幹部培養訓練班培養訓練去了。

三天以後，區長又給村裡派來了一個工作員。這個工作員叫老范，是從東北南下過來的幹部，過去在東北搞過土改。他不苟言笑，一臉黑鬍渣。臨來時，區長把自己的新匣子交給他，說：

「老范，這個好使，你帶上，這次可別再做夾生飯了！」

老范接過匣子說：

「幹著看吧！」

1

臘月初六這天，鬥爭地主李文武。

會場設在村公所前面。四周的小樹上，綁著幾杆紅旗。會場土台子上，掛著幾條標語：

「打倒惡霸地主李文武！」

「向李文武討還血債！」

「有冤報冤，有仇報仇！」

「天下貧農一條心！」

等等。貧農團團長趙刺猬，腰裡紮著武裝帶，脖子裡纏條羊肚子手巾，屁股蛋子上吊著一個手榴彈，在會場裡走來走去。鬥爭會開始之前，他叫來一班吹鼓手（每人發給他們二升米），讓他們在台子上吹打。村裡群眾都發動起來了，聽到村公所前面的鼓樂聲，都像看戲一樣興奮，紛紛向村公所聚集。趙刺猬便指揮人們應該站立的位置。貧農團副團長賴和尚，已經帶著幾個團員，一人一桿紅纓槍，到李文武家去押李文武了。這時趙刺猬又跑到村公所去找工作員老范。老范正趴在桌子前給區裡寫信。趙刺猬說：「工作員，我還得向你匯報個事！」

老范停止寫信，仰著頭說：「你還要匯報什麼？」

趙刺猬說：「我想來想去，今天光鬥爭李文武沒有意思，咱們還得找兩個陪鬥的！」

老范說：「找誰陪鬥呢？許布袋、路小禿，不是還要專門開他們的鬥爭會嗎？」

趙刺猬說：「不找許布袋和路小禿，我也能找得出來。李文武有一個哥哥叫李文鬧，罪惡大得很，手裡有幾條人命！」

老范倒吃一驚：「李文鬧？我怎麼沒見過他？這麼個惡霸，怎麼沒有挖出來呢！」

趙刺猬說：

「他已經死了！」

老范洩了氣：

「已經死了，如何陪鬥？」

趙刺猬說：

「他還有兩個兒子，一個叫李清洋，一個叫李冰洋！」

老范問：

「他們罪惡大麼？」

趙刺猬說：

「是地主都有罪惡，別看他們二十多歲，每個人十六就娶了老婆！從小就知道把窮人的孩子捺到地上當馬騎！」

老范問：

「目前有什麼罪惡？」

趙刺猬說：

「目前他們也不老實，對貧農團不服氣。老地主見了貧農團的人，倒還點頭哈腰的，這兩個崽子，到現在還睖著眼睛。我聽賴和尚說，前天夜裡他和幾個光棍去李清洋家聽房，這小子幹那事時，還跟老婆念叨等中央軍回來報仇呢！幹一下說一句，把他老婆弄得直叫喚！……」

老范擺了擺手，不讓趙刺猬說下去。最後拍了一下桌子：

「可以，可以讓他們陪鬥！」

於是這天鬥爭會上，就多了兩個陪鬥的。當然主要還是鬥李文武，讓群眾上台控訴對李文武的冤屈。趙刺猬主持大會，賴和尚帶人維持四周秩序。李文武、李清洋、李冰洋三人，一人脖子上掛一塊大牌子，在台子上低頭站著。他們身後，是幾個吹鼓手。上來一個人控訴一段，趙刺猬就讓吹鼓手吹打一番。弄得會場一直情緒高昂，大家像看戲一樣興奮。工作員老范沒有在台子上坐，他在幕後蹲著。雖然他覺得血淚控訴與吹鼓手吹打有些不大協調，但他覺得這也算一種鬥爭模式，所以就沒有制止。散了鬥爭會，老范問趙刺猬：

「怎麼說一段吹打一段，熱鬧個沒完了？」

趙刺猬說：

「翻身就得有個翻身的樣子！」

老范倒「噗嗤」笑了，不再說什麼。但這次鬥爭會的效果，會後老范很不滿意。因為鬥爭會結束，將李文武、李清洋、李冰洋押走以後，群眾並沒有立即解散，還留在會場上讓台上的吹鼓手繼續吹打。滿會場說說笑笑。似乎他們今天不是來鬥爭地主，而是為了看吹打。老范在東北搞過土改，根據他在東北搞土改的經驗，凡是一場鬥爭會下來，群眾都鼻涕眼淚的，圍著地主仇恨得不行，甚至磚頭、棒子下去，群眾才算真正發動起來了。像今天這樣的鬥爭會，又是做了一鍋夾生飯。今天的夾生飯，固然跟趙刺猬弄來一班吹鼓手、分散了大家的注意力有關係，但從今天群眾的控訴看，工作做得還不深入，還沒有將群眾心底對地主的仇恨挖出來，還停留在對地主的雞毛蒜皮的指責上。上台來控訴的人，都是講些細枝末節事情，沒挖出大仇恨。比如，一次跟李文武或李文鬧借糧食，人家不借給，家裡孩子餓得嗷嗷叫；比如，一次想到李家去打長工，李家不讓去，有本村人他不用，卻用了一個外村的；比如，一次李文鬧放馬，放到他的莊稼地，吃了他家的莊稼……。更深刻的仇恨沒挖出來。鬥爭會開到中間，老范倒暗自將趙刺猬拉到身邊，啟發他說：

「刺猬，你上去發個言怎麼樣？你不是說，李家曾逼死過你媽嗎？上去揭一揭！」

趙刺猬倒是蠻聽話，立即就上台子去揭。吹鼓手奏了一段，他就開始揭了，說某年某月某日，地主李文鬧到他家欺負他媽，逼得他媽上了吊。這時台下一個老頭子李守成（也是貧農）倒指著趙刺猬說：

「刺猬，這事上年紀的人都知道，怪不得人家李文鬧，是你娘自己願意的！」

台下就笑。趙刺猬馬上火了，指著老頭說：

「李守成，我X你媽，你媽才跟地主願意呢！」

接著掏出手榴彈就要炸老頭，把老頭嚇得直往人褲襠裡鑽。會場馬上大亂。這時老范只好出來，又鼓動吹鼓手，讓他們吹打，才將會場穩定住，接著讓下邊的人揭。

頭一次鬥爭會又成了夾生飯，不過工作員老范沒有洩氣。老范不是上次的老賈，他有豐富的鬥爭經驗。所以他並沒急躁，鬥爭會開過的當天晚上，他又將貧農團的骨幹叫到一起，問：

「今天鬥地主過癮不過癮？」

貧農團副團長賴和尚首先說：

「怎麼不過癮？比看戲還過癮！過去見地主都害怕，原來地主也有熊的時候。我去抓李清洋、李冰洋，你知道這倆傢伙叫我什麼，叫我『大爺』，我用紅纓槍逼住他們，一連讓他們叫了十聲『大爺』！」

貧農團團長趙刺猬說：

「就是老頭子李守成跟我們搗亂，擾亂會場。工作員，咱們明天別鬥地主了，鬥李守成吧！」

老范笑著擺擺手：

「刺猬，不能轉移鬥爭方向啊，還是得先鬥地主。據我看，今天咱們這個鬥爭會，開得不成功，開得太平和了。一場鬥爭會下來，地主還是地主，這怎麼成呢！剛才和尚說比看戲還過癮，我看我們開得不如演戲。我在部隊時看人家演『白毛女』，人家不過演了一場戲，群眾就往戲台上扔磚頭，有的戰士還拉槍栓要槍斃地主，我們呢？一場鬥爭會下來，大家一點不仇恨地主，大家還想聽吹喇叭，這不行！證明我們的工作不深入。我們貧農團的領導，還要下去發動群眾，發動群眾回憶。這次就不要回憶那些雞毛蒜皮的事了，要回憶就回憶些帶勁的，有沒有人命呢？有沒有逼得人家破人亡的事呢？我想是有的，天下沒有一個地主沒有這樣的事。沒有這樣的事，就不叫地主了。關鍵是我們能不能發動大家回憶。如果發動不起來回憶，打不倒地主，就是我們的事了，就不能怪人家地主了。所以，我想，今天這個鬥爭會咱們不算數，李文武三人不能算鬥過了，還得再來一次！下一次開鬥爭會，就不能這麼平和了，就不能叫吹鼓手了，咱們得把李文武真正打倒！」

老范說完，這個小會就結束了。趙刺猬、賴和尚等人走出村公所，腦子裡還懵懵懂懂的。他們就記住兩個字：「回憶」。趙刺猬說：「咱們是得『回憶』！」

賴和尚說：「我也感到今天的鬥爭會缺點什麼，一場地主鬥下來，還讓他平平和和的。這樣吧刺猬，你管發動群眾『回憶』，我管下次鬥爭會不平和。工作員說咱們太平和，我看工作員還太平和呢！想不平和還不容易？要早知道不能平和，鬥爭會也不用開第二次了！」

第二天，說「昨天鬥李文武不算數，還得鬥第二次」的消息，就傳遍了全村。村裡群眾聽到後，倒沒有什麼，反正臘月天閒著也是閒著，鬥地主聽喇叭，熱熱鬧鬧中迎來過年也不錯。但接著趙刺猬就挨門挨戶把任務布置了下來：回憶。

消息傳到老地主李文武的耳朵裡，李文武當時就癱到了地上。工作員老范覺得鬥爭會很不深入，李文武卻覺得已經十分深入了。過去人老幾輩都是當東家，站在人前看到的都是笑臉，現在卻站在人前被人掛牌摛頭鬥了一把。背後還有幾個吹鼓手吹著喇叭，玩他像玩猴一樣。當天鬥完回家，他就撲倒到鋪上哭了。共產黨真是厲害，房子地收回去也就算了，你不該這麼羞辱人。現在又聽到消息，鬥完一把還不算，還要鬥第二把。李文武當時就想拿根繩子上吊。但想想一家老小，地窖裡還有個快坐月子的兒媳婦，又嘆口氣，打消上吊念頭。他晚飯也沒吃，就早早上床睡覺了。等被子捂上了頭，老頭又「嗚嗚」地哭了。

2

村長許布袋這兩天打了三隻兔子。兩天能打三隻兔子的原因，是因為落了一場雪。一九四九年臘月的這場雪，落得真大呀。貧農李守成的牛棚，都讓壓塌了。麥地裡壓上了一尺濃的雪，成了白茫茫一片雪野。兔子沒處藏身了，迷路了，就撞到許布袋的槍口上了。許布袋把兔子掛在槍筒上，扛著往村裡走，在村頭碰見貧農團團長趙刺猬。趙刺猬過去怕見許布袋，現在當了貧農團團長，不怕了，他盯住許布袋槍筒上的兔子看，又看他身後落的一滴滴兔血，說：

「老許，你好槍法！」

許布袋瞪了他一眼：

「打個雞巴兔子，就算好槍法了？我好槍法那陣兒，你娘還沒出嫁呢！」

趙刺猬點著頭笑：

「那是，那是！」

當天晚上，許布袋正在家燉兔子，貧農團副團長賴和尚帶了幾個扛紅纓槍的人到了。賴和尚今年二十三歲，家是僱農，賴和尚他爹是個痳子，給地主扛活，愛扎針，愛打老婆，家裡的鐵鍋三天有兩天是涼的。賴和尚從小跟他娘要飯長大。長大到二十多歲，還沒娶上老婆，便成了街上的賴皮光棍。賴和尚的日常愛好，是愛到有媳婦人家的窗戶下聽房。一次正伏在人家窗下聽房，聽到趣處，另一個光棍到了，從後邊踢了他一腳，他身子猛地伏到牆上，前邊腫了，躺了一個月。賴和尚聽房，特別愛到大戶人家的窗下聽，說聽起來比一般人家有意思。許布袋雖然老了，也被賴和尚聽過。賴和尚和另一個光棍趙刺猬是好朋友。當年他前邊腫了，就是趙刺猬到集上買藥給他塗抹好的。後來工作員老賈來了，趙刺猬不聽房了，參加了革命。老賈走後，老范來了，要成立貧農團。趙刺猬依然很積極，就當了貧農團的團長。接著趙刺猬就把賴和尚介紹給了老范，讓他也參加革命。趙刺猬對老范說：

「這也是個僱農，遇事有膽量，就是有一個毛病，愛聽別人的房！」

賴和尚當時就臉紅了。老范笑著說：

「都是地主給逼的，要是娶得上媳婦，大冷的天，自己睡覺，何必去聽人家的房？等地主打倒了，窮人翻身了，也給你娶房媳婦，看你還聽不聽別人的房？」

賴和尚覺得老范說得有道理，就跟老范鬧上了革命，在趙刺猬之後，當上了貧農團副團長，組織了一幫紅纓槍，負責村裡的武裝。做了武裝工作，當了副團長，賴和尚果然變好了，不再聽房了，鬥爭地主也很堅決。賴和尚還有一個優點，膽兒大。自從有了紅纓槍，膽子更大。他掛在嘴邊的一句話是：

「腦袋砍下碗大個疤，弄毬他的！」

工作員老范對他這點很贊成，說：

「和尚勇敢，像個鬧革命的樣兒！」

賴和尚聽了很高興。今天中午，趙刺猬跑到村公所向老范匯報，說在村頭碰到許布袋，打了幾隻兔子，雪地上滴的都是血。老范一聽就火了：

「這村情況就是複雜。地主惡霸吃包子的吃包子，打兔子的打兔子，看有多猖狂！叫和尚帶幾個人去，把他的獵槍給沒收了！」

賴和尚就帶了幾個人，拿著紅纓槍，來收許布袋的獵槍。到了許布袋家，滿院子兔子飄香。賴和尚幾個人挑窗子進屋，許布袋、許布袋的老婆鍋小巧正圍爐子坐著。見幾桿紅纓槍進來，許布袋眼皮都沒有抬，倒把鍋小巧嚇了一跳，忙站起來說：

「喲，和尚來了，快坐下嘗嘗兔肉，跟老許喝兩盅！」

賴和尚幾個人見鍋小巧讓兔肉，都很高興，要圍爐子坐下。但看到許布袋仍黑著臉，眼皮都不抬，伸出去的腳又縮了回去。賴和尚這時就很不高興，頓著紅纓槍說：

「老叔，對不住你，我們奉命來收你的獵槍了！」

許布袋沒有理他，自己拿雙筷子，開始從鍋裡撈兔子，蘸著辣椒醋吃。自工作員老范進村以後，許布袋心裡特別窩囊。他看不慣這一伙窮棒子的折騰勁兒。天轉地轉，朝代更替，這個許布袋懂。你占了天下，可以威風，但不應該是這麼個張狂樣子。前些時工作員老賈來，表現還不錯。別看過去是個馬夫，心胸倒有些大度，許布袋找他去辭村長，他倒給許布袋說好話。後來老賈走了，換了老范，許布袋又去辭村長，你猜老范怎麼說？他竟說：

「你辭什麼村長？你那個村長還用辭？你的村長是誰封的？是國民黨反動派，是偽村長，現在一切權力歸貧農團，你不是辭不辭村長的問題，是等著何時接受貧農團鬥爭的問題！」

當時就把許布袋給氣懵了，他沒見過這麼胸懷狹窄的傢伙。可他看著老范腰裡插著瓦藍的新匣子槍，憋得臉通紅，硬是一句話沒敢說。回到家躺到炕上，說了一句：

「照我年輕時的脾氣，早挖個坑埋了他！」

倒把身邊的鍋小巧嚇了一跳。第二天，許布袋過去的村丁路螞蚱趿拉著鞋來了，進門就說：

「老叔，我跟你說個事！」

許布袋問：

「你要說什麼？」

路螞蚱說：

「上次老賈來，把你的地分給我了，現在老范來，那次分的地又不算了，我來給你打個招呼，那塊地就又算我還給你了！」

許布袋又好氣又好笑，說：

「地不分給你，那地也歸不了我，你應該去找貧農團，你找我幹什麼！」

路螞蚱說：

「歸你不歸你，事情得說清楚，別弄得到時候你以為是我把地給你弄走的，落得我一身不是！」

說完，撅著嘴，坐在炕前不動。

路螞蚱走後，許布袋感到更加窩心。雞巴一個村丁，也敢跟他說三道四了。這時下了一場鵝毛大雪，為了解悶，他還照樣到地裡去打兔子。沒想到打了幾隻兔子，又引來了貧農團，來收他的獵槍。這些貧農團賴和尚之類，過去都是些街頭無賴，遠遠看見許布袋過來，就連忙躲到牆角後邊，等他過去再做遊戲。沒想到現在也都一人一桿紅纓槍威風起來，敢當面與他說話了。許布袋一邊吃兔子，一邊窩火，蘸辣椒醋吃了半隻兔子下去，也沒吃出個什麼滋味。賴和尚見他只吃兔子不理人，黑著個臉，心上倒有些個害怕；又見他也沒說什麼，又有些膽壯，說：

「老叔，你別光吃兔子了，先跟我們辦公事吧。你先把獵槍交出來，我們回去向工作員回事，你再接著吃吧！」

這時許布袋說話了。他把兔子扔下，拍了拍手，扭過來臉，笑了：

「好，和尚，你也會辦公事了。你叫我交獵槍，我交，只是咱爺倆得先商量一個事！」

賴和尚一愣：

「你要商量什麼？」

許布袋說：

「別看我老許六十多了，你和尚才二十多歲，咱爺倆，到外邊去，到雪地上去摔一跤！你贏了，就把獵槍拿走；我贏了，你們幾個無賴，趁我沒生氣的時候，趕緊給我滾得遠遠的！」

賴和尚又一愣，一時回不出話。賴和尚手下的幾個人，倒覺得這主意好玩，笑著攛掇賴和尚：

「好，這主意好，和尚，出去跟老許摔一跤！」

鍋小巧倒上來推了許布袋一把：

「布袋，你這是幹什麼，還不趕緊把槍交給和尚！」

許布袋笑著對鍋小巧說：

「我這是跟和尚鬧著玩呢，我六十多，和尚才二十多，他會摔不過我？」

賴和尚看著許布袋，心裡卻有些發怵。賴和尚是個面上膽大、心裡窩囊的傢伙。一幫光棍無賴胡鬧廝玩可以，真要上陣，他有些膽怯。何況他個頭較小，許布袋身材寬大。雖然他二十多歲，許布袋六十多歲，但許布袋年輕時的名聲，他聽說過。想到這裡，他有些惱羞成怒，一甩手要往屋外走：

「好，好，咱沒本事，收不了這槍！知你老許過去厲害，咱雞小掐不了這猴，咱去匯報工作員，讓他來收這槍，讓他來跟你角力吧！」

其他幾個伙伴見他這個樣子，都跟他往外走。還是鍋小巧攆他們到院子裡，將許布袋的獵槍交給了他們。這時賴和尚倒不要這槍：

「你拿回去吧，我不要了，讓工作員來拿吧！」

鍋小巧又給他說了半天好話，一人給了他們一盒大砲台香煙，幾個貧農團團員，才拿著許布袋的獵槍回了村公所。

鍋小巧回到屋，埋怨許布袋：

「你也是，就這人家還要開你的鬥爭會，你還這麼奓刺，非讓你吃了人家的苦頭，你才知道好歹哩！」

許布袋一巴掌打過去，將鍋小巧打倒在炕跟前。接著又將一鍋吃到半截的兔子，倒進了爐子。很快，爐子裡飄出兔子燒焦的糊味。

鍋小巧蹲在炕前哭，邊哭邊念叨：

「跟了你個龜孫，受了一輩子罪。都怨我那愛財的爹，讓我一輩子嫁了兩個地主！」

接著又哭死去的女兒許鍋妮。

許布袋這時嘆息道：

「到底是翻身了呀！」

3

路小禿覺得工作員老范很不夠意思。上次老賈來搞土改，依靠路小禿，土改搞得很順利，地主李家、孫家、許布袋家的地很快分了下去；現在老范又來搞土改，卻將路小禿排斥在外。路小禿對他不大滿意。又聽說將來鬥爭過李文武、許布袋，貧農團還要鬥爭他，路小禿有些惱火：

「好，好，鬥爭吧，我他媽也成地主了！」

路小禿現在已經有了家小。老婆叫「老康」，一個打扮得挺乾淨、長相很漂亮、眼睛略有斜睨的女人。老康原來是三十里外李元屯大地主李骨碌家的一個小老婆，路小禿在大荒窪子裡當土匪頭時，一次到那裡下夜，把她搶來當「肉票」，讓李骨碌送到大荒窪三十石小米贖她。更早的時候，老康是李骨碌家一個丫環，後來被李骨碌收了房。沒想到李骨碌十分瀟灑，沒有拿三十石小米到大荒窪贖人，而是在家裡又收了一個小丫環做小老婆。送米的時刻到了，路小禿便要撕「票」，這時識字小土匪對路小禿說：

「當家的，這『票』別撕了，看她長得很不錯，做咱的壓寨夫人算了！」

路小禿看看老康長得也不錯，就將她做了壓寨夫人，光棍從此有了老婆。老康見李骨碌不拿小米來贖她，便有些恨李骨碌；又見當了壓寨夫人以後，成了內當家的，一幫土匪挺尊敬她，不像在李家經常得受大老婆的氣，覺得壓寨夫人當當也不錯，天天有酒有肉吃，就真心跟了路小禿。到了一九四八年，共產黨和國民黨的部隊在這裡交戰，共產黨打敗了國民黨。先是有一股敗下來的國民黨部隊流竄到大荒窪，要搶占大荒窪的地盤，與路小禿打了一仗。路小禿的土匪打不過人家的正規部隊，退出了大荒窪；後來又遭到共產黨部隊的圍殲，弟兄們潰不成軍，便作鳥獸散，路小禿就帶著老康回到了村裡。回到村裡就不是土匪，就不能下夜，路家一貧如洗，他的父親路黑小沒給他留下什麼家產。這時路小禿的母親也已去世。她老人家在世時，路小禿倒是常派識字小土匪送些搶來的東西孝敬她。但路小禿家弟兄們多，當時送來的東西，當時就吃掉了。等路小禿帶老康回家，家裡和別的貧農佃戶沒有什麼區別。對這清苦的日子，老康有些過不習慣，夜裡常對路小禿說：

「小禿，咱還拉桿子吧！」

路小禿嘆息：

「天下大局已定，哪裡還時興土匪呢？就安心過咱的莊稼日子吧！」

後來工作員老賈來了，要分地主的地、地主的東西，路小禿十分高興和歡迎。整治地主，他是輕車熟路。所以他找到老賈，參加土改很積極。後來他在青龍背上分到一大塊好地。他對老康說：

「怎麼樣老康？跟我沒跟錯吧？改朝換代，咱還落個時興。當初把你搶到大荒窪真搶對了。你要還跟著李骨碌，現在就得挨鬥爭，跟著我呢？過去咱在大荒窪吃喝沒受屈，現在回來照樣分地！」

後來老賈走了，來了老范，章程又變了，上次分的地不算了，土改要重新搞。這次的土改，卻將路小禿排斥在外，接著還要像鬥爭地主一樣鬥爭他。這下老康有話說了：

「你說跟你跟對了，我看跟你受罪是跟定了。原來是當土匪，整天東奔西跑受苦，現在回到村裡，你又變成了地主！我要一直跟著李骨碌，跟著挨鬥爭還不虧，你家裡窮得餓死老鼠，你算哪門子地主呢！」

路小禿臉上紅一陣白一陣，說：

「個雞巴老范，肯定不懂鬥爭章程！不就看我當了兩天土匪！」

一天，在街上，路小禿碰見老范。老范由趙刺猬陪著。趙刺猬遠遠指著路小禿說：

「這就是路小禿！」

老范問：

「他最近有什麼活動嗎？」

趙刺猬說：

「不讓他參加貧農團，他還能有什麼活動？」

老范一笑，沒有說話，三個人碰面，路小禿本來準備跟老范說幾句話，把疙瘩解開，但老范沒理他，他也不好搭訕。趙刺猬在旁邊也沒理他，兩人也沒有說話。老范沒理他，路小禿沒有什麼；但趙刺猬在旁邊也不與他說話，令路小禿十分惱火：

「這個雞巴刺猬，上次土改不是我領著他，大家都分不了青龍背的地；現在老范一來，他倒先跟我成仇人了！」

於是就懷疑是趙刺猬在老范跟前說過他的壞話，引起老范對他的不滿。一天兩人又在賴和尚家碰面。賴和尚窖了兩甕子爛梨酒，準備過年時喝。這天啟封，於是請他們一人喝一碗爛梨酒。路小禿端起喝了，趙刺猬沒喝，說他今天肚子疼，不宜喝酒，路小禿看他連酒都不與自己喝，立即性起，端起另一碗酒就潑到他臉上。趙刺猬撲上去要與路小禿打架，這時賴和尚把他們勸開了。勸開以後，路小禿就回家了，趙刺猬卻跑到村公所向老范匯報了。老范敲著桌子說：

「看看，地主惡霸還是不老實呀！上次和尚到許布袋家收槍，他要跟和尚摔跤，今天路小禿又往你頭上潑酒。一個貧農團團長，一個副團長，人家還敢這麼欺負，要是一般群眾，他們更猖狂了！刺猬，我們還得加緊工作呀！地主惡霸不真正打倒，我們就沒好日子過！」

趙刺猬連連點頭。

老范說：

「你告訴貧農團的人，還得好好發動群眾，揭發地主惡霸的罪惡，先打倒李文武，再收拾許布袋和路小禿！」

趙刺猬又點頭。老范又給他寫了一封信，讓他第二天到區上去。信裡說，村裡的鬥爭非常激烈，為了保護積極份子的安全，希望再發幾個手榴彈。

區長見信，就讓通訊員到庫房給趙刺猬拿了幾個手榴彈，帶回村裡。從此，賴和尚等人一人屁股後吊了一個，趙刺猬吊了兩個。

但這些情況路小禿都不知道。路小禿這兩天放下趙刺猬，正在忙活另一件事：如何收回李文武欠他的十斗芝麻。這十斗芝麻，還是上次土改分地遷祖墳欠下的，直到如今李文武也沒給。後來老范一來，路小禿心裡一亂，就把這事給忘了，現在快過年了，路小禿想置辦年貨，手中又沒錢，老康埋怨，路小禿又想起了這十斗芝麻。於是在一天晚上，他又來到李家，找到老地主李文武，和當年地主向窮人逼債一樣說：

「老李，現在快過年了！我手頭倒騰不開，你欠我那十斗芝麻，該還了吧！」

李文武見路小禿又來提那十斗芝麻，又好惱又好氣，說：

「小禿，不是上次分地不算了嗎？上次分地不算了，我也不用從你地裡遷祖墳了，怎麼還欠你十斗芝麻？」

路小禿說：

「上次分地是不算了。可你欠我芝麻，是在算的時候。人不死帳不賴，不能因為改朝換代，就不說芝麻！」

李文武見他這樣無賴，說：

「小禿，我是挨鬥爭的人，你也是要挨鬥爭的人，都是共產黨要打倒的對象，咱們都是一路人，你何必這樣逼我呢？」

路小禿說：

「老李，咱把話說清楚，我跟你可不是一路人，你是惡霸地主，我當年就反對地主，還是抗日英雄；現在老范不懂革命，才暫時與我路小禿發生誤會。鬥爭你是對的，鬥爭我是錯的，我跟你一路幹什麼？」

李文武攤著手說：

「就算我欠你芝麻，今年芝麻欠收，我到哪裡去給你找十斗芝麻呢！」

路小禿說：

「沒有芝麻，給別的也行！」

正在這時，李家少奶奶走進來，到李文武耳邊悄悄說了幾句話。李文武馬上神色大變，要隨少奶奶出去。路小禿上前拉住他：

「老李，咱們先把咱們的事情說清楚，你給了我芝麻，你再忙你的！」

李文武說：

「我現在家裡有急事，咱們改天再說！」

路小禿拉住他不放：

「快過年了，我手裡倒騰不開！」

李文武哀嘆：

「我怎麼碰上了你！人一倒霉，螞蚱、猴子也欺負你！」

路小禿馬上火了：

「你可別罵我！」

李文武搖頭哀嘆：

「我不罵你，我不罵你，床上有我一件狐皮大衣，是我老頭冬天出門穿的，你拿去吧！」

路小禿馬上到床上去拿那件狐皮大衣。裡外翻看一番，見有八成新，就裹巴裹巴要了。臨出門又抄起李文武一頂皮帽子：

「一件大衣怎麼值十斗芝麻？這頂帽子也算上吧！」

路小禿一走，李文武又哽咽著想哭。這時少奶奶又催她。他就停止哽咽，跟少奶奶到後院去了。

路小禿得了狐皮大衣和皮帽子，他將皮帽子自己戴了，將狐皮大衣拿到集上賣了，用賣大衣的錢置辦了一些年貨。還買了一把五百頭的火鞭。

4

李家大喜。藏在地窖裡的李小武的老婆周玉枝生了。生了一個男孩，「哇哇」地在地窖裡哭。這個地窖在後院正房的方桌底下。李文武站在方桌旁，聽少奶奶說生了個孫子，忙趴到地上磕了個頭：

「蒼天有眼，亂世年頭，讓我有了個孫子。就是我老頭有個三災兩難，也算有個後輩人了！」

接著又有些傷感。傷感之後，又有些犯愁。兒媳生了孩子坐月子，就不比以前一個人。大人小孩再藏在陰暗潮溼的地窖裡，就不大合適。但兒媳是李小武的老婆，李小武是個在逃的中央軍，如挪到地面上，讓人家知道，又得吃不了兜著走。對老頭倒沒什麼，頂多再挨一次鬥，但對兒媳孫子恐怕很不利。是留在地下還是挪到地面，讓李文武想了一天。晚上姪子李清洋過來，向李文武匯報這幾天埋東西的情況。這幾天李清洋帶著兄弟李冰洋，正在趁夜裡往馬圈裡埋東西，害怕貧農團有朝一日來抄家。李清洋匯報完，李文武說：

「一般東西就不要埋了，衣裳、糧食，埋也埋不及，揀些金貴的東西埋埋就成了！」

李清洋點頭。

商量完埋東西，李文武與他商量兒媳和小孫子的事。李文武說：

「東西能埋在地下，活人不能老埋在地下，你看怎麼辦呢？」

誰知李清洋也想不出個主意，倒袖著手說：

「依我說，當初小武哥就不該將她送過來！」

李文武說：

「要生養的人了，怎麼能留在大荒窪子裡！」

李清洋說：

「那他怎麼不把她送到娘家？咱家現在這個樣子，他又不是不知道！」

李文武嘆息：

「她娘家是安陽的，離這二百多里，他現在是個中央軍，讓他怎麼送！」

李清洋的老婆李家少奶奶在一邊旁聽，這時插嘴說：

「叔，依我說，咱們等兩天再看。」

李文武說：

「等兩天看什麼？」

少奶奶說：

「等兩天看看孩子哭不哭。如果孩子不愛哭，我看就將他們娘倆挪到上邊來，後院僻靜，讓他們躲在裡間，吃、拉都在屋裡，只要孩子不哭，人不知鬼不覺，想也不會有人知道；如果孩子愛哭呢，就往上邊挪不得，孩子一哭，人家知道了不是鬧著玩的，那是他們的命，只好待在窖子裡了！」

李文武覺得少奶奶說得倒有些道理，於是點點頭，停兩天看。看了兩天，孩子不愛哭。除了餓了找奶頭時哭，其他時間不哭，仰著臉睡。李文武便將他們母子搬到了地上。實驗了一天，及時餵奶，躺在床上一天沒哭。後院僻靜，人不知鬼不覺。李文武鬆了一口氣，心裡寬慰許多。當天晚上，李文武過來看兒媳和孫子。兒媳周玉枝，上次是半夜進門，進門以後就下了地窖，李文武沒有看清楚她，現在在燈下看清楚了，除了下巴短些，模樣還周正；只是過去的燙髮，現在已成了一團雞窩；在窖下待了半個月，臉有些白皙。雖然是城裡人，還很懂規矩，見李文武進來，就喊了一句「爹」。李文武說：

「躺著吧，躺著吧，你身子虛。」

接著就過來看孫子。孫子正睡著，臉很小，小臉的皮皺著，張著嘴呼吸。一呼吸，小臉上的皮就跟著牽動。李文武又解開孩子的包裹，看了看他的小雞雞。誰知一看小雞雞，孩子醒了，蹬著小腿要哭。兒媳周玉枝趕忙將他抱起，將奶頭塞到他嘴裡。他銜到奶頭，就不哭了。李文武鬆了一口氣，說：

「個頭不小！」

接著從口袋裡摸出一個小金佛爺，放到桌子上說：

「家裡沒什麼好東西了，這還是你老奶出嫁時帶過來的，臨死時留給了我；現在世道不濟，我也不知哪天活哪天死呢，就留給孩子吧！」

周玉枝見李文武將這麼貴重的傳家之物給她，忙說：

「爹，你留著吧，他還小，這麼貴重的東西，他擔當不起！」

李文武說：

「別說擔起擔不起，就當是留給他的紀念吧！」

周玉枝說：

「那我就代他謝謝爺爺吧！」

李文武見媳婦說話懂事，心裡又喜歡起來，說：

「現在家裡不濟，你過來就受委屈。你身子虛，躺著不要動，想吃什麼，告訴家裡，盡現在的條件給你做！」

周玉枝說：

「吃什麼我不講究，只是在窖裡躺了半個月，憋悶得很，爹，叫人給我拿本書吧！」

李文武見兒媳像當年兒子上學一樣愛看書，又很喜歡，說：

「好，我明天讓人給你送來一本《論語》。」

第二天一早，李家少奶奶就送過來一本《論語》。但周玉枝要看的不是《論語》。周玉枝雖然是安陽的女中學生，但學習並不好，《論語》她不喜歡，她想看的是武俠小說。所以《論語》給兒子當了枕頭。停了兩天，李文武又讓人送來一本《孟子》，周玉枝也不愛讀，又放到了枕頭下。

這樣平安過了十來天。媳婦無事，孫子一天天長。李文武覺得事情安排得很祕密，這才放下心來。孩子一天一個樣，李文武常趁夜裡去看孫子。這是他提心吊膽日子裡的一點安慰。但他沒有想到，他這個祕密已經被工作員老范知道了。向老范匯報祕密的，是李家的馬夫牛大個。牛大個在李家扛長工多年，上上下下，和李家關係處得不錯。本來他是做田裡的活，自馬夫老賈因為一件褂子跟李家鬧彆扭走後，他就接替老賈餵馬。關係處得不錯，本來他是不會匯報的。但半月之前，他被趙刺猬發展成貧農團的祕密團員。這使他在李家的作用祕密地變了，但李文武不知道這事，以為牛大個還是以前的牛大個。本來趙刺猬是不同意把牛大個發展成他的團員的。但發展牛大個是老范的主意。上次鬥爭李文武失敗，老范一方面讓趙刺猬進一步發動群眾，另一方面就是讓趙刺猬發展牛大個。趙刺猬說：

「我不要他，我不發展他，他是地主的狗腿！」

老范給他解釋了要團結大多數的道理，說：

「他是地主的長工，不是狗腿，發展他對貧農團有好處。要說狗腿，我在東北也給地主餵過馬，你看我像狗腿嗎？」

趙刺猬忙說：

「你不像狗腿，你不像狗腿！」

於是就去發展牛大個。誰知趙刺猬去發展他，牛大個還不願意參加，說：

「咱就會餵個牲口，參加那幹什麼！」

趙刺猬回來就向老范匯報了，說：

「看看，看看，讓他參加，他倒不願意參加。我說他是地主的狗腿吧，你還不信！」

老范說：

「你把他悄悄叫來，我跟他談！」

趙刺猬就把牛大個叫到了村公所。老范說：

「牛大個，聽說讓你參加貧農團你不參加？」

牛大個撅著嘴說：

「我不跟趙刺猬在一塊混！」

老范說：

「趙刺猬不是以前的趙刺猬，他是貧農團團長！」

牛大個說：

「咱就會餵個牲口，咱不參加！」

老范正色說：

「牛大個，李文武馬上就要被打倒了，你還不脫離他！將來他被民眾鎮壓了，你怎麼辦？沒想想自己的退路嗎？」

牛大個臉一白一紅的。紅了半天，問：

「我要參加，讓我幹什麼？」

老范說：

「你在李文武家裡待著，他家的日常情況，你總會知道，以後有什麼可疑的事情，趕快向貧農團報告！」

牛大個又遲疑了，臉又紅了，說：

「在一起混了那麼多年，這多不仗義！」

老范說：

「是不仗義，可誰叫他是地主呢！他是地主，你是僱農，他一直在剝削你，這仗義嗎？」

牛大個說：

「不管怎麼說，我現在是不參加，先得讓我想兩天。」

老范說：

「你可以想兩天！」

牛大個想了兩天，又找老范，終於決定參加。但他參加有個條件，他的參加不能讓別人知道，他只能算個祕密的。

老范說：

「可以不讓別人知道，可以是個祕密的，這樣對你開展工作也有利。」

牛大個自祕密參加了貧農團，在李家待得就神色不正常。但李文武等人一直忙活著孫子和埋東西，並沒有發現他的異常。這樣半個月過去，老范又找他談話，問他李家有什麼情況，他就把李家祕密生了個孫子和正在祕密埋東西兩件事，吞吞吐吐向老范說了。老范聽到這兩個消息，大吃一驚，也十分憤怒。原來地主階級還這麼猖狂，還在居家過日子，還在祕密往家運孕婦，還在祕密在家生孩子，還想把他們這個階級傳宗接代保存下去；他們並沒有因為鬥爭過他們一次就甘心失敗，他們還在祕密地往地下埋東西，他們還夢想有朝一日變天。老范當時就把自己的帽子摔到了桌子上。接著把衣裳前襟的扣子解開，敞著胸膛，讓人把趙刺猬、賴和尚找來，把牛大個提供的情報通報給他們，說：

「地主階級不死心，我們怎麼辦？」

趙刺猬、賴和尚一聽這消息也很氣，說：

「他敢生孩子，他敢祕密埋東西，槍崩了他個狗日的！」

老范說：

「看來我們以前對他們太心慈手軟了，一方面要打倒他，一方面還讓他們在深宅大院住著，還讓他們舒坦地過日子，這就給他們提供了機會，讓他們有機會生孩子，埋東西！」

趙刺猬、賴和尚拍著手說：

「對，對，工作員說得太對了，咱們心慈手軟，咱們早就應該把他們掃地出門，讓他們也過過咱們的苦日子！」

老范用拳頭砸著桌子說：

「對，應該馬上把他們掃地出門，原來的工作安排，是等分了地，再分他們的家產，現在看，還是得先掃地出門！」

賴和尚說：

「我這就去集合紅纓槍！」

老范止住賴和尚：

「那倒不用這麼著急。還是等開了下一次鬥爭會，把他們打倒了，再掃地出門，不然現在就掃地出門，群眾會不理解。只有先揭出他們的罪惡，找到他們的血債，激起群眾對地主的憤怒，才能把地主掃地出門，群眾才會拍手稱快！」

趙刺猬、賴和尚覺得老范說得有道理，這時他們才真的開始佩服老范。趙刺猬說：

「還是工作員眼眶子大，看得長遠，不像我們這螞蚱眼！」

老范擺擺手：

「我眼眶子也大不了那裡去，只是在東北搞過一次土改，累積了這麼點經驗！」

賴和尚說：

「只是等開過鬥爭會再攆人，太便宜了他們！」

老范說：

「所以我們要抓緊工作，深入發動群眾，爭取早一點把他們的罪惡集中起來，早一點開他的鬥爭會！」

5

第二次鬥爭地主李文武的大會，又在村公所前的土台子上召開了。鬥爭會召開之前，工作員老范召集貧農團的人，又進行了周密的布置。透過這些天發動群眾，回憶地主罪惡，大家都回憶得差不多了；回憶出來以後，又透過篩選，揀有血債的集中起來，進行排隊；排好隊，揀幾個典型的、能激起民憤的事例，準備讓事例的主人到大會上發言。典型的血債有這麼幾條：一，趙刺猬母親被李文鬧強姦致死事件。雖然老貧農李守成曾提出趙刺猬母親當時是同意的，是通姦；但工作員老范認為這個事情還要具體分析，就是通姦，肯定也是屈於地主惡霸的壓力，不得已而為之；不然怎麼最後上吊自殺了？還是思想不通，被李家強姦致死。老范還建議趙刺猬發言時，不要說他母親以前和李家怎麼樣，只說上吊那天的事，李文鬧怎麼逼人，趙的母親怎麼上吊；上吊以後李家不聞不問，似乎像死了一條狗一樣的態度；及母親被李家逼死後趙家生活如何艱難，一家老小圍著棺木哭……二，宋家老婆婆眼睛哭瞎事件。宋家老婆婆十八歲守寡，茹素，將一個獨生子養大。養大以後，一年村裡派勞工，當時李家當村長，就將這勞工派到了老婆婆家。當時老婆婆的獨生子正在發瘧疾，哭喊著「娘」，不願意當勞工。可硬是被李家派來的人把獨生子從炕上拉了起來。李家賣一個勞工，得了一百塊大洋；可獨生子被拉走當勞工以後，四十多年還沒個音信，老婆婆想兒子哭得眼睛都瞎了。三，李家的小豬倌被毒打致死事件。十年之前，李家養過一群豬。給李家放豬的，是一個十二歲的孤兒。一天這孤兒放豬到地裡，一時貪玩，豬跑散了群，丟了三隻，回家以後被李家毒打一陣；李清洋、李冰洋又將孤兒捺到地上當馬騎。孤兒連挨打帶受嚇，發起高燒，李家也沒給看，後來這孤兒就不明不白地死了。下邊還有佃戶馮碌磚因偷了李家田裡幾棒子玉米被打殘一條腿事件；中農崔老聾因和李家爭地邊被李家逼得喝了老鼠藥，幸虧灌屎湯及時，才將一條命搶救過來事件；連老貧農李守成都覺悟了，也回憶起一件李家大年三十逼債，砸他家鐵鍋賣鐵事件；那時他老婆剛生下孩子三天；女人沒鍋沒米喝不了米湯，下不了奶，孩子被活活餓死了……

果然，由於事先安排布置得好，這次鬥爭會開得很成功。會場裡再沒有上次開鬥爭會那種喜慶氣氛。一開始台下還只是聽，後來聽著聽著，特別是宋家瞎眼老婆婆講起她如何思念被李家抓走的兒子，下邊許多娘兒們小孩都哭了。又講到小豬倌被毒打致死，李守成小女兒被活活餓死……群情激憤了。不講不知道，原來地主李文武家欠了我們這麼多血債。原來以為李家幸福是應該的，誰知他為了自己享福，逼得我們家破人亡。這個狗日的，真不是人X的！有幾個楞頭小伙子跳上台子，脫下鞋抽下皮帶就要打李文武，工作員老范勸住了他們。趁這工夫，趙刺猬及時領著大家呼口號：

「打倒地主李文武！」

「向李文武討還血債！」

群眾雖然以前沒喊過口號，但現在也自然而然地舉起了手臂，喊聲如雷震天。把台上的李文武、李清洋、李冰洋嚇得一臉的汗。這時老范又向大家宣布了一個消息，說李文武家在祕密生孩子，李清洋、李冰洋在祕密掩埋貴重東西。大家對祕密生孩子倒沒什麼，但聽到李家在祕密埋東西，大家更憤怒了：

「X他媽，欠我們那麼多血債，還惦著埋東西享福呢！」

老范又說：

「過去李家騎到我們頭上作威作福，是因為我們沒有翻身。現在我們翻身了，他們還躲在深宅大院裡生孩子吃肉包子享福，還在掩埋應該分給大夥的東西！鄉親們說，我們應該怎麼辦？」

趙刺猬、賴和尚等人馬上喊：

「將地主李文武掃地出門！」

大家一聽趙刺猬、賴和尚喊將地主掃地出門，也突然覺得應該這麼做。狗日的過去享福，現在將他們掃地出門。於是紛紛跟著喊：

「將他們掃地出門！」

老范說：

「對，應該將他們掃地出門！只有將他們掃地出門，才能將他們的威風打下去！」

這時趙刺猬、賴和尚舉著紅纓槍喊：

「走哇，到李家去把他們掃地出門！」

大家也跟著喊：

「到李家掃地出門！」

於是押上李文武、李清洋、李冰洋，大家就離開會場，去了村西李家。人流走後，廣場空了，就剩下另一個老地主許布袋、過去的土匪頭目路小禿兩個人。今天的鬥爭會他們也參加了。是工作員老范讓他們參加的，站到台子上跟著李家三父子陪鬥。原來是不準備讓他們兩個陪鬥的，但工作員老范聽說兩個也很猖狂，一個潑了貧農團團長一臉酒，一個要跟貧農團副團長到雪地裡摔跤，於是就提議讓他們來陪鬥，先藉鬥爭李文武，打掉他們的威風。等打倒了李文武，再回頭一個一個收拾他們。剛才的鬥爭場面，是許布袋、路小禿沒有想到的。一群土頭土腦的窮棒子，鬧騰起來也不是玩的！呼口號聲音震天，說去掃地出門，一群人馬就走了，就可以掃地出門；控訴中間，還有小伙子想跳到台子上用鞋底皮帶抽人，別說李文武、李清洋、李冰洋嚇得頭上冒汗，連許布袋、路小禿也嚇得哆嗦身子。眾人走後，廣場空了，許布袋嘆息：

「看樣子真要變世界！禿弟，下次輪到咱們倆了，咱們也得想想辦法！」

誰知路小禿瞪了他一眼：

「老許，你別往我身上靠，你老許是地主，怕掃地出門，我雞巴窮得叮噹響，我怕個毬哩！」

說完，路小禿就摔手回了家。他這一噎，倒噎得許布袋半天挪不了步子。

這時眾人已經押著李文武三人到了李家大院。今天的鬥爭會結果，是令李文武萬萬沒想到的。今天控訴罪惡，群情激憤，他預料到了。他知道這個工作員老范厲害，說要重新鬥爭他，遲遲不鬥爭，證明肯定有名堂，要發動佃戶們起來，但鬥爭過之後要把他掃地出門，是他萬萬沒想到的。掃地出門，他已是六十多歲的老頭子，寒冬臘月，眼看就要過年，要把他掃到哪裡去？何況掃地並不是掃他一個人，牽扯到一大家人。這麼多人被掃出家，到哪裡去吃喝？一大家子也不要緊，關鍵還要掃剛坐月子的兒媳和剛出生的小孫子。小孫子本來就是在地窖生的，現在出生才十幾天，又要被掃出門，十來天個孩子，他如何受得了？

他不知道工作員老范是怎麼知道他家祕密生孩子和祕密埋東西的。這下好了，孩子白生了，東西白埋了，一切都要掃地出門。當他被眾人押回了自己的家，看著扛紅纓槍的人開始四散鑽到各房子往外清人，他差點暈了過去。這日子是沒法過了。這日子是沒法活了。但他兩臂被賴和尚反擰著，一點動彈不得，眼睜睜看著家人們被狼狽地趕出了屋，趕到了南小院的下房和馬棚裡。李清洋的老婆李家少奶奶也被人推著往南小院走。她聽到攆人的聲音，趕忙換身上的衣服，想將裡子好一點的、暖和一點的皮襖換到身上，但換了一半，人就闖了進來，把她推搡出去。她衣裳還沒來得及掩，露出一只白皙的奶，惹得幾個民兵亂笑。後來李文武又被賴和尚押到了後院。他又看著正坐月子的兒媳周玉枝，抱著剛出生十幾天的小孩子，也被人推搡出來。周玉枝衣裳沒穿整齊，孩子也沒包裹好，包裹外還露著一只小腳丫子。李文武不知突然從哪裡湧出那麼大的勁兒，一下甩開賴和尚，上去護住了兒媳和小孫子，接著跪到地上向趙刺猬磕頭：

「刺猬，你攆別人我不管，我這個兒媳和小孫子，你抬抬手，讓他們留在屋子裡吧。小孫子出生才十幾天，馬棚裡太冷！」

李文武猛地掙脫賴和尚跑到趙刺猬面前，把趙刺猬嚇了一跳。他埋怨賴和尚：

「你怎麼搞的，讓他躥了出來，不能把他捆起來？」

又看到李文武向他磕頭，上去踢了李文武一腳：

「去你媽的，別給我裝樣子。當年你哥逼死我媽，你怎麼不向我磕頭！現在把你兒媳和孫子攆到牛棚裡你就嫌冷了？你去打聽打聽，俺弟兄幾個哪個不是在牛棚裡生的？」

李文武上去抱住趙刺猬的腿：

「刺猬，一切罪過算到我頭上，你打我罵我槍斃我我都不怨，饒過我這小孫子吧！」

這時趙刺猬不再搭理李文武，看李文武的小孫子。因為他看到小孫子手裡，正攥著一個金燦燦的小佛爺。趙刺猬看它是金的，知道是寶物，又一腳踢開李文武，上去搶小孫子的金佛爺。誰知小孩子手緊，一下還拿不過來，便雙手上去，猛地一拉，才將金佛爺奪了過來。他這一拉不要緊，將小孩子的包裹也拉散了。小孫子的光身子，一下暴露到臘月寒冷的空氣裡。小孩子「哇」地一聲哭了。周玉枝見小孩子哭，包裹也拉散了，照趙刺猬臉上啐了一口：

「土匪！」

趙刺猬見地主兒媳敢往臉上啐他，又罵他「土匪」，也火了，上去便要奪孩子：

「X你媽，你這地主騷X，敢啐我，我把你這小崽子摔死，不給你這地主留根苗！」

但趙刺猬奪孩子也就是嚇唬嚇唬周玉枝，並不是真要摔孩子。但老地主李文武在旁邊當了真，心想：這趙刺猬不但奪孩子佛爺，拉他包裹，還要摔死他；小孫子都要被人摔死了，我還活他幹什麼？便叫了一聲：

「趙刺猬，你個沒人性的東西，我跟你拚了他！」

一頭向趙刺猬撞去。趙刺猬正在奪孩子，沒預防李文武，被李文武一頭撞倒在地，頭磕在南牆上，疼得眼裡直冒金星。還沒等他回應過來，李文武又撲到他身上，用雙手去掐他的脖子。但到底還是趙刺猬年輕力氣大，一把便將李文武推開了，接著順手從腰間摘下手榴彈，照李文武頭上來了一傢伙：

「去你媽的，你還想掐死我呀！」

只這麼一傢伙，李文武一頭歪到地上，不再動彈，接著頭上就開始往外冒血。

李文武死了。李家大院立刻大亂。立刻就有人喊：

「殺了人了！」

人們紛紛往這裡跑，圍著李文武看。正在往南小院清人的民兵，也都不清了，也跑過來看。已經被清到南小院的李家人，也都從南小院跑過來，跪在李文武屍首前開始大哭。貧農團團長趙刺猬也害怕了。他沒想到一傢伙下去，把李文武給砸死了。這是他平生第一次殺人。看著李文武腦袋往外冒血，他的兩腿開始打顫。幸虧這時工作員老范趕了過來，才穩定住局面。他問趙刺猬：

「你怎麼把他砸死了？」

這時趙刺猬哭了。哭著說：

「我沒有成心想砸死他，我只是往外邊攆人，這老傢伙突然反攻倒算，要上來掐死我，我不用手榴彈砸他，他不把我掐死了？」

老范聽是這種情況，這種情況他在東北也見過，知道怎麼處理，不能因為死了一個地主影響大局，於是便說：

「既然是這樣，他自己要反攻倒算，打死他是活該！就算是民眾對他的鎮壓吧！沒什麼大不了的，地主反撲，我們就鎮壓！大家不要圍著看了，該幹什麼，還幹什麼！先把李家的人掃地出門，然後往外抬他們的東西！埋在地下的東西，都把它挖出來！」

眾人便散去。老范又對圍著李文武屍體哭的李家人厲聲說：

「哭什麼，李文武是惡霸地主，還要反撲，民眾鎮壓他，你們心疼了？」

又對扛著紅纓槍的民兵說：

「把他們押到南小院去！」

李家人又被押到了南小院。

院子裡恢復了平靜。賴和尚指著李文武的屍體問：

「他怎麼辦？」

老范說：

「我們沒有義務給他送殯。讓幾個民兵把他抬到後崗，挖個坑埋了算了！」

於是上來幾個民兵，把李文武抬到後崗，挖坑埋他。但扒開地面的雪一看，天太冷了，地凍得太結實了。幾個民兵只好淺淺挖了一個坑，就把李文武草草埋了。但埋得太淺了，夜裡上來幾條野狗，將李文武扒了出來，把他一條腿給撕吃了。第二天早上去看，鮮紅的血，在雪地上一片一片的，都凍凝結了。

6

臘月二十三這天，村裡喜氣洋洋。大家集中到村公所前的土台子下，平分鬥爭地主得來的勝利果實。從李家抬過來的東西，擺了一廣場。前些天李清洋李冰洋祕密埋藏到地下的東西，也被民兵挖了出來。這都是些貴重物品：金銀銅器，皮襖大衣，綢緞布匹，銀元，還有一架有小人出來敲打的自鳴鐘。一開始李清洋李冰洋還不承認，說就屋裡那些東西，沒有往地下埋東西。貧農團副團長賴和尚指揮民兵將李清洋李冰洋吊起來，用小馬鞭抽打。一開始兩人叫喚，挨一鞭子，就叫喚一聲，賴和尚用兩塊破布堵住了他們的嘴，就沒了聲音。抽打到雞叫，兩人腳下都淌下一灘子血。將破布從嘴裡掏出來，李冰洋首先就軟了，對李清洋說：

「哥，咱說了吧，我實在受不了了！」

李清洋瞪了李冰洋一眼：

「你這個沒種的！」

賴和尚生了氣，用馬鞭指著李清洋說：

「你倒有種了？我偏不讓他說，我偏讓你這個有種的說！」

接著將李冰洋卸了下來，又用破布堵住李清洋的嘴，專門抽打李清洋。抽打到天明，將破布從嘴裡掏出來，賴和尚問：

「你還有種沒種了？」

李清洋也受不了了，說：

「沒種了！」

賴和尚說：

「那你說，東西埋在什麼地方？」

李清洋就說了。大家拖著李清洋，到馬棚裡、伙房裡、茅屋糞池裡，把東西起了出來。起出來的東西，再加上原來所有的，擺了一廣場。糧食、衣服、日常用具、牲口馬匹，還有幾扇子冷凍豬肉，滿滿一廣場。大家看到這麼多東西，又起了憤怒，覺得應該鬥爭地主。我們窮得叮噹響，他一家子就藏了這麼多東西，讓人多麼可氣！光一口袋一口袋的糧食，就擺了半廣場，他們一家才十幾口人，吃到哪年哪月才能吃完？我們卻常常揭不開鍋；光李家少奶奶的綢緞衣裳，就有二三十件，她一個人如何穿得過來？貼身內衣都是綢子的，不掛肉嗎？我們的女人卻常常衣不蔽體。大家說：

「不鬥不知道，一鬥才知道地主這麼可氣！」

「就得鬥他狗日的！」

「就得分他狗日的！」

「就得把他狗日的砸死，扔到野地裡餵狗！」

工作員老范，是他們鬥地主翻身分勝利果實的帶頭人。他從廣場上穿過，大家都對他很尊敬，紛紛向他笑著打招呼：

「工作員，這邊來嘮嘮！」

「工作員，一會你給我們分東西，你分得公平，我們信得過！」

老范背著手在那裡走，看著群眾的熱烈情緒和笑臉，知道群眾是真正發動起來了，也從心裡感到寬慰，也笑著回答：

「一會兒自報公議，由貧農團給大家分。大家都是一家人，誰缺什麼，就報什麼，由大傢伙評議來分，一定會分得公平。只是大家可別分了東西忘了本，咱們的鬥爭還沒完，下邊還要鬥爭許布袋和路小禿，大家也要積極呀！」

大家紛紛說：

「工作員放心，下邊鬥爭，我們還積極！」

「再鬥倒一個，不是還得分東西嘛，怎麼會不積極！」

又有人說：

「工作員，你也分一份東西吧！」

老范又笑了：

「我是來幫助大家翻身的，我就不分了。大家分了豬肉，分了白麵，過年包餃子，我到你們家吃餃子！」

大家紛紛說：

「到我家！」

「到我家！」

「我家還給你酒喝！」

老范笑著與他們打招呼。這時趙刺猬穿過人群來到他身邊，趙刺猬自殺了李文武，有三天心神不定，老想著李文武腦袋下那一攤子血，一吃飯就吐。夜裡睡不著覺，一睡著就做噩夢，李文武拿手榴彈撵他砸他。好在老范沒有過多責備他。只是在一次貧農團會議上說：

「下次注意，別再一手榴彈砸死一個，人頭不是西瓜！」

賴和尚說：

「就是，砸來砸去，地主讓你砸死完了，我們還鬥爭什麼！」

一次老范到區裡去，還將此事向區長作了匯報。區長也說：

「不能因為死了個把地主，影響大局，壓抑群眾的積極情緒。革命嘛，不是大姑娘繡花。大姑娘繡花還免不了針刺著手，何況這是革命。過去地主殺了多少窮人？」

所以老范回到村裡，並沒有過多批評趙刺猬。沒有過多的思想壓力，幾天過去，趙刺猬也就恢復了正常。這時他倒有些得意，拍著屁股上的兩顆手榴彈說：

「怎麼樣，你不是要反撲嗎？一手榴彈砸死了你，也不見我給你抵命！」

現在在廣場分東西，趙刺猬到了老范身邊。趙刺猬今天穿了一身新衣服，紮著武裝帶，吊著手榴彈，顯得很精神。他打量一下人群，對老范說：

「工作員，人都到齊了，分吧？」

老范點點頭：

「自報公議，分吧！」

這時趙刺猬說：

「分之前，我還得提個建議！」

老范問：

「你還要提什麼建議？」

趙刺猬說：

「一些落後戶，像常老拐家，王殿奎家，鬥地主不見他們的影，現在分果實，他們來了，也分給他們嗎？」

老范說：

「他們也是貧農，也分給他們吧。他們這次不積極，分了東西，下次就積極了！」

趙刺猬噘著嘴說：

「上次我打死李文武，常老拐還說風涼話，說：『等著吧，地主鬥不下去了，出人命了，縣上司法科馬上就要來拿人了！』嚇得我一天沒敢動彈。這次就是分，也得少分給他一點！」

老范笑著說：

「可以少分給他一點，對他也是個教育！」

趙刺猬很高興，便跳到土台子上，和賴和尚等人一起，開始主持為大家分東西。分東西按老范的辦法，自報公議，缺糧食的拿糧食，缺衣裳的拿衣裳，缺豬肉的拿豬肉，缺家什的拿家什。就是幾匹牲口不大好分，只好把牲口分成四條腿，四戶分一匹牲口。到了下午，東西就分得差不多了。常老拐、王殿奎幾家，果然少分給他們一些。趙刺猬說：

「誰叫你們不積極了？還心疼地主。既然心疼地主，為什麼又來分地主的東西？別人鬥爭的果實，能分給你們一點，就算寬大了你們，下次看你們再說風涼話！」

常老拐等人滿面羞愧，只好拿著比別人少的東西回了家。但除了常老拐王殿奎幾家，全村其他人都歡天喜地的。有的回家就把豬肉剁成了餃子餡，一家人包起了餃子。晚飯的炊煙中，滿村的肉香。

李文武家的長工牛大個，這時已成了公開的貧農團團員。李文武已經死了，牛大個也不害怕了，也同意公開。貧農團念他舉報有功，多分給他幾樣東西。多分這幾樣東西讓他挑。他挑了一副馬鞍，一個籠頭，一桿鞭。在大家分東西之前，老范把牛大個叫過來，領他在廣場的東西中轉了轉，問他：

「你在李家待的時間長，看這東西到齊了沒有，還有沒有埋起來，李清洋、李冰洋沒有交代的？」

牛大個自己又背著手在廣場裡轉了轉，回來對老范說：

「我看也差不多了！」

又說：

「我過去聽說，李家有好多金鎦子，李文武出嫁閨女，腳趾頭上還戴那玩意，怎麼挖出來的那麼少呢！」

這引起了老范的警覺，說：

「李清洋李冰洋必定沒有交代徹底！」

這天分完東西，老范又把趙刺猬叫到村公所，告訴他李清洋李冰洋可能沒有交代徹底，讓他們繼續審問，一定要將地主的根刨倒。趙刺猬說：

「我這就去找賴和尚，讓他晚上繼續審問！」

趙刺猬到了賴和尚的家，賴和尚他娘正在家包餃子。賴和尚又啟開一甕子酸梨酒。趙刺猬將老范的意思向賴和尚說了。賴和尚打著呵欠說：

「一點不讓人消停了？上次審夜，一夜沒消停，把我累的，看，現在眼睛還紅！也沒見我多分東西！」

趙刺猬說：

「那也得繼續審，工作員說了，不能放鬆警惕！」

賴和尚不滿意地說：

「我說不審了？那也得讓吃了餃子喝了酒呀！」

趙刺猬說：

「我也沒說不讓你吃餃子，反正你今晚上審就是了！」

說完就告辭了。賴和尚便在家吃餃子、喝酒。誰知一喝酒他喝過了頭，醉了。醉到第二天早晨，一覺醒來，突然想起昨天趙刺猬交代的事，害怕醉了一夜挨工作員批評，慌忙爬起來，連屎尿也沒顧上撒，一溜煙出了家門。等集合了民兵，把審訊隊伍開到李家的南小院，到牛棚裡去抓李清洋和李冰洋時，誰知牛棚裡只剩下李家的娘兒們小孩。李清洋李冰洋已經在夜裡逃跑了。

賴和尚嚇了一身的汗。後悔昨天喝醉了酒。但酒是自己喝醉的，又沒處埋怨，一下抱住頭，蹲到地上「嗚嗚」哭起來。

上午，老范在村公所召開貧農團會議。討論李清洋李冰洋的逃跑問題。先批評了賴和尚，昨天夜裡不該喝醉酒，放鬆警惕。地主還沒有完全打倒，我們自己就放鬆了警惕，讓地主逃跑了，不等於放虎歸山嗎？東西還沒有完全挖出來，地主就跑了，我們還怎麼挖？賴和尚又哭了，哭得眼睛紅紅的。這時老范說：

「你也不要哭了，再哭也不會把李清洋李冰洋哭回來。下次讓你審許布袋或是路小禿，你可不要喝酒了！」

賴和尚揉著眼睛點點頭。

老范問大夥：

「李清洋、李冰洋能跑到哪裡去？」

大夥說：

「還能跑到哪裡去？還不是大荒窪。聽說李小武也帶著國民黨殘匪待在那裡！」

老范安慰大夥：

「這沒什麼了不起，大家不要灰心，他跑了和尚跑不了寺。現在咱們的部隊正在商量清匪，停幾天等部隊過來，幾個殘匪和逃跑的地主，還能再跑到哪裡去？李清洋李冰洋既然逃跑了，咱們就暫時不管他，停幾天等部隊抓住他們，咱們再新帳老帳一起算。咱們現在先研究一下下一步的工作，如何開展新的鬥爭，如何收拾許布袋和路小禿！」

大家聽了老范的話，情緒都恢復了平靜，紛紛說：

「就是，他逃跑也沒什麼了不起！」

「等抓住他再說！」

接著就開始研究如何鬥爭許布袋和路小禿。大家的意思，鬥爭李文武已經累積了經驗，這個經驗可以用在鬥爭許布袋和路小禿身上。先發動群眾，回憶地主罪惡，然後集中排隊，篩選血債，開鬥爭會重點發言，開完鬥爭會掃地出門，然後再讓賴和尚審問。李文武就是這樣被打倒的，想來許布袋、路小禿也錯不到哪裡去。但在是先鬥爭許布袋還是先鬥爭路小禿的問題上，大家略有分歧。一部分人贊成先鬥路小禿，並提議讓路小禿的哥哥、過去的偽村丁路螞蚱陪鬥；這個路螞蚱，過去也狗仗人勢做過不少壞事。另一部分人贊成先鬥爭許布袋。說許布袋既是地主，又是過去的偽村長，既有家產，又有罪惡，鬥倒他可以及時掃地出門，分他東西，激得起大家的積極性；路小禿雖然也有罪惡，但他只是個土匪惡霸，沒有東西，現在他家裡還窮得叮噹響，鬥倒他有什麼意思？老范又給大家解釋，說鬥地主鬥惡霸不單單是為了分東西。更為重要的，是為了把他們從政治上打倒。雖然有些惡霸家產不多，但如果不及時將他們打倒，剪除他們的威風，還讓他們橫行鄉里，群眾就不能真正翻身。譬如路小禿，現在還敢往貧農團團長臉上潑酒；上次老賈來搞土改，他就敢自己先在青龍背上占一塊好地，他哥哥也敢占一塊，不治治他們的威風，群眾從心裡還怕他們，怎麼敢起來翻身呢？他們分了青龍背，真正的貧農就不能分青龍背，土改怎麼能進行得好……大家聽了老范的話，覺得有道理，都說：

「那就先鬥路小禿吧！」

於是就決定先鬥路小禿。大家回去便準備上了。路小禿的鬥爭會安排在三天之後。這三天大家抓緊發動群眾，集中路小禿的罪惡。但等到了第二天早上，老范在村公所剛起床，趙刺猬氣喘吁吁跑進來，說：

「工作員，不得了了！」

老范說：

「出了什麼事，你慢慢說！」

趙刺猬說：

「路小禿和許布袋，昨天晚上也逃跑了！」

「噢！」

老范吃了一驚。接著趕忙穿上衣服，跟趙刺猬從村公所跑了出來，去看路小禿和許布袋的逃跑。

7

李清洋李冰洋，逃跑到大荒窪子裡了。李家兄弟這次逃跑，全怪牛大個。本來牛大個立了大功，不是他舉報，貧農團還從李家挖不出那麼多東西。所以在分勝利果實時，多分給他一份。牛大個也有些得意，見人就説：

「翻身，翻身也得摸底細；不摸底細，照樣分不了東西！」

由於他現在成了公開的貧農團團員，他當初的舉報也就不成其為祕密。李清洋李冰洋也知道，是牛大個舉報了他們，貧農團才知道他們夜裡在祕密埋東西，才對他們鬥爭這麼狠，才打死了他們的叔父李文武。兩個人後悔不迭：

「原來看著牛大個是個老實人，誰知養了他這麼多年，養了個漢奸！」

但現在已經不是以前，以前牛大個是長工，他們是主人，他們什麼時候想捺倒牛大個當馬騎，就什麼時候捺倒；現在牛大個翻了身，他們成了被打倒對象，雖然現在對牛大個恨之入骨，但見了牛大個還得笑著臉叫「大叔」，不然誰知牛大個又會去舉報什麼？牛大個一舉報，賴和尚就到，就會在夜裡吊打他們。牛大個雖然成了貧民團團員，但因為他是長工，在本村沒家，晚上還住在李家。無非過去他住南小院的馬棚，現在馬棚歸李家十幾口子住，他搬到了正房。晚上他一回來，腳步一響，李家十幾口子全在馬棚裡打哆嗦，不知道牛大個今天又出去活動些什麼。其實他們不知道，牛大個心裡也不是味道。是他舉報了李家，李家十幾口子才這麼慘，過去畢竟在一起待了二十多年，人都很熟，現在人家遭了難，自己又落井下石，弄得人家娘兒們小孩沒個躲處，這事幹得不算漂亮。特別是有一天做夢，他夢見了死去的老掌櫃李文武，兩個人一塊套車去看李家的閨女。後來大車陷到一條泥溝裡，怎麼也拉不出來，這時李文武說：

「大個，我也變個馬，到前面去拉套吧！」

接著李文武就變成個馬，到前邊去拉套。一覺醒來，牛大個心裡很不是滋味。老掌櫃生前對自己不錯呀！自己卻舉報了他們，落得老掌櫃被一手榴彈砸死，死後又被野狗撕吃，連個囫圇屍首都沒落下。

但牛大個心裡不是味道，也就是在李家。出了李家，到了貧農團，看到大家翻身歡天喜地的，特別是上次開鬥爭會聽人控訴李家的罪惡和血債，又覺得李家可惡，該舉報他們。這時又為自己的舉報得意。所以在分鬥爭果實時，工作員老范領他在場子裡轉，讓他看果實齊了沒有，他又舉報了一項金鎦子。但晚上拿著勝利果實回到李家，聽到南小院馬棚裡傳來女人和孩子的啜泣聲，他又有些後悔，人家人都死了，剩下一堆娘兒們小孩，山窮水盡了，自己何必還要舉報金鎦子呢？何況人家到底有沒有金鎦子，自己也沒親眼見到，只是聽說，比不得上次祕密埋東西，所以心裡又不是味道。原來準備今天晚上將分來的豬肉剁剁包餃子，現在也沒心包了。接著他想到南小院馬棚去一趟，親自問一下李清洋李冰洋，問一下他們還有沒有金鎦子，如果有呢，就勸他們老實交代。如果真沒有呢，就是自己舉報錯了，趕忙去找賴和尚說明情況，免得晚上他們再審問吊打他們。他們在那邊吊打抽人，牛大個在這邊睡覺，如果真是冤枉了他們，豈不壞了良心？想到這裡，牛大個便起身去了南小院。進了馬棚，李家大小十幾口子全在一堆麥秸上蜷縮著。過去給牲口炒料的一口大鍋裡，熬了一大鍋稀粥，全家都蜷縮著身子在麥秸上狼狽地喝稀粥。見牛大個進來，全家人都嚇了一跳，連正在哭泣的十幾天的小孫子，也聞到空氣突然不哭了。李清洋李冰洋見牛大個進來，也心裡一顫。本來他們沒喝稀粥，被賴和尚吊打過一夜，身子全爛了，在發高燒，躺在麥秸上喊「哎喲」，現在慌忙停止「哎喲」，從麥秸上滾爬起來，喊了一聲「大叔！」低頭順手站到牛大個面前。牛大個心裡倒有些不忍，說：

「你們躺著吧，你們躺著吧！」

接著又說：

「我是來問問你們，家裡還藏沒藏著金鎦子！」

李清洋、李冰洋說：

「大叔，家裡已經被挖地三尺，哪裡還有金鎦子？已經讓吊打成這樣，要有金鎦子，我們不早交代了嗎？」

接著兩人又跪到了牛大個面前：

「大叔，現在我們連個親人也沒有了，還要多虧大叔照應！」

牛大個一見這個，慌忙往外跑，邊跑邊說：

「快別這樣，快別這樣。我也就是問問，害怕一會兒賴和尚又來審問你們！」

牛大個跑出南小院，也沒弄清李家到底有沒有金鎦子。但他後悔自己今天的舉報。不管有沒有金鎦子，人家身子已經被打爛了，晚上賴和尚來了怎麼辦？想到這裡，牛大個出門向賴和尚家走去，他想去勸勸賴和尚，今天晚上就別審問了。到了賴和尚家，正好賴和尚喝醉了。牛大個想反正他今天喝醉了，沒法審問了，也就放心回來睡覺了。

但李清洋李冰洋不知道賴和尚喝醉了，還以為停一會兒賴和尚就要來審問。一想到又要挨審問，兩個人都頭皮發麻。李清洋說：

「原以為打咱一回就結束了，誰知道沒完沒了了。掃地出門，又挖地三尺；挖地三尺，又說有金鎦子，弄完金鎦子，說不定又說有金元寶，這弄到哪裡是個頭兒？」

李冰洋說：

「我是再受不了了！再用皮鞭抽我一夜，我也成了咱大叔，被人家扔到野地裡餵狗了。哥，事到如今，咱們趕緊逃跑吧！」

一提起「咱大叔」，大家都不寒而慄，於是大家都同意逃跑。李清洋說：

「咱們跑了，剩下些娘兒們小孩怎麼辦？」

李家少奶奶說：

「你們跑你們的，你們是正主，他們的毒氣在你們身上。你們跑了，想來他們也不會對我們娘兒們小孩怎麼樣！」

李小武的老婆周玉枝也點頭同意。又對李清洋說：

「你們跑到大荒窪，見到小武，讓他趕緊來接我們母子，再也受不了了！」

接著又捂著嘴哽咽起來。

於是大家簡單給他倆收拾一下，兩人就翻牆頭逃跑了。臨別之時，自然又有一番悲傷。但大家都抑住哭聲，怕正房的牛大個聽到。其實牛大個早已經睡著了，哪裡知道他們的逃跑？直到第二天凌晨賴和尚酒醒，帶民兵來審訊，大家才發覺地主李清洋、李冰洋不見了。

李清洋李冰洋踏著冰雪走了一夜。由於身上有傷，走了一夜，才走了三十里。天一明，兩個人就不敢走了，躲到一個乾河套裡。餓了就從包袱裡掏出些鍋餅吃吃。到了晚上，兩人又繼續走，到了天明，終於到了大荒窪。

大荒窪是一片沼澤和草地，方圓幾十里不見人煙。過去人稱「小梁山」，是強盜出沒的地方。路小禿帶著一幫小土匪，就曾在這裡駐紮過。到了秋天，這裡蒿草和蘆葦長得一人深，弄不好一腳踏錯，就會踏到沼澤裡。兔子、狐狸、野狼，經常出沒在草叢和蘆葦中。土匪們閒時練槍法，就來攆兔子和狐狸打。後來兔子狐狸都逃到別處了，這裡就沒有兔子和狐狸了。土匪們在這裡住宿，不蓋房子，都是搭的土趴子。即砍些樹木，割些蒿草和蘆葦，搭成窩棚。由於窩棚藏在蘆葦中，外邊不易發現。窩棚外邊看東一塊西一塊，一塊短一塊長，不像樣子，裡邊地方卻很大。由於四周都是蒿草，比房子還暖和。冬天再生一堆樹墩火，一點不冷。只是這裡不長莊稼，也沒人煙，吃喝成問題，這就靠土匪們夜裡出大荒窪下到各村搶。日本鬼子來之前，這裡住過好幾撥土匪，之間常鬧意見，發生火拚。外邊一聽到大荒窪子裡響起槍聲，就知道是土匪打架。時至如今，共產黨解放了這塊土地。大軍一到，土匪們都作鳥獸散。路小禿的一支隊伍，也是這時被打散的。路小禿就回了村。大荒窪裡從此沒了人。等到李小武領著一支潰軍四處奔逃，沒有落腳處，就溜到這個過去土匪出沒的地方，暫住下來。但這時李小武手下的弟兄只剩下二十多個。大荒窪住的地方倒現成，過去土匪們留的到處都是窩棚，只是吃喝成問題。四周還有共產黨的正規部隊，不敢夜裡下村去搶老百姓。何況李小武也不甘心淪為土匪，像土匪一樣去搶人。於是又有一些弟兄熬不過這苦日子，夜裡偷偷溜走了。剩下的鐵桿跟李小武的，也就十來個人。李小武原是一介書生，後來投筆從軍，原來是想一步步上去，施展自己的宏圖，沒想到軍容整齊的國軍，最終被一些渾身滾滿虱子的土八路給打敗了，他也落到這步田地。對於目前的處境，他也不是沒有考慮。出路只有兩個：一、甘認失敗，投降共產黨。可他總是不甘心，同時擔心投降共產黨以後自己會落個什麼下場；二、負隅頑抗，一直跟共產黨幹到底。可他也明白，國軍已經敗退到長江之南，這裡光靠他這十來個人，也頑抗不出個什麼名堂，最後還是死路一條。所以他左思右想，一直心情不好。同時他心裡還有一個擔心，他把懷孕的妻子祕密送回村生孩子，現在不知生了沒有；家裡村子正在土改，不知共產黨會對家裡怎麼樣。有時他一想一天，一天一聲不響。害得護兵吳班長勸他：

「連長，你瞎想什麼，再想也沒用，咱們現在是活一天算一天！」

李小武一想吳班長的話也對，可不是活一天算一天。想到這裡，心裡倒有些寬鬆。有時白天太陽好，他就從窩棚裡走出來，躺在蘆葦上曬太陽。有時也翻看些閒書度日。但他沒有放鬆警惕，經常轉移宿營地。好在土匪留下的窩棚多，隨便到哪裡都有住處。剩下的十來個人，以前不是李小武的護兵，就是他手下的班排長，對他都很忠心。他也很關心部下，上次祕密回家從家裡帶來的一條虎皮褥子，就送給了上次戰鬥中打壞了腰的倪排長。大家日子苦倒苦，但很齊心，在一起倒很融洽。這一支國民黨的潰敗流竄部隊，就暫時在這大荒窪子裡遊蕩。

也算李清洋李冰洋運氣好，他們摸到大荒窪，只向前摸了十來里，正好與正在轉移營地的李小武部隊相逢上。如果不是碰巧相逢，大荒窪這麼大，方圓幾十里，哪裡找得著？李小武的部隊先看到他們，還以為是解放軍的偵察兵，急忙隱蔽起來。李清洋李冰洋還在躲躲閃閃往蘆葦裡摸，已經被人從後邊撲翻反綁上了。等吳班長等人把地上的兩人解到李小武面前，李小武倒驚叫一聲：

「咦，這不是清洋和冰洋嗎？」

李清洋李冰洋見到是李小武，只叫了一聲「小武哥」，就立即暈了過去。李小武的部隊把他們抬到窩棚，怎麼叫他們，都叫不醒。摸了摸頭，發高燒，解開衣裳，遍體鱗傷。李小武馬上皺著眉說：

「不好不好，家裡肯定出了大事！」

接著圍著李清洋李冰洋亂轉。好在吳班長他們身邊帶的還有一個藥箱。讓兩人服了藥，身上搽了藥。折騰到晚上，李冰洋仍在昏迷，李清洋醒了。他醒來以後，在松明下看到李小武，「哇」地一聲哭了。這時李小武倒鎮靜，說：

「不要哭，不要哭，到底發生了什麼事，慢慢說！」

李清洋才停止哭泣，把家裡的情況從頭到尾向李小武說了。怎麼開門爭會，怎麼掃地出門，李文武怎麼被手榴彈砸死，死後怎麼被野狗撕吃，怎麼挖地三尺，怎麼把一家十幾口子趕到南小院馬棚裡，嫂子周玉枝怎麼生孩子，十幾天的孩子也差點被人折騰死，他們又怎麼被人吊打，最後又怎麼出逃……李小武愈聽臉愈白，最後竟說：

「照你這麼說，咱家十幾口子不是沒有家了嗎？」

李清洋說：

「哪裡還有什麼家，都趕到南小院馬棚裡了，大叔還讓人家打死了呢！」

李小武雙手握成拳頭，開始使勁往自己頭上砸：

「我可真混，爹都叫人殺了，我原來還想投降共產黨。我沒想到他們會這麼心狠。他們半點退路都不給我留。還叫我投降哪門子呢！」

接著趴到地上「嘤嘤」地哭。

到了晚上，大荒窪子裡才恢復了平靜。吳班長帶人熬了一鍋稀粥，十幾個人捧碗「呼嚕」、「呼嚕」喝。上次殺的一匹軍馬，還剩下兩條大腿，吳班長也燉了一小鍋，端到大家面前。但在整個吃飯過程中，沒有一個人去撈馬肉吃。每人喝了一肚子稀粥。喝完粥睡覺，吳班長爬到李小武身邊說：

「連長，要不要我帶幾個弟兄，去村裡為大伯報仇？」

李小武這時已恢復了常態，拍了一下吳班長說：

「去睡吧老吳，現在正在氣頭上，不能冒失行動，明天可以派人先偵察一下！」

第二天早上，又發生一件事。出去到沼澤地破冰捉魚的三個弟兄，在沼澤地的窩棚裡，又抓到兩個身分不明的人。等把他們押到李小武面前，李小武一看，原來是路小禿和許布袋。兩人的打扮也像逃難的，一人一身厚衣服，背上背個包袱，腳上踏的都是泥。李小武有些驚奇問：

「怎麼你們兩個也來了？」

這時李清洋也轉過來，路小禿指著他說：

「怎麼他來了？」

李清洋說：

「我們不來，還不讓人家吊打死了？」

路小禿說：

「就是，你們倆一來，村裡就輪到我們了。你們怕打死，我們不怕打死？」

路小禿原來對土改不大在乎，還抱怨工作員老范不讓他參加土改。後來和貧農團團長趙刺猬公開鬧翻，潑了他一臉酒以後，也就不再抱怨了，心想：不讓參加正好，落得逍遙自在。詐了李文武一件皮襖，拿到集上賣了，置買些年貨，回來整天燉肉喝酒。聽說還要開他的鬥爭會，他也沒太放在心上，陪鬥李文武一場，他回家照樣喝酒。鬥就鬥唄，自己也沒萬貫家產，不怕貧農團鬥了去。但自從李文武被趙刺猬用手榴彈砸死，路小禿害怕了，這才知道鬥爭和貧農團的厲害。乖乖，不但是收東西，還要過命哩！路小禿不怕抄他東西，但他怕要命。他當過土匪，帶土匪殺過人，他知道殺一個人無非是眨眼工夫，容易得很。過去他當土匪，人質落到他手裡，一時不高興，前一分鐘還讓他活著，後一分鐘就讓他死了。現在他不也落到貧農團和趙刺猬手裡了？想什麼時候鬥爭，想什麼時候要他的命，只是看人家高興。上次他潑了趙刺猬一臉酒，以為趙刺猬無非一個窩囊廢，沒想到他小子還真下得去手。說砸死李文武，就砸死了；他要想什麼時候砸路小禿，不也不費吹灰之力？愈想愈害怕，又聽說李清洋李冰洋被堵著嘴吊打，他知道吊打也不是好滋味。當他知道李清洋李冰洋畏罪逃跑之後，知道鬥爭該輪到自己身上了。他急得像熱鍋上的螞蟻，酒也不喝了，肉也不吃了，就在屋裡亂轉。轉了半天，突然對老婆老康說：

「你趕緊給我收拾包袱，我也得跑了！」

老康問：

「你跑到哪裡去？」

路小禿說：

「不管跑到那裡去，都比待在家裡等死強！」

老康噘著嘴說：

「你跑了挺痛快，丟下我一個人怎麼辦？」

路小禿上去踢了她一腳：

「X你媽的X，我死到臨頭了，你還說你！」

老康哭了：

「我不在家裡，我要跟你去，家裡餓死老鼠，我受不了這罪！」

路小禿說：

「家裡不是還有豬肉和一捆韮菜嗎？你跟我逃跑就不受罪了？這是逃跑，不是出去拉桿子。雞巴娘兒們，一遇事就犯渾。我當初就不該聽識字小兄弟的話，討你做老婆！」

說完，不理老康，自己收拾包袱。包袱收拾完，又找水煙袋；水煙袋找到，塞進包袱，背到身上就走。這時老康不哭了，倒關心起路小禿：

「你一個人逃跑，也不找個伴，路上多孤單！」

路小禿說：

「你怎麼知道我沒伴，我這就去找！」

說完，背包袱跑到許布袋家，要找他做伴。說：

「老叔，李家的男人都跑光了，現在要過咱爺倆的命了！咱也逃跑吧！」

許布袋看到村裡的情勢，也有些害怕。也正犯愁自己的活路。但他看到路小禿驚慌失措的樣子，又有些好笑，說：

「小禿，那天陪鬥李文武，我跟你說話，你還跟我發急，不讓我往你身上靠，怎麼現在你也怕了？」

路小禿擺著手說：

「老叔，以前的事就不要提了，怪我沒有認清共產黨，現在我不來找你老叔做伴了？」

許布袋說：

「我已經六十多的人了，不想跑了！」

路小禿說：

「共產黨可不看你歲數大小，李文武不也六十多了，照樣讓手榴彈砸死。你想讓砸死，你就留下，反正我是要跑了！」

許布袋想了想，也不想讓砸死。除了逃跑，也沒有別的路可走，於是嘆息一聲，想想英雄當年，沒想到老了老了，落到這麼個狼狽的下場，要跟一個小土匪結伴逃跑。他問路小禿：

「你準備跑到哪裡去？」

路小禿說：

「大荒窪呀。那裡地形我熟悉，咱們先到那裡避避風！」

許布袋便讓鍋小巧也收拾了一個包袱。兩人便逃到了大荒窪。沒想到一到大荒窪，就被李小武的兵給捉住了。李小武問了他們一番話，想到都是落難弟兄，便將他們留下。可是身邊的李清洋不同意，說：

「小武哥，這兩個人不能留，該殺！」

李小武問：

「他們也是被共產黨逼出村，和咱們一樣，怎麼該殺？」

李清洋說：

「他們都是咱們家的仇人！許布袋跟咱有老仇，幾十年前，咱爺爺就是被他殺的，這個仇可拖些時間了；路小禿跟咱有新仇，前些天他還逼咱遷祖墳還他十斗芝麻。現在他們犯到了咱手裡，不殺他們，還等什麼？」

李小武想了想，也覺得有道理，說：

「這樣吧，咱也不留他，也不馬上殺他，咱先把他們關起來再說！」

於是派吳班長把他們倆的包袱沒收，然後關到了沼澤地一隻鐵籠子裡，這隻鐵籠子，也是過去土匪留下的，用來關人質。過去路小禿在這裡當土匪頭時，關人質就用過這籠子。沒想到事到如今，自己也被關到了這籠子裡。一進這籠子，路小禿就說：

「老叔，咱倆今天時運恁低，剛跑出共產黨的手心，又被國民黨關進了籠子，天下是沒有咱爺倆的活路了！」

許布袋瞪了他一眼：

「我說不逃跑吧，你非攛掇我逃跑，看這跑的！」

8

臘月三十。村裡燈火通明。村裡地主惡霸被打倒了。雖然李清洋、李冰洋、許布袋、路小禿跑了，但他們的家產並沒有跟著他們逃跑。繼將李家掃地出門之後，貧農團又將許家掃地出門，讓許布袋的老婆鍋小巧住進了馬棚，將他家的東西抬到村公所前的廣場上，又分了一次勝利果實。孫家也是大地主，也該掃地出門。但由於孫家孫屎根早年參加革命，現在是鄰縣的一個區委書記，孫屎根又捎信讓他的母親主動將家產交給貧農團，所以這地主老婆婆得到寬大處理，貧農團讓她和孫毛旦的老婆、孫毛旦的兒子、孫屎根的姑母等留了一座院子。其他院子和家產被當作勝利果實分了。一下分了三家地主，窮人們家裡都富裕了。大家從來沒見過這麼多東西。於是大家歡天喜地的，家家都置買了過年的東西，買了鞭炮，準備痛痛快快過個年。唯一讓大家擔心的，是李清洋、李冰洋、許布袋、路小禿跑了，跑到了大荒窪，成了大家的禍根。但接著大家又不擔心了，因為解放軍的幾個連，已經開始向這個縣集結，準備掃蕩殘存的國民黨部隊和逃跑的地主惡霸；消滅他們，只是早晚的事。所以大家安心過年。工作員老范的老婆從東北過來看他。

臘月二十九這天，老范離開村子到區裡和老婆團聚。臨離開村子時，老范把趙刺猬、賴和尚等人叫到一起，說他過完年就回來，接著村裡就搞土改，分地主的土地。老范交代他們說：

「地主被打倒了，我們要珍惜鬥爭得來的勝利果實，大家不要鬆勁兒！」

趙刺猬、賴和尚說：

「工作員，我們不鬆勁兒！」

老范說：

「大荒窪裡還有李小武許布袋他們，要多派幾個民兵站崗！」

趙刺猬、賴和尚說：

「我們回頭就布置！」

老范說：

「地主家屬要看管好，不能讓他們再跑了！」

賴和尚說：

「我回頭一個個將他們捆成豬肚，看他們再跑！」

老范擺擺手說：

「都是些娘兒們小孩，捆倒不必捆了，注意些就行！」

趙刺猬、賴和尚點頭。老范就離開村子，到區裡和老婆團聚。見了老婆，自然十分高興。夜裡兩人歡樂罷，老范又想起村裡的工作，覺得趙刺猬、賴和尚這兩個積極份子不錯，等過完年回村，可以發展他們入黨了。

工作員老范走後，村裡由趙刺猬、賴和尚主持。真由他們主持村子，兩個人才覺得主持一個村子真是不易。過去老范在時，遇事可以請示老范；現在老范走了，什麼事都要由他們自己做主，他們便一下子有些不知這主該怎麼做。愈不知怎麼做主，事情愈多。光三十這天，事情就有五、六起：一、老范讓過節時派民兵放哨，當時趙刺猬、賴和尚答應了，但等到派民兵，民兵一個不願意去，都想在家守著老婆過年。最後是誰放哨發給誰二升芝麻，才找到了幾個光棍。二、為了防止再發生地主家屬逃跑事件，賴和尚想了一個主意，即把所有的地主家屬集合到一個馬棚裡，外邊由一個民兵站崗，十分保險。主意是好主意，但到實行起來，地主家屬們死也不到一塊去，李家少奶奶說：「我們跟孫、許兩家是幾輩冤仇，我們不到一塊去！」三、上次鬥爭勝利分果實，張、王、李、趙四個貧農伙分了一頭牲口，一家一條馬腿，四家輪流飼養。誰知輪到李家，李家起了私心，不餵牠飼料，還偷偷用這馬到閨女莊上馱了一趟劈柴。到了閨女莊上，莊上人正在放鳥銃過年，一鳥銃打到馬腿上，便打折了一條腿。張、王、趙三家，便把老李扭到了村公所，讓趙刺猬、賴和尚處理。四、據一個民兵報告，老貧農李守成上次分了一架自鳴鐘，他沒有放到屋裡看時間，而是像地主埋家產一樣，也在夜裡把自鳴鐘埋到自己的窩棚裡。民兵問這犯法不犯法，該不該把李守成抓起來。五、土匪頭目路小禿的老婆老康，三十上午，描眉塗眼來到村公所，說他家也是貧農，為什麼果實一點沒有分給他們？現在家家過年，她卻米麵全無，揭不開鍋，這個年該怎麼過？接著一手拉住趙刺猬，一手拉住賴和尚，哭著讓他們給解決……所有這些事情都不好處理。這些事情以前都沒處理過。等把這些事情好歹處理完，天已經黑了。趙刺猬拍著腦門說：

「累死我了！今天我才知道，這人物頭兒不是好充的！」

賴和尚倒看著趙刺猬笑，問：

「今天是大年三十，刺猬哥，晚上你怎麼過？」

趙刺猬說：

「我渾身成了一攤泥，我還怎麼過，我可得回家睡了！」

賴和尚搖著手說：

「別睡呀，我想了個好主意，保你不想睡！」

趙刺猬問：

「什麼主意？」

賴和尚說：

「咱倆審問地主吧，看他們家還有沒有浮財！」

趙刺猬擺擺手：

「要審你審吧，我是不審，大年三十，你讓我消停消停吧！」

賴和尚又捂著嘴笑：

「咱們這次不審男的，男的不都跑光了嗎？咱們審女的！」

趙刺猬這倒一愣：

「審女的？」

賴和尚說：

「是呀，像李家少奶奶，李小武的老婆周玉枝，路小禿的老婆老康，咱都沒審過。今天年三十不錯，人家都是守著老婆孩子玩哩，咱倆哩，倆雞巴光棍，回家有啥意思？咱還是繼續工作吧！」

趙刺猬明白了賴和尚的意思，也知道賴和尚過去就有這點毛病，為聽房前邊腫了半個月。可想想賴和尚這主意也真是不錯。不聽這主意想睡覺，一聽這主意，心裡也癢癢的。但他說：

「回頭讓老范知道了，不是鬧著玩的！」

賴和尚撇了一下嘴：

「老范，老范幹什麼去了？不也是回區上去摟老婆？何況這是地主，咱審審她們怕什麼？你知我知，咱不讓老范知道不就完了！光積極工作了？這天天晚上硬撅的誰管你了？」

趙刺猬一聽硬撅的，下邊真的開始硬撅撅的。但他說：

「那咱們只能鬧著玩，可別來真的！」

於是，這天晚上，在全村人放鞭炮過年的聲音中，地主家屬李家少奶奶、周玉枝兩個人在村公所受審。一聽說受審，李家少奶奶、周玉枝就嚇得腿肚子發軟。周玉枝說：

「他們跑了，開始輪到我們了！」

但她們又不敢不去。周玉枝只好把懷裡的孩子給一個嬸嬸。但等她們到了村公所，趙刺猬、賴和尚卻嬉皮笑臉的。賴和尚說：

「本來審你們都得吊起來，今天是大年三十，就不吊你們了，坐到炕沿上吧。」

兩個人這才放下心來，坐到了炕沿上。但等他們剛坐下，賴和尚就像野狼一樣撲向了李家少奶奶，接著就把她捺到炕上，雙手在她身上亂摸，嘴裡叫道：

「親娘，過去你老伺候地主，現在也伺候伺候我們這些窮哥兒們吧！」

李家少奶奶和周玉枝這才明白是怎麼回事。李家少奶奶一邊大罵，一邊急忙掙扎。這時賴和尚摸出屁股蛋子上的手榴彈，舉在她頭上說：

「你再罵，你再罵我一手榴彈砸死你！」

看著頭頂上的手榴彈，李家少奶奶立即不敢罵了，也不敢動了。賴和尚就開始往下脫她褲子。但他回頭一看，卻發現趙刺猬沒動，蹲到地上抱著頭。賴和尚上去踢了趙刺猬一腳：

「X你媽刺猬，原來你是個窩囊廢！當初她大伯把你媽都X死了，現在你都不敢XX她？」

賴和尚一說這個，趙刺猬立即來了力量，馬上站起來，撲向縮在炕角發抖的周玉枝。

兩人一人一個，折騰到半夜。周玉枝在下邊哭著求趙刺猬：

「你輕一點，我剛生過孩子！」

這時趙刺猬嘗到快樂甜頭，倒來了勁，說：

「親娘，舒暢死我了，當初俺娘就是這麼叫你大爺舒坦的吧！」

雞叫了。大年初一凌晨了。李家少奶奶和周玉枝才出了村公所。

大年初一晚上，路小禿的老婆老康，又被叫到了村公所……

許多年以後，年老的賴和尚還說：

「娘那X。過去的地主是會享福，那娘兒們，一身子白細的嫩肉。我的娘，可舒坦死我了！」

9

許布袋死在了大荒窪沼澤地的鐵籠子裡。老頭是被凍死的。他跟路小禿關在一個籠子裡，他凍死了，路小禿卻活了下來。先是關了一白天，到吃飯時，吳班長給他們送來兩瓢稀粥。兩人蹲著喝稀粥，並沒感覺到冷，還喝得一身熱。但到了晚上，太陽一落山，就感覺到冷了。數九寒冬天，露天鐵籠子，小北風一吹，刀割一般，手腳馬上就僵了。一個鐵籠子關著兩個，手腳又沒活動處，顯得更冷。到了半夜，許布袋已經凍得嘴巴快說不出話。路小禿到底年輕些，手腳還能動彈。他掏出自己的水煙袋，吸煙，取暖。後來看到許布袋愈來愈不行了，便趴到他臉上說：

「老叔，我喊人讓饒了咱們吧？」

許布袋倒咧嘴一笑，說：

「喊也白喊，還落個孬種，要喊你喊，別帶上我！」

路小禿就不喊了。這樣又過了兩個時辰，許布袋眼見不行了。到底上了年紀，沒有火力，禁不住凍。路小禿又趴到許布袋臉上喊，許布袋已不會答應。路小禿只好看著他在死。突然許布袋喊了聲：

「爹呀，你生我……」

下邊就說不出來，頭一硬就死了。他這一聲喊，把路小禿喊得膽戰心驚。臨死時喊「爹」，不知他喊的是什麼。到了東方泛白，路小禿也覺得自己快凍僵了，他只好趴到許布袋臉上說：

「老叔，你反正是死了，就幫幫小姪的忙吧，把你身上的衣裳，借我穿穿，不然我也快去找你了！」

於是將許布袋身上的衣裳扒下，套在了自己身上。全憑許布袋的衣裳，路小禿才撐到天明。天明吳班長來送稀粥，看到許布袋赤條條被凍死了，衣裳穿在路小禿身上，路小禿眼珠還在轉動，便指路小禿說：

「你小子多不是東西，欺負老人，把人家弄得赤條條的凍死，衣裳穿在你身上！」

路小禿這時凍得也快不能說話了，但還斷斷續續說：

「我……X……你媽！」

喝過稀粥，路小禿身子才暖和過來。這時李清洋、李小武來了。路小禿說：

「李小武，許布袋已經被你們凍死了，把我放了吧。許布袋與你家有殺人冤仇，我就拿過你家一件皮襖，凍我一夜，夠本了！」

李清洋說：

「小武哥，別放他，再凍他一夜，看他以後還逼咱芝麻！」

李小武擺擺手，對吳班長說：

「把鐵籠子抬到窩棚裡吧！」

吳班長他們將許布袋的屍體從鐵籠子裡掏出來，扔到了沼澤地裡。然後他們將鐵籠子抬進了一個窩棚。窩棚裡到底暖和得多，路小禿十分喜歡，又對吳班長說：

「再給我扔進來一條被子！」

吳班長說：

「你湊和點吧，你以為是請你來當山大王了？」

路小禿說：

「媽拉個X，要是我當山大王那陣，早像切日本頭一樣把你們切了！」

這樣過了兩天，新年就過去了。大年初一那天，大家又殺了一匹軍馬。吃肉時，也讓路小禿啃了兩塊骨頭。初二一早，派出去到村裡偵察的偵察兵回來了。這些天來，李清洋一直沒有忘記報仇，在那裡排殺人名單，無非是工作員老范、趙刺猬、賴和尚、牛大個、李守成等人。天天拿著名單纏李小武，讓他向村裡發兵。他說：

「小武哥，他們殺了大叔，你忘了嗎？」

但李小武沒有冒失行動，他知道解放軍的幾個連正在向這裡集結，他知道冒失行動的後果和保存這點力量的重要。沒有這點力量，成了光桿司令，哪裡都藏不住身。藏不住身不說，就是投降人家也沒了本錢。他一邊安慰李清洋：

「殺的是我爹，我怎麼會忘！」

一邊先派出去了偵察兵。現在偵察兵一回來，大家馬上圍上了偵察兵。偵察兵向李小武報告了村裡的情況，說村裡很安靜，大家都在過年。李清洋說：

「小武哥，發兵吧，他們沒有防備！」

李小武擺擺手，又問：

「別的還有什麼？」

偵察兵這時吞吞吐吐不說。李小武皺著眉說：

「什麼事情，你說！」

偵察兵說；

「昨天和前天夜裡發生一件事！」

李小武盯住他問：

「什麼事？」

偵察兵說：

「連長太太，李家少奶奶，路小禿老婆，都被貧農團的頭目給強姦了！」

「啊！」

所有的人都憤怒起來。李小武臉也變得鐵青，氣得說話哆嗦：

「這是真的？」

偵察兵說：

「李家孀母親口告訴我的！」

李小武說：

「殺人父，淫人妻，豬狗不如！他們竟幹得出來。他們把我爹殺了，我一直忍著，沒想到他們欺人太甚，把人逼得沒有一點退路！父讓人殺了，妻讓人淫了，我如果還不說句話，我還叫人嗎？」

眾人說：

「連長，你下命令吧！」

李小武向倪排長下命令：

「集合隊伍，檢查武器，夜間行動！」

倪排長曾躺過李小武的虎皮褥子，這時腰全好了，立即嚴肅立正，又像當年在隊伍上行動一樣：

「是！」

然後敬禮轉身，去集合隊伍。

到了晚上，隊伍行動，這時李小武腦子又冷靜下來，對倪排長說：

「到了村頭，隊伍要分成兩撥，一撥進去抓人，一撥在村外接應，防止讓解放軍包了餃子！」

倪排長點頭：

「我帶排裡的人進去抓人，讓吳班長和幾個護兵在村外接應。」

李小武點頭。這時又說：

「咱們隊伍人少，我再給你添一個人！」

倪排長不解：

「荒郊野外，你去拉誰？」

李小武帶倪排長到了關路小禿的窩棚。李小武把鐵籠子的門打開，讓路小禿出來。路小禿一關讓關了四五天，有些生氣，這時倒不出去，說：

「關吧，放我幹什麼？我這裡住著也挺舒服！」

李小武說：

「你是住得挺舒服，可你老婆在村裡讓人給糟蹋了！」

「啊！」

路小禿聽到這消息，一下跳了起來。雖然他在告別老康時，對老康的哭哭啼啼有些不大滿意，可老康畢竟是他老婆。他問：

「誰把她糟蹋的？」

偵察員說：

「趙刺猬和賴和尚！」

路小禿說：

「給我一把匣子！」

李小武當時就把自己的匣子解下來交給了他。路小禿接過匣子，馬上端起來，對準了李小武，把李小武和其他人都嚇了一跳。但路小禿接著又把匣子插到了腰裡。

隊伍出發了。李小武帶一個護兵留守大荒窪。李清洋嚷嚷著要跟部隊去報仇，讓他去了。李冰洋仍在發高燒，留在大荒窪。

雞叫時分，隊伍來到村頭。這時路小禿突然不見了。李清洋說：

「看看，小武哥找錯人了不是！讓路小禿逃跑了，還帶著一把匣子！」

倪排長問：

「他不會去給共產黨報信吧？」

吳班長說：

「他老婆讓人蹧蹋了，想來不會！」

李清洋想了想，也點頭說：「不會。」

倪排長說：

「那就不會影響今天的行動。老吳，你在村頭接應，我和清洋帶人進去！」

吳班長點頭，把手下的幾個護兵埋伏在村邊的桑柳趟子裡。倪排長、李清洋和十來個兵就進去了。倪排長他們走後，吳班長對幾個護兵說：

「咱們可別睡著，防止讓共產黨包了餃子！」

其實這擔心是多餘。解放軍的清匪還沒有開始。四周沒有一點動靜。只是到三星偏西，倪排長他們還沒回來，讓吳班長他們有些著急。可村裡只有娘兒們小孩的哭聲，沒有槍聲，想來不會出什麼意外。到了雞叫兩遍，倪排長他們終於回來了。隊伍裡押著幾個人。吳班長問：

「都抓著了嗎？」

倪排長喘著氣說：

「沒抓全，要不用了這麼長時間！」

吳班長問：

「誰漏網了？」

李清洋手握一個手榴彈，在旁邊懊喪地說：

「趙刺猬、賴和尚，兩個主要的都沒抓住！」

吳班長問：

「讓他們逃了嗎？」

李清洋拍著手說：

「逃倒沒逃，咱們今天來，偏偏這兩個傢伙跑到牛市屯看戲去了，你看多不巧！等到雞叫，我說再等等，倪排長說怕暴露行動，只好回來了！」

吳班長安慰李清洋：

「跑不了他們，咱們改天再來！」

倪排長搖頭：

「以後再來，他們就有防備了！」

吳班長看了看被抓的人。有趙刺猬的哥哥趙長蟲，賴和尚的母親賴朱氏，賴和尚的小弟弟賴道士，另外還有李家過去的馬夫牛大個，一個貧農叫馮發景。

隊伍開始押著這幾個人往大荒窪裡趕。過了大沙河，賴和尚的母親賴朱氏就走不動了，一屁股坐到地上：

「我的娘啊，殺了我吧，我走不動了！」

賴和尚的小弟弟賴道士也開始啼哭。趙長蟲、牛大個、馮發景也都坐到地上。

說：

這時吳班長對倪排長說：

「幾個娘兒們小孩，一個馬夫，押回去也沒用處，還費吃食，就地解決算了！」

倪排長也點頭。吳班長就去端了卡賓槍。地上幾個人見真要殺他們，都慌忙從地上跳起來，

「別打別打，我們走得動。」

牛大個這時也慌了，慌忙跪到地上向李清洋哀求：

「少東家，饒了我吧，我再不敢舉報了！」

李清洋一巴掌將他打倒：

「這時候你知道不舉報了？你不舉報，非讓你舉報，這次讓你到閻王爺那裡去舉報！」

吳班長就要扣動卡賓槍的扳機。這時李清洋上前攔住他：

「不能這樣殺他們，這樣太便宜他們！」

吳班長問：

「你說怎麼殺？」

李清洋說：

「活埋吧，臨死得讓他們受點罪！」

吳班長攤著手說：

「地都凍了，又沒帶鎬，怎麼刨坑？」

李清洋想了想，是沒法刨坑。但他仍不讓吳班長開槍。低頭想了想，突然說：

「這樣吧，讓他們坐飛機！」

然後讓兵用一根長繩子，把幾個哭叫的人捆到了一起，在人中間插了十來顆手榴彈，將手榴彈的弦用繩引出來。李清洋和隊伍隱蔽到河套裡，一拉弦，「轟」地一聲響，驚天動地。硝煙散後，再往前去看，一捆人早沒了。留下一攤正在向外蔓延的人血和稀肉。牛大個被捆在正中間，長胳膊長腿被拋上了天，又「啪唧」一聲，落回到血肉堆裡。

倪排長吳班長帶著隊伍回到大荒窪，已經是第二天中午。倪排長向李小武匯報了情況，李小武點頭。李清洋還有些不大滿意，嚷嚷著改天再來抓趙刺猬和賴和尚。李小武說：

「他去看戲，是他命大，現在已不是抓不抓人家的問題，咱們這麼一行動，共產黨的部隊馬上就會來了，是人家該抓咱了。咱們得趕忙轉移！」

倪排長和吳班長都點頭。

到了晚上，部隊準備轉移。正在這時，路小禿突然回來了，腰裡仍插著匣子，手裡提著一個包袱。倪排長說：

「你跑到哪裡去了？一到村邊就找不見你！」

吳班長說：

「以為你投了共產黨呢！」

路小禿大模大樣說：

「咱是單獨行動！大爺昨夜幹的這事，你們誰都幹不了！」

接著一抖包袱，滾出兩個血肉模糊的人頭，把大家嚇了一跳。大家上前去看人頭，發現一男一女：男的是工作員老范，女的卻不認識。路小禿指著人頭說：

「這女的是工作員他老婆。我到了區上，兩個人還正在被窩裡摟著睡覺哩，被我一刀一個，把頭給剁了！」

吳班長問：

「你不殺趙刺猬和賴和尚，殺這小子幹什麼？人家又沒X你老婆！」

路小禿說：

「雖然趙刺猬、賴和尚也該殺，但我最恨的還是這傢伙！當初就是他不讓我參加革命，我才落到今天這步田地！既然他不讓我革命，我就先把他的命給革了！」

說完，掏出水煙袋，蹲到地上「呼嚕呼嚕」抽起來。

這時，昏迷十來天的李冰洋突然醒過來，糊裡糊塗問了一句：

「這是到哪兒了？」

附記

清匪工作提前了，解放軍用兩個連的兵力包圍了大荒窪。村子遭殘匪洗劫的第二天早上，縣上就知道了。令人感到憤怒的是，殘匪洗劫村子不算，還敢跑到區上殺工作員，可見多麼猖狂。原定過完年再掃蕩殘匪，但李小武這股殘匪，非馬上消滅它不可。正在休假的解放軍馬上集結起來，當天晚上就開到了大荒窪。李小武沒有想到解放軍動作會這麼快，解放軍到了，他們十幾個人還沒來得及從大荒窪轉移出去。第二天上午，雙方就接上了火。到底解放軍人多，打到下午，戰鬥就結束了。李小武十幾個人死的死，活捉的活捉。但解放軍傷亡也不小，死了十多個，這全怪路小禿和吳班長的槍法好。但後來路小禿和吳班長也被解放軍給擊斃了。吳班長被一槍打著後腦勺，當時就死了。路小禿被一槍打中下巴，下巴崩沒了，人還活著。他一邊從喉嚨裡罵人，一邊滿地找下巴。但下巴早讓崩爛了，那裡找得著？路小禿火了：

「X你娘，誰這麼缺德，打我下巴！」

跳出掩體要找打他下巴的人，這時解放軍一陣機槍子彈過來，路小禿身上被穿了七八個窟窿，這才一頭栽倒在掩體前，死了。李小武的護兵、倪排長排裡的人，也被擊斃八九個。李小武、倪排長、李清洋、李冰洋等人被活捉了。

正月十五那天，李小武李清洋等人，被解放軍押到村裡，開他們的鬥爭會。鬥爭會開到一半，開不下去了。憤怒的群眾，差點將李小武他們打死。趙刺猬、賴和尚、馮發景的家人，更是跳上台就要掐李小武的脖子。賴和尚說：

「我X你個媽，你硬是把俺娘俺兄弟炸飛了天，那天我要不去看戲，不也被你們炸飛了？」

殘匪來洗劫那天，是賴和尚提議到牛市屯看戲，拉上趙刺猬的。那場戲是名角「玻璃脆」的女兒「小玻璃脆」唱的。唱得來勁，拖了場，半夜才結束。趙刺猬、賴和尚從牛市屯趕到家，已經是下半夜，回來聽說殘匪剛剛來洗劫村子，主要目標是他們兩人，兩人當時身子就癱了。第二天上午又隨人到河套裡看了人肉堆，兄弟、哥、娘都被炸得稀爛，一大堆血肉已被凍住，分也分不開，當時就大哭了。現在殺人凶手被押到村裡鬥爭，他們如何能不憤怒？趙刺猬也罵道：

「不是和尚拉我去看戲，可不也讓你們炸飛了？」

接著從屁股後摸出自己的手榴彈，揭蓋子就想往李小武嘴裡塞：

「我也讓你們嘗嘗坐飛機的滋味！」

幸虧縣上的人阻止得快，鬥爭會才沒發生意外。縣上看鬥爭會開不下去，就不開了，將李小武等人從會場裡拖出來，又押到縣上。正月二十，縣上對李小武等人進行了審判，鑒於他們作惡多端，民憤極大，欠有血債，審判廳決定槍斃他們。在整個審判過程中，李小武一言不發。最後問他有什麼話說，他說：

「抗戰時候，我捉過幾個八路軍俘虜，後來把他們放了，現在看，不該放，應該殺了他們！」

審判員笑了：

「這麼說，槍斃你更沒錯！」

李清洋李冰洋一開始就被嚇稀了，問什麼說什麼，跪在地上求饒，說以後再不敢了，要投降共產黨，讓饒他們一條命，倪排長最後也有些稀鬆，抹著淚說：

「我十八歲被抓了壯丁，一當兵當了十幾年，沒想到最後是這麼個下場。家裡還有一個七十多歲的老娘……」

但審判廳既不接受「投降」，也不管你家裡有沒有「老娘」，最後判定統統槍斃。這時鄰縣的區委書記孫屎根因為工作積極，他那個區土改搞得好，已調到這個縣當縣委書記。槍斃李小武等人的報告送到他手上，孫屎根看了看被槍斃的人名單，拿著名單去找了縣長，說：

「老蔣，這個單子你簽字吧，上邊都是我家過去的仇人，我簽字怕涉嫌！」

老蔣接過單子看了看，笑道：

「幾個殘匪，斃就斃了，誰簽字不一樣？」

摘下衣服口袋上的鋼筆就簽了字。

李小武等人被槍斃了。但臨到槍斃頭一天，老蔣夜裡失眠，沒有抓撓處，順手又從桌上拿起那個報告和附在後邊的口供看。這時發現一點新情況：李冰洋自進了大荒窪，一直在發高燒，並沒有參與殺人。老蔣便用鋼筆在李冰洋名字上畫了個圈，然後將這個圈拉到了外邊。這樣，李冰洋被留下了，保了一條命。但槍斃那天讓他陪了場。看著李小武、李清洋、倪排長他們在他身邊一個個倒下，頭上「嘟嘟」往外流血，手腳亂彈蹬，李冰洋當時就嚇傻了。一直到一九五〇年，李冰洋還天天魂不守舍。到了一九五三年，李冰洋才恢復正常。恢復正常以後，李冰洋十分感激縣長老蔣，多虧他畫了一個圈，保了他一條命。於是有一天背了一袋芝麻，跑到縣政府去感謝老蔣。老蔣這時在「三反」、「五反」中犯了點錯誤，正在做檢查，見一個地主背芝麻來感謝他，心裡十分膩歪，說：

「要知道你來感謝我，當初還不如把你槍斃了！」

李冰洋嚇得屁滾尿流，忙背著芝麻跑出了縣政府，從此不敢提「老蔣」。

第四部分
—
文化
—
一九六六～一九六八年

一開始看到滿街的標語，既有打倒趙刺猬，又有打倒賴和尚的，李葫蘆心裡很高興，覺得他們倆遲早都要倒下，天下由自己掌管。鷸蚌相爭，漁人得利。後來才發現不是那麼回事，他們兩個打來打去，原來只倒一個，剩下的就是勝利者，由這個勝利者來掌管天下。

前言一

村裡分成了兩派。支書趙刺猬一派，大隊長賴和尚一派，本來村裡沒必要分兩派，「文化大革命」一開始，趙刺猬和賴和尚商量，大家成立一派就可以了，於是成立一派，派名讓村中國小老師孟慶瑞給起了一個，叫「鍔未殘戰鬥隊」。趙刺猬任隊長，賴和尚任副隊長。但在任命組長和副組長時，趙刺猬和賴和尚發生了分歧。趙刺猬要任命第一生產隊和第二生產隊的人，賴和尚要任命第三生產隊和第四生產隊的人。這時趙刺猬和賴和尚都已是四十多歲的人了，身體都有些發胖。趙刺猬在一隊二隊本家多些，賴和尚在三隊四隊本家多些。自解放以來，兩人就在一起搭伙計，之間有許多矛盾。五五年搞合作化，趙刺猬提倡使用雙鏵犁，賴和尚反對使用雙鏵犁，說本地牛拉不動雙鏵犁，被趙刺猬告到鄉裡，鄉裡說賴和尚思想右傾，差一點撤了他的村長。後來到了六〇年吃大伙房，村裡餓死許多人，賴和尚主持村裡的大伙房，一次趙刺猬到伙房去偷紅薯片吃，正好被賴和尚帶民兵捉住，差一點把他吊到樑上。後來六四年搞「四清」，兩人也有許多矛盾。一次村裡幹部在吳寡婦家吃「夜草」（即半夜時的夜餐），就著油饃卷雞蛋，大家喝了些紅薯乾酒，趙刺猬指著賴和尚說：

「X你媽和尚，你小子忘恩負義，當初土改時不是我拉你出來當幹部，你哪有今天？」

賴和尚指著趙刺猬罵道：

「X你媽刺猬，要不是你在這裡禍害，村裡早搞好了！」現在到了「文化大革命」，為了任命戰鬥隊的組長和副組長，兩人又產生了分歧。但最終賴和尚還是拗不過趙刺猬，組長副組長仍任命一隊二隊的人。

戰鬥隊成立以後，先讓群眾破四舊、立四新，後讓大家演戲、背語錄、跳忠字舞、早請示晚匯報。村頭還派兩個兒童站崗，守一塊語錄牌，讓來往行人念語錄。趙刺猬便派自己的兒子趙互助去站崗。趙互助雖然年紀小，一隻眼球被炮仗崩瞎了，換了個玻璃球，卻早通人事，他爹來了不讓念語錄，賴和尚來了卻得念語錄；一隊二隊的人來了可以不念語錄，三隊四隊的人來了卻得念語錄；男孩子來了得念語錄，割草小姑娘來了可以不念語錄，賴和尚十分不滿，罵道：

「瞎了個雞巴眼，卻成了個小大王，他讓誰念語錄，誰就得念語錄！」

一次賴和尚又從村頭透過，趙互助又拉住他念語錄。這次語錄並不複雜，是「紅薯很好吃，我也很愛吃」，賴和尚都認識，但他念道：

「你媽很好X，我也很愛X！」

趙互助立即就火了：

「和尚，你怎麼罵我？你媽才好X呢！」

賴和尚見一個小孩子敢跟他頂嘴，上去搧了他一巴掌。血立即就從趙互助嘴裡流了出來。趙互助哭了，爬起來就往村裡跑。賴和尚以為他去叫趙刺猬，就站在那裡等。誰知等了一會，趙刺猬沒來，趙互助卻把他家的大狼狗帶來了。賴和尚不怕趙刺猬，卻怕大狼狗，撒腿就跑。但已經來不及了，大狼狗上去就將他撲翻了。

賴和尚腿上被大狼狗吞下一塊肉。

賴和尚在家養傷，趙刺猬來看望過一次，提了幾瓶玻璃罐頭。進門看了看賴和尚的傷，趙刺猬說：

「別生氣了，別跟孩子和狗一般見識。好好養傷，等傷好了，咱們一塊搞『文化大革命』！」

趙刺猬走後，賴和尚把幾瓶玻璃罐頭都摔碎到床下，罵道：

「X你媽刺猬，以後再不跟你一塊弄事！」

三隊四隊有兩個回鄉的中學生，一個叫狗蛋，一個叫王八，這時分別改名叫衛東和衛彪。衛東、衛彪來看望賴和尚說：

「老叔，腿上的肉都讓人家吞去了，何必再跟人家受氣？咱也成立個戰鬥隊算了！你跟人家受氣不要緊，三隊四隊的幾百口子群眾也得跟著你受氣。你出去看看，現在人家趙互助站崗就帶著狼狗，你傷好以後，不還得去念語錄？你一念語錄不要緊，三隊四隊的人也得跟著念語錄。老叔，咱別跟他弄事了。咱自成一派，也成立一個戰鬥隊吧！你在人家那裡是個副的，咱自己一成立戰鬥隊，你就成正的了！該翻臉就得翻臉，歷朝歷代，不揭竿而起，就成不了皇帝！」

賴和尚覺得衛東衛彪說得有道理。傷好以後，果然跟趙刺猬掰了，自己挑頭又成立了一個戰鬥隊。上次成立「鍔未殘戰鬥隊」是讓村中國小老師孟慶瑞給起的名字，這次成立戰鬥隊也請孟慶瑞起名字。最後名字起出來，叫「偏向虎山行戰鬥隊」。賴和尚任隊長，衛東衛彪任副隊長，下邊組長副組長任命的是三隊四隊的人。三隊四隊的人過去老受氣，現在見自己成立了戰鬥隊，都很擁護，「呼啦」一下都參加了。過去已經參加「鍔未殘」的，現在也退出了「鍔未殘」，參加了「偏向虎山行」。

果然，一成立自己的組織，大家可以平起平坐。你破四舊，我也破四舊；你立四新、我也立四新；你演戲我也演戲，你跳舞我也跳舞；你在村西樹下設語錄牌站崗，我在村東樹下設語錄牌站崗；你讓大狼狗看著，我也讓大狼狗看著。

一成立戰鬥隊，賴和尚心情也舒暢許多，覺得可以和趙刺猬平起平坐。「鍔未殘」的幾個頭頭夜裡到吳寡婦家吃「夜草」，「偏向虎山行」也到四個生產隊去起糧食，弄到牛寡婦家，賴和尚、衛東、衛彪和幾個小組長也吃「夜草」。你吃油饃，我吃雞蛋撈麵條；你燉小雞，我燉小鴨；你放辣椒，我放胡椒。想吃什麼自己可以做主，賴和尚覺得比過去愜意多了。衛東衛彪說：

「怎麼樣老叔，比給人家當副手強吧？」

賴和尚摸著光頭說：

「強不強我不是光為自己。還不是考慮到你們不再受氣！過去我跟著人家也能吃上『夜草』，你們呢？」

衛東衛彪忙點頭稱是：

「可不，可不！」

倒是趙刺猬看到賴和尚搞得這麼紅火，得罪一個賴和尚，弄得失去村裡一半人，心裡有些後悔。特別是現在他不能自由行動。過去在村裡，他想走到哪裡去，就走到哪裡去，透過語錄崗也不怕，是自己兒子守著，現在村西是自己的語錄崗，村東卻是賴和尚的語錄崗，也有兒童和大狼狗看守，到那裡得和大家一樣念語錄。一次趙刺猬猬回到家，見兒子趙互助把語錄牌背到家，又在那裡弄狼狗，趙刺猬看着起火，上去搧了他一巴掌：

「X你媽，都是因為你，攪了我的天下！」

前言二

老貧農李守成的兒子李葫蘆，也成了村裡的人物頭。李葫蘆以前是個賣油的。賣油之前，跟師傅學過銑石磨。不過他不適合銑石磨，他胳膊太細，後來改行賣油。他賣油可以，聲音洪亮、記性好，帳算得快。賣了幾年，附近村子有好幾個賣油的，最知名的是李葫蘆。不過知名也就是在賣油的行列，在村裡李葫蘆仍狗屁不是。趙刺猬的老婆、賴和尚的老婆，一到醃菜，就想起了李葫蘆，就端著菜碗到他家去放香油。雖然李葫蘆家的人都滿肚子不高興，但都下涌罐提上來一撇子香油給她們放。一次李葫蘆正跟老婆生氣，趙刺猬的老婆又端著菜碗來放香油，看到李葫蘆臉上不高興，便問：

「葫蘆，我常來放香油，你是不是不高興了？」

李葫蘆拿起油撇子說：

「我沒有不高興。」

趙刺猬老婆說：

「這就對了，別看著放撇子香油就不高興。我能到這裡來放香油，是覺得你不錯。要是換個人，給我放香油我還不一定要呢！」

李葫蘆忙說：

「可不，嬸子能來放香油，是看得起我！」

久而久之，雙方面習慣了。趙、賴兩家一到醃菜就想起李葫蘆，李葫蘆一見趙、賴兩家的婆娘就下撇子提香油。有時趙、賴兩家不醃菜，不到他家來，李葫蘆還感到有些彆扭，不知是不是兩家的婆娘不高興了。到了「文化大革命」，李葫蘆仍然賣香油。一直到村裡破完四舊立完四新，李葫蘆仍不顯山不露水，沒看出除了賣油，還有什麼大的作為。可到了演戲、跳忠字舞、背語錄階段，李葫蘆突然顯示出他除了賣油之外的天才。公社破完四舊、立完四新，便布置各村比賽背語錄。任務到達村裡，趙刺猬和賴和尚都想讓自己的戰鬥隊裡出現背語錄模範。可兩個戰鬥隊的人，都比賽不過李葫蘆。李葫蘆賣油記帳記性好，現在運用到背語錄上，像賣油一樣見成效，十天背了二百多條。不但短的會背，長的也會背。連「白求恩同志我僅見過一面」，「自由主義有各種表現」，「無數革命先烈為了民眾的利益犧牲了他們的一切，難道我們還有什麼個人利益不能拋棄嗎？」等等都會背。村裡背語錄比賽，他得了第一。到了公社，他仍是第一。十天之內，李葫蘆突然出了大名。不過這次出名不像他賣油出名。賣油出名僅賣個香油，這次出名轟動了整個公社，公社造反派頭頭握了李葫蘆的手，縣上造反派頭頭也握了李葫蘆的手，李葫蘆成了學習毛主席著作積極份子。一時全公社有不知道趙刺猬和賴和尚的，但沒有不知道李葫蘆的。這讓趙刺猬、賴和尚心裡很不高興。趙刺猬、賴和尚各有各的戰鬥隊，過去街上碰面從不說話，這天碰面卻不約而同說了話。趙刺猬說：

「一個雞巴賣油的，現在也成人物頭了，不知這運動咋雞巴搞的！」

賴和尚說：

「人走時運馬走膘，誰讓你記性不好了？你要記性好，還能輪著他到公社背語錄？」

但兩個人回到家裡，都囑咐自己的老婆，以後醃菜，不要到李葫蘆家放香油了。晚上兩人又分別到李葫蘆家去，拉他參加自己的戰鬥隊。但李葫蘆不同意參加戰鬥隊，說背語錄還要賣油。趙刺猬和賴和尚都說：

「會背毛主席語錄，還賣個啥雞巴油！」

當天深夜，兩人都拉他去參加自己的聚餐，去吃「夜草」。

這樣，李葫蘆有幾天沒賣香油，一開始過這樣的生活，李葫蘆很不習慣，胳膊腿沒有放處。老父親李守成也嘮嘮叨叨，說背語錄不如賣香油。但過了幾天這樣的生活，天天夜裡到寡婦家吃「夜草」，李葫蘆覺得還是比賣香油強。過去辛辛苦苦賣香油，不是照樣被人家老婆欺負，一到醃菜就來放油；現在不賣香油，背毛主席語錄，就有人請他到寡婦家吃油。吃了幾天油，李葫蘆覺得寡婦煮菜也比一般人做得好吃，炸油饃，撈麵條，燉雞燉鴨，油水真大，吃得渾身酥軟。半個月過去，李葫蘆再聽不得老父親李守成嘮叨，覺得以前賣了十幾年香油真是傻蛋，人家趙刺猬、賴和尚才知道怎樣做人。做人就得做人頭，可以天天吃「夜草」，推小車賣香油就像做了人屌，純粹瞎雞巴混。以後再不賣香油，也要做人頭。決心一有，就把香油攤子給砸了，下決心參加戰鬥隊，跟人搞「文化大革命」。只是村裡兩個戰鬥隊，一個「鍔未殘」，一個「偏向虎山行」，到底參加哪一個，他有些拿不定主意。兩個戰鬥隊又都拉他參加。他想：X他媽，過去你們老到俺家放香油，這次我也放放你們的香油。趙刺猬又來找他談，說：

「葫蘆，『夜草』也吃了幾天了，怎麼樣，參加過來吧，我好給你安排？」

李葫蘆說：

「怎麼給我安排！」

趙刺猬說：

「給你個小組長！」

李葫蘆說：

「別了老叔，要安排就一下安排『得』，給我個副支書，能一輩子吃『夜草』！」

趙刺猬哭笑不得：

「你過去光賣油了，連個黨員都不是，怎麼安排副支書？」

李葫蘆噘著嘴說：

「不安排副支書，我就參加賴和尚！」

賴和尚來找他談，也談怎麼安排，李葫蘆說：

「刺猬不讓我當副支書，我不參加他的，參加你的，你起碼給我個副隊長！」

賴和尚比趙刺猬痛快，兜頭吐了李葫蘆一臉唾沫：

「也不撒泡尿照照你自己，一個雞巴賣油的，會背兩條語錄，就想當副隊長了？老子土改時就參加革命，現在才混了個隊長，你倒想一步登天了！」

這樣，李葫蘆高不成低不就，兩個戰鬥隊都沒有參加成。這時他有些沮喪，當人物頭也沒有那麼容易。可事情到了這種地步，不當人物頭，再重新去推車賣油，他又有些拉不下面子，二百多條語錄也白背了。正在這時，賴和尚的「偏向虎山行戰鬥隊」內部發生矛盾，副隊長衛東和衛彪起了內訌，起內訌的原因，是因為一個姑娘，兩人都願意跟這個姑娘一起學「毛選」。這個姑娘叫路喜兒，今年十九歲，是土改時被解放軍打死的土匪頭目路小禿的女兒。路禿雖然長得醜陋，但路小禿的老婆老康曾當過三十里外李元屯大地主李骨碌的小老婆，長得卻十分漂亮，路喜兒像老康，所以也長得很漂亮，圓圓的臉，大大的眼睛，細細的腰肢，寬寬的臀部，再加上一根大獨辮，全村裡年輕人夜裡都把懷裡的枕頭當成她。路喜兒是「偏向虎山行戰鬥隊」的隊員。本來路喜兒是土匪的女兒，沒有資格當戰鬥隊隊員，可公社給村裡分了一個指標，要在地、富、反、壞、右子女中找一個「可教育子女」，作為典型。村裡地主有李、孫、許三家，富農有趙、錢、張三家，反革命有一家，壞份子有一家，土匪惡霸有路小禿一家。趙刺猬賴和尚找來找去，找到路喜兒頭上，她就成了「可教育子女」，就成了賴和尚手下的隊員（為爭這個隊員，趙刺猬、賴和尚還吵了一架）。路喜兒自知是土匪女兒，現在成了「可教育子女」，所以表現非常積極，發揮自己的特長，張羅大家演戲。演戲演什麼！演「老兩口學毛選」。一個男的，一個女的，裝扮成老頭老太婆，彎著腰走場唱戲：

收了工，吃罷了飯，

老兩口坐在窗前，

學呀嗎學毛選。

老頭子！

哎！

老婆子！

哎！
你看學哪篇？
我看就學這篇，你看沾不沾？
沾！
沾！
咱們的二小子，
幹活可有得懶，
你可要多多地，
給他提意見！
……

演戲過程中，「老太太」由路喜兒扮演，「老頭子」由另外一個男孩子扮演。問題複雜在於，由於「老太太」由路喜兒來扮，一到演戲，大家爭著扮「老頭子」，願意跟路喜兒一塊學「毛選」。男孩子爭來爭去，最後只剩下兩個副隊長，兩個副隊長又爭起來。一次臨到開鑼演戲，為誰穿老頭子衣服，戴假鬍子，兩人竟動了拳腳。兩人的鼻子都出了血。兩人互相揪著對方的脖領子，把官司打到賴和尚跟前，問賴和尚到底誰該演老頭子，跟路喜兒一塊學「毛選」。賴和尚這天犯痔瘡（五八年大煉鋼鐵落下的），心情很不好，看著眼前的兩個血鼻子，朝他們臉上一人吐了一口唾沫，心裡罵道：

「為了一個小X，至於打成這樣？土改時她媽我都X過，也無非是那麼回事。」

接著擺了擺手說：

「你們還接著打吧，誰打過誰，誰就跟路喜兒學『毛選』！」

衛東和衛彪就接著打。最後衛東打了衛彪。衛東身體強壯，衛彪身體單薄。衛東打敗衛彪，將他支了個「老頭看瓜」，然後自己洗洗臉，就去穿上老頭衣服、戴上假鬍子和路喜兒學「毛選」；衛彪從地上爬起來，自己給自己解開「老頭看瓜」，捂著一個血臉跑回家，蒙上被子開始連哭帶罵娘。既罵了衛東，又罵了賴和尚。罵完，覺得和這幫土匪一樣的粗人湊到一起實在沒有意思。這時又想脫離他們，再立一個門戶。可再立一個門戶單憑一個衛彪不行，這時他就想起了李葫蘆，李葫蘆背語錄闖出了名氣，招牌比他大，何況李葫蘆目前正在困難時期，在趙刺猬、賴和尚那裡都碰了壁，正需要人幫助。當天晚上，衛彪就跑到李葫蘆家，攛掇他另立門戶。李葫蘆這兩天正情緒沮喪，人物頭做不成，重新賣油又不甘心，二百多條語錄都等於白背了，一直悶悶不樂。現在見衛彪來，攛掇他另立門戶，成立一個新戰鬥隊，也不禁心裡一動。但他又有些不敢，覺得立門戶是趙刺猬、賴和尚的事，他過去是一個賣油的，怎麼能自立門戶？衛彪給他解釋說：

「你現在不是不賣油了？你是學習毛主席著作積極份子，名氣比趙刺猬、賴和尚還大，怎麼不能立門戶？完全有挑頭立門戶的資格！男子漢大丈夫在世，該闖蕩的時候，就得闖蕩？不然過了這個村，就沒這個店，等你後悔就來不及了！」

接著又給他講了自立門戶的種種好處，可以自己做主，可以吃「夜草」，可以組織大家演戲、跳舞、學「毛選」等等。工作做到雞叫三遍，終於把李葫蘆的膽子做大了。李葫蘆拍了一下桌子：

「X！幹他一傢伙！就是幹不成，大不了接著再賣油！」

衛彪拍著巴掌說：

「葫蘆，這就對了，只要有這句話，天下沒有幹不成的！」

第二天，村裡又多了一個戰鬥隊。戰鬥隊的名稱，仍是國小老師孟慶瑞給起的，叫「捍衛馬列主義、毛澤東思想造反團」，李葫蘆任團長，衛彪任副團長。李葫蘆對這個名稱很滿意，叫「造反團」，覺得「團長」總比趙刺猬、賴和尚戰鬥隊的「隊長」大。只是村裡已經成立了兩個戰鬥隊，村裡的人都參加得差不多了，他這個造反團成立起來，來投奔的只有三十多人。不過大旗一樹起來，團長、副團長齊全，也就成了一支隊伍。別的戰鬥隊組織人演戲、跳舞、學「毛選」，他們也組織人演戲、跳舞、學「毛選」。別的戰鬥隊頭目半夜分別到吳寡婦和牛寡婦家吃「夜草」，他們也選了一個呂寡婦，下四個生產隊起些糧食、油和肉，運到呂寡婦家，到了半夜也吃「夜草」。現在村裡成了三國鼎立的情勢。一到半夜，三個寡婦家分別飄出油香、麵香和肉香，香滿一街。

李葫蘆一成立「造反團」、令趙刺猬和賴和尚心裡很不高興。賴和尚趙刺猬心想：老子革命十幾年，成立個戰鬥隊還可以，你過去一個賣油的，怎麼能成立「造反團」呢？可是李葫蘆背語錄背出了名，公社造反組織批准李葫蘆成立「造反團」，趙刺猬、賴和尚也沒辦法。只是當半夜趙刺猬、賴和尚分別在吳寡婦、牛寡婦家吃「夜草」時，想到在呂寡婦家有一個賣油的也在吃「夜草」，他們心裡就不舒坦。一次趙刺猬、賴和尚在街裡碰面，兩個人又說話了。趙刺猬點著賴和尚說：

「上次是因為我，這次可是因為你，又逼出一個『造反團』，看這村裡以後怎麼收拾！」

賴和尚回到家，把自己的副隊長衛東叫過來，也罵了一通，說：

「都是因為你，為了一個小X，逼走了衛彪，讓村裡多了一個『造反團』。不是衛彪叛變，單憑一個李葫蘆，哪有膽子成立『造反團』？」

衛東聽了批評，卻不以為然。正因為逼走了衛彪，這些天他才可以天天與路喜兒一塊學「毛選」。天天一起學「毛選」，神情才可以專一。一塊演完老頭老太太學「毛選」，已近半夜。他和路喜兒卸了裝，便邀請路喜兒一塊跟他到牛寡婦家裡去吃「夜草」。路喜兒晃著辮子說：

「『夜草』是你們幹部吃的，我哪裡敢去？」

衛東體貼地說：

「你不要怕，我給你偷一個派餅，明天送給你！」

當天夜裡衛東便在「夜草」上偷了一個派餅，第二天偷偷給了路喜兒。看著路喜兒倚在麥秸垛上，扭扭捏捏吃了，衛東興奮地用兩隻大手拍打著自己的胸脯。當天夜裡做夢，就夢見他跟路喜兒在一起，路喜兒變成個派餅。現在見賴和尚埋怨他，他有些委屈，當初他和衛彪打架，可是賴和尚批准的。但他不敢埋怨賴和尚，只是說：

「成立就成立唄，不就二三十個人，還能弄到哪裡去！」

賴和尚朝衛東臉上啐了一口唾沫：「不是叫你論人多人少哩！毛主席一開始人就少，不是打敗了蔣介石？村裡叫你弄複雜了。過去就一個趙刺猬，現在又多了個李葫蘆，這以後村裡怎麼收拾？」

衛東捂著臉上的唾沫，不敢再說話。

前言三

餵牲口的黃瓜嘴倒了大霉。黃瓜嘴姓呂，叫金玉。由於嘴長得像雷公，小時候大家就叫他黃瓜嘴。自合作化以來，黃瓜嘴一直在村裡餵牲口。解放前民國時代，村裡人有販牲口的習慣，黃瓜嘴他爺和他爹，都是牲口販子。常到張家口、內蒙古一帶販毛驢。到了黃瓜嘴這一輩，沒有毛驢可販，才餵了牲口。在黃瓜嘴家幾輩人裡，他爺爺聰明，販毛驢帶回一個蒙古姑娘，後來成了黃瓜嘴的奶奶（現也已做古）；他爹愚笨，販牲口常查不過數目；到了黃瓜嘴又聰明，三歲就知道把別人家的凳子往自己家搬。黃瓜嘴小時候村裡辦過一個月公學（許布袋做村長的時候），黃瓜嘴跟別的孩子在那裡上過一個月。別的孩子什麼都沒學會，他卻學會了「九九歸一」，端著算盤在街裡打。解放以後，他娶妻生子；到了合作化，他餵上了牲口。剛實行合作化時，大家的牲口拉在一塊，誰也不願意餵牠們，說夜裡得起來添草，耽誤瞌睡，黃瓜嘴卻願意餵，不怕夜裡起來。為這村裡支書趙刺猬還發給他一個「模範民兵」的獎狀。後來證明，在村裡餵牲口是最輕的活計，整天在屋裡待著，不用下地，風吹不著雨打不著，白天牲口、人都下地幹活，黃瓜嘴就端著一個水煙袋在牛屋院裡轉，後來漸漸養得胖了。奇怪的是到了六〇年，黃瓜嘴卻不知怎麼除了餵牲口，又當上了大食堂的會計。牲口的料可以偷吃，大食堂的紅薯片可以偷吃，這年村裡餓死許多人，黃瓜嘴家的人一個沒有餓死。只是在一次偷豆麵的時候，被主持食堂的賴和尚抓住了，賴和尚便讓民兵把黃瓜嘴吊到樑上用皮帶打。到了半夜，民兵睡著了，黃瓜嘴解下繩索跑了。當天夜裡帶著一家人到山西逃荒去了。到了山西，倒是在那裡餓死一個小女兒。一直到六三年他才又帶著全家回來。雖然在山西餓死了一個小女兒，但他在那裡卻學會一門手藝：做木工。回來後一開始到地裡幹活。但他利用晚上做了一個可以摺疊的小飯桌給趙刺猬送去，幾個月之後又餵上了牲口。「文化大革命」開始，黃瓜嘴仍餵牲口。村裡成立了戰鬥隊，黃瓜嘴就參加了趙刺猬的「鍔未殘戰鬥隊」。本來黃瓜嘴家在四隊，三隊四隊是賴和尚的地盤，賴和尚成立「偏向虎山行」以後，他應該參加「偏向虎山行」才是，可他記著六〇年賴和尚把他吊在樑上打，逼他到山西逃荒，在山西餓死一個小女兒的事，所以他不參加賴和尚的「偏向虎山行」，仍留在「鍔未殘」。如果是個一般人，不管他參加「鍔未殘」還是參加「偏向虎山行」，趙刺猬和賴和尚都不會在意，但黃瓜嘴是個聰明人，所以他參加「鍔未殘」，對趙刺猬幫助很大。他會木工，可以做語錄牌貼牆報；他雖然只上過一個月學，識字不多，近來卻又學會用木匠尺子比著描美術字。趙刺猬很高興，覺得黃瓜嘴不錯，有時半夜吃「夜草」，還讓人到牲口院把黃瓜嘴叫來。賴和尚卻對黃瓜嘴恨得牙根疼，罵道：

「他身為四隊的人卻當了叛徒，六〇年他偷豆麵那會兒我怎麼沒把他打死？」

後來村裡又成立了李葫蘆的「捍衛馬列主義、毛澤東思想造反團」，副團長衛彪也是四隊人，他見黃瓜嘴是個人才，自己團勢力又小，便與李葫蘆商量，想拉黃瓜嘴參加自己的「造反團」。李葫蘆當然同意。所以一天夜裡衛彪就到黃瓜嘴家裡去，對黃瓜嘴說：

「老黃，今天來不為別事，想動員你參加我們的『造反團』！你不是恨賴和尚嗎？我們這個團就是專門對著賴和尚的！參加我們吧，趙刺猬是土鱉一個，成不了大氣候，跟著他有什麼意思？」

黃瓜嘴當時正在做一個長條板凳，一邊繼續在木料上打墨線，一邊回答：

「成了成不了氣候，不是一時半會能看清楚的。你們團當然也不錯，我也想參加，只是這邊趙刺猬對我不錯，天天拉我吃『夜草』，我要馬上翻臉不認人，不是太不夠朋友了？再說你們團不是有葫蘆當團長嗎？有他就行了，他過去賣油，頭腦清楚著哩。前年我欠他四兩油錢，大年三十來找我要帳，像地主逼債一樣！他厲害，我不敢跟他在一起！」

說完繼續打墨線。結果不歡而散。衛彪回來向李葫蘆匯報，李葫蘆也很生氣，說：

「他現在威風了，他不就是餵個牲口嗎？他欠我油錢，我不找他要就對了？看他說話的口氣，離了他，咱們團就搞不成了？誰一齣戲不能唱到天黑，咱們走著瞧吧！」

雖然說「走著瞧」，但現在人家是「鍔未殘」的紅人，「鍔未殘」勢力又最大，李葫蘆、衛彪一時也不能把他怎麼樣。

這時村裡開憶苦思甜大會。因為是憶苦思甜大會，全村雖然分成了三派，但這個會得在一塊開。由於大家要在一起開會，所以三派的頭頭得先在一起碰個面。碰面是在牛寡婦家，由三派分攤東西，大家在一起吃一次「夜草」，一邊吃一邊商量。這是自「文化大革命」開始，村裡三頭目第一次正式碰面。當天的「夜草」是烙餅捲雞蛋。但烙餅快吃完，大家還沒有商量事。沒有商量事不是因為大家派別、觀點不同，而是大家相互看不起。特別是趙刺猬和賴和尚看到過去的賣油郎李葫蘆也果真成了人物，開始和自己平起平坐吃烙餅，商量事情，心裡很不舒服。雖然不舒服，但人家現在是一派的頭目，又不能不和他坐在一起商量，心裡就更加不舒服。另外，趙刺猬還有些看不起賴和尚，覺得如今天下大亂，派系林立，全是賴和尚最初跳槽引起的；賴和尚也看不起趙刺猬，看他腦袋像個斗，兩隻小眼睛像老鼠一樣，就成不了什麼大氣候。自己跟他搭十幾年伙計真是晦氣，總有一天得把他幹下去，自己取而代之；李葫蘆到底是第一次參加這樣的會議，樣子有些拘謹，烙餅吃得很慢，吃完烙餅喝雞蛋湯，也盡量不讓出聲。但他看到兩人對自己看不起，心裡也有些憤怒：媽拉個X，你們不就比我大幾歲，多當了幾年幹部嗎？管得著這樣看不起人！別看老子現在人少，將來誰勝誰負還難說哩。最後烙餅吃完，雞蛋湯喝完，才開始商量事情。其實事情商量起來很簡單，定下開會的日期，讓村裡的地主富農都陪鬥，然後一派出一個訴苦的，再讓村裡當過伙夫的老蔡做一筐糠窩窩，會議就結束了。不過日期、陪鬥、訴苦人分發、誰做糠窩窩，都是趙刺猬和賴和尚你一言我一語定下的，最後才徵求李葫蘆的意見：

「葫蘆你看怎麼樣？」

李葫蘆又起了憤怒，但他壓住憤怒說：

「就這樣吧。」

於是大家解散。

到了七月初七，全村開憶苦思甜大會。大會開始之前，先唱「天上布滿星」，是「偏向虎山行戰鬥隊」的「可教育子女」路喜兒打的拍子。然後訴苦。批鬥地主，最後吃糠窩窩。訴苦時候，趙刺猬這邊出的是黃瓜嘴，賴和尚那邊出的是朱老婆子，李葫蘆那邊出的人是李葫蘆他爹李守成。這時黃瓜嘴出了風頭。那天三頭目開完會，趙刺猬就找到黃瓜嘴，讓他訴苦。黃瓜嘴說：

「做語錄牌描大字你找我，訴苦找我就不一定合適。舊社會俺爹俺爺販牲口，和地主接觸不多！」

趙刺猬說：

「什麼多不多，誰也沒整天在地主家住著。你嘴會說，還是你吧。換個人，雖然有苦，卻倒不出來，等於沒苦。三派各出一個人，被人家訴苦比下去，豈不丟了大人！」

黃瓜嘴只好接下任務。臨到開會，趙刺猬又徵求黃瓜嘴意見，問他訴苦喜歡在前頭還是後頭，黃瓜嘴說：

「咱擱到後頭吧，先看人家怎麼說。人家說完咱再說，才能說得比別人好；擱在前頭，還不知人家怎麼說，怎麼能比得過別人？」

趙刺猬連連點頭：

「對對對，你到底有頭腦。衛東，你就說得過他們！」

由於趙刺猬是會議主持人，這樣，趙刺猬就把黃瓜嘴放到後面。賴和尚、李葫蘆見趙刺猬把自己訴苦的人放到前邊，心裡還有些高興。但一到開訴，才知道上了當。第一個訴苦的是朱老婆子。老婆子倒是苦大仇深。他丈夫是大年三十被地主李文鬧逼租子上吊死的。但老婆子有苦說不出，到了台上就哭，一看到台下那麼多人，又有些發毛。哭著哭著，忘了訴丈夫的苦，訴起了自己的命，說六〇年自己怎麼差點被餓死。把大家嚇得臉都白了。賴和尚趕忙讓衛東上台把她拉了下來。接著訴苦的是李守成。李守成舊社會經歷的事情也比較多，但他說話容易走板，窮人的苦講得少，地主如何威風，李文鬧、孫殿元、孫毛旦如何欺負村裡的婦女講得多。講著講著，看到下邊聽眾都很愛聽，又有些得意，最後竟講起李文鬧如何搞趙刺猬他媽，台下發出哄笑聲，氣得趙刺猬想上台打他。李葫蘆、衛彪在台下也是乾著急。最後上台訴苦的是黃瓜嘴。黃瓜嘴上台以後，和朱老婆子、李守成不同，既不哭，也不鬧，而是先規規矩矩向台下鞠了一躬。這一招很新鮮，立即集中了大家的注意力。然後他開始訴苦。訴苦也慢聲細氣，講他爹他爺爺怎麼受地主欺負。按說他爹他爺爺當年主要是販牲口，和本村地主接觸不多。但他避輕就重，講天下烏鴉一般黑，出外販牲口也受外邊地主欺負。一次他爺爺投宿到塞外一家地主家，當天夜裡地主家丟失一口鍘刀，這家地主硬說鍘刀是他爺爺偷的，罰他爺爺在他家幹了十天活；一次他爹到內蒙去販毛驢，內蒙的地主也特壞，看他爹老實，付過款查驢，少給查了兩頭，他爹十天十夜趕毛驢回到家，才發現少了兩頭驢，一趟驢白販了，為此他爹差點投了井……講完外邊的地主，他又回到本村的地主，雖然他家受本村地主欺負不多，但別的人家當年受李家、孫家、許家、路家欺負不少，於是就講天下窮人一條心，講別人家怎麼受這幾家地主的欺負。有妻離子散的，有家破人亡的。別看這麼替別人訴苦，效果比光訴自己的苦還好。因為許多受苦者的後代都在台下坐著，他一訴，台下想起自己的先人受苦，倒是比他先哭了。這樣訴過幾家，台下一片唏噓聲。氣氛非常好。這時趙刺猬就站起來舉手臂喊口號：

「不忘階級苦！」

「牢記血淚仇！」

大家都在台下跟他喊。

訴苦會結束了。黃瓜嘴出了風頭。賴和尚、李葫蘆都非常沮喪，趙刺猬卻十分得意。當天夜裡，趙刺猬又把黃瓜嘴叫到吳寡婦家吃「夜草」。這天吃燉小雞，喝白乾酒。趙刺猬不住地往黃瓜嘴跟前夾雞，勸他喝酒，說：

「老黃，我說讓你訴苦，你還不訴，看今天怎麼樣？一場苦訴下來，大家都另眼看你，快比得上李葫蘆背語錄了！他賴和尚、李葫蘆還別得意，咱們再弄幾次這樣的事，保管讓他們不戰自敗！他們還想跟咱們較量呢，也不問一問，他們才過過幾次溝坎？論這上頭，我吃的鹽比他們吃的糧還多！李葫蘆年輕不懂事，會背幾條語錄，就成了精；賴和尚忘恩負義，當初不是我拉他當幹部，他現在不照樣杵牛屁股？」

黃瓜嘴喝了些酒，頭一發暈，也有些得意，但又故作謙虛說：

「今天訴苦會效果也不是太好，關鍵是俺爹俺爺爺過去在咱村受地主的苦不多。如果受的苦像朱老太婆和李守成，咱再訴訴試試！」

趙刺猬忙說：

「那是，那是。」

經過這場事，黃瓜嘴在村裡威信提升不小。大家突然覺得黃瓜嘴也是個人物。趙刺猬對他更加客氣，遇事找他商量，天天拉他吃「夜草」，還準備提拔他當「鍔未殘」戰鬥隊的小組長，因為二小組組長金寶能力太差，說話串不成句子，讓趙刺猬不滿意，不但趙刺猬對黃瓜嘴客氣，連賴和尚和李葫蘆，也開始從心裡承認他不是一般人物。雖然對他惱怒，但惱怒歸惱怒，能從心裡承認他，這就不容易。如果照此發展下去，黃瓜嘴遲早會成為村裡另外一個頭面人物，可以在許多事情上起舉足輕重的作用。黃瓜嘴也感到這一點，在村裡走路開始把手背到身後。接著還要求趙刺猬又給牲口院派了一個勞力，派了一個半傻不傻的小伙子藏六，作為他的副手。半夜就讓藏六起來給牲口添草，他在一邊指揮。這種時間一長，大家愈來愈覺得黃瓜嘴是個人物。趙刺猬已準備撤掉金寶的小組長，換成黃瓜嘴。可惜這時黃瓜嘴突然出現一樁事，倒了大霉，一下從高台子上跌了下來。

事情出在養「忠」字豬，餵「忠」字牲口上。訴苦會開過不久，公社號召大家戴毛主席像章，養「忠」字豬。戴像章、養「忠」字豬，黃瓜嘴都沒出問題。像章戴在胸前，養「忠」字豬即在每家飼養的豬的腦袋上，用燒紅的鐵絲烙一個「忠」字。本來烙豬就烙豬，這時黃瓜嘴自作聰明，覺得既然可以烙一個「忠」字豬，為什麼不可以烙「忠」字驢、「忠」字馬？於是就向趙刺猬建議，將隊裡的牲口腦袋上，也烙一個「忠」字。趙刺猬聽這建議，也十分高興，覺得黃瓜嘴腦瓜到底靈，幹事情比別人另出一招。如果這事情幹成，又像訴苦會一樣，讓賴和尚、李葫蘆大吃一驚，打打他們的威風。於是就同意黃瓜嘴烙驢馬、養「忠」字牲口。黃瓜嘴回到牲口院就幹上了，燒紅一根鐵絲，讓藏六摟著牲口腦袋，他往腦門上烙字。但驢馬不像豬那麼老實，又比豬勁頭大，見一根燒紅的鐵絲伸過來，立即發驚，「嘶嘶」一聲叫，前腿就抬了起來，要掙脫轠繩。這樣弄了兩個小時，一個字沒烙上去。一會鐵絲涼了，還得重新放到火裡燒。最後傻子藏六首先不耐煩了，說：

「為什麼非烙頭，烙到屁股上不得了？」

黃瓜嘴覺得說得有理，反正一個「忠」字，烙到哪裡不一樣？於是就讓藏六把所有牲口的眼捂上，往屁股上烙「忠」字。這很好烙，牲口戴著捂眼，非常老實，一小時下來，十幾匹牲口都烙了「忠」字。黃瓜嘴扔下鐵絲，擦了擦頭上的汗，又退到遠處看了看，十分滿意，烙的都是美術字。也是一時忘乎所以，他馬上就讓藏六把十幾匹牲口牽到村裡讓大家看。藏六就把「忠」字牲口牽到了村裡。村裡立即轟動了。說黃瓜嘴又有了新東西，快來看。誰知大家一看，卻全都傻眼了：乖乖，他竟敢把「忠」字烙到牲口屁股上，這不是惡毒攻擊嗎？趙刺猬聽到人聲，也興沖沖跑出來看，他一看也嚇了一頭汗，上去搧了黃瓜嘴一個耳光：

「你他媽不往頭上烙，怎麼把字烙到牲口屁股上？你這是……」

黃瓜嘴這時也突然覺出問題，嚇得一身冷汗，趕快上去用手去擦牲口屁股上的字。但字是用紅鐵絲烙上去的，用手哪裡抹得掉？

這時賴和尚和李葫蘆聽到人聲，也跑出來看。他們聽人聲亂嚷出了事，一開始還看不明白，後來終於看明白了，都拍手稱快。李葫蘆架著膀對身邊的衛彪說：

「看他訴苦怪聰明，這下看他怎麼收場！」

賴和尚更絕，接著趙刺猬，上去又搧了黃瓜嘴一個耳光：

「你小子也有今天，你知道你犯了什麼罪？你惡毒攻擊偉大領袖！」

接著命令身邊的衛東：

「找幾個民兵，把他捆起來，送到縣上去！」

衛東立即回家去拿繩子。衛彪也忘了和衛東的私仇公怨，主動上來幫忙。黃瓜嘴這時早嚇傻了，見衛東、衛彪果真帶人拿繩子來捆他，忙趴到地上向賴和尚、李葫蘆、衛東、衛彪磕頭，用手抱住衛彪說：

「衛彪老兄弟，饒我一回，我不是故意的！你饒了我，我這次參加你的『造反團』！」

衛彪這時冷笑：

「現在你要參加我的造反團了？可你現在成了反革命，你參加誰敢要你呢？」

黃瓜嘴又爬過去給趙刺猬磕頭：

「支書，支書，救我一救，當初給牲口烙字，可是你同意的！」

趙刺猬攤著手說：

「我同意你往頭上烙字，誰同意你往屁股上烙字了？你再這麼說，不連我也拉進去了？」

當天下午，縣警局軍管組來了一輛摩托，把黃瓜嘴抓到了縣裡。來抓黃瓜嘴的人中，有一九四九年第一次來村裡搞土改的工作員老賈。老賈雖然土改時犯了右傾錯誤，但後來經過學習，把右傾改掉了，之後分到警局，一直至今。老賈一來，賴和尚和李葫蘆就分別找老賈談，向他匯報情況，說黃瓜嘴歷來對毛主席、共產黨、「文化大革命」不滿，惡毒攻擊是肯定的；但光抓一個黃瓜嘴還不行，黃瓜嘴烙字，是趙刺猬在背後指使的。趙刺猬聞到風聲，也趕快找老賈談，說黃瓜嘴往牲口屁股上烙字，他確實不知道，另一個餵牲口的藏六可以作證。好在趙刺猬與老賈相熟，過去一塊搞過土改，以後趙刺猬經常到縣上開三級幹部會，也在街上碰到過老賈。所以老賈說，共產黨的政策，一人做事一人當，就不要攀扯別人了。於是只把黃瓜嘴一個人抓走了。

但趙刺猬在這件事上受打擊不小。半個月情緒沮喪，「鍔未殘戰鬥隊」也沒安排什麼活動。倒是賴和尚、李葫蘆都很高興，將各自的戰鬥隊、造反團的活動安排得滿滿的，又是唱戲，又是跳舞。一個月以後，傳來一個消息，黃瓜嘴被判了十五年徒刑。消息傳來，大家知道這是必然結果，都沒什麼驚奇，只有黃瓜嘴他老婆一個人在家哭了。邊哭邊罵：

「X你媽黃瓜嘴，嫁給你真算倒霉！過去跟著你餵牲口，現在你成了犯人，給我丟下一堆孩子！你判十五年，叫我如何等得了你？」

於是當天夜裡就回娘家商議，準備跟黃瓜嘴離婚。

前言四

鄰縣縣委書記孫實根回鄉住了幾天，被鄉親們當作「走資派」鬥了一把，灰溜溜而去。縣委書記孫實根，就是抗戰時的八路軍連長孫屎根，到鄰縣當了縣委書記以後，才改名孫實根的。土改時候，孫實根曾在鄰縣當區委書記，後來調到本縣當縣委書記，又到鄰縣當縣委書記，五五年還一度升為本地區的行署副專員，五七年因說過一句「共產黨，像月亮，初一十五不一樣」，被定為思想右傾，幸虧思想轉得快，改成「共產黨，像太陽，照到哪裡哪裡亮」，才沒有被劃為右派，又降到鄰縣當縣委書記，一直至今。孫實根雖然才四十多歲，但頭髮已經花白了。幼年時候，他和趙刺猬、賴和尚都是玩尿泥的朋友，無非他是地主的兒子，後來到開封讀書；趙刺猬、賴和尚是佃戶孩子，在村裡幹割草打架偷瓜摸棗的勾當。自土改以來，孫實根一直在外做官，很少回村裡來。雖然縣委書記說起來官不大，但他已是本村歷朝歷代出外做官職位最高的了，村裡人提起他，都覺得十分了不起。他有一個吃齋念佛的老母，現在七十多歲，仍在人世，住在村裡。孫實根自當縣委書記以後，來接過老母幾次，但老母總是在兒子那裡住幾天，就又回來了。雖然她是地主老太太，但「文化大革命」以前，支書趙刺猬、大隊長賴和尚對待她和對待別的地主不一樣。有時有事沒事還過去坐坐，讓人給挑一擔水。六〇年村裡吃大食堂，豆糝吃完，村裡餓死許多人，這時趙刺猬、賴和尚兩個人一人拿了三根紅蘿蔔，到鄰縣去找孫實根。孫實根這時也瘦了一圈，但他畢竟是縣委書記，見家鄉的支書和大隊長來了，吩咐縣委伙房給蒸了一鍋白菜粉條包子。趙刺猬、賴和尚每人吃了十個包子。吃完包子，趙刺猬、賴和尚向他訴說了家鄉的災情，說村子已經餓死二十多口人。孫實根聽著流了淚。但流過淚說：

「各地情況都一樣，我這裡也沒法幫助你們！」

趙刺猬、賴和尚感到很失望，第二天下午就趕了回來，路上還罵孫實根忘恩負義，他「已有包子吃，卻不管家鄉人的死活」。但等趙刺猬、賴和尚回到村裡第三天，孫實根卻從鄰縣批過來兩馬車紅薯乾。這從百里之外運來的紅薯乾，救了村裡不少人的命。這救命的紅薯乾，至今還被人記起。常有老人對孩子說：

「多虧了孫實根的紅薯乾，不然哪裡還有你？」

災荒年過去，孫實根來接母親，村裡許多人圍著他的吉普車哭。因為這村有孫實根，本縣本公社，對這村都另眼相看。

但孫實根也有自已的不幸。雖然他在外當著縣委書記，但他革命二十多年，仕途並不順。二十多年才當了個縣委書記，這本身就證明混得不好。五五年那年情勢比較好，一下升為副專員，如果後來不出事情，照直升上去，現在混個地委書記或省裡的幹部也料不定。但他後來犯了右傾，又從副專員位置上給打了下來。從上邊位置打到下邊位置，證明以後再沒有升遷的可能，可能一輩子也就是個縣委書記了。一想到這一點，雖然每天有吉普車坐著，但心裡總感到窩囊和憋氣。和他一起參加革命的開封一高的同學，現在就有比他混得好的，有在別的地方當著專員和副省長的。有一位姓趙的同學，和他一塊參加的八路軍，後來隨軍南下，現在竟在南方某省當著省委書記。想想別人，比比自己，只怪五七年說錯了一句話，落得如此下場。但有時想著想著就又想通了，覺得官大官小還不是那麼回事，當來當去沒個完，官大操大心，官不大可以少操心，在縣城待著也不錯。同時你還不能消極，你愈消極，愈升不上去，工作搞不好，說不定連縣委書記也保不住；你不嫌職位小，不論職位高低，當縣委書記把縣委書記當好，說不定再有升遷的可能也料不定。這樣，他雖然思想上常有這樣那樣的考慮，但工作上並沒有耽誤多少，鄰縣的工作一直搞得不錯。

這時發生了「文化大革命」。「文化大革命」一發生，孫實根像所有的縣委書記一樣，很快被打倒了，成了「走資派」，被造反派拉著遊街和批鬥，戴高帽子。孫實根一開始很生氣，覺得自己辛辛苦苦工作，沒有什麼對不起大家的，怎麼說打倒就打倒了？但後來看到那麼多的縣委書記都被打倒了，許多比他大的官都被打倒了，就又想通了。想通了就不再生氣，對游鬥戴高帽子不再太在意。這時令他在意的倒是他的家庭生活，他那個令人頭痛的老婆。

說起老婆，孫實根比仕途不順還感到自己不幸。這個老婆長得倒不錯，年輕時人稱小祝英台，是八路軍團部的一個護士。孫實根在八路軍當連長時與她認識，後來土改當區長時與她結了婚。婚前接觸，覺得她還不錯，有說有笑，聲音很脆，兩根辮子一甩一甩。但結婚後才發現，這個女人與她一起不得，原來性子既急又躁，心地狹隘，又異常自私，遇事稍不如意，有時孫實根一句話說錯，她就哭鬧個沒完，小則摔盆打碗，大則撒潑打滾；有時脾氣上來，還敢打孫實根的耳光。每三天要發生一件這樣的事。這令孫實根十分頭疼。有時孫實根想起來，真想跟她離婚了事，但當時孫實根在仕途上正處於上升時期，怕離婚對自己影響不好，那樣的女人，真要離婚，她能給你鬧得天翻地覆，這樣想想也可怕，於是就拖了下來，一拖拖了二十多年，有了三個孩子，這時想離婚也已經晚了。

當然，並不是說孫實根和老婆在夫妻生活中就沒有高興的時候。孫實根回想二十來年的婚姻史，發現這樣一個規律，當他在仕途上順利，大家可以同享福時，老婆就跟他愉快，比如五十年代初他由區長升到縣裡，又由縣裡升到行署，老婆與他就處得不錯；可當他倒霉的時候，老婆就忙中添亂，時常與他找氣，比如他由副專員又降為縣委書記，現在「文化大革命」被打倒時，老婆就天天與他吵鬧不休。你愈在外邊不順，她愈找你的事。比如現在你在外面挨批鬥一天，回到家老婆肯定在生氣，飯也不做，水也不燒，惹她生氣的事情一定是說不清道不白的雞毛蒜皮小事。不管你回來心情如何，累與不累，都要接著與你大鬧一通，你還得與她賠些不是，說些好話，把她的火氣給安慰下去。常常要安慰到半夜。這時孫實根想想，和這樣只可同享福不可同受罪的女人在一起，實在是沒有意思。外邊遇到不順，心裡還可排解，與老婆生氣，找誰排解去？孫實根鄉下有一個老母親，他曾將老母親接到自己縣上幾次，但每次老太太都是住上幾天就要往回返，與老人看不慣這個兒媳和這個兒媳在語言上虐待老人大有關係。

這天，孫實根作為「走資派」又被縣城的造反派批鬥。批鬥完回家，老婆又找茬兒與他生氣。生氣的原因是因為她娘家兄弟的一件什麼事。因為牽涉到娘家，所以她這次生氣的程度，比過去不牽涉娘家的其他事程度要大。孫實根這天被批鬥得有些勞累，勸解她神情有些不集中，更激起了她的火氣，勸解到半夜，勸解不下，她撒潑打滾，還搧了孫實根幾個耳光。孫實根一氣之下，不再勸解她，摔門而去，離開吵鬧的家庭，走到清冷的大街上，他似乎一下想通了，膽子一下也壯了，於是不再回家，也不再管明天造反派如何，徑自走出縣城，步行開始向百里之外的家鄉走去。一來他想回農村清靜幾天，二來也探望一下半年沒見的七十多歲的老母。但他沒有想到，他一回到村裡，在村裡也沒法清靜，他又被村裡的造反派給鬥了一回。

孫實根回來的當天，全村人就知道了。看他步行回來而沒有坐吉普車，大家知道他在外面倒了大霉。最先起出鬥爭孫實根念頭的，是「捍衛馬列主義、毛澤東思想造反團」團長李葫蘆。李葫蘆所以想鬥爭孫實根，是因為他覺得在村裡，他是第一個知道孫實根倒霉，由縣委書記成為「走資派」的。在他還沒背語錄成為名人和團長之前，他就知道孫實根被打倒。那時他仍然推著油車賣油。一次賣油到了鄰縣縣城，他看到滿街的「打倒孫實根」的標語，就知道本村出去的縣委書記倒霉了。雖然六〇年他也吃過孫實根批來的紅薯乾，但他看到滿街的標語，心裡卻產生出一絲快意。賣完油回到村裡，他就把這消息給發布了。全村人能知道孫實根倒霉，還是他賣油的功勞。現在他不賣油了，成了「造反團」團長，而倒霉的孫實根現在從鄰縣逃到了村裡，他覺得如果不趁此機會鬥他一把，有些說不過去。同時他這個「造反團」自成立以來，一直沒幹什麼大事。成立一個組織而長時間不幹事，久而久之就等於這小組織沒有成立。現在一個倒霉的縣委書記到了他的跟前，如能順利鬥上一把，對提升「造反團」的威望肯定大有好處。全村三個造反派，過去也無非是鬥鬥地主，現在如能鬥一下縣委書記，肯定比鬥一個地主要有意思得多。他把這想法向副團長衛彪說了，衛彪也很興奮，說多虧李葫蘆想出這麼個主意，這肯定會成為造反團命運轉折的一個契機。接著兩人就規劃起來，怎麼具體鬥爭孫實根。但真到規劃起來，兩人又感到茫然，畢竟過去他們一個是賣油的，一個是剛畢業的中學生，沒有和縣委書記接觸過，不知道縣委書記有多粗多細，具體鬥起來怎麼安排，揭發他些什麼罪行。這和鬥本村地主可不一樣，地主犯的罪行村裡人熟悉，而一個縣委書記，他的罪行決不是一個賣油的和一個中學生所能清楚。兩個人規劃到半夜，沒有規劃出個所以然，都有些著急，這時李葫蘆罵道：

「娘的，主意是個好主意，只是黃鼠狼吃刺猬，不知怎麼下嘴！」

這時衛彪想出了主意，說看孫實根這次回來的意思，三天兩天走不了，不如先以「造反團」的名義，到鄰縣去「外調」一下，「外調」些罪惡回來，再鬥爭也不遲。事到如今，李葫蘆也只好同意這麼辦。第二天一早，衛彪拿了一百多塊錢盤纏，就到鄰縣外調去了，但李葫蘆、衛彪沒有料到，他們一「外調」不要緊，他們就失去了鬥爭孫實根的機會。因為在他們「外調」期間，村裡另一個造反派「鍔未殘」，已經把孫實根給鬥上了。

「鍔未殘」一開始並沒有想鬥孫實根。「鍔未殘戰鬥隊」隊長趙刺猬，與孫實根是老相識。六〇年他到鄰縣去，還吃過人家包子，要回來兩馬車紅薯乾。「文化大革命」之前，他也經常照顧孫家老太太。孫實根每次坐吉普車回來，他聞訊就趕過去，裡外招呼，一直到孫實根離去。包括這次孫實根回來，他雖然也知道孫實根倒台，由縣委書記變成了「走資派」，但過去畢竟是老相識，那天街上碰面，他還上去與孫實根握手，笑著說了很多話，根本沒想到要鬥他一把。一直到他聞到訊息，聽說李葫蘆的「造反團」要鬥孫實根，已派衛彪到鄰縣外調，這才猛然醒悟。醒悟之後，他也馬上覺得這是個好主意，覺得到底李葫蘆過去賣油，腦子聰明。以前「鍔未殘」的黃瓜嘴也像李葫蘆一樣聰明，可惜後來一步走錯，進了監獄，讓他失去了臂膀。如果黃瓜嘴在，說不定黃瓜嘴也能想出這樣的主意。什麼叫聰明？聰明就是看到一件事大家熟視無睹，他卻能想出新點子，這就是聰明。比如村裡有三派，三派都知道孫實根回來了，大家都熟視無睹，李葫蘆就能想出要鬥爭他。鬥爭孫實根，一個縣委書記，對自己造反派的威望，能有多大提升！某某某的戰鬥隊鬥了縣委書記，一下四鄉八鄉都會知道，那是啥勁頭？愈想愈覺得鬥爭孫實根是好主意，可惜這主意不是自己想出來的。如是自己想出的，也派人「外調」，回來鬥爭一把，自己的「鍔未殘」就可以提升威望。上次黃瓜嘴聰明反被聰明誤，把「忠」字烙到牲口屁股上，坐了大牢，使「鍔未殘」受損不小，四鄉八鄉都知道，「鍔未殘」出了一個反革命。讓「鍔未殘」的人幾個月抬不起頭。如果這次能由「鍔未殘」鬥爭一個孫實根，名聲肯定會重新大振，挽回上次丟的面子。可惜這事被李葫蘆搶了先，已派人去「外調」。後來又一想，什麼外調不外調，從小與孫實根在一起玩尿泥，對他還不了解？不外調就不能鬥了？照樣可以鬥。雖然主意是李葫蘆想出的，但他現在不是還沒有鬥嗎？自己完全可以在他們「外調」期間，捷足先登，提前鬥孫實根一把，把這個重振威風的機會給搶過來。李葫蘆也許會怪自己不仗義，可到了這個時候，還有什麼仗義不仗義？他過去一個賣油的，現在與人平起平坐，他就仗義了？於是就下定決心，搶在李葫蘆前邊鬥孫實根，主意一定，趙刺猬就像變了一個人，不再蔫巴，十分衝動和興奮。但這時他又有些擔心，真要鬥起來，自己磨不開面子，人家當縣委書記時，自己畢竟吃過人家的包子。但接著又想通了，自己過去求他時，他是縣委書記；現在要鬥他，是因為他成了「走資派」；自己鬥的是「走資派」，並不是縣委書記；如果他一時想不通，也只有求他原諒了；退一步講，就是他不鬥爭，李葫蘆也會去鬥爭；反正是鬥爭，與其李葫蘆鬥爭，還不如自己鬥爭。這樣思來想去，就徹底想通了，一不做二不休，決定第二天鬥爭孫實根。接著就向自己戰鬥隊的副隊長馮松明（以前任大隊會計）作了布置。馮松明是個麻子，人們一般不叫他馮松明，叫他馮麻子。馮麻子膀大腰圓，十分有力氣，但頭腦簡單，沒有主意，趙刺猬很看不起他。不過這次他聽了趙刺猬的主張，卻提出一個主意，說鬥爭孫實根可以讓村裡地主陪鬥，因為孫實根多年不在村裡，大家畢竟陌生；讓村裡地主陪鬥，大家才能提升膽量，也感到有話可說。趙刺猬覺得馮麻子這次說得不錯，馬上就同意了。

於是，第二天「鍔未殘」召開大會，批鬥「走資本主義道路的當權派」孫實根。當「鍔未殘戰鬥隊」副隊長馮麻子到孫實根家通知他第二天參加鬥爭會時，孫實根吃了一驚。孫實根回家鄉是來躲清靜的，沒想到在家鄉卻又有人批鬥他。他當時正在燈下給老母洗腳，與老母說些笑話，現在見馮麻子來通知這個，便說：

「麻子，我回來就住幾天，你們批鬥我幹什麼！」

沒想到馮麻子卻說了一句水準非常高的話：

「你是『走資派』，到哪裡都得挨批鬥！」

孫實根哭笑不得，說：

「我多年在外面工作，在村裡沒什麼事呀！」

馮麻子說：「你當縣委書記有什麼事，人家不照樣批鬥你？人家批鬥你多少次，現在哪差我們這一次？」

孫實根聽馮麻子這麼一說，思想倒通了，沒想到一來「文化大革命」，馮麻子的水準也提升了。於是說：

「你們真要批鬥，你們就批鬥吧。不過時間不能長！」

馮麻子也很痛快，說：「不長，也就兩三個小時吧！」

就這樣達成了協議。馮麻子回去向趙刺猬作了匯報，趙刺猬很高興，拍了一下馮麻子的後腦勺說：

「麻子原來會說話，以前還真小瞧麻子了！」

馮麻子倒不好意思地笑了。

第二天，批鬥會如期舉行。孫實根很守信用，到了八點就來了；村裡的幾家地主富農也按時來了。他們在台前一站，趙刺猬一宣布，批鬥會就開始了。趙刺猬在台上紅光滿面，顯得很高興，只是他還不敢看孫實根，與他直接打照面。批鬥會之前，照例先唱了一遍「天上布滿星」，然後開始批判。說是批判孫實根，其實也就是喊幾句「打倒孫實根」的口號，因為大家對孫實根到底是不了解，不知如何批他。批他不得，大家喊過口號，就把注意力集中到陪鬥的地主身上。這次已故國民黨連長李小武的太太、地主婆周玉枝倒了霉，幾個批判者把矛頭對準了她，倒是把她批了個體無完膚。這樣，批判會開了兩三個小時，就按時結束了。這是孫實根經過多少次批判會中最輕鬆的一次，沒人揭發他的問題，沒人讓他坐飛機，沒人當場逼他交代問題。到底還是鄉親，對他客氣。他一感到輕鬆，又感到因為批鬥自己，讓地主婆周玉枝替他受了過，被人揪住問這問那，一場批鬥下來，渾身衣裳溼透，心裡有些過意不去。批鬥會結束，他與身邊的周玉枝說：「今天都是因為我，讓你受了大罪！」

當年的周玉枝是安陽的女中學生，現在的周玉枝也徐娘半老，這時答：

「覺得是受罪，就是受罪；不覺得是受罪，就不是受罪！」

孫實根見她這麼回答，倒有些另眼看她，說：

「當年我和小武是同學。」

周玉枝啐了一口唾沫：

「當初不是嫁給你同學，還不至於受這麼大罪！」

孫實根憋不住笑了。就與周玉枝分手分頭回家。第二天一早，他就回鄰縣去了。

經過批鬥孫實根，「鍔未殘」的威望果然在村裡有了提升。大家都覺得「鍔未殘」幹了一件大事。趙刺猬也一掃幾個月前黃瓜嘴事件的晦氣，開始重新在街裡理直氣壯地走。只是另外兩個戰鬥隊有些憋氣。「偏向虎山行」的賴和尚覺得這麼好的事讓趙刺猬搶去，有些天理不公。「捍衛馬列主義、毛澤東思想造反團」的李葫蘆和衛彪更是憤怒，自己首先想好的主意，已經派人「外調」，煮熟的鴨子，卻被別人搶吃了。只是這事不好找人論理，「走資派」又不是你家的私產，你鬥得，別人也鬥得，誰搶先誰占便宜，你要去「外調」，等成熟了再批鬥；別人卻不要「外調」，半生不熟就鬥上了。誰鬥上了就是誰的影響，外邊人還管你成熟不成熟了？別人已經鬥過了，你再跟著去鬥，就沒有了當初的意思，何況第二天一早孫實根就從村裡走了，想再批鬥也來不及了。這時衛彪從鄰縣「外調」還沒有回來呢。

1

國小老師孟慶瑞將村裡寫滿了標語。樹上、牆上、牛屋、豬圈，都寫滿了標語。賴和尚給他批了三桶墨汁。墨汁寫完，孟慶瑞就去找賴和尚，說墨汁用完了，標語寫好了，他是否可以回學校了？賴和尚瞪著眼睛問：

「不到兩天時間，你三桶全寫完了？」

孟慶瑞答：

「寫完了，街裡牆上都寫滿了。」

賴和尚搖著頭說：

「你不能回學校。」

孟慶瑞說：

「墨汁寫完了，我還待在這幹什麼？」

賴和尚說：

「我再給你買五桶墨汁，你再接著寫！」

孟慶瑞說：

「街裡牆上都寫滿了，你再給我五桶墨汁，我往哪裡寫？」

賴和尚說：

「那我不管，反正你再用兩天時間，把五桶墨汁給我寫完？」

賴和尚這麼說，孟慶瑞只好又留下來寫。可街上牆上實在寫滿了，五桶墨汁沒地方用，孟慶瑞只好見縫插針，自己找空地方，把字寫得密一些，筆畫粗一些。最後牲口樁上，碌碡上，各家廁所裡，廚房，寫的都是標語。標語一共四條，是賴和尚規定好的。孟慶瑞不用想標語，所以寫起來倒不困難。這四條標語是：

打倒村裡最大的走資派趙刺猬！

火燒劉少奇在村裡的爪牙趙刺猬！

趙刺猬壓制革命群眾罪責難逃！

趙刺猬是地、富、反、壞、右在黨內的代理人！

其中遇到「劉少奇」和「趙刺猬」兩人，一律頭衝下寫，再打上一個紅X。

趙刺猬在村裡倒霉已經好幾個月了。他的倒霉並不是他自己做錯了什麼事，或是他的「鍔未殘戰鬥隊」又出了什麼問題。按說他的戰鬥隊自從鬥爭了孫實根，威望還有提升。但情勢的發展，已經到了該他倒霉的日子。走資派縣裡揪了，公社揪了，現在輪到了村裡。村裡既然搞「文化大革命」，總該有一個走資派揪出來，不能總是停留在背語錄、鬥地主、憶苦思甜的階段。村裡誰是「走資派」？誰過去當權誰是。村裡過去當權的是趙刺猬和賴和尚，一個支書，一個大隊長。趙刺猬和賴和尚都著了急，只有另一個造反團頭目李葫蘆高興。李葫蘆過去賣油，總不能說人家是走資派。所以一聽說揪「走資派」，李葫蘆非常歡迎，覺得趙刺猬、賴和尚馬上就要倒了，由他來掌管天下。後來又聽說村裡揪一個走資派就可以了，李葫蘆感到很失望，賴和尚卻鬆了一口氣。過去趙刺猬是第一把手，既然是一個，就該輪著他。但趙刺猬也不甘心，說自己不是走資派，「文化大革命」一開始，他就第一個起來造反，成立戰鬥隊，怎麼會是走資派？走資派該是賴和尚才是。賴和尚聽趙刺猬這麼說，並不著急，說：

「不是叫你論誰造反早哩，是論誰官大哩，支書總比大隊長大。『文化大革命』前搞資本主義，總是你的主意，支書領導大隊長，還是大隊長領導支書？」

趙刺猬說：

「不是叫你論誰的官大哩，官大也不一定是走資派，官小也不一定不是走資派，毛主席就比劉少奇官大，劉少奇怎麼是走資派？賴和尚就是村裡的劉少奇！」

當然這都是二人的背後爭議，雙方並不見面。這時已經是秋天，賴和尚「偏向虎山行」的三隊四隊種了一片西瓜。賴和尚想澄清一下村裡到底誰是走資派，就讓三隊四隊的群眾摘了兩馬車西瓜，拉到公社造反派的駐地。公社造反派這時也鬥爭得如火如荼，大家都口渴，見賴和尚送來西瓜，都很高興，用拳頭砸開西瓜就吃。吃完西瓜，造反派頭目問賴和尚有什麼事，賴和尚說：

「各位領導，各位同志，我想來問一下，俺村到底誰是走資派！趙刺猬過去一直當著支書，明明是走資派，現在他卻不承認，對這樣的人應該怎麼辦！」

造反派頭目沒有到過村裡，並不知道誰是趙刺猬，但聽了賴和尚的話卻感到很憤怒：

「什麼，他不承認？他不承認就不是走資派了？走資派有幾個是自己承認的？劉少奇還不承認他是走資派哩！現在不是他承認不承認的問題，而是如何打倒他的問題！」

賴和尚聽了這些話，十分高興。當天趕著馬車回村，就向群眾傳達了公社的指示，說公社領導說了，村裡走資派不是別人，就是過去的支書趙刺猬。接著就把村裡的國小老師孟慶瑞找來，叫他書寫標語。並參照縣裡、公社寫打倒走資派標語的樣式，給定了四條。孟慶瑞看到四條標語，一時還有些不敢，因為趙刺猬現在還沒有倒台，手裡還有一個戰鬥隊。於是說：

「和尚，你叫我寫打倒劉少奇，我寫；這打倒趙刺猬，我可不敢！」

賴和尚瞪著眼睛說：

「趙刺猬就是村裡的劉少奇，你怎麼不敢寫？你要不寫，就等於保他。他將來要倒了，你還了得？我老實告訴你，趙刺猬的問題，是公社領導已經定了性的！」

孟慶瑞見他這麼說，頭上有些冒汗，說：

「我寫，我寫。」

於是花了八桶墨汁，將「打倒趙刺猬」的標語寫了一街。

趙刺猬看到一街的標語，特別是聽說賴和尚花了兩車西瓜，已到公社討得了指示，定他為村裡的走資派，心中當然十分著急。他所在的「鍔未殘戰鬥隊」，也人心惶惶。標語寫了四天，他四天沒有睡著覺，覺得自己真要完了。村裡幹部當了十幾年，現在一想到要完了，心裡就特別難受。本來他是怕女人大白鵝的，這天夜裡大白鵝不稱他的意，被他用皮帶狠狠抽了一頓她的屁股。大白鵝倒在炕上哭了，也罵他是走資派，使他更加窩火。不過他戰鬥隊中的副隊長馮麻子、二組組長金寶對他都很忠心，找他商量，要派「鍔未殘」的人將街上的標語撕去，將書寫標語的國小老師孟慶瑞給打一頓。趙刺猬過去覺得無論馮麻子還是金寶，都是頭腦簡單的人，看他們不起；沒想到頭腦簡單有頭腦簡單的好處，到關鍵時候特別忠心，這叫他感動。不過趙刺猬不同意他們將街裡的標語撕去，也不同意打國小老師孟慶瑞。他支書當了十幾年，畢竟有些鬥爭經驗。他說：

「標語不能撕，人也不能打，愈是這種時候，愈是得沉住氣！」

馮麻子說：

「眼看就讓人打倒了，還沉個啥雞巴氣！」

金寶也眨著眼說：

「咱就眼看著你被打倒不成？」

這時趙刺猬說：

「我知道二位賢姪的好意，是怕我被人家打倒。打倒咱不能看著讓人家打倒，但還是不能打人撕標語。再說，我打倒不打倒，問題不大，都快五十的人了，老了，無所謂了，無非背個籮筐拾糞，我是考慮你們倆。當初我拉你們倆成立戰鬥隊，就有想法，想等『文化大革命』結束，讓你們來接村裡的班，一個支書，一個大隊長，我就退到一邊涼快了。沒想到遇到個賴和尚，跟咱們爺們過不去。我要倒了，你們不也得跟著背黑鍋？再說還有一隊二隊幾百口子群眾哩，如果讓人家得了天下，咱這幾百口子別過了。我一直當支書，賴和尚定我是走資派，他把我打倒，他還不是惦著當支書？只是這事不能莽撞，他要打倒咱，咱就等等看，看他怎麼把咱打倒，咱再對付他不遲！」

馮麻子、金寶聽了趙刺猬一席話，覺得說得有道理；聽到趙刺猬主要是考慮他們倆和幾百口子群眾，又有些感動；看到趙刺猬不慌不忙的態度，不像被打倒的樣子，對趙刺猬又有些佩服。於是都說：

「那就等等看。咱也幾百口子哩，砍頭放血，也好幾水缸哩，還能看著讓人打倒不成！」

這樣等了幾天，果然中了趙刺猬的話，街上的標語已經發舊，趙刺猬並沒有給打倒，「鍔未殘戰鬥隊」依然成立著，支部的印把子仍在趙刺猬手中。這時賴和尚倒是有些著急。在賴和尚有些著急的時候，趙刺猬也拉了兩馬車西瓜到公社去。公社造反派也分好幾派。上次賴和尚找的是甲派，這次趙刺猬找到了乙派。乙派頭目是個戴著柳條頭盔的胖子，他吃了趙刺猬的西瓜，聽了他的匯報，拍著手中的皮帶說：

「別聽甲派瞎雞巴說，到底誰是走資派，誰是革命派，誰是保皇派，現在還沒定論哩！關鍵看誰最後打得過誰。誰打得過誰，誰就是革命造反派！」

趙刺猬聽了這番話，頓開茅塞，連說：

「對對對，還是領導有水準！」

從公社回來，趙刺猬立即把乙派頭目的話給「鍔未殘」傳達了，大家也開始心明眼亮，過去洩氣的群眾，現在又重新有了勁頭。這時馮麻子和金寶說：

「既然誰是走資派還沒確定，上次賴和尚為什麼寫咱的標語？X他娘，咱也把孟慶瑞找來，咱也得寫他的標語！」

這時趙刺猬膽子大了，說：

「可以，標語哪個革命派都可以寫，不能街上的牆都讓賴和尚占著！」

當天晚上，馮麻子和金寶派人把國小老師孟慶瑞找來，讓他重新書寫標語。叫孟慶瑞是在夜裡。孟慶瑞一進「鍔未殘戰鬥隊」的房子，發現地上擺著八桶墨水和一根繩子，馮麻子和金寶手裡一人拿著一根柳條，就知道不是好事。孟慶瑞過去見到馮麻子和金寶，都相互說話，有時還說幾句笑話，但看今天這架勢，不像是說笑話。孟慶瑞就站到屋子正中不動。馮麻子和金寶兩人在燈下炕上抽煙，相互說笑，也不理他。直到馮麻子「嘟」「嘟」放了倆屁，金寶用柳條戳著笑他，馮麻子感到不好意思，才把注意力轉移到地上孟慶瑞身上。馮麻子問：

「老孟，知道今天為啥叫你？」

孟慶瑞小心答：

「不知道！」

馮麻子說：

「不知道！會寫倆雞巴字，不是你了！前幾天你寫了一街標語，要打倒刺猬，今天咱們算算這帳吧！」

孟慶瑞忙說：

「打倒刺猬也不是我要打倒，是賴和尚讓我寫的，他手下一個戰鬥隊，我哪裡敢不寫？」

馮麻子說：

「好，他讓你寫，你不敢不寫，我手下也有一個戰鬥隊，我讓你寫，你敢不寫嗎？」

孟慶瑞盯著馮麻子和金寶手裡的柳條說：

「不敢！」

馮麻子說：

「好，你既然不敢，今天叫你來，就是想告訴你，上次你怎麼給賴和尚寫的，今天你怎麼給我寫！上次你寫標語花了幾桶墨汁？」

孟慶瑞答：

「八桶！」

馮麻子指著地上說：

「好，今天我也給你買了八桶，你照樣把這八桶給我寫完！」

孟慶瑞低著頭說：

「麻子，咱倆過去關係不錯，你何必難為我。我剛給賴和尚寫，又給你們寫，賴和尚知道了，肯定會打我！」

馮麻子跳起來說：

「嘿，你這王八蛋，說來說去你還是怕賴和尚呀！你怕他打你，就不怕我打你呀！我現在就把你王八蛋吊起來，用柳條抽你！」

接著就指揮金寶用地上的繩子去吊孟慶瑞。孟慶瑞見真要吊起來打他，嚇得慌忙說：

「別吊，別吊，我寫，我寫！」

馮麻子用手止住金寶，用柳條指著孟慶瑞說：

「你寫什麼？」

孟慶瑞嚇得出了一身汗，說：

「你讓我寫什麼，我寫什麼！」

馮麻子說：

「好，你上次怎麼寫打倒刺猬的，這次怎麼寫打倒賴和尚！」

孟慶瑞說：

「可街上沒地方了呀，上次寫打倒刺猬給寫滿了！」

馮麻子說：

「沒地方你給我找地方，上次給賴和尚寫有地方，這次給我寫就沒地方了？你給我把上次寫的抹掉，換成這次寫的！」

孟慶瑞攤著手說：

「這，賴和尚要知道了，肯定打我！」

馮麻子又指揮金寶去吊人，用柳條抽他，問：

「你到底怕哪一邊打你？」

孟慶瑞哭了：

「我兩邊都怕！」

馮麻子說：

「你那邊怕過一回了，這次怕怕這邊吧。你說，明天你抹不抹？寫不寫？不抹不寫我先吊你一夜！」

孟慶瑞說：

「我抹，我寫，我明天就寫！」

馮麻子問：

「你上次寫標語花了幾天時間？」

孟慶瑞說：

「四天！」

馮麻子說：

「我也給你四天期限，你給我把八桶墨汁寫完。要是到了四天頭上，你還沒有寫，你就把八桶墨汁給我喝下去！」

說完，就讓金寶把孟慶瑞放了回去。

但孟慶瑞回去以後，四天過去，他一個字沒有抹，一個字沒有寫。他沒抹沒寫並不是他不想抹不想寫，而是賴和尚的戰鬥隊得到訊息，知道走資派趙刺猬要反撲，要抹標語寫標語，已經派衛東帶著戰鬥隊一幫人拿大棒子到街上看守。孟慶瑞看到標語有人看守，他去抹去寫不是等著挨大棒子？所以他一個字沒抹，一個字沒寫。到了四天頭上，這邊戰鬥隊的馮麻子和金寶十分生氣，帶著一幫人，拿著柳條到國小校去捉拿孟慶瑞。四天既然沒有寫，就要逼著他把八桶墨汁喝下去。可等馮麻子一幫子來到學校，推開孟慶瑞的屋門，發現孟慶瑞正在屋裡主動捧著大桶在喝墨汁，臉上、脖子裡，全是黑乎乎的墨汁；一邊喝還一邊打自己的臉：

「誰叫你識字，誰叫你識字？你識字，你受罪挨打是活該！」

孟慶瑞這樣一個模樣，倒叫馮麻子等人嚇了一跳。人家主動將墨汁喝了，就不好再找理由逼迫人家。但馮麻子還是上去踢了他一腳：

「別以為喝了墨汁就沒事了，你今天先喝著，明天我再來找你算帳！」

可等第二天馮麻子再帶人到學校去，發現已經無法再找孟慶瑞算帳了，因為孟慶瑞已經直挺挺倒在床上不會動彈，他墨汁中毒，死了。

孟慶瑞的死，令馮麻子十分憤怒，罵道：

「媽拉個X，讓他寫個標語，他喝墨汁死了，他以為他死了，我們就不寫標語了？這村裡就成了賴和尚的天下了？我們還得照樣寫算帳！」

第二天，「鍔未殘戰鬥隊」又找了個國小老師小胡，去寫標語。因為標語被「偏向虎山行戰鬥隊」隊員拿大棒子把守著，這次「鍔未殘」這邊也出了一些隊員，拿大棒子去開道，強行改寫標語，讓小胡將「打倒趙刺猬」改成「打倒賴和尚」。在改標語的過程中，雙方的大棒子發生了衝突，標語改了十條，雙方各傷五人。其中「鍔未殘」這邊一個叫瓦碴的小伙子，被對方一棒子打在頭上，成了腦震盪，昏昏迷迷，從此躺在床上，一直沒有醒過來。

2

「捍衛馬列主義、毛澤東思想造反團」團長李葫蘆在坐山觀虎鬥。坐山觀虎鬥是個開心的事情，看別人在那裡打，自己坐在一邊看，既無打架的危險，又能看到打架的結果，讓人開心。李葫蘆小時候放過山羊，孩子們在一起，就愛看山羊抵架。不過趙刺猬、賴和尚不是山羊，看他們兩個在一起打，自己坐在一邊閒著，李葫蘆心裡很不高興。他感到有些寂寞。他覺得他們兩個在一起打不拉上他，是因為他們看不起他，他們覺得他的「造反團」太小，沒有參加這次打架的必要；他們覺得李葫蘆過去是個賣油的，村裡政權的鬥爭，似乎包在他們身上，李葫蘆沒有資格參加。這讓李葫蘆不服氣。一開始看到滿街的標語，既有打倒趙刺猬的，又有打倒賴和尚的，李葫蘆心裡很高興，覺得他們倆遲早都要倒下，天下由自己掌管。鷸蚌相爭，漁人得利。後來才發現不是那麼回事，他們兩個打來打去，原來只倒一個，剩下的就是勝利者，由這個勝利者來掌管天下。勝利者在兩個被打倒者中間。將來不管誰勝，坐天下都不會輪到李葫蘆。原來被打倒也需要資格，沒有現在的被打倒，就不會有將來的勝利。現在街上沒有一條標語是打倒自己的，並不意味自己將來會有多大發展，而是因為過去自己老賣油，沒有被打倒的資格。就像兩隻山羊在一起抵架，自己只是一隻蒼蠅，兩隻山羊都不屑於理睬他。這讓李葫蘆憤憤不平。可別人不寫打倒自己的標語，自己也不能去寫打倒自己的標語。街上沒有一條打倒自己的標語，證明自己是個蒼蠅，讓李葫蘆好生晦氣。再說，就是現在想寫標語，街上寫標語的地方也都被趙、賴兩派占滿了，到哪裡寫去？這證明村裡沒了自己的地盤。這讓李葫蘆悶悶不樂。一天夜裡吃「夜草」，他把這想法向自己造反團副團長衛彪說了，衛彪停下筷子，也感到是這麼回事，看著別人在那裡打，自己在旁邊沒有事，感到自己這個組織在村裡無足輕重。他甚至有些後悔當初為了一個姑娘脫離賴和尚投奔李葫蘆；現在姑娘沒撈著，又落個無足輕重，這才是狐狸沒打著，落下一身臊。所以他感到自己比李葫蘆還不幸。李葫蘆過去是一個賣油的，就會背幾條毛主席語錄，如果不是他脫離賴和尚來幫他，他如何能成為一個造反團的團長？雖然這個造反團無足輕重，但當團長總比賣油強，起碼可以天天吃「夜草」。自己呢？本來就有「夜草」吃，在賴和尚那裡就是副隊長，現在到李葫蘆這裡也是副團長；橫豎都是副的，自己脫離一派大組織來投奔這個無足輕重的小組織，到底是為了啥呢？這都是成全了李葫蘆，犧牲了自己，現在李葫蘆還憤憤不平，那麼衛彪就更應該憤憤不平了。所以衛彪除了為組織感到懊喪，還對李葫蘆有些憤怒。再看到他那愁眉不展、無計可施的樣子，更看他不起。他想有朝一日如能把李葫蘆幹下去，團長由自己來當，說不定這個組織還能有發展。這樣思來想去，當晚的「夜草」沒吃好，兩人就不歡而散。但等第二天，李葫蘆又來找衛彪，想出一個解除寂寞、介入鬥爭的辦法，對衛彪說了，又讓衛彪對李葫蘆有些佩服。心裡說：

「別看這小子過去賣油，心裡也有點小主意！」

就同意李葫蘆的辦法。什麼辦法？原來李葫蘆讓衛彪下到四個生產隊再起一次糧食，把糧食賣了，去買一個大喇叭和擴大機，將大喇叭架到村頭大槐樹的老鴰窩上，日夜廣播。趙刺猬、賴和尚不讓咱們介入，咱們自己想辦法介入。你們打你們的仗，我們放喇叭。喇叭日夜放，不證明自己的組織日夜存在？李葫蘆、衛彪都為想出這麼個主意高興，覺得可以重新開闢自己的天地了。衛彪當天就收糧食，到集上去糶，去縣上買大喇叭和擴音器，第三天就把大喇叭架到了老鴰窩上。村裡從此就響起了大喇叭聲。李葫蘆、衛彪在裡邊講話。兩人講完話，就放唱片，放的是「對歌」：

我說那個一來呀誰給我對上一，
什麼人最愛毛主席？
你說那個一來呀我給你對上個一，
貧下中農最愛毛主席。
我說那個二來呀誰給我對上二，
什麼人不讓咱過好日子？
你說那個二來呀我給你對上個二，
劉少奇不讓咱過好日子。
……

但喇叭日夜放，容易讓人夜裡睡不著覺。連趙刺猬都有些厭煩了。人家都在幹事，你架個喇叭瞎搗亂什麼？不過喇叭一響，使他意識到村裡除了賴和尚，還有一個戰鬥隊存在。一個賴和尚就夠他對付的了，李葫蘆又架喇叭，不知是什麼心思？不過他現在迫切需要對付的是賴和尚，對李葫蘆三十多人的造反團並沒有放到眼裡。所以一次在街上碰到李葫蘆，他拿出過去的威嚴說：

「葫蘆，你喇叭說架就架，也不請示一下了？」

喇叭放了兩晝夜，李葫蘆終於聽到了自己造反團的聲音，意識到了它的存在，李葫蘆十分高興。現在見趙刺猬來管喇叭，說明也引起別人的重視了。引起重視總比默默無聞要好。所以他聽到趙刺猬的責問，心裡倒有些興奮，覺得自己架喇叭的主意真是高明。過去他跟趙刺猬說話，覺得人家當了多年幹部，自己過去是一個賣油的，儘管後來在一起吃過「夜草」，心裡總是有些發虛，現在也是一時膽壯，說話也有了底氣，便對著趙刺猬說：

「請示？我就是團長，還要請示誰呀？」

趙刺猬見他這麼說話，不由一愣。照他過去的脾氣，他會馬上給他兩個嘴撇子，讓他知道說話的規矩。不過現在他聽李葫蘆說話的口氣，真是一個「團長」的口氣了，也就不敢太耍過去的威風。再說，他手下真有二三十個人哩。一個賴和尚正在與自己鬧，如再得罪一個李葫蘆，他這二三十人再跟自己搗亂起來，也是給自己再找個小倒霉。所以他只瞪了李葫蘆兩眼，雖心裡罵道：

「媽的，這雞巴年頭，連老鼠都成精了！」

但他表面仍壓住了火氣，說：

「你不請示也就罷了，以後要放白天放，三更半夜就不要放了，吵得人一夜睡不著！」

李葫蘆答：

「我那裡放的全是毛澤東思想，貧下中農聽著就能睡著，你聽著就睡不著了？」

這時趙刺猬火了，說：

「我就是聽喇叭睡不著，睡不著就不是貧下中農了？我當貧下中農搞土改時，你還在你娘褲襠裡呢，你家的大座鐘，就是老子打倒地主，才分給你家的！」

李葫蘆也火了，說：

「現在不是分座鐘的時候了，現在是搞『文化大革命』，揪走資派！」

趙刺猬說：

「好，好，你也知道揪走資派了！可到底誰是走資派，還在各人弄呢！我要成了走資派，咱們什麼都別說了；我要成不了走資派，那時候才叫你知道馬王爺三隻眼哩！」

兩人吵到這裡，不再吵了，都恨恨而去。趙刺猬回到家繼續考慮怎樣對付賴和尚，李葫蘆回去繼續放喇叭。不過經過這次爭吵，兩人心裡真正產生了隔閡。趙刺猬想：

「媽拉個X，猖狂不是一時哩，等我們打倒了賴和尚，再遇到個小運動，我不把你賣油的打成一個反革命，我就不姓趙！那時才叫你不是東西哩！」

李葫蘆回去想：

「趙刺猬真他媽是個走資派，這回要不把他弄下台，將來他還真要殺害咱這貧下中農哩！」

賴和尚聽到趙刺猬和李葫蘆爭吵的消息，心裡卻很高興。他不像李葫蘆，他手下戰鬥隊大，有勢力，所以有資格坐山觀虎鬥。李葫蘆一架喇叭，他也突然意識到村裡第三派的存在；現在聽到李葫蘆敢跟趙刺猬爭吵，也感到以前自己對李葫蘆有些忽視。他現在正與趙刺猬處在相持不下的階段，李葫蘆在旁邊架喇叭，意味什麼？如果自己能把李葫蘆這一派拉過來，和他聯合起來對付趙刺猬，那村裡會是一個什麼樣的格局？想到此，他有些興奮，他想立即就去找李葫蘆。可他腳邁出門檻，又退了回來。他派人先把自己的副隊長衛東叫了過來。他先將自己的想法給衛東說了，衛東卻不同意與李葫蘆聯合。說李葫蘆所以能成立造反團，是衛彪叛變造成的。雙方之間本來就有矛盾，聯合起來如再窩裡鬥，還不如不聯合有力量哩；到時候再叫趙刺猬鑽了空子，那時後悔就來不及了。賴和尚覺得衛東說得也有道理，也是一時犯懶，就把這事放下了。

但等三個月後，大局的發展，出現一個轉機，使賴和尚又重新考慮要和李葫蘆聯合。出現什麼轉機？各地興起了「奪權」。即將過去掌權人的木頭公章，用武力把它奪過來。誰奪過來誰掌權。這一情勢的出現，對賴和尚非常有利。因為這個事情的本身就說明，現在拿著公章的應該被奪，現在不拿公章的才是革命派。涉及到村裡，趙刺猬拿著公章，該奪，應該是走資派；賴和尚沒有公章，應該去奪，應該是革命派。可這公章是「奪」而不是讓別人「送」，這就增加了問題的複雜性。人家趙刺猬手下也有一個戰鬥隊，也有幾百口子人擁護他，這公章豈是好奪的？這就令賴和尚又想起了李葫蘆，想與他聯合。兩派聯合去奪一派的公章，必然人多勢眾，有把握一些；何況李葫蘆手裡還有一個大喇叭，可以借它造造輿論，形成攻勢。所以這次他罔顧衛東的勸阻，派人去通知李葫蘆和衛彪，想請他們倆共同吃一次「夜草」。「夜草」是在牛寡婦家吃，燉小雞，有酒。李葫蘆和衛彪接到共同吃「夜草」的通知，為赴不赴這次「夜草」，緊急磋商過一陣子。兩人一開始鬧不清賴和尚的意圖。無風無火的，賴和尚為什麼請自己吃「夜草」？這「夜草」裡肯定有內容。但到底是什麼內容，兩人一時也猜不出來。最後還是衛彪有文化一些，根據情勢發展，猜出可能是要和他們聯合。提起聯合，兩人都犯了思考。李葫蘆一開始覺得聯合沒什麼，聯合就聯合，聯合起來熱鬧，人多勢眾，把趙刺猬打倒也不錯。趙刺猬不倒，將來大家都沒有好日子過。再說，現在賴和尚主動來找他們聯合，說明賴和尚現在看他們算個人物，看得起他們，這又是架喇叭的功勞，心裡還有些得意。但衛彪卻不同意聯合，覺得李葫蘆的想法有些幼稚，首先就看李葫蘆不起。什麼聯合，人家人多，咱們人少，與人聯合，等於被人吞併。小貓與老虎聯合，就成了老虎的奴僕，老虎讓幹什麼，你就得幹什麼。現在咱們獨立，雖然人少，可以發號施令，想架喇叭就架喇叭；和人聯合，人家人多勢眾，那裡還有咱說話的地方？李葫蘆聽了衛彪的話，也猛然清醒，照自己頭上拍了一巴掌，說：

「對，對，還是你眼眶子大，咱們不能當奴隸，咱們不能和他們聯合，咱們還幹咱們的。原來賴和尚這『夜草』裡拌的有毒藥，咱們不去吃就是了！」

衛彪說：

「『夜草』還是要去吃。人家請你吃『夜草』，你連去都不敢去，又讓人家看不起。咱吃『夜草』只管吃『夜草』，不上他當，不同意和他聯合就是了！」

李葫蘆又覺得衛彪說得有道理，朝衛彪肩上拍了一掌：

「還是老弟說得有道理。別看我會背幾條毛主席語錄，遇到事情，還是不如老弟會考慮。那咱們就去吃他這個『夜草』！」

這樣，李葫蘆、衛彪就去與賴和尚、衛東共同吃了一次「夜草」。不過這次「夜草」吃得很沉悶。衛東和衛彪有矛盾，相互不說話，兩人見面招呼都不打；燉小雞上來，兩人都各自低頭吃雞。他倆一不說話，氣氛就不好。賴和尚也只是笑著讓大家吃雞，讓大家喝酒。最後倒是李葫蘆有些沉不住氣，問賴和尚：

「和尚請咱們吃『夜草』，到底有什麼事？」

這時賴和尚倒十分大度，什麼都不說，揮了揮手說：

「沒什麼事，就是在一起吃雞喝酒。喝酒不說事，說事不喝酒，吃雞！」

這倒叫李葫蘆和衛彪有些吃驚。當天夜裡果真就是喝酒，吃雞，沒說什麼事。但等第二天夜裡，賴和尚又單獨把李葫蘆找來，兩個人在一起吃「夜草」，賴和尚才說起要聯合的事。李葫蘆一聽要聯合，馬上就有了警覺，但奇怪賴和尚為什麼昨天不說，放到今天？衛彪不在身邊，他一時就沒主意，便說：

「聯合嘛，是個好事，但得等我回去和衛彪商量商量！」

賴和尚擺擺手說：

「不要找衛彪。你看，我也沒帶衛東。他們兩個為了一個姑娘有矛盾，在一起商量不成事。昨天有他倆在，所以沒說。家裡千口，主事一人，有咱們兩個正頭就行了！你一個人在你們造反團還做不了主？」

李葫蘆一聽賴和尚這麼說，忙拍著胸膛說：

「怎麼做不了主，架喇叭還不是我的主意！」

賴和尚說：

「那好，咱們在一起商量商量，咱們兩派聯合起來，共同打倒趙刺猬，把他的公章奪過來！事情弄成了，我當支書，你當革委會主任，都是村裡的正頭！」

李葫蘆聽賴和尚這麼說，心裡不禁一動。事情弄成了，他可以當村裡的正頭。可他又想起衛彪的話，說：

「當不當正頭，我不在乎。只是你們人多，我們人少，合在一起，不等於你們把我們呑併了？」

賴和尚又一笑，擺著手說：

「葫蘆不必多慮，我說的聯合，不是要合併你的組織，咱們不合併組織，你還是你的造反團，我還是我的戰鬥隊。只是在打倒趙刺猬這一點上，咱們統一就行了。咱們統一行動，出動兩派的人馬，去把趙刺猬一派打下去，把他手裡的公章奪回來。」

李葫蘆心裡又不禁一動。原來不合併組織，看來衛彪也是多慮。如果是這樣，組織不合，只是共同打倒趙刺猬，趙刺猬也該打倒；打倒以後，他還能當村裡一個正頭，這事情是好事，何樂而不為？可他覺得這麼好的事情，賴和尚怎麼會雙手送給他？過去他背毛主席語錄那陣，賴和尚拉他參加戰鬥隊，他只提出當個副隊長，賴和尚就吐了他一臉唾沫；現在他會平白無故給他一個正頭？這裡邊肯定有名堂。但到底是什麼名堂，李葫蘆一時又想不清楚。所以他說：

「事情當然是好事，但等我回去商量商量，兩天以後，再給你回信。」

賴和尚說：

「可以。只是有一點，主意別老跟下邊人商量，將來當革委會主任是你，又不是下邊人，老跟下邊人商量，就什麼事也幹不成了。」

李葫蘆點點頭，兩人分別。這次李葫蘆聽了賴和尚的話，沒有跟下邊人商量，自己一個人在家裡想。想了兩天，假設了許多情況，到底沒有想出賴和尚的名堂。沒從賴和尚那邊想出名堂，他倒從自己這邊想出了名堂。賴和尚所以以前吐自己唾沫，是因為那時候自己單槍匹馬，力量單薄；現在所以來拉自己聯合，事成之後給村裡的正頭，是因為現在自己有了一個造反團，雖然人少，卻也是一個組織，又架了高音喇叭。大家可以聯合，共同打倒趙刺猬。雖然事成之後，賴和尚給他一個正頭，但也無非是革委會主任，更大的正頭是支書，賴和尚還是留給了自己。共同聯合，他得大頭，讓李葫蘆得小頭，這就是賴和尚的名堂。不過如果是這名堂，倒叫李葫蘆放心。李葫蘆覺得這樣安排也合情合理。後來又想，總是疑神疑鬼，瞻前顧後，也成不了什麼大事。革委會主任想當嗎？想當，這就結了！

兩天之後，李葫蘆給了賴和尚回話，同意聯合，共同打倒趙刺猬，向他奪權，把他手裡的公章奪回來。

3

李葫蘆的大喇叭不再廣播「對歌」，開始廣播口號。口號有：

「打倒走資派趙刺猬！」

「趙刺猬是村裡最大的走資派！」

「無產階級革命派要向趙刺猬奪權！」

「捨得一身剮，敢把皇帝拉下馬！」

……

由於「打倒趙刺猬」、「向趙刺猬奪權」一類的口號沒有唱片，李葫蘆讓衛彪組織造反團四個小伙子，在話筒前輪流喊，吃飯時替換。兩天下來，四個小伙子嗓子全啞了，又換了四個。但衛彪沒有參加喊口號。他對這些做法有些不滿。打倒趙刺猬他是同意的，但對李葫蘆私自決定和賴和尚聯合，他很憤怒。本來兩個人已經商量好，不能和賴和尚聯合，被他吞併，但事後李葫蘆又背著他私下與賴和尚交涉，投降賴和尚，這是他不能容忍的。你是團長，我是副團長，這個團到底何去何從，你起碼得商量一下嘛！你商量都不商量，就擅自做主賣身投靠別人，眼裡太沒有這些弟兄了？不過經過這件事，他也感到自己以前把李葫蘆小看了。過去看他是一個賣油的，頭一回當頭頭，遇事沒有主意，得找自己商量；自己雖然是個副頭，但還可以控制他；現在看不行了，這想法有些小看李葫蘆，一到關鍵時候，這小子還挺有氣魄的。所以惱怒歸惱怒。他又有些佩服李葫蘆。李葫蘆也知道衛彪有些不滿，在一次吃「夜草」時，也給了他些安慰。說識時務者為俊傑，咱們得面對現實。與趙刺猬、賴和尚的兩個大戰鬥隊相比，單憑咱們這個小造反團，單獨行事是成不了什麼氣候的，說吞併就是吞併，說聯合就是聯合，被人家吞併或聯合，無非是早晚的事。與其將來被人家吞併，還不如現在同意加入聯合，這樣更主動一些。因為現在天下還沒打下來，早聯合打天下就有資本；你一直坐山觀虎鬥，等人家天下打下來，誰也不會那麼傻，白麵饅頭自動送到你嘴上吃。透過單獨與賴和尚接觸，這個人有毛病，但這次給咱的條件還是不錯的，名義上兩個組織不合併，只是兩支人馬聯合起來向趙刺猬奪權，把他手裡的公章奪回來。等奪了權，賴和尚當支書，同時給咱個革委會主任。只要我當了革委會主任，你衛彪就少不了一個副主任。那個主任、副主任是全村的，不是現在造反團的團長、副團長了。不與人家聯合，單憑咱們的造反團，能打下天下得個主任、副主任嗎？是有被賴和尚利用的地方，可咱不也利用賴和尚了？是像被賴和尚吞併，可咱不也吞併他了？這樣翻來覆去地說，令衛彪氣消一些。但氣沒有消盡，仍然有不滿。可不滿又怎麼樣呢？不滿他的決定也做過了。你現在還能再脫離李葫蘆，自己再單槍匹馬幹不成？那樣就更幼稚、更勢單力薄了。待在造反團還能當副團長，單槍匹馬可就成草民一個了。想到這裡，衛彪也只好將餘下的火氣壓一壓，不再說什麼，看著自己的造反團與賴和尚聯合，看著自己的廣播成了賴和尚的，開始呼喊向趙刺猬奪權的口號。不過喇叭喊儘管喊，他不喊，他只是找別人喊。

但喇叭喊奪權口號的效果，在村裡卻特別大。喇叭日夜喊，口號一遍遍重複，使大家覺得是真要奪權了，趙刺猬是真要站不住了，向趙刺猬奪權是應該的了等等。它使村裡有了打倒趙刺猬、向趙刺猬奪權的氣氛。賴和尚、李葫蘆兩派的人，聽到喇叭，覺得這是自己的喇叭，馬上就要奪權了，馬上就要勝利了，權馬上就是自己的了，所以個個摩拳擦掌，勁頭十足。賴和尚看到這情勢十分高興，對副隊長衛東說，怎麼樣？和李葫蘆聯合還是正確的吧？到了這時候，衛東也承認這樣做有效果，有奪權的氣氛。也是一時高興，晚上他又跑到路喜兒家，在路喜兒屋裡，又提出要求，要和路喜兒親熱。但路喜兒只讓他摸臉，其他仍給拒絕了。

喇叭聲傳到趙刺猬這邊，令趙刺猬坐臥不安。自從各地興起奪權，趙刺猬就感到事情有些不妙。他覺得目前的情勢有些像土改，說打倒誰就打倒誰，說哪個地主倒霉，哪個地主就倒霉。現在是說奪權就奪權了。權在自己手裡，竟也成了被動，就得等著別人來奪。不過趙刺猬認為自己和當年的地主不一樣，當年的地主是旱地上的王八，想怎麼擺弄，就怎麼擺弄它；而趙刺猬除了有權，還有一支幾百口子的隊伍呢。這隊伍和賴和尚的隊伍旗鼓相當。你說奪權就奪權，那麼容易？同時以前賴和尚是趙刺猬的部下，趙刺猬知道他吃幾碗乾飯，本來就對他有些看不起，現在他倒要看看他是怎麼把權奪過去的。所以對這奪權還有些期待，對保住自己的權很有信心。但當他聽到賴和尚和李葫蘆聯合起來向他奪權的消息，心裡卻很受震動，對以前的信心有些懷疑了。按說李葫蘆他也很看不起。可是兩個看不起的聯合起來，就不能讓人看不起了。大喇叭一遍一遍廣播打倒他向他奪權的口號，也令他膽戰心驚。過去廣播「對歌」他就睡不著，現在不停地要打倒他，他更是懊惱非常。所以在一次吃「夜草」時，吃著吃著，他突然嘆了一口氣。副隊長馮麻子、二組組長金寶問他嘆什麼，他說：

「說不定這回咱真完了，權真要讓人家奪去了！」

馮麻子、金寶倒對聯合、大喇叭沒有太放到心上，認為不過是雞狗聯合瞎折騰，馮麻子說：

「老叔太當回事了，他聯合就聯合唄，他們聯合起來，不就比咱們多十來個人？看他能一口把咱們的雞巴咬下來！」

趙刺猬瞪了馮麻子一眼：

「不是叫你論人多人少哩，他們聯合起來，就成了兩派合併，有聲勢哩。看這大喇叭整天響的！」

金寶說：

「老叔要覺得聽大喇叭心煩，我帶俺小組的人，去把大喇叭砸了，把李葫蘆抓起來，打他一頓，把他們那個小造反團給『呼啦』了算了，看他們還聯合！」

趙刺猬說：

「要『呼啦』你早點『呼啦』呀，現在人家聯合了，你去『呼啦』，就等於『呼啦』人家兩家，賴和尚會坐著不管？你能連賴和尚那一派也一塊『呼啦』了嗎？」

金寶不說話了，他不能連賴和尚那一派也一塊「呼啦」了。這時馮麻子、金寶才感到人家聯合的重要性。他們都開始不說話，看著趙刺猬。趙刺猬這時又嘆了一口氣：

「我還是那句老話，其實權奪不奪，我倒是不太在乎。按說咱掌權十幾年了，也該讓人家奪了。奪了我去住閨女家。問題是你們倆怎麼辦？一隊二隊幾百口子人怎麼辦？要一下都成了人家的奴隸，這倒叫我放心不下！」

趙刺猬這麼一說，馮麻子、金寶又有些熱血沸騰，捋胳膊捲袖說：

「老叔，你不能去住閨女家！咱一隊二隊也幾百口子哩，咱也不是吃素的，讓他來奪，看他能給咱們奪了？」

這次「夜草」吃完，趙刺猬回家歇息，馮麻子、金寶卻沒有歇息，第二天就發動群眾去了。召開大會，把情勢向一隊二隊的群眾講了，一隊二隊的群眾認清情勢，也有些憤怒了，知道賴和尚、李葫蘆馬上要帶著三隊四隊的人向他們奪權；如果權讓人家奪過去，今後就都成了人家的奴隸了。奴隸誰想當，誰不是五尺高的男兒，誰沒有一腔熱血？大家憤怒地喊：

「X他奶奶，要動真格的了！」

「咱也不是吃素的！」

「要奪咱的權，先拚了二斤半！」

群情激憤，鬥志昂揚。有的小伙子散會以後，就回家開始準備鐵鍬、糞叉和鍘刀，防止賴和尚、李葫蘆他們來奪權。馮麻子、金寶把這情況向趙刺猬作了匯報，趙刺猬倒是有些感動，在這種困難的情況下，底下的群眾鬥志還這麼昂揚，是令他沒想到的。他當時就說：

「多虧了這些爺兒們，使我心裡有了主兒！這次只要權叫人家奪不走，我非給咱們這些爺兒們辦幾件好事不可！」

趙刺猬心裡真是有了主兒。有了主兒就有了精神。這天夜裡他睡著了。自己這邊的群眾鬥志昂揚，他倒要看看賴和尚他們怎麼來奪權。但等第二天，他思摸一天，覺得光乾等著人家來奪權，也不是辦法，自己也得想些積極的主意。想到第二天，他忽然做出一個讓馮麻子和金寶吃驚的決定：他讓他們通知賴和尚，想和他共同吃一次「夜草」。馮麻子、金寶當時十分憤怒，問：

「老叔，你這是幹什麼？權還沒被人家奪，你心裡就發虛了？就要向人家低頭了？」

趙刺猬笑著說：

「一塊吃一次『夜草』，就叫低頭了？能大能小、能屈能伸是條龍，前後一樣長是條蟲。過去一塊共事，現在雖然分成了兩派，找他談談有什麼妨礙？他要向咱奪權，咱跟他說說利害，如果不動一刀一槍，就能把他説服，雙方都不損失，咱的權又保住了，豈不更好？」

馮麻子、金寶還撅著嘴不理解，他們對賴和尚還有一股不服氣的憤怒，但也覺得趙刺猬說得有道理。於是就同意派人給賴和尚下通知。不過馮麻子臨走時又說：

「老叔，你這心思肯定是白費，『夜草』肯定是白吃，賴和尚不會聽你的話罷手！」

趙刺猬說：

「咱做到仁至義盡。如果他不聽勸，仍要奪權，咱們只有說打就打，說幹就幹，等著人家了！」

第二天，賴和尚接到了趙刺猬一塊吃「夜草」的邀請。他對接到這樣的邀請，感到有些吃驚，一時還弄不清趙刺猬葫蘆裡裝的什麼藥。不過他自己以前就邀請過李葫蘆一塊吃「夜草」，所以對趙刺猬這種做法也能理解。兩兵交戰，不耽擱兩邊的首領共同吃飯。吃飯是首領的事，交戰是下邊的事。吃飯歸吃飯，交戰歸交戰。接到邀請，他開了一個「偏向虎山行戰鬥隊」、「捍衛馬列主義、毛澤東思想造反團」兩方面頭目的聯席會議，向大家通報情況，徵求意見。說是徵求意見，其實在徵求之前，他已拿出一個意見，無非現在說出來讓大家知道。賴和尚好賴當過十幾年大隊幹部，有領導經驗，自兩派一合併，他就知道頭目由兩個變成了四個；頭目一多，就不能像過去一樣商量事情，徵求意見，因為人愈多愈尿不到一個壺裡，應該家有千口，主事一人。

副手愈多，你愈不能依靠，愈得自己做主拿意見。這次他拿的對付趙刺猬邀請的意見是：見。他想見趙刺猬，倒不是想與他談什麼，他只是出於好奇心，想弄一弄趙刺猬這小子正在想些什麼。他們眼看就要奪他的權了，大喇叭整天廣播著，他害怕不害怕？賴和尚一說要見，李葫蘆、衛東（衛彪說他肚子疼，沒有參加），就不好說不見。於是就定下來見。只是對會面的地點，李葫蘆有些看法。因為會面地點原來是趙刺猬定的，定的是吳寡婦家，而吳寡婦家是趙刺猬的根據地；你提出邀請，又由你定會面地點，不妥；既然你提邀請，會面地點就應該由我們定，應該定在牛寡婦或是呂寡婦家，這樣才公平。其實李葫蘆倒不是真對會面地點有什麼看法，在哪個寡婦家都無所謂，只是聯合之後第一次參加賴和尚的會議，總得說些什麼；一句話也不說，只知道仰著臉聽賴和尚講話，豈不被人看不起？不過賴和尚聽了李葫蘆的話，卻覺得說得很有道理。他提邀請，就不能提會面地點；如果要見面，就得改會面地點，就得你來，我們不能去，就得在我們寡婦家。聯合會開後，賴和尚便讓衛東派人將這個意見通達給趙刺猬。趙刺猬接到通達，對會面地點倒不太計較，只要賴和尚同意見面，地點在哪裡他無所謂，於是就同意會面地點改在牛寡婦家。不過在會面的前一天，他讓馮麻子給牛寡婦家送去一條牛腿，兩隻雞，四瓶白乾，二十多個鹹鴨蛋。賴和尚知道趙刺猬送東西，也只是一笑。

這天夜裡，自「文化大革命」開始以來，趙刺猬、賴和尚又重新第一次在一起吃「夜草」。由於這次會見的意義重大，引起了全村人的注意。牛寡婦也提了精神，將這次「夜草」做得很豐盛。有燉牛肉，有燉雞，還有一盤燴蝦蟆；旁邊有八瓶白乾。兩人在一起吃過十幾年「夜草」，對雙方的飲食習慣都很熟悉。賴和尚是吃飯之前先喝酒，趙刺猬是吃上一點飯墊底然後再喝。兩人仍像過去一樣，誰也不讓誰，各自吃喝各自的，這倒有一種親切地氣氛，似乎一下子又回到了過去的時候。過去兩個人都是吃到一半停下去說事，說完事再接著吃，所以這次他們也吃到一半停下，準備說事。只是過去兩人都是在吳寡婦家吃，現在第一次共同在牛寡婦家吃，牛寡婦不熟悉兩個人在一起的習慣，見兩人停下筷子不吃了，在一旁殷勤地勸：

「吃呀，別停筷子，鍋裡還有一隻蝦蟆哩！」

這讓賴和尚覺得有些丟臉，瞪了她一眼：

「出去，這裡沒你的事！」

倒是趙刺猬寬濃地一笑，看牛寡婦出去。他這一笑，有些惹惱賴和尚。牛寡婦出去以後，他不像往常一樣停下筷子專心說事，仍拿起酒杯，慢慢地往肚子裡喝。

趙刺猬卻完全停止了吃喝，專心地說事。趙刺猬看著賴和尚說：

「和尚，『文化大革命』搞了兩年多了吧？」

賴和尚喝得臉通紅，答：

「可不。」

趙刺猬說：

「咱倆也兩年多沒在一起吃『夜草』了吧？」

賴和尚說：

「可不！」

趙刺猬說：

「自打土改到現在，咱哥倆也擱十幾年伙計了吧？」

賴和尚說：

「可不！」

趙刺猬向前探探身子說：

「我今天找你來，就是想向你說句話，十幾年中，我要哪些地方對不住兄弟，還望兄弟高抬貴手，原諒我一次！」

這時賴和尚身子往旁邊鋪上一歪，倒在那裡，嘴裡嘟嘟囔囔地說：

「不行了，今天喝醉了，一瓶酒下去，把人就打翻了，不行了，老了。」

接著又響起了鼾聲。

賴和尚這個舉動，令趙刺猬十分憤怒。兩人在一起共事多年，他知道賴和尚的酒量。他這肯定是裝醉。自己放下架子低聲求他，他連句話都不吐就裝醉，一方面證明他多麼看不起自己，另一方面表明他不肯「高抬貴手」，原諒自己。這讓趙刺猬心中的怒火一股股往上躥。媽的，自己低頭求他，也無非是一種高姿態，他倒拿根針當棒槌，擺上了架子。看樣子他是要與自己戰鬥到底，中途罷休是不可能的。自己的實力不比他差，早知道這樣，誰低頭求他，與他一塊吃「夜草」！當年不是老子拉你出來搞土改，你現在也無非是個窮小子，也不裝醉擺威風了。不過他覺得今天和他一塊吃「夜草」，探一下他的口氣也好，知道他要戰鬥到底，自己也有個思想準備。那咱們就戰鬥到底吧！想到這裡，趙刺猬又生出一股豪情，等待戰鬥開始。所以他不再說話，就看著賴和尚裝醉。

賴和尚還真是裝醉。他來和趙刺猬一塊吃「夜草」，本來就不想和他商量什麼事，只是想探探趙刺猬的口氣，看他搞什麼陰謀詭計。都已經成了階級敵人，還有什麼可以商量的？他想知道的，也無非是趙刺猬要商量什麼。當他聽到趙刺猬商量的目的，也無非是要他「高抬貴手」「原諒他」，心裡不禁一陣驚喜。原來是這個。這說明自己聯合的策略成功了，趙刺猬有些心虛。而對方一心虛，他這邊奪權就勝利了一半。就好像兩個人打架，一個心虛，一個不要命，不要命的肯定打得過心虛的。但賴和尚絕不準備「原諒」趙刺猬。兩人的矛盾，不是一天兩天了，是十幾年了，已經成了階級矛盾，無法更改、無法「原諒」了。什麼「原諒」？現在你聽他說得好聽，他要你「原諒」，是因為現在你得勢；你真要「原諒」他，等到他得了勢，他絕不會再「原諒」你。牽涉到誰上台誰下台，不是你死就是我活，還有什麼「原諒」不「原諒」的？別聽那些廢話。賴和尚好歹也當了十幾年幹部，這點鬥爭經驗還是有的。但他又不好正面回答人家「原諒」還是「不原諒」，像戰場上交兵一樣，兵打得你死我活，血肉模糊，但當官的見面，還得握手講些禮貌。所以他既不回答「原諒」，也不回答「不原諒」，倒在鋪上就醉了過去。

趙刺猬看著賴和尚在那裡裝醉，知道再說什麼都是白廢，與其在這裡求人，不如回去加緊練兵，等著人家攻擊。因為政治鬥爭就是這個，知道對方已經下了決心，你就不要再猶豫了。戰場上沒有透過求饒求得和平的，除非你當人家的俘虜。具體到村裡，除非你現在把公章捧出來，雙手遞給賴和尚，賴和尚才肯原諒你。一想到這個場面，趙刺猬就覺得賴和尚太無賴太不自量，頭上一股股火苗往上躥。既然你要執迷不悟，我也只好奉陪到底，看這權、公章是好奪的？想到這裡，他不再在這裡浪費時間，朝地下吐了一口唾沫，剩下的一半飯也不吃了，站起身走了。

趙刺猬一走，賴和尚一骨碌從鋪上爬起來，又接著喝酒吃肉，又說又唱，還高聲喊叫，讓牛寡婦上蝦蟆。

第二天，全村都知道了趙刺猬和賴和尚和談破裂。和談既然破裂，大家都開始互相謾罵對方不仁義，接著開始磨刀擦槍準備戰鬥，準備奪權和反奪權。趙刺猬的副隊長馮麻子、二組組長金寶埋怨趙刺猬說：

「早就勸老叔不要找賴和尚談，你非要去談，看，受了人家一頓侮辱不是！與其去受人家侮辱，還不如在家磨兩口大鍘哩！」

趙刺猬嘆口氣拍了一下巴掌說：

「怪老叔腦子糊塗，從今往後，再不說和人家談，你們都回去磨鍘吧，等著人家來奪權！人家剁了咱的腦袋，咱就把權交給人家；要是剁不下咱的腦袋，咱還掌權，就把他的腦袋給剁下來！」

馮麻子和金寶這才高興起來，歡天喜地回去動員大家磨鍘。

賴和尚這邊，也向李葫蘆、衛東、衛彪宣布了當天的情況。大家都覺得賴和尚裝醉侮辱了趙刺猬一番很開心。賴和尚說：

「既然拒絕了人家的『原諒』，咱就得爭口氣，回去動員大家做好準備，隨時準備奪權！別大話吹了半天，到時候權奪不回來，可就丟大人了！」

李葫蘆、衛東、衛彪下去，也動員兩個組織的群眾磨刀擦槍，隨時準備奪權。群眾也很高興，磨刀的磨刀，擦槍的擦槍，準備奪權。村裡出現前所未有的興奮氣氛。

李葫蘆的大喇叭，口號喊得更響了。

4

奪權開始了。

奪權提前了。

奪權在七月中旬。

本來賴和尚沒想這麼早奪權。雖然縣上、公社、周遭別的村，已經有許多奪權的，但賴和尚跟李葫蘆、衛東、衛彪定下的奪權日子是八月一日。「偏向虎山行」和「捍衛馬列主義、毛澤東思想造反團」兩個組織的群眾也是這麼準備的。賴和尚認為八月一日是毛主席搞秋收起義的日子，搞事情容易成功，倒不在乎早兩天晚兩天。但先因為村裡一隻雞蛋，後因為村裡一隻豬，在七月中旬，奪權竟出乎意料地提前了。

雞蛋事件是由兩派隊員張石頭張磚頭引起的。張石頭張磚頭是兄弟倆，現在都三十多歲。哥倆小時候一塊長大，感情很好，一塊到地裡割草偷毛豆，一塊下河裡摸泥鰍；和外邊孩子打架，哥倆說上一塊上，說下一塊下，弄得滿街的孩子都怕他哥倆。但兄弟倆長大娶媳婦之後，之間開始產生隔閡。一開始娶媳婦，大家在一塊過，之間沒有什麼。但後來大媳婦二媳婦鬧矛盾，弄得兩個兄弟也有了隔閡。石頭說磚頭太自私，磚頭說哥哥沒個當哥哥的樣子。兩個媳婦都說：

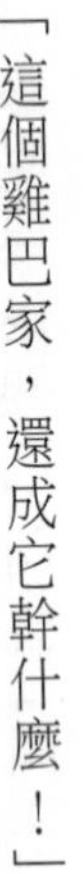

「這個雞巴家，還成它幹什麼！」

於是哥倆分了家。但分家之後仍在一個院子住，為了孩子、雞、鴨、鵝、豬、狗，也斷不了鬧矛盾。有一天，張石頭張磚頭的父親張拳頭死了，為給張拳頭做棺材，兩家往一塊湊棺材板，兩個媳婦埋怨湊得不公，互相吐了一陣唾沫。喪事辦完，兩家分喪筵上撤下來的雜菜，兩個媳婦又吵起了架，最後石頭磚頭也捲入進去，石頭將磚頭砸掉一顆門牙，磚頭朝石頭褲襠裡踢了一腳。等到「文化大革命」起來，村裡開始分派，兄弟兩個就參加了不同的派別。本來兩個都在一隊，都該參加趙刺猬的「鍔未殘戰鬥隊」。但磚頭媳婦見石頭參加了趙刺猬，便不準磚頭參加趙刺猬，非要參加賴和尚，說：

「咱跟他有仇，門牙都讓他打去了，咱不能跟他一派！」

但磚頭覺得全隊的人都參加了「鍔未殘」，自己一個人參加賴和尚恐怕不好，媳婦說：

「你要參加趙刺猬，我就不跟你個龜孫過！」

這樣，磚頭只好參加賴和尚，成了「偏向虎山行戰鬥隊」的隊員。兄弟倆自參加不同的派別，一個擁護趙刺猬，一個擁護賴和尚，雙方都盼望自己的一派勝利，好壓倒對方。他們共同居住的院子，還是父親張拳頭創下的。自兄弟倆鬧糾紛以後，院子顯得很亂，一地的雞屎、雜草和豬糞。兩家雖然有分歧，但兩家的雞、豬、狗不懂事，還常在一塊玩。兩家的狗常在一起搶東西吃，兩家的母雞常在一塊做伴下蛋，為了狗食和雞蛋的歸屬，兩個媳婦常在一起罵架。「文化大革命」剛開始，趙刺猬一派在村裡勢力大，石頭參加的是趙刺猬，大媳婦在吵架中就稍占上風，有時有事沒事還跐著門檻罵：

「瞧那雞巴樣，啥時候毛主席一聲令下，就叫你們成了地主富農反革命，那才叫你們吃不了兜著走！」

二媳婦也自知自己的組織比人家弱一些，說話罵架底氣就差些。這時她也有些後悔讓丈夫參加了賴和尚。後來隨著「文化大革命」的深入，特別是興起「奪權」以來，賴和尚又明顯占上風，趙刺猬就顯得有些被動，二媳婦又高興起來，她開始跐著門檻罵：

「覺得自己抱了個粗腿，弄了半天，原來是個走資派！聽聽大喇叭吧，快打倒了，快奪權了！等打倒了，奪權了，都裝到監獄槍斃了，那才叫解恨呢！」

這時大媳婦又有些心虛，擔心自己的權真有一天被人奪去。如果權真被人家奪去，二媳婦那樣的潑婦，還不騎到人脖子上拉屎？只是後來聽丈夫開會回來說，趙刺猬不承認自己是走資派，權不是好奪的，村裡到底誰勝誰負還料不定，這才放下心來。

七月十三日，院子裡有雞在草屋下了一個蛋。聽到雞叫，大媳婦二媳婦同時從屋裡出來，看這隻蛋到底是誰家的雞下的。兩人跑到蛋前，蛋前站著兩隻母雞，一隻是大媳婦的，一隻是二媳婦的，於是發生了糾紛，大媳婦說這隻蛋是她家的母雞下的，二媳婦說這隻蛋是她家的母雞下的。以前發生過這樣的事，那時大媳婦在院子裡占上風，雞蛋就被大媳婦撿去了；這次二媳婦認為自己這邊快奪權了，該占上風，這隻雞蛋也該歸自己撿去。可這次這隻雞蛋確實是大媳婦家的雞下的，因為她家的雞下蛋有一個特徵：雞蛋上有血絲。這次這隻雞蛋就有血絲，如果平白無故撿去，就太沒有道理。兩人先是爭吵，後開始廝打。廝打一陣，地上的雞蛋已經被兩人來回翻滾的身子壓碎了。這時老二磚頭從自己戰鬥隊開完會回家，見兩個媳婦在一起打，便跑上去勸架。

他一勸架，二媳婦便不和大媳婦打了，照丈夫臉上就是一巴掌：

「媽那個X，你老婆被人欺負，你不報仇，反倒勸架。要是這樣，還奪那個雞巴權幹什麼！」

老二磚頭怕老婆慣了，挨了老婆一巴掌，也怒氣上升，反過來照嫂子臉上搧了一巴掌。沒想到大媳婦平日有頭昏的毛病，臉上突然挨了一大巴掌，立即暈倒在地。但磚頭和二媳婦以為她是裝蒜，又一人朝她臉上啐了一口唾沫，拍拍屁股上的土就回了屋。這時老大石頭也從自己的戰鬥隊開完會回來，見老婆暈倒在地，急忙弄了一碗涼水潑到老婆臉上。老婆醒來，撲到丈夫身上就哭了起來。石頭聽了老婆的哭訴，也怒火上升。但他沒有立即找老二報仇，而是拉著媳婦就出了門，去找自己的組織。石頭平時和自己組織二組組長金寶混得不錯。他拉老婆來到隊部，金寶正好散會還沒有走，留下來和副隊長馮麻子一塊喝乾酒（即沒有菜的酒）。石頭將老婆推到金寶面前說：

「看看，剛才你們還說咱們的權人家奪不了，村裡奪了奪不了，家裡可已經讓人家奪去了！仗著是『偏向虎山行』的，一巴掌就把人打昏在地。我想問問你們當頭的，這事你們管不管？你們要不管，我也不參加你們了，早晚是被人家打倒，還不如早些向人家繳槍投降，免得天天挨巴掌！」

接著讓老婆把剛才發生的事哭訴了一遍。

金寶、馮麻子這時都已喝得有些臉紅，金寶聽後撓著頭說：

「管誰不想管，只是你們這是家務事，清官難斷家務事，叫俺如何管？」

馮麻子卻用手止住金寶，說：

「這不是家務事，這事情不一般！以前他怎麼不打人，現在他怎麼打人了？是看著咱們『鍔未殘』快敗了！要是這樣，咱還不能不管。咱要不管，他更該得寸進尺了！這風氣傳染開，最後弄得咱們的人到處受欺負，那還了得？這次咱要吃個啞巴虧，就證明咱快被打倒了，這不行。金寶，你帶幾個人去，去把磚頭家『呼啦』了，看到底誰先被打倒，看他以後再打人！」

金寶這時也想通了，立即放下酒盅，去集合了幾個人。臨走時馮麻子又交代：

「記著用柳條抽他，問他還奪權不奪權了！」

金寶答應了，就帶著人，拿著柳條，由石頭和他媳婦領路，去到磚頭家打人。可到了磚頭家，磚頭和他媳婦早聞風而逃，逃到了「偏向虎山行」的隊部。石頭問：

「他兩口跑到了他們隊部，怎麼辦？」

金寶剛才喝了酒，出門風一吹，現在已經有些微醉了，說：

「麻子說了，這次不同往常，他就是跑到天邊，也得把他抓回來！」

於是帶著人又去了「偏向虎山行」的隊部。等他們來到隊部，衛東已經帶著「偏向虎山行」的一幫人在門口等著。自從知道把石頭老婆一巴掌打暈了，磚頭和他老婆就有些著慌。後來聞到金寶要帶人來替石頭老婆報仇，就急忙避到了自己隊部，將情況向副隊長衛東匯報了。衛東聽後一笑：

「又沒有打死她，怕他個哩。讓他們來人，咱們正要奪他們的權，還怕他們來人？」

所以金寶帶人來時，衛東已帶人在門口等著。金寶和衛東本來就有些相互看不起，金寶覺得衛東胎毛還沒褪盡，年輕不懂事，上了幾年學，就不知道天高地厚；要不是「文化大革命」，他是生產隊長，衛東無非是生產隊一個勞動力，叫他往東他不敢往西，叫他打狗他不敢打雞。衛東覺得金寶大字不識，有勇無謀，趙刺猬手下都是這樣的人，哪有不敗的道理？但今天金寶來勢很猛，見面就將柳條伸了出來，用柳條指著衛東說：

「狗蛋（衛東以前的名字），今天明著告訴你，我喝了點酒，別惹大爺生氣。大爺今天來事情也不大，無非抓一個凶手，差點把人給打死！你要識相，把凶手給交出來，大爺仍回去喝酒；你要不識相，別怪我手裡的柳條認不得你！」

衛東聽到金寶叫自己過去名字，感到非常惱怒，又見金寶說話這麼不講禮貌，弄個柳條在他臉前晃，心中更加生氣。這老王八真是活膩了，哪天把權奪過來，一定要好好用柳條教訓他。但衛東現在沒有發火，而是將膀子架起來，對金寶嬉皮笑臉，說：

「金大爺，你不要生氣，我今天也喝了點酒。告訴我誰是凶手，我就將凶手交給你！」

金寶說：

「磚頭家兩口就是凶手，一巴掌把石頭老婆打暈在地！仗著誰的勢力了，這麼猖狂！」

這時磚頭媳婦在屋裡喊：

「她先下的手！她仗著誰的勢力了，這麼猖狂！」

衛東止住屋裡的磚頭媳婦，指著金寶身後的石頭媳婦說：

「金大爺，你說石頭媳婦被打暈了，她怎麼在你身後好好地站著？」

金寶這時有些結巴，說：

「現在她好了，剛才她暈來著！」

衛東說：

「剛才她暈我沒看見，現在她沒暈我可看見了！」

接著又轉身向屋裡的磚頭和磚頭媳婦：

「你們把石頭媳婦打暈了嗎？」

磚頭和磚頭媳婦在屋裡異口同聲答：

「沒有！」

衛東拍著巴掌說：

「看看，金大爺，一個沒暈，一個沒打，你這不是帶人無理取鬧嗎？你無理取鬧不說，手裡還拿著柳條想打人，我看你不是來捉凶手的，你倒是來當凶手了！」

金寶被衛東的話繞了進去。他到底沒文化，嘴上說不過衛東，所以急得臉都白了：

「什麼，你倒說我是凶手？權還沒奪過來，你倒血口噴人了！我說不過你，我不跟你說，我今天先捉走磚頭兩口拉倒！」

說完，一揮柳條，就指揮「鍔未殘戰鬥隊」的人進屋捉拿磚頭兩口。衛東見金寶來硬的，倒有些害怕，不過他身邊的十幾個戰鬥隊員倒是不怕，仇怨已積了兩三年，有的人之間本來就有矛盾，這次可找到一個發洩的機會，於是一個對一個，攔住不讓進門。磚頭和磚頭媳婦也從屋裡走出來，又對上石頭和石頭媳婦。大家先是扭在一起，後來是廝打，後來動起了柳條，後來動起了棍棒和鐵鍬把。金寶衝鋒在前，衛東卻退後溜了。不過他沒有溜到別處，而是溜到地裡，把正在地裡幹活的「偏向虎山行」、「捍衛馬列主義、毛澤東思想造反團」的人叫回一些助戰。助戰的人一到，打得更熱鬧了。衛東又通知李葫蘆，讓他把喇叭打開了。

一場混戰，雙方各有損傷。「偏向虎山行」、「捍衛馬列主義、毛澤東思想造反團」到底人多，又有喇叭助威，取得了戰鬥的勝利：「鍔未殘」這邊人少，傷的較多，其中兩個腦袋開花，三個腿被打斷了，一個腰被打壞了，都血裡糊拉的；金寶的臉、眼睛也被打腫了，腦袋上開了兩個口子，往下淌血。「偏向虎山行」、「捍衛馬列主義、毛澤東思想造反團」的人也傷了幾個，其中一個腦袋開花，其他都比較輕。在這次混戰中，石頭媳婦又被磚頭搧了一巴掌，又暈了過去，這次沒醒來；磚頭在搧石頭媳婦時，被石頭從背後拍了一鐵鍬，頭上開了花，也暈倒在地。混戰結束，兩派各自抬著自家的傷員，急忙奔了公社衛生院。

雙方混戰的消息，傳到了雙方的最高領導趙刺猬和賴和尚耳朵裡。賴和尚這兩天又犯痔瘡，在家裡躺著。當時他聽到街上一陣喧嚷，但當時痔瘡正疼，他沒有放到心上。到了下午，衛東、李葫蘆、衛彪來了，向他匯報今天中午發生混戰的情況。衛東說：

「幸虧咱們今天人多，才沒有吃虧，不然非被他們撂倒幾個！老叔，既然今天咱取得了勝利，索性乘勝追擊，明天正式把他們的權奪了算了，何必要等到八月一號！」

賴和尚躺在床上沒動。聽到今天混戰取得了勝利，他心裡也有些高興，他問了問自己這邊傷了幾個人，是否都送到了醫院？但他對今天混戰的起因有些不滿意，說打就打，何必因為一隻雞蛋？理由聽起來有些不大方。不過既然打過了，又取得了勝利，也就算了。但他對衛東提出要乘勝追擊，提前奪權的說法，有些不以為然。說好八月一號，就是八月一號，哪裡差這幾天？再說自己現在正犯痔瘡，如何到現場指揮？大概衛東看出了他的心思，接著又說：

「其實奪權十分簡單，咱們人多，像今天這樣，把他們的人一包圍，大喇叭喊著，再撂翻他幾個，還怕他不交出公章？他不交公章連他也撂翻！要是你老叔犯痔瘡，不方便，你不用動，由我跟李葫蘆去指揮就行了，保證把權給你奪回來！」

聽到衛東這番話，賴和尚馬上有些警覺，從炕上坐起來，兩眼盯著衛東看。他從這番話裡，突然聽出衛東有野心。他今天指揮了一場戰鬥，有些忘乎所以，有些不知天高地厚；革命要勝利了，他想篡權，想在他不在場的情況下自己指揮部隊。以前沒有看出來，關鍵時候看出來了，原來他是個有野心的人。不過賴和尚沒有從臉上露出來，只是轉過頭問李葫蘆：

「葫蘆，你看呢？」

李葫蘆到底賣過幾天油，他已看出賴和尚臉上有些不高興，也覺出了衛東太忘乎所以，說話不注意。於是他說：

「依我看，奪權還是不能提前，起碼得等老叔的痔瘡好了。老叔在村裡多年，沒有老叔，這權恐怕奪不回來！」

賴和尚看了李葫蘆一眼，十分滿意地點點頭。真是我中有敵，敵中有我，情況複雜。過去他與李葫蘆聯合，只是想借用他的大喇叭和造反團壯聲勢，從心裡並沒有把他當成自己人。他原來給李葫蘆許願，聯合奪權成功，給他一個革委會主任，其實那只是一個空頭支票，只是騙他來聯合。真奪權成功，革委會豈能給他個正主任？頂多給個副的，正的還得給自己人。現在看，李葫蘆倒比衛東還強。他已經下定決心，將來奪權成功，空頭支票可以兌現，衛東則應該往後排一排。想到這裡，他又重新躺到炕上，板著臉說：

「奪權不能提前，還是八月一號，沒事你們散了吧！」

這時衛東、李葫蘆、衛彪都看出賴和尚有些不高興。本來衛東還想說什麼，但看到賴和尚的臉色，頭腦也有些清醒。於是大家高興而來，敗興而歸，散了。

趙刺猬得到混戰的消息已經是傍晚。當時他沒有在家，在村西貧農吳老貴家躺著。吳老貴的老婆，就是當年地主李家的少奶奶。李家少奶奶當年的男人李清洋，土改時被政府鎮壓。男人被鎮壓以後，李家少奶奶一個人沒法過；這時村裡已經沒有地主，為了改變自己的成分，她嫁給了貧農吳老貴。吳老貴是個老實疙瘩。自從趙刺猬在村裡當了支書，就開始到吳老貴家來找她。吳老貴害怕趙刺猬，也不敢不讓他來找自己的老婆。倒是李家少奶奶一開始並不願意與趙刺猬來往，看不上他那下嘴唇比上嘴唇長的模樣。但趙刺猬開導她：你看不上我，就看上吳老貴了？你看不上他，不照樣嫁了他？現在解放了，不是你當少奶奶的時候了，一切湊合著吧。李家少奶奶想了想，只好與趙刺猬相好。好在土改時趙刺猬曾把她叫到貧農團半夜審訊，所以兩人也不是人生地不熟。自與趙刺猬相好，趙刺猬倒對她十分照顧，她可以不下田勞動，在磨坊看驢拉磨。年輕時趙刺猬來得勤，來了吳老貴必須出去。後來年紀大了，趙刺猬來得便少了，再來也無非是遇到煩心事時，過來聊聊天開心，大不了再讓李家少奶奶掐掐腦袋，這時吳老貴出去不出去都可以。自從「文化大革命」一開始，趙刺猬心煩的時候增多，來吳老貴家又勤了。自從開始奪權，他每天都要來。這天他又心煩，出於習慣，他又到村西吳老貴家來，讓李家少奶奶給他掐腦袋。從上午一直掐到傍晚，中午飯、晚飯都是在吳老貴家吃的。吃過晚飯，趙刺猬又讓李家少奶奶給他掐頭，這時突然闖進兩個人，一個是馮麻子，一個是金寶。金寶頭上纏著綳帶，渾身上下血糊糊的。把趙刺猬等人嚇了一跳。等看清是馮麻子和金寶，趙刺猬問：

「你們倆跟誰打架了？」

金寶「哇」地一聲哭了，說：

「老叔，不得了了，咱們的人都讓人家打倒了！」

馮麻子接著將混戰的過程向趙刺猬作個匯報。趙刺猬聽說發生混戰，吃了一驚。這是不好的徵兆。就怪馮麻子、金寶沒事找事，為一隻雞蛋，為人家的家務事，去跟人家攬事端。聽說發生混戰以後，自己這邊傷的人多，人家取得了勝利，心裡又十分窩囊。又怪馮麻子、金寶有挑事的本事，沒打仗的能耐。既然沒有這個能耐，為什麼還挑事？既然挑事，就該把這個事弄勝才是。他從這次部下的失敗上，似乎隱約第六感到最終失敗的結果。又看到金寶被人家打得一頭血污，在那裡「嗚嗚」地哭，更氣不打一處來，不過金寶滿頭是血，他也不好馬上把金寶怎麼樣，只是瞪起眼睛問：

「你們平常不是都挺厲害，怎麼一上戰場就草雞了？聽說人家八月一號準備奪權，照你們這樣子，還不如把公章早些交給人家，免得你們再挨人家一頓打！」

這時馮麻子說：

「老叔不要生氣，這次發生得有點突然，沒有準備，所以失了敗；下次咱們準備好，看打得過他們不！」

金寶噘著嘴說：

「他們手裡都有凶器，棍棒的棍棒，鐵鍁的鐵鍁，咱們都是赤手空拳！」

趙刺猬朝他們兩人臉上一人啐了一口唾沫：

「誰讓你們赤手空拳了？他們會拿凶器，你們就不會拿凶器了？什麼都要我教給你們！回去給群眾布置，從今往後，一人懷裡揣一把鐮刀頭，等著他們再來打人！等著他八月一號來奪權！他奪咱的權，咱就開他的肚子；開了他肚子，他就奪不了咱的權！就這樣人家還給你們打得鼻口出血，要等人家奪了權，人家還不燒吃了你！」

事情就這樣結束了。馮麻子和包著腦袋的金寶，就下去布置群眾揣鐮刀，等著再一次打仗，等著八月一號賴和尚和李葫蘆的戰鬥隊和造反團來奪權。

沒等到八月一號，七月二十二號這天，雙方又發生一次衝突。這次衝突比上次大，死了七八個人。這次衝突導致了奪權的提前。上次衝突因為一隻雞蛋，這次衝突因為一隻豬。豬在村子裡已經不多了。「文化大革命」以前，村裡跑的到處是豬。村裡人一般不吃豬，不是死了老人，或是娶兒媳婦，誰家吃豬幹什麼？只是村裡幹部吃「夜草」，才殺一口豬，將肉醃起來慢慢吃。不過那時村幹部就一撥，村裡的豬吃不過來，所以街上跑的到處都是豬。但自從起了「文化大革命」，村裡的幹部由一撥變成了三撥，三撥幹部吃「夜草」，豬下去的就快。現在「文化大革命」已經快三年了，村裡的豬剩得已經沒有幾頭了。七月二十二號這天，趙刺猬的「鍔未殘」派一隊人下到各生產隊徵豬，賴和尚與李葫蘆的聯合派也派一隊人下到各生產隊徵豬。「鍔未殘」那邊領頭的是馮麻子，聯合派領頭的是衛東，雙方在貧農晉大狗家碰了面。晉大狗家有一隻花豬，馮麻子要徵，衛東也要徵，雙方又起了糾紛。上次因為一隻雞蛋雙方打過一仗，大家心裡都存著仇恨。「鍔未殘」上次吃了虧，這次馮麻子也有些逞能，想將上次金寶丟的面子由他再撿起來。衛東這邊上次打了勝仗，士氣正旺，這次想乘勝追擊。雙方糾纏一陣，開始搶豬。豬沒搶著，人又打在了一起。一邊打著，雙方又派人去各自的大本營搬兵。因為快到八月一日，各自大本營都有準備，在金寶和衛彪的率領下，雙方全體出動，湧到了晉大狗家，全村五六百口子，打在了一起。晉大狗家盛不下，就在晉大狗家牆外的街上打。這是自村子成立以來，村裡發生的一次最大規模的械鬥。除了不會爬的孩子，全村男女老少都參加了。從上午一直打到下午，血順著晉大狗家的水道往外流。按説賴和尚、李葫蘆聯合派的人多，應該占上風，但這次趙刺猬、馮麻子「鍔未殘」的群眾一人揣著一把小鐮刀，現在都派上了用場。所以這次趙刺猬派占了上風。械鬥結束，全村重傷八十五人，輕傷三百二十一人，死八人。死者中除一人是趙刺猬「鍔未殘」派那邊的，其餘七人都是聯合派的，都被人家的鐮刀開了肚子。七人中還有一個是女的，就是當初演學「毛選」的路喜兒。她本來不是來打架的，是和一幫婦女來救護本派的傷員，也被人開了肚子。她的肚子還比別人開得更往下，所以順晉大狗家水道流出的，除了有血，還有一截一截的腸子。

仗打到傍晚，停了。仗是突然停的，也不知為什麼，大家突然不打了，丟下傢伙，開始往公社衛生院抬人。死了親人的，開始趴到屍首上哭。老康撲到路喜兒身上，哭得上氣不接下氣，最後又「哈哈」一笑起來。這時一街筒子鬼哭狼嚎。

在整個械鬥的過程中，雙方的最高頭目都沒有出現。賴和尚在自己家躺著，趙刺猬仍在吳老貴家讓李家少奶奶給掐頭。戰鬥結束，兩人分別在不同的地方聽取馮麻子和李葫蘆的匯報。從戰鬥一開始，到規模擴大，趙刺猬一直擔心自己的隊伍打不過人家，像上次因為雞蛋打仗一樣窩囊。當聽說這次因為豬自己的隊伍打勝了，心中十分高興，說：

「好，好，這次打得好，看他們再奪權！」

接著查問傷亡情況。當聽馮麻子說這次不但傷了三百多，還死了七八個，規模這麼大，他又有些害怕，從炕上爬起來說：

「我的媽，真鬧成大事了！」

馮麻子擦著臉上的血說：

「多虧你老叔，讓大家揣鐮刀頭，才取得了勝利。一開始勝敗不分，最後『刷』『刷』開了他幾個肚子，他們才害了怕！」

趙刺猬嚇得臉都白了，甩著兩隻手說：

「我讓你們揣鐮刀頭，是讓壯壯自己的膽，怎麼真的開了肚子！人又不是韭菜，割了肚子就活不回來了！」

馮麻子瞪著眼睛說：

「不割他肚子，咱就得失敗，權就保不住。你老叔支書不就當不成了！」

趙刺猬搓著手說：

「你保住了權，割了這麼多肚子，這支書就是好當的啦？」

接著開始在地上轉。轉了半天，突然對馮麻子說：

「我馬上回家去，你趕緊去找賴和尚和李葫蘆，讓他們到我家說事！」

馮麻子一愣：

「找賴和尚和李葫蘆？剛和人家打過仗！」

趙刺猬揮著手說：

「讓你找你就去找，不然事情可就鬧大了！」

可沒等馮麻子去找賴和尚和李葫蘆，賴和尚和李葫蘆已經到了趙刺猬家門外。不過不是他們兩人去的，身後帶著全體沒打死沒受傷的「偏向虎山行」、「捍衛馬列主義、毛澤東思想造反團」兩派的群眾，前邊抬著七具屍體。賴和尚這兩天痔瘡已見好轉。當戰鬥結束，李葫蘆、衛東、衛彪向他匯報戰鬥情況，說自己這次打敗了，讓人家打死七個人，三個匯報的人就「嗚嗚」哭了。賴和尚也大吃一驚，但他沒有哭。他只是怪自己手下三個頭目窩囊，聯合兩派的人，沒有打敗一派，當初還聯合他幹什麼？原來還定八月一號奪權，這仗都打敗了，人都叫人家殺了，八月一號還怎麼奪權？所以心裡十分窩囊煩躁。這時七個死者的家屬也來了，找賴和尚哭訴。賴和尚看到一屋子死者的家屬，忽然靈機一動，覺得權還是可以奪的。雖然仗打敗了，但仗打敗也可以奪權，而且馬上就可以奪。於是對一地哭泣的死者家屬說：

「X你們的媽，你們的人又不是我殺的，找我哭有什麼用？趙刺猬的人殺了人，你們怎麼不找他去？把屍首抬到他家門口，看他怎麼辦？」

死者家屬覺得賴和尚說得有道理，一哄而出，抬屍首的抬屍首，喊人的喊人，要到趙刺猬家門口。賴和尚也下了地，帶頭走在前邊，同時讓李葫蘆去開大喇叭，讓衛東衛彪在隊伍裡領群眾呼喊口號：

「向趙刺猬討還血債！」

「血債要用血來還！」

「趙刺猬血債難逃！」

等等。

到了趙刺猬的家，人們便包圍了院子。這時村裡的大喇叭也開始廣播。這時已經是晚上，人們打起了火把。火把燈籠，映紅了半邊天，映紅了趙刺猬家的院子，映紅了一群憤怒的人。剛剛慶祝完勝利的「鍔未殘戰鬥隊」的隊員，見到這陣勢，見到七具屍體，都著了慌，紛紛作鳥獸散，回家閉門不出。馮麻子、金寶也害了怕，也隨人溜回了家。街上就剩下聯合派的人。趙刺猬這時也回到了家，他是從後院跳牆頭進去的。家裡老婆孩子老母親都被院子外的人群嚇傻了，在抱頭「嗚嗚」地哭。他那個玻璃球眼大兒子滿院子亂跑。狼狗嚇得也躲到了窩裡。趙刺猬本來想立即與賴和尚、李葫蘆坐下談判，商量時局，沒想到他們利用這件事包圍了自己家。他從門縫裡看了看外邊憤怒的人群和七具屍體，又看到滿街沒有一個「鍔未殘戰鬥隊」的人，就剩下他一個光桿司令，被人困住，心裡也十分害怕。但他突然看到人群正中的賴和尚，賴和尚在屍體後鎮定自如的樣子，他突然明白了一切，明白了賴和尚的用意。這時衛東衛彪已經指揮人在用大木樁撞門，死者家屬開始喊：

「殺了趙刺猬全家！」

「讓趙刺猬全家替俺償命！」

等等。

趙刺猬老婆孩子都跑過來抱住趙刺猬的腿，哆嗦著讓他救命。趙刺猬這時倒不害怕了，長嘆一聲：

「想不到真要完了！」

於是到自己住室去了一趟，然後來到院子，不慌不忙打開了「咚咚」響的大門，從院子裡走出來，走到了燈籠火把下，趙刺猬突然從院子裡主動出來，令燈籠火把下的人吃了一驚。抬大木椿的人也愣到了那裡。所以一時倒沒了口號聲，也沒人説話，都看著他。人群中唯有賴和尚沒有吃驚，也沒看趙刺猬，他在看地上的屍首。趙刺猬倒沒看眾人，只看著賴和尚，對賴和尚説：

「和尚，咱哥倆也搭伙計十幾年了。今天我頭一回佩服你。」

賴和尚説：

「現在還扯那些幹什麼？你是血債累累的走資派！」

趙刺猬一笑：

「我血債累累？打仗的時候我在場嗎？咱倆不知誰血債累累呢！」

接著從懷裡掏出一個小圓木頭疙瘩：

「你不就是要這個小木頭疙瘩嗎？我給你不就完了，還管得著花七八口人？」

接著將那個木頭疙瘩扔給了賴和尚。不過小木頭疙瘩沒有扔準，還落到一具血跡斑斑的屍體身上，然後再滾落到地上。衛東上前撿起木頭疙瘩，遞給賴和尚。賴和尚接過疙瘩反過來看，上面已布滿紅紅的血跡，轉著疙瘩的一圈字倒沒錯，是這個村子的名字。

附記一

奪權勝利了。賴和尚成了支書。大家掩埋過屍體，開始慶祝奪權勝利。賴和尚讓慶祝勝利的人，共同吃了一次「夜草」。幾百口子在一塊吃，十分熱鬧。賴和尚讓殺了兩頭牛。奪權以後，賴和尚又拉著一車西瓜，到公社作了匯報。公社現在奪權掌權的正好是甲派，甲派吃完西瓜，就承認了賴和尚的奪權。賴和尚上台做的第一件事，是號召大家大養其豬。

趙刺猬下台以後，離開村子，住到閨女家去了。「鍔未殘戰鬥隊」被人家奪了權，大家樹倒猢猻散。幾百口子戰鬥隊隊員，有幾個月見了人不敢抬頭。賴和尚倒也寬宏大量，將他們進行了收編。站隊站錯了，站過來就是了。凡是願意反正參加「偏向虎山行」的，一律收編。大家都踴躍改正站隊，參加「偏向虎山行」。在收編隊伍中，賴和尚和李葫蘆又發生了矛盾。李葫蘆也想收「鍔未殘」一部分人，編到自己「捍衛馬列主義、毛澤東思想造反團」中去。並派衛彪私下裡去做工作。賴和尚發現這一苗頭後，約李葫蘆單獨吃了一次「夜草」。賴和尚不知讓人從哪裡弄了兩根驢鞭，讓牛寡婦鹵了鹵，兩人一人一根，用手握著吃。當驢鞭啃到一半，賴和尚問：

「葫蘆，早就想找你商量商量，奪權取得了勝利，你有些什麼想法？」

李葫蘆啃著驢鞭說：

「我沒有什麼想法。」

賴和尚說：

「聽說你也在搞收編？」

李葫蘆心裡有些發虛。他看著賴和尚，又為自己心裡發虛感到有些惱怒。媽的，兩派聯合取得了勝利，你能收編，我就不能收編？於是說：

「上次打仗，我這邊也死了兩個人，所以這次也招了幾個！」

賴和尚一笑：

「招吧，招吧，我同意。寧肯我少招幾個，你那邊也該多招幾個！」

李葫蘆吃了一驚，看著賴和尚，不知他葫蘆裡賣的什麼藥。這時賴和尚從懷裡掏出一張紙，遞給李葫蘆。李葫蘆看他紙上寫著：

茲任命李葫蘆為村革命委員會主任。

下邊蓋的是村裡的公章。紅牙牙的印跡。

賴和尚說：

「自奪權以來，這枚章是頭一回用！」

李葫蘆這時倒有些感動，捧著那張紙說：

「老叔，你看你，我想都沒想，你就替我考慮到了！」

賴和尚扔下半截驢鞭，倚到炕上被子垛上，手掐一個席篾子剔著牙：

「我年紀一大把，總有退的時候；退了以後怎麼辦？還得依靠你們年輕人！要是單為我自己，我連這個權都不奪！」

李葫蘆說：

「這麼說，倒是我心眼小了。老叔，聽你一句話，我算明白了，這個編我不收了！」

賴和尚一笑：

「該收還要收。」

又問：

「小癩整天幹什麼？」

小癩是李葫蘆的兄弟，小時候學過編牛套，長大愛到地裡看瓜，現在西瓜秧拔了，他整天沒事，在家待著。李葫蘆說：

「他還能幹什麼，在家待著。上次打仗，他傷了一根手指頭！」

賴和尚說：

「我準備將你們的廣播站升一級，升成村裡的，你是革委會主任，由你管著。等小癩手指頭好了，就讓他當廣播員算了，也算革委會裡的人，每天給他記十工份！」

李葫蘆又有些感動，說：

「老叔全是好意，為姪子好。只怕小癩幹不好！」

賴和尚說：

「誰一開始能幹好？幹幹不就會了！」

這樣這個事情就算定了。事情全部決定以後，「夜草」就結束了。從第二天起，李葫蘆就停止了收編，廣播站也歸了村裡。李葫蘆的副手衛彪有些不滿，埋怨李葫蘆為了自己一個革委會主任，出賣了「捍衛馬列主義、毛澤東思想造反團」和造反團的廣播站。衛彪找到李葫蘆，氣呼呼地說：

「編還得收，廣播站不能交出去，要投降你自己投降，我還要領著大夥幹！」

李葫蘆給他倒了一碗水，說：

「一開始我也不想投降。可賴和尚這人不可小看。奪權剛成功，就真把個革委會主任讓給咱。再說鬥還能鬥出個什麼結果？趙刺猬不比咱厲害？還鬥不過他，咱能鬥過他？鬥來鬥去，說不定咱也成了個趙刺猬！」

衛彪撅著嘴說：

「可不，你自己弄合適了，當然你不願意鬥了，可丟下俺這一幫弟兄怎麼辦呢？」

李葫蘆拍著巴掌說：

「老弟你說到哪裡去了，我當了革委會主任，還能扔下你不管？好賴得給你弄個副的！」

衛彪不再說話。

賴和尚任命李葫蘆為革委會主任，也引起了衛東的不滿。他的不滿主要是針對賴和尚。自己給他出生入死賣命，臨到頭卻卸磨殺驢，革委會主任不給自己，卻讓他雙手捧送給別人。這樣處理事情，以後誰還給你賣命？所以他也氣鼓鼓地找到賴和尚，要撂挑子，連戰鬥隊的副隊長也不幹了。賴和尚以前發現衛東有野心，所以不敢重用他；現在見他來撂挑子撒氣，更證明了自己的判斷。不過他沒有發火，也只是倚在被子垛上一笑：

「老叔知道了，知道你為李葫蘆生氣！」

衛東說：

「讓他當革委會主任，我死也不服！」

賴和尚用手點著他說：

「說你年輕，你還真是年輕，不懂老叔的心思。一個革委會主任有什麼好？無非是個空架子，關鍵還是這個！」

用手握了握拳頭，又說：

「你當你的戰鬥隊副隊長，現在戰鬥隊又收編得那麼大，手下一幫人馬，將來說什麼不算！為什麼非爭一個空職！」

衛東說：

「他過去一個賣油的，有什麼資格當主任？」

賴和尚說：

「蔣介石過去是一個流氓，不也照樣當了委員長，他要現在投降咱，毛主席照樣給他弄個副主席，這你還不懂？毛主席真能把他當個副主席用？老叔眼不瞎，將來依靠的還是你！」

衛東撅著嘴不說話。

這樣，村裡大局已定。支書賴和尚，革委會主任李葫蘆，副主任衛東、衛彪。從此村裡的「夜草」又成了一攤，恢復成「文化大革命」以前的樣子。只是過去趙刺猬當政時吃「夜草」在吳寡婦家，現在改在牛寡婦家。

大局已定，賴和尚又回過頭處理上次械鬥打死人的事。上次械鬥死了八個人，其中七個是賴和尚、李葫蘆聯合派的，凶手是趙刺猬「鍔未殘」的。死者家屬常來找賴和尚，讓他做主報仇，賴和尚說：

「你們不要慌，不是不報，時間不到，時間一到，一定要報！」

現在村裡大局已定，賴和尚就騰出手來處理這件事。縣警局軍管組得知這村鬧派性打死人，已催過幾次，現在賴和尚通知他們來人調查。來人中又有老賈。老賈一進村就說：誰殺人誰償命，還管你派性不派性啦？村裡賴和尚親自協助老賈他們工作。其實案子很好查，當時誰用鐮刀開的肚子，大家都知道。只是大家當時開肚子時，都想到是為了「文化大革命」，為了奪權和反奪權，沒想到日後還要追查，開了肚子還要償命。開肚子的「鍔未殘戰鬥隊」隊員，現在都被查出來，用繩子捆上了。其中有兩個是站隊站錯了又站了過來的隊員，已經參加了賴和尚的「偏向虎山行」，但因為站過來之前殺了人，所以也不能逍遙法外。馮麻子、金寶當時雖然沒有直接開肚子，但他們是開肚子的指揮者，所以也被抓了起來。馮麻子倒沒什麼，捆他的時候，還意氣昂揚的；金寶一見老賈的繩子就嚇稀了，以為一捆走就活不成了，所以趕忙跪到地上向跟老賈站在一起的賴和尚磕頭：

「老叔，饒小姪這一次吧。怪小姪年輕，站錯了隊。早知這樣，我說什麼也不會保趙刺猬，早參加你這個戰鬥隊了！」

賴和尚照他臉上啐了一口唾沫：

「早知這樣，那你早幹什麼去了？現在你後悔了，當初你可威風著哩。也嘗嘗跟老子作對的滋味吧，下輩子你就改了！」

一揮手，老賈就上去把他捉上捆住了。

照衛東、衛彪的意思，光捆馮麻子、金寶還不行，除惡務盡，還得捆趙刺猬。趙刺猬是「鍔未殘」的總頭目，一切罪惡應由他承擔。趙刺猬不在村裡，住到了閨女家。衛東、衛彪就要派人到他閨女家村上抓他。但老賈止住了他們。因為老賈與趙刺猬很熟，同時也考慮殺人時他不在現場，不知不為過，不應擔多大責任。他徵求賴和尚的意見，勸賴和尚說：

「過去都是一塊的伙計，誰還不知道誰？他現在已經把公章交給了咱，人家又沒殺人，應該留條活路！」

賴和尚說：

「當然應該留條活路。這是他住到了閨女家。他不去閨女家，住在村裡，我也不會太讓他過不去。每天吃『夜草』，還少不了他！」

於是趙刺猬就沒有被抓起來。

賴和尚「偏向虎山行」這邊也被抓起一個。因為「鍔未殘」那邊也死了一個人，是這邊人殺的。這人叫呂二球，過去是個剃頭的。那邊開肚子用的是鐮刀，他開人家肚子用的是剃刀。因為這邊只有他一個人有剃頭刀，所以肯定是他開了人家肚子，現在老賈也把他抓了起來。呂二球被抓起來，感到十分委屈：「鍔未殘」被奪了權，抓他們的人是應該的；自己在勝利這邊，如何抓自己？所以他在被捆時，朝賴和尚吆喝：

「和尚，你抓人可抓錯了！我是為了保你，才用剃刀殺了人，現在你怎麼把我抓起來了？和尚，你可得講良心！」

賴和尚嘆口氣說：

「我知道兄弟你是保我，可我並沒有叫你拿剃刀殺人！兄弟你過去保我，現在我不會不講良心。兄弟你放心去吧，家裡老婆孩子我替你照顧，不用你操心！」

說完轉身離去。呂二球也被綁了起來。

人全綁齊，開始往縣裡送。本來說縣裡派大卡車來拉，可大卡車走到半路壞了，只好由村裡出一輛馬車去送犯人。犯人們擠在車廂裡，周遭扶手上坐著警局軍管組的人。路上犯人問老賈：

「老賈，這回到縣裡不會殺了我們吧？」

老賈說：

「你們殺了人，怎麼不該殺你們？」

犯人說：

「這次我們沒有一個人是為自個，都是為了『文化大革命』，為了刺猬和和尚！」

老賈冷笑一聲：

「為了『文化大革命』，為了刺猬和和尚，刺猬和和尚在哪裡？人家一個在閨女家住著，一個當了支書，你們呢，要進監獄！」

犯人說：

「這回饒了我們，下次我們不這樣了！」

老賈說：

「下次？那就等下輩子吧。也許下輩子你們清楚些。」

犯人聽老賈這麼說話，料定這回必殺無疑，要見閻王爺，於是都掩面「嗚嗚」哭起來。

犯人被押走一個月，下來一個通知，除了馮麻子和金寶，其餘八個直接殺人者一律槍斃，讓家屬做好準備，槍斃那天去刑場收屍。

附記二

過去的鄉縣縣委書記孫實根又從鄉縣回村裡一趟。上次回來是步行，這次回來又坐上了吉普車。「文化大革命」一開始他被打倒，現在各級政權實行三結合，他又被結合成革委會副主任。雖然當副主任不如當縣委書記，但當副主任總比仍讓打倒強。當了副主任，各方面關係也理順了。老婆鬧了兩年之後，也不再跟他鬧了。裡外心情都舒暢許多。在當了革委會副主任不久，他又想念起老母親，於是就坐吉普車回來一趟。他的吉普車在村裡一停，大家馬上就知道了，支書賴和尚、革委會主任李葫蘆、副主任衛東、衛彪都趕到了他家。上次他步行回來，被村裡造反派抓去鬥了一把，現在見賴和尚等人來，還心有餘悸，問：

「和尚，上次我回來鬥了我一把，這次你們是不是又要鬥我？」

賴和尚拍著巴掌說：

「老叔說哪裡去了？上次鬥你的是趙刺猬，趙刺猬已經被打倒了，我們是保老叔的，怎麼會鬥老叔？」

孫實根笑著說：

「看你們這麼多人來，把我嚇了一跳！」

李葫蘆說：

「你上次回來是『走資派』，所以有人鬥你；現在你是縣革委會副主任，巴結還巴結不上，怎麼會有人鬥你！」

見李葫蘆這麼說話，賴和尚瞪了他一眼。到底是剛當幹部，連個話都不會說。但孫實根並沒介意，捋著滿頭的白髮笑，邊笑邊點頭：

「還是葫蘆愛說實話！」

當天晚上，賴和尚讓牛寡婦準備了一席豐盛的「夜草」，請孫實根去吃。孫實根因要夜裡給老母親洗腳，剪腳趾甲，便推說自己胃不好，夜裡不宜吃東西。賴和尚幾個拉不動孫實根，就把孫實根的司機拉去吃。不過「夜草」準備半天，沒請到正主兒，只請過來一個司機，賴和尚等人心裡都有些不滿。過去鬥你你來，現在請你吃「夜草」，你倒架子大了？「夜草」上菜是好菜，有雞有蝦蟆，還有兔肉；但酒不行，是紅薯乾酒，一喝就上頭，「轟轟」的。幾個人便輪流用酒灌司機，你灌一杯，我灌一杯，把對孫實根的怨氣都撒到他身上，把個司機灌得鑽到了桌底下。等到第二天早上，司機酒還沒醒過來，瘟頭瘟腦的。開上車與孫實根上路，到了半路，酒又發作，差一點將車撞到一根電信柱上。把孫實根嚇出一頭汗。孫實根只好叫他把車停下來醒酒。等酒徹底醒過來，已是下午。到了鄰縣縣城，已是晚上。孫實根老婆見孫實根這麼晚才回來，脾氣大發：

「你不是說今天一早就能趕回來，怎麼一直拖到晚上？在你家待了那麼長時間，還是與你娘有感情！」

孫實根在路上等司機醒酒等了大半天，身子已十分疲憊，這時也懶得向老婆解釋司機酒醉的原因，只是嘆口氣說：

「看來這村子是回不得了！」

從此，孫實根很少回來，你很少回來，村子還照樣發展。長時間不回來，還引起賴和尚等村幹部的不滿，認為他長時間不回來，是怕回來見面多了，沾了他的光。賴和尚罵道：

「有名在外邊當縣委書記，不就六〇年運回來兩馬車紅薯乾？別的誰沾過他的光？這不跟村裡沒出縣委書記一樣？」

停了兩年孫實根在鄰縣又一次被打倒，賴和尚等人就不客氣，派人送過來一捆大字報。大字報上著重揭發了他的地主家庭。鄰縣得到孫實根家鄉提供的砲彈，鬥爭起孫實根來更有了勁頭，好找歷史原因。孫實根受別人鬥爭不怎麼在乎，見家鄉這樣對待他，看著那一張張大字報上面寫著他爹他爺爺的事，與自己扯在一起，心裡感到冰涼。受過鬥爭回家，家裡老婆又跟他鬧起來。左思右想沒有活路，也不知當初參加革命、現在又在這縣裡當個頭目是為了什麼，於是就在一天晚上，懷揣著老母親的照片，從他所住的家屬樓上跳了下來。家屬樓有六層高，本來應該摔死，可他首先落到了一個單車棚子上，在車棚子上砸了一個洞，又落到地上，所以沒有摔死，只摔斷了雙腿。從此孫實根成了個癱子。但造反派並沒有饒過他，說這地主份子想自絕於革命，從此用大籮筐抬著他四處鬥爭。這年四月，他的老母親在家鄉悄然去世，終年七十六歲。當時孫實根正在外邊坐著籮筐四處挨鬥，並不知道。村裡賴和尚等人也沒有讓人去通知他，只是派了幾個民兵草草將她埋進了亂墳崗。

孫家老太太死後三個月，村裡又發生一次大的動盪。這次動盪來自上邊。本來一切都大局已定，但突然事情又發生變化。賴和尚在公社一直依靠的是甲派，被打倒的趙刺猬依靠的是乙派。一開始乙派占上風，後來興起奪權，甲派奪權勝了利。賴和尚也就是在這時候奪了趙刺猬的權，成了大隊支書。本來大局已定，甲派在人事上都已安排妥當。但突然有這麼一天，有一個大人物到這縣上來，說了一句話，又改變了甲派乙派的命運。大人物坐車在街上走，看到街裡牆上有乙派殘存勢力貼的一條標語：「大局已定，乙派必勝」。當時也不知他是怎麼想的，也許是天意，也許是巧合，當車子開到那裡，他念了一遍那條標語，點了點頭。大人物吃了一頓飯，下午就回去了。但他上午點的那一下頭，卻留給縣裡一場不大不小的風波。乙派要東山再起，向甲派再奪權，說甲派奪權奪錯了；甲派說大人物讀的是「大局已定，甲派必勝」，大人物吃飯就是由甲派頭目陪同的，要集結力量鎮壓乙派的反撲。這風波波及到村裡，本來該趙刺猬東山再起，向賴和尚再奪權；賴和尚應該鎮壓趙刺猬。但由於上次趙刺猬的「鍔未殘戰鬥隊」敗得太慘了，趙刺猬離開村子住到了閨女家，趙刺猬的副手馮麻子、金寶都被裝進了監獄，「鍔未殘」的隊員也被賴和尚收編了，樹倒猢猻散，難以成什麼氣候。賴和尚得知這一消息後，還趕快做出一個規定：不准趙刺猬從閨女家回村。本來考慮他在台上時，肯定貪污過村裡一些錢財，帶到了閨女家，準備調查追究，現在又做出規定：只要他不回村，不破壞村裡的安定，可以暫時不追究。這規定做出以後，趙刺猬真是三個月沒回村。賴和尚有些放心。但這時他領導班子內部，又發生嚴重分歧，令他頭疼。革委會主任李葫蘆自當了革委會主任，倒很老實聽話；但革委會副主任衛東衛彪，似乎不滿足他們的位置，背後常有些活動。衛東本來有野心，賴和尚知道；衛彪對他不滿意，他也知道。但賴和尚知道他們兩個之間也有矛盾，所以安排在自己手下很放心，沒想到他們兩個有一天會重新聯合起來，背後搞名堂。衛東、衛彪之間，過去因為路喜兒是鬧過很大矛盾，但上次路喜兒在戰鬥中已經死亡，兩人又都已成家娶了老婆；雖然當初衛東曾獨霸過一段路喜兒，但也只是摸摸索索，沒得到什麼實質性的便宜，也令衛彪放心，所以兩人關係有所緩和。現在兩人又都對賴和尚有意見，便開始重新團結起來，共同對付賴和尚。兩人對賴和尚的意見是：一、上次在職務安排上，把革委會主任安排給李葫蘆，沒有安排給他們，處事不公；二、透過一年多共事，發現賴和尚和趙刺猬沒有什麼區別，不應再做支書，也應打倒，支書索性應由他們來做。賴和尚覺察後，覺得最好的解決辦法是將他們撤掉，但衛東衛彪兩個長期掌握著「偏向虎山行」和「捍衛馬列主義、毛澤東思想」兩個戰鬥隊，手下已弄起一幫人，一時也不敢動他們。衛東、衛彪也覺得現在不比以前，以前勢力都在人家手裡，自己只是一個小雛；現在羽毛豐滿，何不借這再奪權的風試巴試巴？只是如何才能把賴和尚趕下台，自己的勢力如何用，兩人還缺乏經驗。為此兩人曾背著賴和尚、李葫蘆單獨吃過幾次「夜草」。商量的結果，都覺得賴和尚不好打，和風細雨他不會下台，應將兩個戰鬥隊中自己的人公開拉出去。但在團結不團結、保留不保留李葫蘆的問題上，兩人又有分歧。衛東主張全部打倒；衛彪說將賴和尚一個人孤立起來，更利於打倒。同時兩個人又覺得自己名聲都太小，不足以扛起重新拉隊伍的大旗，衛東主張將已經倒台的趙刺猬請回來，挑趙刺猬做大旗；打倒賴和尚以後，咱們做正的，讓趙刺猬做副的。衛彪說這樣固然可以，但怕趙刺猬不同意。所以他們還想與住在閨女莊上的趙刺猬進行一次祕密接觸，看他同意不同意。衛東衛彪商量的結果，沒幾天被賴和尚知道了。賴和尚一夜沒有睡著。第二天，他撇開衛東和衛彪，召集一些戰鬥隊的小組長，也開了一次祕密會議。

陰曆五月初，兩派開始正式分化。

之後

一年之後，村裡死五人，傷一百〇三人，賴和尚下台，衛東衛彪上台。衛東任支書，衛彪任革委會主任。李葫蘆任革委會副主任，但不准經常吃「夜草」。

兩年之後，衛東和衛彪鬧矛盾。

一年之後，衛東下台。衛彪上台，任支書兼革委會主任。李葫蘆任副主任。

「文化大革命」結束，衛彪、李葫蘆下台，作為「造反派」抓起來，被警局老賈關進監獄。被抓那天，李葫蘆痛哭流涕，說：「早知這樣，還不如聽俺爹的話，老老實實賣油了！」一個叫秦正文的人上台。

五年之後，群眾鬧事，死二人，傷五十五人，秦正文下台，趙互助（趙刺猬兒子）上台。

……

一九九〇・北京・十里堡

劉震雲作品集 05

故鄉天下黃花

著　　者：劉　震　雲
責任編輯：宋　敏　菁
發 行 人：蔡　文　甫
發 行 所：九歌出版社有限公司
臺北市八德路3段12巷57弄40號
電　　話／02-25776564．傳眞／02-25789205
郵政劃撥／0112295-1
九歌文學網：www.chiuko.com.tw
登 記 證：行政院新聞局局版臺業字第1738號
法律顧問：龍躍天律師．蕭雄淋律師．董安丹律師
初　　版：2010（民國99）年7月10日

定　價：380元

ISBN：978-957-444-699-5　　Printed in Taiwan
書號：LK005
（缺頁、破損或裝訂錯誤，請寄回本公司更換）

國家圖書館出版品預行編目資料

故鄉天下黃花／劉震雲著.　-- 初版.
-- 臺北市：九歌，民99.07
面；　公分. --（劉震雲作品集；5）

ISBN　978-957-444-699-5（平裝）

857.7　　99010042